KB148934

박설호

꿈과 저항을 위하여

에른스트 블로흐 읽기 · I

울력

울력에서 펴낸 지은이의 책

라 보에티의 『자발적 복종』

『작은 것이 위대하다. 독일 현대시 읽기』

『라스카사스의 혀를 빌려 고백하다』

꿈과 저항을 위하여 에른스트 블로흐 읽기 · I

지은이 | 박설호

펴낸이 | 강동호

펴낸곳 | 도서출판 울력

1판 1쇄 | 2011년 3월 10일

등록번호 | 제10-1949호(2000. 4. 10)

주소 | 152-889 서울시 구로구 오류1동 11-30

전화 | (02) 2614-4054

FAX | (02) 2614-4055

E-mail | ulyuck@hanmail.net

값 | 17,000원

ISBN | 978-89-89485-71-1 93850

차례

III.

IV.

부록

서문

1

블로흐의 사상이라고 해서 무조건 타당한 것은 아닙니다. 블로흐는 지나간 세기의 학자이니까요. 그동안 나는 8권의 블로흐 서적을 번역하였습니다. 그러나 본격적 블로흐 연구서를 단 한 권도 간행하지 못했습니다. 연구서의 필요성을 느끼지 않은 것은 아니지만, 틈만 나면, 블로흐의 번역에 몰두해 왔습니다. 비유컨대 양자의 출산(번역서 간행)이 친자의 출산(저서 간행)보다 더 가치 있다고 믿었기 때문입니다. 블로흐의 문헌은 전집과 단행본을 합하여 도합 22권이 넘습니다. 앞으로 나 혼자 블로흐 전집을 완역한다는 것은 불가능할 것 같습니다. 어쩌면 이러한 아쉬움이 이 책을 간행하도록 자극했는지 모릅니다.

자고로 연구 대상이 연구자의 세계관과 일치해야 한다는 생각은 어불성설입니다. 물론 하자를 지닌 연구 대상을 비판하는 작업 또한 가치가 있지요. 그런데 이 땅에서는 블로흐 대신에 하이데거가 다루어지고, 브레히트 대신에 토마스 만이 거론됩니다. 토마스 뮌처 대신에 마르틴 루터가 언급되고, 빌헬름 라이히 대신에 카를 구스타프 융이 회자됩니다. 아직도 반공주의가 활개를 치는 척박한 토양이지만, 블로흐의 사상이 만개하기를 바라는 것은 다만 희망사항일까요?

2

블로흐 사상의 핵심을 꿈과 저항이라는 두 개념으로 요약하고 싶습니다. 꿈과 저항은 처음부터 상호 보완적으로 기능해야 합니다. 예컨대 저항을 배제한 꿈은 하나의 신기루나 다를 바 없습니다. 먼 목표를 멍하니 기다리거나 감 떨어지기를 수동적으로 기다릴 수는 없지요. 그렇다고 우리는 눈앞의 가까운 목표를 좌시할 수는 없습니다. 이와는 반대로 꿈 없는 저항은 실제 삶에 있어서 목표 없는 투쟁만을 부추길 뿐입니다. 현재의 사악한 현실을 비판하거나 파기하는 일만으로는 충분하지 않습니다. 그렇기에 우리에게는 두 가지 사항이 모두 필요합니다. 당면한 문제점과 부딪칠 때 견지해야 할 사항이 저항의 지조라면, 미래의 먼 목표를 설정할 때 견지해야 할 사항은 꿈의 정서일 것입니다.

감히 단언하건대, 『희망의 원리』의 핵심어인 희망은 블로흐의 철학적 본질을 말해 주지는 못합니다. 왜냐하면 블로흐의 사상 속에는 "거역 Trotz"의 정신이 생생하게 자리하기 때문입니다. 이러한 거역의 정신은, 예를 들면 토마스 뮌처의 삶과 사상에서 생동하고 있습니다. 나아가 카를 마르크스는 『헤겔 법철학 비판』 서문의 마지막 대목에서 "인간이 힘들게 살아가고 무거운 짐을 진 채 생활하며, 경멸당하고 모욕당하는 존재로 취급받는 모든 현실적 상황을 구체적으로 무너뜨려야 한다"라고 토로하였습니다. 이러한 사자후의 발언 속에는 주어진 나쁜 것에 대한 파기뿐 아니라, 반드시 쟁취해야 하는 미래의 목표 등에 관한 의지가 공히 도사리고 있습니다. 나아가 우리는 마르크스의 발언을 오로지 정치경제학적 차원에 국한시켜 이해해서는 곤란할 것입니다. 인간은 누구든 간에 힘들게 살아가서도, 무거운 짐을 지며 살아가서도 안 됩니다. 어느 누구라도 돈과 힘이 없다는 이유로 다른 인간으로부터 경멸당하거나 모욕당해서는 안 됩니다. 인간은 처음부터 "우주의 꽃"(윤노빈)의 존재가 아닌가요? 그런데도 귀한 분들은 지금 이 순간에도 마치 쓰레기처럼 짓밟히며 살아가고 있습니다.

인문학을 전공하는 사람은 반드시 반인간적인 삶의 상태를 예의 주시하면서 사회 및 역사 전반에 걸친 사항으로서 추적해야 합니다. 물론 정치경제학자들의 "지금 여기"에 대한 엄밀한 분석 작업도 귀중하고 필요합니다. 그러나 우리는 과거와 미래를 아우르는 보다 광범한 시각을 결코 간과해서는 안 될 것입니다.

꿈과 저항은 바로 이러한 관점에서 다시 새롭게 해석되어야 합니다. 그렇다면 그것들은 어떻게 해석되어야 할까요? 꿈이 "**힘들게 살아가는 사람들**"과 "**무거운 짐을 진 사람들**"이 존재하지 않게 하는 구체적 현실을 선취하여 묘사한다면, 저항은 "**경멸당하는 사람들**"과 "**모욕당하는 사람들**"이 존재하지 않는 구체적 현실을 처음부터 구성적으로 제시하고 있습니다. 그렇기에 우리는 다음과 같이 비유할 수 있습니다. 즉, "꿈의 상"이 지상의 낙원인 **페아켄 섬**에서의 안온하고 풍요로운 삶이라면, "저항의 상"은 오로지 인민을 위해 폭동을 일으킨 **티베리우스 그라쿠스의 행위** 내지 독재자 카이사르의 가슴에 비수를 꽂는 **브루투스의 행위**라고 말입니다. 부디 이 책이 독자에게 꿈과 저항에 대한 구체적 함의를 전해주는 자극제가 되었으면 합니다.

3

다산 정약용 선생은 자신의 책을 탈고한 뒤 수북이 쌓여 있는 자신의 필사본을 바라보며, 눈시울을 붉혔다고 합니다. 세계를 변화시킨 위대한 문헌들이 창고의 재고품으로 쌓여 있는 오늘날, 이 참담한 시대에 나의 "친자"는 과연 얼마나 커다란 의미를 지니고 있을까요?

한마디로 형편없습니다. 『꿈과 저항을 위하여』는 순서에 있어서 뒤죽박죽이고, 뚜렷한 일관성을 지닌 것도 아닙니다. 일부는 반복 설명되어 있고, 일부는 처음부터 생략되어 있습니다. 나의 심경은 불치의 병자가 밤중에 갓 태어난 아이를 쳐다보는(厲之人夜半生其子) 것과 유사합니다. 그럼에도 모든 것을 새롭게 기술하지 않았습니다. 변명 같지만 본서는 그 자체 독립적인 완결본이 아닙니다. "에른스트 블로흐 읽기 (2)"에는 유토피아의 역사를 개관하고, 블로흐가 연구한 철학 사상, 이를테면 아리스토텔레스 좌파 등을 실을 계획입니다.

친애하는 J, 이 책이 당신에게 도움이 되기를 진심으로 바랍니다.

안산의 우거에서
박설호

I

거역과 희망. 확인해 본 12개의 블로흐 테제
에른스트 블로흐의 용어들

거역과 희망. 확인해 본 12개의 블로흐 테제

진리는 끝없이 노력하는 태도 속에서 드러나며, 자유는 불의에 꺾이지 않으려는 자세 속에서 발견된다. (Alfieri)

새는 좌우의 날개로 난다. (리영희)

나는 있다. 그러나 나는 아직 나를 차지하지 못했다. 그렇기 때문에 나는 변화될 것이다. (E. Bloch)

1

블로흐의 거역과 희망에 관해 골몰하고 있다. 오늘날 우리는 무엇을 거역하고 희망해야 하는가? 어떤 견해를 견지하기 전에 일단 지금 이곳의 상황을 정확하게 통찰해야 한다. 아무것도 모르면서 입장만을 내세우기보다는, 일단 정확한 사실을 인지하는 일을 우선으로 생각해야 한다. 21세기에 한반도에 살고 있는 우리는 대체로 현재만을 중시하는 것 같다. 과거 선열들의 고뇌와 해원을 기억하는 사람들은 그다지 많지 않다. 사람들은 미래 또한 그다지 중시하지 않는 것 같아 보인다. 눈앞의 5분 후도 예견하지 못하는 게 인간인데, 무슨 신기루 타령이냐? 하고 사람들은 일갈하곤 한다. 오로지 현재 삶에 충실하면 족하다는 것이다. 어쩌면 돈과 권력의 영향 때문일까? 학문과 정의로움이 대접 받지 못하는 것도 그 때문일까? 참혹하게 들릴지 모르겠지만, 오늘날 지식인들의 영향력은 거의 없는 것 같아 보인다. 카산드라의 목소리는 통상적으로 외면당하기 일쑤이다. 그저 목숨 내놓고 독재에 저항하면, 지식인들은 감옥에 갇힐 뿐이다.

그렇다면 우리는 마치 과거와 미래가 없는 시공에서 살고 있는가? 물론 서양의 역사는 흰옷들이 지나쳐 온 역사와는 엄연히 다르다. 나의 삶은 타인의 그것과 유사하다고 함부로 말할 수도 없다. 그럼에도 우리에게는 공동의 사안이 주어져 있다. 그것은 혼자의 힘으로 해결할 수 없는, 공동의 힘으로 해결해야 할 난제들과 관계된다. 예를 들면, 평화적인 남북통일, 만인의 자유로운 삶, 빈부 차이의 해소, 진정한 남녀평등, 만인이 누릴 수 있는 복지의 실천, 생태계 파괴의 극복, 에너지 문제 등을 생각해 보라. 바로 이러한 구체적 사안들은 우리를 끊임없이 자극하고, 우리의 마음속에 거역의 정신과 희망의 정신을 불어넣어 주어야 한다. 어쩌면 적敵들은 다음과 같이 일갈할지 모른다. 서울 가는 길은 하나가 아니라고, 자신도 나름대로의 목표를 이룩하기 위해 노력하는 중이라고, 다만 수단에 있어서 그저 너희와 생각을 달리 한다고. 만약 이것이 정말로 진심에서 우러나온 항변이라고 가정한다면, 우리는 목표만을 염두에 두지 말고, 구체적인 수단 또한 면밀히 고찰해야 할 것이다. 문제는 인간의 편 가르기가 아니라, 사안을 세부적으로 나누어 분석하고 정확한 해답을 찾아야 한다. 이를 실천하기 위해서 사람들과 연대하는 일은 그 다음의 과제일 것이다.

2

일단 블로흐가 살았던 유럽과 미국의 현실을 고려해 보기로 하자. **첫 번째로 1956년에 사회주의통일당의 지도부는 스탈린주의를 무너뜨리려는 흐루시초프의 시도를 처음부터 거부했다. 말하자면, 지도부는 이 시기에 사보타지로 일관하였던 것이다. 이로 인하여 그들은 나중에 동독의 패망을 맛보아야 했다.**

대부분의 인간에게는 평생에 걸쳐 세 번의 기회가 찾아든다고 한다. 국가도 마찬가지이다. 동독 정부는 더 나은 국가로 거듭나기 위한 세 번의 기회를 놓치고 말았다. 첫 번째 기회는 1953년 동베를린 노동자 데모 당시에, 두 번째 기회는 1968년 프라하의 봄이라 불리는 민주화 운동의 시기에, 세 번째 기회는 1985년 고르바초프 집권 시기에 주어졌다. 이에 관해서는 하이너 뮐러가 언급한 바 있다. 당 지도부는 이러한 기회를 최대한 활용하는 대신에 자신의 기득권 유지에 혈안이 되어 있었다.[1] 멀리서 제3자로서 냉담하게 논평하는 것은 참으로 무책임한 처사이지만, 싫든 좋든 간에 사실이 그러하다. 과연 우리에게 얼마나 많은 기회가 주어질 것인가? 사회적 이상은 잘못된 실천에 의하여, 그리고(혹은?) 잘못된 자의 실천에 의하여 변질되고 말았는가? 그렇다, 한 치의 미래도 예견할 수 없는 게 인간이지만, 우리는 조심스럽게 다음과 같이 말할 수 있다. 북한 역시 조만간 독일과 같은 흡수 통일의 전철을 밟게 될지 모른다. 참으로 복잡하게 얽혀 있는 게 동북아의 현실이 아닌가?

3

두 번째로 본Bonn 공화국, 구서독은 나치 정부에 대한 과거 청산 작업에 실패를 반복하였다. 그들은 나치와 군국주의의 잔재를 은근히 방치하고 말았다. 이로 인하여 그들은 독일 통일이라는 결코 정당하지 못한, 부끄럽기 짝이 없는, 어부지리의 승리를 거두었다.

1990년에 독일은 평화적으로 통일되었다. 나는 독일 통일이 독일인들의 삶의 측면에서는 득이 되었지만, 그들의 의식 구조의 측면에서는

1. 이에 관해서 나는 『동독문학연구』(한신대 출판부, 1998/2006)에서 언급했으므로 재론하지 않으려고 한다.

해악을 끼쳤다고 확신한다. 이에 관해서 많은 학자들이 지적한 바 있지만, 우리는 다음과 같은 네 가지 사항을 언급할 수 있다. 첫째로 독일 통일은 주지하다시피 흡수 통일의 방식으로 이루어졌다. 이는 사회주의 국가가 차제에 민주적 방식의 개혁을 추진할 가능성을 일거에 무너뜨리고 말았다. 이로 인하여 사회주의 운동은 기껏해야 "노동조합Trade Union" 운동으로 축소되었으며, 모든 개혁주의자들로 하여금 국가적 차원에서의 사회주의의 실험이 더 이상 가능하지 않다는 것을 체험하게 하였다. 둘째로 나치 청산이라는 오랜 숙제는 통일로 인하여 미해결로 남고 말았다. 동 · 서독이 공히 유대인에 대한 보상 문제에 미온적 태도를 취해 온 것을 고려한다면, 이는 하나의 필연적인, 그러나 씁쓸한 귀결인지도 모른다. 어쨌든 유대인에 대한 나치의 가학 행위들은 완전히 처벌받지 않은 채 하나의 미해결로 다시금 역사 속에 파묻히게 되었다. 이는 차제에 새로운 인종 갈등과 이로 인한 파시즘 세력 출현의 결정적인 빌미로 작용하게 될 것이다.

셋째로 서독은 분단 시기에 제3세계의 정치적 망명객들을 받아들여서 보호하였다. 이는 과거 나치의 잘못된 정책을 반성하고, 제3세계의 인권 문제에 적극적으로 개입하여 해당 국가의 민주화를 촉진시키기 위함이었다. 그러나 통일된 독일은 이러한 일련의 정책들을 대부분 파기하고, 외국에 살고 있는 독일인의 권익 보호에 관심을 기울이기 시작하였다. 이로 인하여 외국인 복지 내지 사회 보장 정책은 약화되고, 모든 정책이 자국 국민의 권익을 도모하는 방식으로 전환되었다. 넷째로 독일은 비록 NATO에 가입해 있지만, 다른 나라의 전쟁에 무력으로 개입하지 않았다. 그러나 통일된 독일은 일시적으로 평화를 저해하는 무력 개입에 적극적인 태도를 보이기 시작하였다.

4

세 번째로 베를린 공화국, 통일된 독일은 "전쟁은 절대로 안 된다"는 슬로건을 전쟁 참여의 적극적 의지로 교묘하게 바꾸어버렸다. 진정으로 필요한 것은 전쟁의 쓰라린 경험 내지 패배를 다시 한 번 마음에 새기고, 군인 없는 국가를 존속시키는 과업인데도 말이다.

타국에 대한 독일의 무력 개입 의지는 1992년의 걸프전과 2003년의 이라크전에서 분명히 드러났다. 독일은 영국처럼 적극적으로 전쟁에 개입하지는 않았지만, 그렇다고 해서 오스트리아와 같이 중립적인 노선을 고수하지도 않았다. 독일 정부는 2003년 4월 중순에 200명에 달하는 전투요원들을 쿠웨이트로 급파하였다. 이로 인하여 반전 평화의 정신은 약화되고, 군사 재무장 정책은 강화될 위험에 처하게 되었다. 독일의 군사 재무장을 걱정해야 할 나라들은 독일에 인접해 있는 나라들일 것이다.

한편, 남한은 인접 국가인 일본의 군사 재무장에 대해 신경을 곤두세워야 한다. 남한은 무엇보다도 북한의 존재를 인정하고, 남북한의 긴장을 완화시키는 정책에 주력해야 할 것이다. 그 다음에 미군 철수 후에 미군의 역할을 대신할지 모르는 일본의 군국주의에 대해 우려의 끈을 놓아서는 안 될 것이다. 또한 중국은 오랜 잠에서 깨어나 눈부신 속도로 경제 발전을 추구하고 있다. 그러나 중국 대륙은 핵 문제와 생태계 문제로 인하여 한반도에 엄청난 위협을 가하게 될 것이다. 중국의 발전 속도가 너무나 빠르지 않는가? 죽의 장막은 해체되었지만, 중국 인민의 마음속에는 여전히 보이지 않는 심리적 죽의 장막이 자리하고 있는지 모른다. 지금은 중국이 상승 가도를 달리고 있지만, 나중에는 내리막길을 치달을지도 모른다. 게다가 중국은 류사오보의 노벨 평화상 수상에도 꿈쩍하지 않는, 인권을 탄압하는 국가가 아닌가? 그렇게 되면 중국에서는 생태계 문제, 자원 위기 그리고 인구 폭발과 인종 갈등의 문제가 속출하게 될 것이다. 이러한 문제들은 한반도에 직 · 간접적인 영향을 끼치게 될 것이다.

5

다시 블로흐로 되돌아가자. **네 번째로 미래의 사상가 블로흐는 21세기에 이르러 현재의 사상가가 되었다. 블로흐의 주장대로, 과거의 계급 국가의 파괴된 잔해 위에서 어쩌면 어떤 새로운 나라가 건설될 수 있을지 모른다. 문제는 —- 마치 콘스탄티누스 황제 치하의 초기 기독교인들이 그러했듯이 — 민초들이 국가가 요구하는 전쟁 참여의 의무를 거부하는 일이다.**

블로흐의 사상적 단초인 희망과 거역의 정신은 현대인들에게 상당 부분 알려져 있다. 20세기 후반부터 제기된 생태계 파괴 문제는 사람들로 하여금 "이윤이 아니라, 필요에 따라서" 원자재를 생산해야 한다는 필요성을 알려주었다. 놀라운 것은 현대에 이르러 집총 거부와 같은 전쟁 반대의 태도가 전 세계적으로 퍼져나갔다는 사실이다. 물론 남한에서는 총 들기를 거부하는 것이 여전히 실정법에 의해 처벌되지만 말이다. 예컨대 기회주의적인 신학자 마르틴 루터는 「기독교인이 전쟁에 참여하는 것이 정당한가Ob Kriegsleute auch im seligen Stand sein können?」라는 글에서 목표가 수단을 정당화한다는 어정쩡한 논리를 개진하였다. 지식인들 가운데에서도 전쟁 참여를 하나의 타협책으로 용인하는 자들이 참으로 많다.[2] 어쩌면 핵무기 시대를 살아가는 사람들은 이른바 죽음을 두려워하는 태도를 오히려 하나의 용기로 받아들여야 할지 모른다. 왜냐하면 단추 하나만 눌러도, 수만 명의 사람들이 한꺼번에 몰살당할 정

2. 박노자: 「평화주의자들이 전장에 나가도 되는가?」, 실린 책: 『왼쪽으로 더 왼쪽으로』, 한겨레신문사 2009, 214쪽 이하.

도로 무기 생산 기술이 고도로 발달했기 때문이다.

오늘날 현대인이 필요로 하는 것은, 역설적으로 표현하자면, 삼십육계 줄행랑이다. 블로흐와 브레히트 역시 폭력의 시대에 약자로서 살아남는 태도를 가장 우선시하였다. 그들은 진리를 전하면서 도주하는 삶을 올바르게 여겼으며, 폭력과 싸우는 것보다, 폭력보다 더 오래 살아남는 삶을 바람직한 것으로 간주하였다. 혹자는 이러한 태도를 책임 회피라고 비난할지 모른다. 그럼에도 불구하고 전쟁터에서 타인을 죽이는 일보다는 처음부터 전쟁을 미연에 방지하는 태도와 타인의 생명을 살리면서 스스로 살아남는 태도가 현대인의 미덕으로 자리 잡을 것이다. 나중에는 전쟁에 대한 두려움과 이를 발설하는 태도가 오히려 하나의 용기 있는 태도로 간주될 것이다.

6

마르크스의 11번째 포이어바흐 테제는 다음과 같다. "철학자들은 세계를 다만 다양하게 해석하였다. 중요한 것은 세계를 변화시키는 일이다." **다섯 번째로 블로흐의 철학은 주체를 중시하면서, 마르크스의 테제를 다음과 같이 보완한다.** "철학자들은 세계를 다만 다양하게 해석하였다. 중요한 것은 철학자 자신들이 변화하는 일이다."

블로흐는 포이어바흐 테제와 관련하여 이른바 역사적 숙명론과 자동적 객관주의에 일침을 가했다. 역사적 결정론에 의하면, 역사는 처음부터 하나의 숙명적 법칙으로 정해져 있으며, 자동적 객관주의에 의하면, 모든 정치적 · 경제적 투쟁은 이른바 타당한 객관성에 의해 자동적으로 전개된다고 한다. 블로흐는 역사 변화에 대한 이러한 객관적 철칙으로서의 숙명론을 처음부터 철저히 배격했다. 역사의 방향은, 블로흐에 의하면, 인간의 인위적 노력에 의해서 얼마든지 변화될 수 있다. 인간 주체들은 무엇보다도 저항하는 의지를 동원하여 자발적으로 역사의 물꼬를 막거나 다른 방향으로 이전시킬 수 있다는 게 블로흐의 지론이다.

역사는 우리에게 다음과 같은 교훈을 전해준다. 즉, 세계의 변화는 결코 주체의 변화 없이 이룩되지 않으며, 주체의 변화 역시 세계의 변화와 병행하여 이루어져야 한다는 교훈 말이다. 이는 나아가 자연 주체의 문제에도 적용될 수 있을지 모른다. 블로흐는 자연 주체에 관해서 자주 언급한 바 있다. 흔히 몇몇 동양 철학자들은 자연을 주체라는 인간학적 관점과 정반대되는 무엇으로 간주하였다.[3] 그러나 자연은 인간의 관점과 반대되는 순수 객체가 아니라, 다른 인간학적 관점을 배제하지 않고 포괄하는 하나의 주체로 이해될 수 있다.

7

여섯 번째로 에른스트 블로흐는 한편으로는 정통 마르크스주의자들을, 다른 한편으로는 정통 기독교인들을 거부한다. 이는 블로흐 철학이 지향하는 다원주의 내지 혁명의 특성에 근거하는 것 같다. 그렇다면 인간 삶이 지속되는 한 우리에게 필요한 것은 인간을 혁신하기 위한 어떤 영원한 앙가주망인가?

진정한 마르크스주의는 "현재 상태Status quo"에 대한 비판과 파기에서 출발해야 한다. 마르크스주의가 생명력을 이어가려면, 우리는 "모든 진리는 어느 특정한 책 속에 담겨 있다"는 원전 중심주의의 보수성을 탈피해야 한다. 마르크스는 19세기 유럽의 현실을 전제로 하여 자신의 사상을 개진해 나갔다. 그렇기에 마르크스주의가 모든 변화된 현실에 마구잡이로 대입될 수 있는, 시대와 장소를 불문한 보편타당한 사상으로 간주될 수는 없다. 오히려 우리는 마르크스주의를 다음과 같이 이

3. 이에 관해서는 다음의 문헌을 참고하라. 김진석: 『더러운 철학』, 개마고원 2010, 143-159쪽.

해해야 할 것이다. "인간이 힘들게 살아가고 무거운 짐을 진 채 생활하며, 경멸당하고 모욕당하는 존재로 취급받는 모든 현실적 상황을 구체적으로 무너뜨려야" 하는 까닭은 인간 존재가 본질적으로 "우주의 꽃"이기 때문이다.[4] 그럼에도 마르크스의 사상은 지금까지 동구의 수정주의자들에 의해서 덧칠을 당해 왔다. 우리는 이러한 덧칠을 제거하고, 순수한 이상으로서의 마르크스 사상을 재확인해야 할 것이다. 그래야 마르크스주의에 대한 타인들의 이데올로기 비판에 대해 정면으로 대응할 수 있을 것이다.

이는 기독교 사상에도 그대로 적용되는 말이다. 우리는 기독교 속에서 저항과 거역의 정신을 발견해 내야 한다. 구약성서와 신약성서는 지금까지 사제들에 의해서 은밀하게 가필 수정되었다. 특히 교회 체제와 권력에 도전하는 모든 문구들은 삭제되었고, 대신에 야훼 신의 복수와 징벌에 관한 언급은 교묘한 방법으로 첨가되었다. 이는 무엇보다도 사제들이 권력자들로부터 보호받고 교회 체제를 유지하려고 애를 썼기 때문이었다.

8

일곱 번째로 인간은, 블로흐의 주장대로, "강제노동" 대신에 "유희" 하면서 살아가야 한다. 이는 피지배계급을 행복하게 살게 하기 위한 근본적인 요구 사항이 아닐 수 없다. 지배하는 자들은 피지배자들이 어디에 관심을 두는지 고려하지 않는다. 적어도 부자가 지배하고 가난한 자가 지배당하는 상황이 지속되는 한 우리는 끊임없이 무언가를 요구할 수밖에 없다.

인간이 행복을 느끼는 것은 오로지 유희를 통해서라고 한다. 그러나

4. 윤노빈: 『신생 철학』, 학민사 증보판 2003, 338쪽.

고달픈 삶은 인간의 무조건적 향유를 허용하지 않는다. 그렇기에 인간의 행복을 위한 전제조건으로서 노동이 유희에 첨가될 수밖에 없다. 빌헬름 라이히도 주장한 바 있듯이, 권력자들은 일반 사람들이 놀고 마시는 것을 처음부터 싫어한다. 일반 사람들로 하여금 노동하게 하여 더 많은 재화를 얻어내는 일 — 바로 이것이 그들의 술수이고 이른바 "통치의 비밀arcana dominationis"이 아닌가? 블로흐는 이를 깨닫기 위한 방편으로서 두 가지 책을 지적한다. 그 하나는 마키아벨리의 『군주론*de cipe*』이며, 다른 하나는 라 보에티의 『자발적 복종』이다. 전자의 책에는 군주의 입장에서 일반 사람들을 도구로 활용하는 기법이 설명되어 있으며, 후자의 책에는 일반 사람들의 입장에서 군주에 대적하고 독재 체제를 무너뜨리는 방법이 기술되어 있다. 한마디로 인간의 갈망은 불만과 불충족, 다시 말해서 자신이 무언가를 충분히 지니지 못하고 있다는 깨달음에서 출발한다. 그렇지만 갈망이 사려 깊은 저항으로 이어지지 못한다면, 그것은 한낱 사적 안온함을 담은 백일몽으로 사라지고 말 것이다.

언젠가 김수환 추기경은 "내 탓이오"라는 표현을 믿음의 슬로건으로 내세운 바 있다. 이는 검소하고 청렴한 그분의 자기반성의 메시지라고 여겨진다. 그렇지만 "내 탓이오"라는 말 속에는 무서운 저의가 숨어 있다. 이를테면 모든 잘못을 나 자신으로 돌리게 함으로써 사회적 죄악과 불신의 근본을 간파하지 못하게 하는 이데올로기를 생각해 보라. 가령, 사회적 죄악이 온존하는 것은 절대로 일반 사람들 탓이 아니다. 다시 말해, 남한에서의 빈부 차이는 "나의 탓"이 아니다. 나의 가난, 나의 무지는 어느 사회든 간에 나 자신의 잘못만이 아니라, 인간 존재의 삶에 직접적인 영향을 끼치는 주어진 사회적 상황에서 연원하는 것일 수 있다.

언젠가 임마누엘 칸트는 계몽을 "자기 자신의 잘못으로 인한 미성숙의 상태로부터 벗어나는 출구"라고 표현하였다. 칸트는 미성숙의 상태를 개개인의 잘못에서 비롯한 것이라고 미리 설정하고 있다. 미성숙한 상태에 처해 있는 인간의 현실이 어째서 개인의 잘못에서 기인한단 말인가? 따라서 경험적 현실을 외면하고 있다는 점에서, 칸트의 철학은 이 경우 도덕적 추상주의의 그물에서 벗어나지 못하고 있다.[5] 또 하나의 예를 들어보자. 장용학의 소설『원형의 전설』에 등장하는 아이를 생각해 보라. 아이는 월요일마다 학교에 가기 싫어서, 배가 아프다고 꾀병을 부린다. 이러한 꾀병은 실제 현실에서 마치 하나의 버릇처럼 나타난다. "내 탓이오"라는 말은 어쩌면 소시민들의 체념과 무사안일주의와 관계되지 않을까? 소시민들의 체념과 혁명에 대한 불신은 사회적으로 통용되는 암묵적 이데올로기의 결과가 아닐까? 문제는 단순한 사람들의 버릇 내지 습관일지 모른다. 그렇기에 가진 것 없고 배운 것 없는 일반 사람들에게 필요한 말은 "내 탓이오"가 아니라, "모든 것을 의심하기omnes dubitare"라는 명제일 것이다.

9

여덟 번째로 과거에는 전쟁이 정치의 관건이었으나, 이제는 경제가 정치의 관건으로 변했다. 기회주의적인 사람들은 경력을 쌓기 위해서 무엇보다도 학문과 매스컴을 이용하려 한다. 이로 인하여 정치판은 이기주의적 태도를 취하는 엘리트에 의해서 좌지우지되고 있다. 결국 일반 대중이 자발적이고 자유롭게 정치에 참여하는 길은 완전히 막히게 된 것 같다.

오늘날 과학은 신의 권능을 대신하고 있다. 사람들은 더 이상 무기를 들고 싸우지 않고, 금융 상품과 정보의 전쟁을 벌이고 있다. 사람들은 사이버 공간에서 해킹 전쟁을 치를 뿐이다. 모든 것은 고도의 방식으로

5. "칸트는 통상적으로 실정법 규정들 가운데 이성의 법에 해당하는 것이라든가, 최상의 경우 도덕의 법에 해당하는 것을 선별적으로 채택하였다. 칸트의 법철학은 기껏해야 법적 수단을 물화시킨 게 아니라면, 경험적 법 규정들을 초시간적으로 영구화시킨 것에 불과하다." Ernst Bloch: Naturrecht und menschliche Würde, Frankfurt a. M. 1985, S. 98.

분업화되어 있다. 과학 기술과 자동화로 인하여 인간은 자신으로부터, 자신의 노동으로부터 소외되어 있다. 이러한 일련의 현상들은 일반 사람들로부터 정치의 관심을 앗아간다. 이에 일조하는 것이 무엇보다도 매스컴이다. 나아가 간접 민주주의 시스템은 일반 사람들과 정치 엘리트 사이의 골이 더욱 깊이 파이도록 작용한다. 사람들이 할 수 있는 것은 오로지 정치가를 뽑는 일에 국한되어 있다. 대체로 정치 엘리트가 거대한 사회 시스템을 마음대로 좌지우지한다고 생각하지만, 이들도 근본적으로 국가라는 시스템 내부의 작은 톱니바퀴를 만지작거리는 기술자들, 다시 말해서 부속물로 전락해 있다.

그렇다고 해서 고대 도시국가에서 행해지던 직접 민주주의를 시대착오적으로 도입할 수는 없을 것이다. 우리에게는 두 가지 방법이 주어져 있다. 그 하나는 일반 사람들이 촛불을 들고 자신의 정치적 · 경제적 입장을 밝히는 일이고, 다른 하나는 일반 사람들이 제각기 대안 체제를 목표로 하는 시민 단체 내지 자생적 공동체 운동에 합류하는 일이다. 이것이 풀뿌리 민주주의의 출발이다. 그렇게 되면 정치가들은 자신들이 휘두르는 권력의 칼자루가 자신의 것이 아니라는 사실을 감지하게 될 것이다.

10

아홉 번째로 국가사회주의의 몰락은 미국적 자본주의라는 거대한 공룡을 탄생시켰다. 미국적 자본주의는 먼 훗날 무너질 것이다. 흔히 말하기를 우리에게 남은 것은 두 가지 가능성이라고 한다. 빙하기의 혈거인穴居人으로 어두운 세계에서 살아가든가, 아니면 사람들 사이에 적개심을 없애고 협동하며 살아갈 방안을 찾는 일 말이다.

미국이라는 거대한 공룡이 다음 세대에 몰락하리라고 단언하는 것은 거칠고 성급한 판단이다. 인간은 불과 5분 후의 미래도 예측할 수 없는 존재가 아닌가? 다만 우리가 말할 수 있는 것은 미국이 현재 수행하는 세계 보안관으로서의 역할은 언젠가는 현저히 축소되리라는 사실이다. 현대인들이 상상하는 미래 삶에 관한 상은 결코 편안하고 안온한 모습은 아닐 것이다. 희망은 — 크리스타 볼프의 비유에 의하면 — 마치 십자가에 못 박혀 있는 것처럼 보인다. 우리가 몸을 움직일수록 몸에 박힌 못은 더욱더 깊이 뼛속까지 파고드는 것 같다.

여러 가지 정황을 고려할 때, 역사철학은 마치 우리에게 다음과 같은 염세주의적 결론을 전하는 것처럼 보인다. 즉, 창의적인 노동을 추구하던 이반 데니소비치의 노력은 자신을 감옥에 갇히게 하였고, 더 나은 세계를 창조하려던 파우스트의 노력은 자신을 묘혈에 갇히게 하였다. 특히 생태계 파괴 현상은 우리가 우려하는 것보다 더 심각하다. 과학기술이 발전하고 식량 생산이 늘어났지만, 사람들은 지구 온난화와 심각한 물 부족에 시달리고 있다. 21세기의 풍요 속의 빈곤을 고려할 때, 우리는 두 가지 유형의 생태학을 언급하지 않을 수 없다. 그 하나는 루돌프 바로Rudolf Bahro의 생태 근본주의의 입장이며, 다른 하나는 머레이 북친Murray Bookchin의 사회 생태주의의 입장이다. 왜냐하면 전자는 우리에게 "병든 낙관주의를 배격하고 건강한 비관주의를 채택하는" 자세를 가르치고 있으며, 후자는 우리에게, 비록 작은 범위이지만, 수많은 자생적인 생태 공동체의 가능성을 시사해 주고 있기 때문이다. 우리가 어떤 방식을 선택하든 간에 생태 문제는 21세기의 가장 커다란 화두로 인류에게 다가오고 있다.

11

열 번째로 블로흐가 추구한 희망의 철학은 잘못 이해될지 모른다. 몇몇 정치경제학자는 이것을 일회적이고 경박한 유흥으로 잘못 판단하고 있다. 이는 사람들이 희망의 고유한 모습만 접하고, 블로흐가 견지하는 거역과 저항이라는 자세를 외

면한 결과이다.

현대의 철학자들은 대부분의 경우 블로흐가 피력한 "낮꿈Tagtraum," "객관적인 현실적 가능성die objektive reale Möglichkeit," "유토피아Utopie," "전선Front," "아직 의식되지 않은 무엇das Noch-nicht-Bewußte" 등의 개념들을 마치 "신기루Fata Morgana"와 같은 무엇으로 수용하였다. 그들은 블로흐의 전문 용어들이 엄밀한 학문 개념이 아니라고 이구동성으로 천명하였던 것이다. 그러나 이들은 블로흐 철학이 지니고 있는 미래 지향적 특성인 역동성과 개방성을 제대로 파악하지 못했다.

자고로 모든 것을 입자 하나로 구명하려는 자연과학자는 파장이라는 현상을 쉽게 인지하지 못하는 법이다. 블로흐는 플라톤 이래로 중시된 "재기억άναμωησιζ"에 도사린 과거 지향적인 시각을 심도 있게 분석하는 대신에, 집요할 정도로, 자신의 희망의 개념만을 추구하였다. 이를테면 그는 희망과 전투적 낙관주의 등을 해명하기 위하여 수많은 예를 들 수밖에 없었다. 아이러니하게도, 이러한 범례들이 블로흐를 제대로 이해하지 못하도록 음으로 양으로 방해하였다. 이로 인하여, 가령 시토이앙의 기개 속에 내재한 거역과 저항의 정신은 제대로 파악되지 못했다. 대부분의 정치경제학자들이 블로흐의 사상을 수정주의라고 매도한 것은 바로 이러한 관점과 관련된다. 마르크스 사상은 주어진 현실에 대한 냉엄하고도 철저한 분석(마르크스주의의 한류)뿐 아니라, 미래의 목표에 대한 열광적 자세(마르크스주의의 난류)를 아울러 포괄한다. 대부분의 정치경제학자들은 전자만을 중시하고, 후자, 다시 말해서 미래의 목표를 시적으로, 예술적으로 선취하는 작업을 도외시하였다. 블로흐의 유토피아 사상 속에 도사리고 있는 희망을 제대로 파악하려면, 무엇보다도 우리는 거역과 저항의 자세를 함께 고려하지 않으면 안 된다. 왜냐하면 인간의 애타는 갈망은 그 자체 하나의 도피가 아니라, 억압과 부자유 그리고 강제노동을 떨치려는 인간의 욕구를 전제로 하는 것이기 때문이다. 따라서 블로흐의 희망에는 처음부터 거역과 저항이라는 정서가 동반될 수밖에 없다.

거역과 저항의 개념은 막연한 비판의 개념과는 근본적으로 다르다. 그렇다. 프랑크푸르트학파 사람들이 생각한 비판의 개념은 지금까지의 역사와 주어진 현재를 정확하게 이해하는 데 도움을 주었다. 그러나 프랑크푸르트학파 사람들은, 마르쿠제와 하버마스를 제외하면, 미래의 전망에 대해서 소극적 태도로 일관하였다. 블로흐의 거역의 개념은 이와는 다르다. 블로흐가 지지하는 인간형은 희망뿐 아니라 거역을 중시한다. 만약 권력자가 사회적 약자를 배제하고 만인의 권리를 중시하지 않는다면, 우리는 이러한 정책에 대해 분명히 "아니다"라고 말하면서 저항해야 한다. 따라서 블로흐의 거역은 만인을 위한 자연법 사상에 바탕을 두고 있는 사상적 모티프로서 진정한 성인의 참여와 행동으로 이어지는 규범적 자세가 아닐 수 없다.

12

열한 번째로 블로흐는 민주적 사회주의의 혁명적 철학을 이룩하기 위하여 사민당(SPD)의 기회주의와 결별했다. 나약한 민사당(PDS)은 이러한 목표를 처음부터 적극적으로 추적하려고 하지 않았다. 문제는 기회주의적 타협이 필요하지 않은 풍토를 조성하는 데 있다.

흔히 오늘날 사람들은 독일 내에서의 정치적 우경화를 우려한다. 물론 통일의 여파로 인하여 90년대에 독일에서 보수적 분위기가 어느 정도 득세한 것은 사실이다. 그렇지만 통일된 독일의 정치가들 대부분의 입장을 수구적 논리에 근거하는 보수주의로 단언할 수는 없다. 21세기에 이르러, 좌파와 우파의 정치적 입장은 독일에서 거의 균형을 이루게 되었다.

우리는 통일된 독일에서 탄생한 정당으로 민사당(PDS)을 예로 들 수 있다. 민사당은 통독 후에 동쪽 지역 출신과 "사회주의통일당(SED)"에 속한 사람들에 의해서 창립된 정당이다. 이 당은 2007년에 "노동과 사회정의를 위한 대안 정당(WASG)"과 통합되어 "좌파당die Linke"으로 거듭나게 되었다. 이로써 독일의 진보 정당은 세 개 — 즉, "사민당," "연맹 90/녹색당Bündnis 90/die Grünen," "좌파당" — 로 늘어나게 된다. 독일의 연방 의원 611명 가운데에서 진보 정당에 속하는 의원 수는 325명이니, 좌우의 균형은 어느 정도 맞추어져 있는 셈이다.

이에 비하면 남한은 어떠한가? 자고로 새는 좌우의 날개로 난다. 한쪽 날개의 힘이 다른 쪽 날개의 힘과 현격한 차이를 보이면, 리영희李泳禧 선생도 말한 바 있듯이, 새의 비행 자체가 불가능해진다. 가령 남한의 국회를 예로 들어보자. 국회의원 정족수 299명 가운데 과연 몇 명의 국회의원이 진정한 의미에서 진보 정당에 속해 있으면서 진보 정책을 표방하고 있는가? 몇 명을 제외한 모든 국회의원은 보수 아니면 중도파에 속한다. 진보신당은 민노당과 결별하여 독자적인 정당의 길을 걷게 되었지만, 2008년 총선에서 한 명의 국회의원도 배출하지 못했다(이후 재선거에서 한 명이 당선되었다). 한마디로 남한의 정치판은 294대6, 다시 말해서 거대한 골리앗에 대항하여 다윗이 힘겨루기를 시도하는 것처럼 보인다. 이러한 까닭에 남한은 마치 오른쪽 날개만으로 꿈틀거리는 새의 모습을 방불케 한다. 남한이라는 정치적 새는 추락에 직면한 채 마냥 오른쪽 날개로만 힘들게 퍼덕거리고 있다.

우리는 반공주의라는 심리적 외상外傷을 어떻게 극복할 수 있을까? 공산주의자는 오랜 기간 동안 반공 도덕 교과서에서 뿔 달린 괴물로 묘사되곤 하였다. 어떻게 하면 언론과 방송을 장악한 수구보수주의자들의 엄청난 힘을 약화시킬 수 있을까? 어떻게 하면 한편으로 좋은 의미의 유교적 전통을 고수하면서, 다른 한편으로 혈연, 학연, 지연이라는 유교적 악습을 근절할 수 있을까? 어떻게 하면 우리는 분단을 영구화하기에 급급한 소수 권력자들의 영향력을 약화시킬 수 있을까? 물론 그들 가운데에도 능력을 지닌 선한 사람도 있으며, 가난한 사람들 가운데에도 무능하고 게으른 이들이 있다. 그렇지만 인구의 95%가 인구의 5%를 위하여 살아가는, 이른바 가난이라는 세습적인 고리는 끊어져야 마땅하지 않을까? 우리는 바람직한 사회를 위해서 이러한 물음을 계속 제기해야 할 것이다. 이러한 문제 제기는 결국 민노당과 진보신당의 보다 설득력 있는 구체적 정책 및 장기적인 전략을 구상하기 위한 목표에 관한 질문이 아닐 수 없다. 무조건 대립만을 생각하지 말자. 새가 좌우의 날개로 날듯이, 투쟁의 행위는 때로는 단합의 행위로 진척될 수도 있다.

13

블로흐의 『흔적들*Spuren*』에는 다음과 같이 적혀 있다. "나는 있다. 그러나 나는 아직 나를 차지하지 못했다. 그렇기 때문에 나는 변화될 것이다." 열두 번째로 그것은 인간이 미래에 어떤 바람직한 문화적 세계를 창조하기 위한 공식이다. 우리는 자유와 사회적 권리로부터 등을 돌려서는 안 된다. 우리는 더 나은 사람으로 거듭날 수 있는 가능성을 처음부터 포기해서는 안 될 것이다.

블로흐의 삶을 예로 들어보자. 그는 어린 시절 지극히 평범한 아이였다. 공부 못하는 유대인 소년에게 가해지는 질시와 비난의 눈길 — 블로흐는 심지어 부모로부터도 무시당하며 외로운 유년기를 보내야 했다. 그러나 그의 상상은 주어진 모든 장애물을 초월하였다. 그는 등하굣길에 걸음을 멈추고 높은 건물을 바라보곤 하였다. 그 옥상에서 자신에게 신호를 보내는 동화 속의 난장이와 교감을 나누려고 했던 것이다. 이로써, 오로지 이러한 관망 행위를 통해서 블로흐는 자신의 상상력을 키워 나갈 수 있었다. 자고로 (유대인의) 끈덕진 오기는 때로는 약이 되는 법이다. 블로흐는 내심 자신의 무능력을 학대하며, 자신을 알아주지 않는 주위 사람들로부터 인정받기 위하여 피눈물 나는 노력을 기울였다. 가난한 유대인 청년에 대한 홀대는 그가 박사학위를 취득한 다음에도 이어졌다. 가령 1914년 하이델베르크에서의 삶을 생각해 보라. 게오르크 루카치가 "마리안네 베버 서클"에서 혜성 같이 나타난 탁월한 문학평론가로 극찬을 받는 동안에, 낯선 에른스트 블로흐는 처음에는 살롱 안으로 발을 들여놓지도 못했다. 루카치를 제외한 다른 사람들은 블로흐의 진면목을 간파하지 못했던 것이다. 젊은 날 블로흐가 루카치에게 보낸 편지를 읽으면, 우리는 당시에 블로흐가 겪었던 고통스러운 자학과 학문에 대한 끝없는 불꽃같은 열정을 감지할 수 있다. 어쨌든 블로흐는 엄청난 양의 지식을 모조리 섭렵하였으며, 이것들을 자신의 학문적 소재로 활용하였다. 이는 과히 어마어마한 양이었다. 그는 불가능한 무엇을 가능한 무엇으로 변화시켰고, 그를 세계적인 학자로 거듭나게 했다.

찢어지게 가난한 집에서 태어난 독일의 철학자 요한 고트리프 피히테는, 어느 영주의 헌신적인 지지가 없었더라면, 평생 마구간에 머물면서 신세나 한탄하며 살아갔으리라.[6] 얼마나 많은 인재들이 암울한 환경으로 인하여 자신의 능력을 발휘하지 못한 채 썩어가고 있을까? 나는 독자들이 블로흐처럼 외치기를 바란다. **나도 여기 있다고. 그러나 아직 스스로를 차지하지 못했다고. 그렇기 때문에 나는 반드시 변화될 것이라고.** 독자여, 현재 사랑받지 못하고 인정받지 못한다고 하더라도, 노력하는 한 당신은 언젠가는 세계에 커다란 영향을 끼칠 수 있을 것이다. 거창하게 들릴지 모르지만 인간은 신과 같은 존재가 아니라 하더라도, 언젠가는 신의 선함과 권능을 지닐 수 있는 날이 도래하게 될 것이다.

6. 요한 고트리프 피히테(1762-1814)는 비숍스베르다 근처의 마을에서 리본을 짜는 가난한 직공의 아들로 태어났다. 그곳의 영주, 하우볼트 폰 밀리츠는 일요일에 성당에 가지 못했다. 이때 피히테는 신부의 설교문을 하나도 빠짐없이 구술해 주었다. 피히테의 재능을 알아차린 영주는 어린 피히테를 데리고 가서 공부시켜 주었다.

에른스트 블로흐의 용어들

1. 들어가는 말

A: 안녕하십니까? 오늘은 에른스트 블로흐에 관해 대화를 나누기로 하지요. 블로흐의 학문은 광범하고 학제적인 내용을 포괄하고 있습니다. 그런데도 블로흐의 학문은 국내외의 인문학 제반 영역에서 외면당하고 있습니다. 그 이유가 무엇이라고 생각하시는지요?

B: 두 가지 사항을 지적하고 싶군요. 첫째로 남한에서는 인문 · 사회과학 영역이 폐쇄적으로 분할되어 있습니다. 물론 학문 영역의 분화는 사회의 변화 내지 전문화와 병행하여 나타나는 자연스러운 현상이긴 합니다. 문제는 학문의 분화로 인하여 인접 학문 사이의 연관성마저 철저히 배제되는 풍토에 있지요. 둘째로 인문 · 사회과학 영역의 폐쇄적 현상으로 인하여 발생하게 되는 나쁜 경향은 연구의 주제를 중시하지 않고, 오로지 연구 내용만을 중시하는 경향이지요. 이는 유럽의 학계에서도 그대로 통용됩니다. 이러한 풍토에서 학자들은 문제점 내지 관련성 대신에 연구 내용에 집착하곤 하지요. 마치 연구 대상이 자신의 소유물인 양 말입니다.[1] 사상이란 만인에 의해 공유되어야 하지 않을까

1. 이러한 풍토에서 이를테면 중국의 경제 연구가는 모택동 사상과 중국의 고대사는 몰라도

요?

A: 옳으신 말씀입니다. 에른스트 블로흐는 문학, 철학, 미학, 법학, 사회학, 신학 등 광범한 영역에서 족직을 남겼는데, 그는 여전히 낯선 이방인으로 취급되고 있습니다. 그런데 블로흐가 외면당하는 또 다른 이유가 없을까요? 가령 남한 사회에 팽배해 있는 미국 문화 중심주의 말입니다.

B: 좋은 지적이로군요. 미국의 생활방식은 오랫동안 남한 사람들의 세계관에 너무나 깊이 개입하였습니다. 블로흐가 자본주의 문화권에서 외면당하는 것은, 주어진 정황을 놓고 볼 때, 당연한 귀결일 것입니다. 그렇지만 사회주의 문화권에서도 블로흐의 학문이 적극적으로 수용되지 않고 있습니다. 이는 블로흐의 정치적 · 미학적 견해에서 기인한다고 말할 수는 없을 것 같습니다. 블로흐의 학문이 외면당하는 것은 언어적 난해함 때문인지도 모르지요. 그의 책들은 제대로 번역되지 않았습니다.

A: 블로흐의 영어판은 어떠한지요?

B: 일부 간행된 블로흐의 영어판은 블로흐의 문장을 정확하게 번역해내지 못하고 있어요. 영어판으로는 블로흐를 이해할 수 없습니다. 영어만을 마스터하는 것으로 서양의 학문을 섭렵할 수 있다는 가설은 여기서 분명히 거짓으로 드러납니다. 마치 서양인이 동양학을 위해 중국어만 마스터하면 족하다고 생각하는 것 자체가 어불성설인 것처럼 말입니다. 각설하고, 블로흐의 학문적 논의에서 중요한 것은 내용 자체가 아니라, 서로 다른 학문들을 관통하는, 일관성 있는 연구 주제입니다. 그렇기에 그것은 학제적으로 천착할 수 있는 테마이지요. 바로 이러한 까닭에 블로흐 연구에서 일차적으로 중요한 것은 몇 가지 학제적 관점

된다. 나아가 한국사 연구가가 헤겔의 『정신 현상학』이 괴테의 『파우스트』와 깊은 관련성을 지닌다는 사실을 몰라도 문제될 게 없을 정도이다. 예컨대 해방신학자들과 마르크스 경제학자들은 한국에서 어떤 학제적 주제를 놓고 대화를 나누지 않는다. 그 이유는 정치 논리 때문만은 아니다.

을 중시하는 시각이며, 이에 입각하여 블로흐 사상에 서서히 접근해야 하겠지요.

2. 경향성과 잠재성

A: 동감입니다. 블로흐를 개관하는 데에는 여러 가지 방법이 있겠지만, 우리는 일단 블로흐의 용어들을 살펴보는 게 좋을 것 같습니다. 여기서 중요한 것은 철학 영역에서의 전문 용어에 관한 규정이 아니라, 블로흐의 철학 사상과 직결되는 용어에 관한 해명입니다. 우리는 여기서 블로흐 사상의 일차적 개념들을 살펴보려고 합니다. 일단 경향성과 잠재성의 개념을 살펴보기로 합시다.

B: 네. 경향성은 라틴어의 "향하다, 목표로 하다tendere"라는 단어에서 유래한 개념입니다. 그것은 고대 그리스 시대에 "외부로 향하다τείνειν" 라는 개념으로 사용되었지요. 이를 고려한다면, 그것이 인간의 내면을 전제로 한 성찰과 같은 의미로 사용되지 않았다는 것은 확실합니다. 기원후에 보에티우스Boetius는 경향성과 관련하여 다음과 같이 언급한 바 있습니다. 즉, "존재하는 모든 것은 선을 추구한다"는 것입니다. 이 명제 속에는, 엄밀히 말하자면, "존재하는 것은 자신과 일치되는 것을 추구한다"라는 아리스토텔레스와 프로클로스Proklos의 표현에 어떤 다른 의미, 즉 선善이 추가된 것입니다.[2]

A: 경향성은 스피노자에 의해서 "열망conatus"의 의미로 사용되지 않았습니까?

B: 그렇습니다. "열망"은, 스피노자에 의하면, 모든 사물의 성향으로 이해됩니다. 모든 사물은 자신의 존재를 보존하려는 성향을 지니고 있는데, 이것이 바로 "열망"이라고 합니다. 한 가지 보충하자면, "열망"

2. Joachim Ritter u. a. (hrsg.): Historisches Wörterbuch der Philosophie, Bd. 10, Basel 1998, S. 998f.

은 정신적 노력을 지닐 경우 "갈망voluntas"으로 명명되고, 정신적 · 육체적 노력을 공히 지닐 경우 "욕망appetitus"이라고 명명됩니다.

A: 라이프니츠는 그 개념을 다른 각도에서 사용했지요?

B: 네, 라이프니츠는 선과 악을 의식하면서, 인간의 갈망을 "경향Tendenz"과 "열망conatus"으로 구분하였습니다. 경향은, 라이프니츠에 의하면, 최고선을 추구하는 신의 노력이라는 것입니다. 이에 반해서 "열망"은 심리적 · 물질적 대상을 본능적으로 얻으려고 하는 욕구를 가리킵니다. 말하자면, 라이프니츠는 신과 인간의 관계 속에서 경향성을 추적하려고 하였습니다. 독일 계몽주의 시기 이후에 비로소 경향성의 개념은 자아와의 관련 속에서 이해되기 시작했습니다. 이를테면 경향은, 피히테에 의하면, 자아에 관한 이론의 내부에 도사리고 있는 기본 개념이라고 합니다. 경향은 자아를 완전한 존재로 정착시키도록 작용하는 순수한 행위라는 것입니다.

A: 피히테는 경향을 "충동Trieb," "에너지Kraft," "능력Vermögen"과는 달리 자아를 구성하는 실질적 존재자로 규정하였지요?

B: 그렇습니다. 피히테는 경향성을 인간의 내부에서 도출해 내려고 했습니다. 경향성은 블로흐의 철학에서는, 주어진 공간 영역을 고려할 때, 잠재성과 반대되는 개념으로 활용되고 있습니다. 그것은 완전하게 출현하려고 애쓰는 어떤 물질의 발전 과정에서 나타나는 특성이지요. 블로흐 역시 이러한 맥락 속에서 경향성을 수용하였습니다. 경향성은, 블로흐에 의하면, "유일하게 중지되지 않는, 실제로 세계 속에서 주도적으로 활동하는" 성질입니다. 블로흐는 다음과 같이 주장합니다. 경향성은 아직 실현되지 않은 존재로서 나중에 이상으로 변화하게 되는 무엇에 자극을 주는 특성이라고 말입니다. 이를 위해서 필요한 것은 '인간은 경향성을 과연 어떻게 자유롭게 추동할 수 있는가?' 하는 물음에 대한 답입니다.[3]

A: 블로흐는 경향성을 설명하기 위해서 음악에서 예를 끌어내었습니

다. 경향성은 전환의 시기에는 마치 승화된 의지로서의 어떤 협주곡과 다를 바 없다고 합니다. 왜냐하면 변화의 시기에 협주곡 속에는 주어진 시대를 앞서는 어떤 무엇이 예술적으로 선취되고 있기 때문이지요.

B: 재미있군요. 경향성이 역사적 변화를 추동하는 한, 그것은 유토피아로 향하는 과정 내지 과도적인 의미를 지닙니다. 이 점을 고려하여 블로흐는 경향성의 개념에서 개방적이고 역동적인 어떤 특성을 도출해 내었던 것입니다. 경향성에 대한 블로흐의 관점은 다른 정치경제학자들의 그것과 구별됩니다. 이는 마르크스가 경향성의 개념을 단순히 차단된 법칙으로 사용하였다는 사실과 관련됩니다.

A: 나중에 마르크스주의자들은 경향성을 하나의 차단된 법칙으로서 수용했지요?

B: 그렇습니다. 블로흐에 의하면, 경향성 속에는 법칙과는 다른, 엄연한 차이점이 도사리고 있다고 합니다. 왜냐하면 경향성은 법칙과는 반대로 아직 결정되지 않은 특성을 포함하기 때문입니다. 어떤 법칙이 항상 되풀이되는 결론을 확정시키는 곳에서, 경향성은 새로운 무엇을 위해서 본연의 자리를 비워두고 있지요.

A: 게오르크 루카치 역시 예술적 조류와 관련하여 경향성에 관해서 해명한 바 있지요.

B: 루카치는 경향의 예술과 시민적 절충주의에 입각한 순수한 예술 사이의 이분법을 근본적으로 비판했습니다.[4] 경향성은 긍정적 의미에서 진정한 리얼리즘의 변증법적 객관성을 위한 전제조건이 될 수 있다고 합니다.

A: 잠재성에 관해서 살펴볼까요?

B: 네. 경향성 속에는 은폐된 상 내지 유토피아로서의 잠재성이 기초

3. Ernst Bloch: Wahrheit als eingreifende Abbildung von Tendenzen und Latenzen, in: ders., Tendenz - Latenz - Utopie, Frankfurt a. M., S. 350-360.

4. 이는 루카치의 논문 「민족 시인 하인리히 하이네」에서 잘 나타난다. 게오르크 루카치: 『리얼리즘 문학의 실제 비평』, 반성완 외 역, 까치 1987, 282쪽 이하.

를 이루고 있습니다. 경향성은 "행위를 통한 물질의 에너지 법칙"으로 규정될 수 있는 반면, 잠재성은 (아리스토텔레스와 라이프니츠가 제각기 천착한 바 있듯이) 가능성의 영역 속에 도사린 물질의 배아(엔텔레케이아)로 규정될 수 있습니다. 경향성과 잠재성을 깨닫는 자는 다음의 사실을 분명히 인식할 수 있지요. 세계의 역사적 의미가 결코 정태적으로 주어진 게 아니라, 지속적으로 새롭게 발현한다는 사실 말입니다. 그렇지만 블로흐는 아리스토텔레스의 배아 이론으로 잠재성의 특성을 종결짓지는 않습니다.

잠재성은 자신의 방향과 과정에 있어서 객체로서의 세계로부터 출발하지요. 가령 잠재성은, 블로흐에 의하면, "하나의 기대 영역"으로서 목표와 관계되는 개념입니다. 블로흐는 1935년에 쓴 논문에서 잠재성을 "하늘 저편의 마지막 부분"으로 비유하였습니다.[5] 다시 말해서, 잠재성은 아직 현존하지 않는 목표 내용의 현존재인데, 신화적으로 완성되어 있고, 결정되어 있으며, 구球를 그리고 있는 무엇과 동일하다고 합니다. 원래 잠재성은 라틴어의 "숨어 있다latere"에서 나온 것입니다. 이를테면 가톨릭의 레퀴엠 가운데 "모든 숨어 있는 것은 반드시 출현하리라Quidquid labit apparebit"라는 구절을 생각해 보세요. 요약하건대, 블로흐는 잠재성을 먼 목표의 지평으로 이해하였으며, 미래의 어느 시점에서 그것이 현실 속에 모습을 드러내리라고 믿었습니다.

A: 네. 갑자기 브레히트의 시 「후세사람들에게」의 시구가 떠오르는군요. "… 목표는/아주 먼 곳에 위치하고 있었네./비록 거의 도달할 수 없더라도/내 눈에 분명히 보였지." 이 구절에서 중요한 것은 멀리 보이는, 그러나 거의 도달할 수 없는 목표에 대한 상이지요. 이러한 생각이 과연 공상적일까요? 이제 공상주의에 관해서 살펴보기로 합시다.

5. Gerardo Cunico (hrsg.): Ernst Bloch: Logos der Materie. Eine Logik im Werden. Aus dem Lachlass 1923-1949, 2000, S. 350.

3. 공상주의

B: 몇몇 학자들은 에른스트 블로흐를 비판하면서 공상주의Utopismus라는 용어를 자주 사용하였습니다. 공상주의는 그 자체 부정적인 의미를 포함하고 있습니다. 이를테면 유토피아를 실현하려는 인간의 모든 노력은 궁극적으로 어떤 불가능한 무엇을 획득하려는 의지를 지니고 있습니다. 이 지상에 천국과 같은 이상향을 건설한다는 것 자체가 인간의 힘으로는 도저히 이룰 수 없는 욕망이라고 합니다. 다시 말해, 유토피아를 실현한다는 가설은 인간의 권능을 넘어서는 것이며, 오로지 신의 구제를 통해서만 가능하다는 것입니다. 이러한 견해를 내세우는 학자는 한결같이 다음과 같이 말했습니다. 즉, "유토피아는 인간의 세속적인 역사 발전의 '과정progressus' 으로써 신의 인간에 대한 정신적인 '보호profectus' 를 대치시키려고 한다"고 말입니다.

A: 왜 그들이 그렇게 주장했을까요?

B: 그들 견해의 배후에는 다음과 같은 근본적인 입장이 도사리고 있습니다. 즉, 이상적 사고란 일부 신학에서 말하는 "신정론Theodizee"의 거대한 범주에 포함되는 작은 개념이라는 입장 말입니다. 아른헬름 노이쥐스는 상기한 견해를 표방하는 학자들을 "보수적 반反이상주의자"라고 일컬었습니다.[6] 요스트 헤르만트도 유토피아는 이들에게 "종교적인 명상의 연장"일 뿐이라고 지적하였습니다. 왜냐하면 그들은 "일단 이 세상을 비양심적으로 악마에게 맡겨놓고, 그 대가로서 삶의 저편에서 위안을 찾으려고" 하기 때문이라는 것입니다.[7]

A: 무릇 종교적인 신앙심들은 그 자체로 비판받아서는 안 됩니다. 왜냐하면 그것들은 학문으로서의 신학과는 달리 신앙 고백에 그 바탕을 두고 있는 것으로서, 타인에 의해서 배척되거나 강요될 수 없는 성질의

6. Arnhelm Neusüss: Utopie: Begriff und Phänomen des Utopischen, Darmstadt 1986, 40f.
7. Jost Hermand: Orte Irgendwo. Formen utopischen Denkens. Königstein Ts. 1981, S. 15.

것들이기 때문입니다.

B: 동감입니다. 분명한 것은 다음과 같은 사실입니다. 만약 신앙인들이나 신학사들이 공동으로 속세의 비참한 현실을 비판할 때, 종말론에 근거하고 있는 그들의 이념은 이상적 사고로서 이해될 수 있다는 점 말입니다. '어째서 주어진 현실이 이렇게 참담한가? 혹은 찬란했던 과거의 현실을 지금의 이 땅에 이룩할 수 없는가?' 라는 생각은 종말론에 근거한 사고의 출발이 됩니다. 이 경우, 그것은 결정주의적인 신학과는 무관한, 사회적 문제에 대한 그들의 견해 표명이라고 할 수 있습니다. 그러므로 우리는 종말론적 세계관의 배후에 이 세상의 모순점을 극복하려는 인간의 의지가 감추어져 있음을 깨달을 수 있습니다.

A: 그에 대한 예를 들어주시겠습니까?

B: 네. 조아키노 다 피오레Joachim de Fiore, 토마스 뮌처Thomas Müntzer, 바르톨로메 드 라스카사스B. d. Las Casas 등을 들 수 있습니다.[8] 카를 카우츠키Karl Kautsky는 그의 책 『기독교의 근원*Der Ursprung des Christentums*』(1908)에서 세상을 개혁하려는 이들의 노력을 인정하면서도, 이들의 사상을 오로지 종교의 영역에 국한시키는 우를 범했습니다.[9] 가령 토마스 뮌처의 농민 혁명은, 카우츠키에 의하면, 어디까지나 종교개혁의 범주를 벗어나지 못한다는 것입니다.

4. 구성될 수 없는 질문 그리고 그 형체

A: 카우츠키가 종교와 사회적 혁명을 마치 따로국밥처럼 별개로 생각한 것은 바로 그 때문이겠군요. 이러한 편협한 태도는 오늘날의 정치경제학자들의 어리석은 자세를 유추하게 합니다. 그들은 마르크스주의를

8. 뮌처와 라스카사스의 종교적 입장이 루터의 신학과 어떠한 차이를 지니는가? 하는 물음에 관해서는 다음의 책을 참고하라. 박설호: 『라스카사스의 혀를 빌려 고백하다』, 울력 2008, 제 1장.

9. Karl Kautzky: Der Urprung des Christentums, Berlin 1908.

이해하기 위해서는 마르크스와 엥겔스의 책만 읽으면 족하다고 생각하지요. 이번에는 "구성될 수 없는 질문"과 "구성될 수 없는 질문의 형체"에 관해서 설명해 주시지요?

B: 네. 그것은 블로흐의 초기 존재론을 이해하기 위한 핵심 용어입니다. 블로흐는 1920년대에 신칸트학파 철학자들이 철학적 인식 행위를 오로지 인식 자체로 축소시키는 데 반기를 들었습니다. 나아가 그는 모든 대상을 미시적 관점에서 상대적으로 서술하는 게오르크 지멜의 관점을 무조건 긍정적으로 받아들일 수 없었습니다. 또한 에드문트 후설과 앙리 베르그송과 같은 철학자들의 관점도 수용할 수 없었습니다. 이들이 현상에만 몰두하고 있다면, 지멜은 원칙적 상대주의에 입각하여, 이른바 교환이라는 사회학적 관계론에 집착하고 있다는 것입니다. 블로흐의 눈에는 이러한 두 가지 입장 속에 주체의 인식 행위가 배제되어 있는 것으로 비쳤습니다.

A: 블로흐는 당시에 유행했던 상대주의의 시각이라든가 현상학의 단초 대신에, 주체의 사고 행위를 집중적으로 파고든 셈이로군요.

B: 네. 그의 관심사는 주체의 인식 행위 속에 도사린 갈망 내지 욕망으로 향하였습니다. 지금까지의 인식론은, 블로흐에 의하면, 정태적으로 차단된 인식론에 불과했습니다. 왜냐하면 그것은 무언가를 갈구하는 인간의 역동성을 처음부터 좌시했기 때문입니다.

A: 인간 주체의 갈망 내지 욕망에 관한 논의는 수십 년이 지난 후에 다시 제기되었습니다. 프랑스의 철학자 질 들뢰즈와 가타리는 "욕망의 노마디즘 방식의 생산"에 관해서 언급한 바 있습니다. 욕망은, 이들의 견해에 의하면, 기관 없는 신체입니다. 다시 말해서, 욕망은 어떠한 고착된 틀에 의해서 차단되지 않는 착상 속에 존재합니다. 이를테면 실현되지 않는 사적인 욕망은 수없이 탄생하여 수없이 망각으로 잊혀집니다.

B: 인간의 의식에는 또 다른 갈망, 혹은 새로운 유형의 욕망들이 끊임없이 다시 출현한다는 지적이로군요. 들뢰즈의 이러한 사고에는 블

로흐의 사고와 어느 정도 공통되는 부분이 있는 것 같습니다.

A: 네. 욕망들은 때로는 다양한 인간관계를 연결시키는 끈으로 작용할 수도 있습니다. 그렇기에 인간관계는 "욕망이라는 미립자의 조우 내지는 교착의 관계"(스피노자)로 설명될 수 있습니다. 욕망이 축적되기 위해서는 어떤 필요성이라는 시스템이 필연적으로 요청됩니다.[10] 왜냐하면 끝없이 떠오르는 욕망은, 현실 속의 필연성 내지 요청 사항이 존재할 경우, 분명히 의식화되고 우리의 전의식 속에 머물러 있기 때문입니다. 그렇지만 이러한 시스템은, 들뢰즈와 가타리에 의하면, 그 자체 갈망과는 본질적으로 다른 특징을 지닙니다. 왜냐하면 시스템은 주어진 대상을 차단하고 질서 잡는 역할을 수행하는 반면에, 욕망은 수없이 분산되는 착상으로 끊임없이 의식 속에서 창출된 다음에 사라지기 때문입니다. 이 경우 무의식은 열망하고 갈구하는 기계의 역할을 수행합니다.[11] 욕망은, 들뢰즈와 가타리에 의하면, 무의식이라는 기계에 의해서 무수한 개체로 분산되는 무엇입니다. 그것은 — 아우구스티누스가 『신의 국가에 관하여』에서 마치 모래시계에서 빠져나오는 수많은 모래처럼 순간들을 파악했듯이 — 구조주의적으로 물화된 단자들, 그 이상도 그 이하도 아니지요.

B: 이것들은 블로흐가 말하는 낮꿈과 관계되지 않습니다. 낮꿈은 굶주림을 떨치려는 자기 보존 충동에서 출발하므로, 그 속에는 최소한 세상을 개혁하려는 주체의 의지가 도사리고 있습니다. 이러한 특성을 고려한다면, "최상의 것을 잊지 말라"는 블로흐의 공식은 프랑스 구조주의자들의 사고에는 통용될 수 없습니다.

A: 그렇습니다. 욕망이 결국 사회적 동력으로 작용할 수 있다는 블로흐의 입장은 이들에게는 성립되지 않습니다.

10. 가령 다음의 책을 참고하라. 우노 구니이치, 이정우, 김동선: 『들뢰즈, 유동의 철학: 한 철학자의 지적 초상화』, 그린비 2008.

11. Deleuze/Guatari: Anti-Ödipus, Frankfurt a. M. 1974, S. 117.

B: 들뢰즈가 "망각"으로 이해한 '사라진 갈망'은, 블로흐에 의하면, 역사적 사실로 화한 이데올로기입니다. 주어진 현재는 망각으로 축적된 이데올로기로 차단되어 있으므로, 억압당하는 인간은 이에 대해서 저항하지 않으면 안 됩니다. 이러한 역동적 저항의 자세는 들뢰즈에게서 전혀 발견되지 않습니다. 지금까지의 전통적 철학은 세계와 인간에 관한 상을 고찰하면서 이에 대해 문제를 제기해 왔습니다. 이로 인하여 확인의 방법론은 처음부터 가능한 해결책을 미리 설정하고 있습니다. 이는 나중에 임마누엘 칸트, 그리고 뒤이어 프리드리히 빌헬름 J. 셸링의 자연과학적 인식 모델로 확정되었습니다.

A: 독일의 선험철학자들은 인간의 갈망과 삶을 위한 재화 등을 이룩할 가능성을 하나의 특정한 상으로써 확정하려고 애쓴 셈이로군요.

B: 네.

A: 그것은 일시적으로 성공을 거둘 수 있지만, 나중에는 그렇지 않습니다. 가령 들뢰즈와 가타리가 말하는 갈망을 생산하는 유목 행위는 이를테면 "리좀rizhome"의 선분성線分性에 관해서 구조주의적으로 미세하게 분석할 수 있을지는 몰라도, "어째서 인간은 억압되어 있기를 원하는가?"라는 질문과 "어째서 인간은 항상 저항하는가?" 하는 질문에 대해 명징하게 대답할 수는 없습니다.[12]

B: 어쨌든 블로흐는 1918년에 펴낸 『유토피아의 정신』에서 그러한 특정한 상을 인식 행위로 이전시키고, 철학적 논의로 제기되는, 이른바 갈망과 질문을 동일한 차원으로 설명하려고 시도했습니다. 다시 말해서, 질문은 본질적으로, 마치 하나의 알처럼, 질문에 대한 질문을 품고 있습니다. 여기서 말하는 질문은, 블로흐에 의하면, 구성될 수 없습니다. 왜냐하면 질문은 처음부터 대답을 추월하기 때문입니다. 질문이 대답을 추월하지 않으면, 그것은 결코 철학적인 질문이라고 말할 수 없습

12. 심광현: 「들뢰즈와 창조성의 정치학」, 실린 곳: 『문예 미학 6, 해체론과 맑스주의』, 문예미학회 1999, 482쪽 이하.

니다. 새로운 철학 행위와 갈망 행위는 궁극적으로 질문의 근원으로 그리고 필연성의 근원으로 거슬러 올라가야 한다는 것입니다.[13]

A: 블로흐는 이를 설명하기 위해서 소크라테스의 놀라움이라는 정서적 인식 이론의 상을 예로 들었지요?

B: 그렇습니다. 모든 바람과 인식 행위를 촉발시키는 근원적 놀라움, 이것 외에는 오로지 본능적 충동이 존재할지 모릅니다. 근원적 놀라움은 어떠한 대상과의 거리감도 용납하지 않으며, 어떠한 완결된 방향 또한 스스로 감지하지 못합니다. 그것은 의미심장한 물음 내지 의미심장한 갈망의 방식에 대해 질문을 던지면서 단편적으로 다른 무엇과 연결됩니다. 바로 이러한 근원적 놀라움을 통하여 블로흐는 미지의 영역 속에 은폐되어 있던 "아직 의식되지 않은 무엇"을 서서히 유추해 냅니다.[14]

A: 선생님의 말씀을 요약해 주시지요?

B: 네. 갈망과 근원적 질문은 근본적으로 구성될 수 없는 특징을 지닙니다. 그렇기에 "최상의 것을 잊지 말라"라는 전언은 결코 망각될 수 없습니다.[15] 그렇지 않다면 모든 갈망과 질문의 행위는 언젠가는 차단되거나 중지될 테니까 말입니다.

A: 이제 "구성될 수 없는 질문의 형체"에 관해서 말씀해 주시지요?

B: 네, 그것은 그 자체 어떤 모순을 표방하고 있습니다. 구성될 수 없다는 말은 하나의 형태로 드러날 수 없다는 말과 동일합니다. 그렇지만 형체는 구성을 소환해 낼 가능성을 찾아야 합니다. 다시 말해서, 구성될 수 없는 질문의 형체는 "지금 여기"에서는 아직 하나의 형태로 분명하게 구성되지는 않지만, 빠르든 늦든 간에, 선험적이든 경험 이후이든 간에, 전체와 부분 사이의 어떤 관계로서 명징하게 출현해야 합니다. 블로흐는 이러한 역설을 다음과 같이 계속 추적해 나갑니다. 우리

13. Ernst Bloch: Geist der Utopie, Frankfurt a. M. 1985, S. 247ff.
14. 에른스트 블로흐: 『희망의 원리』, 5권, 열린책들, 2004, 266쪽 이하를 참고하라.
15. Siehe Ernst Bloch: Spuren, Frankfurt a. M. 1985, S. 216.

는 구성될 수 없는 질문의 토대를 깊이 숙고함으로써 인식 작업 속에 도사린 질문의 특성이 결코 확정될 수 없는 무엇이라는 사실을 깨닫게 됩니다. 왜냐하면 인간의 인식 행위 속에는 수없는 갈망의 내용이 도사리고 있으며, 사고 행위는 실천 행위 내지 가능성에 대한 희망을 궁극적으로 지향하기 때문입니다.

A: 요약하자면, 구성될 수 없는 질문은 질문의 가능성에 관한 질문이며, 전체 역사 속에 도사린 물음에 관한 질문이로군요. 그렇다면 그것은 오로지 역사적 변화의 계기 속에서 순수한 놀라움으로 표출되는 무엇인 셈입니다.

B: 인간의 놀라움이 하나의 계기로 표현될 때, 구성될 수 없는 질문은 비로소 하나의 형체를 획득할 수 있을 겁니다.

5. 구체적 유토피아

A: 이제 구체적 유토피아에 관해서 살펴보기로 합시다. 프리드리히 엥겔스는 「유토피아로부터 과학으로의 발전Die Entwicklung von der Utopie zur Wissenschaft」에서 다음과 같이 기술하였습니다. 카를 마르크스 이전의 사상가들은 더 나은 사회상을 기상천외한 방식으로 설계했으나, 그들의 사고는 현실 변화에 직접적으로 영향을 끼치지 못했다고 말입니다.[16]

B: 유토피아는, 엥겔스에 의하면, 노동 양식 및 사회의 변화를 지향하지 않으며, 주어진 현실에서 요청되는 목표를 비켜가는 추상적인 무엇이라고 합니다. 이러한 예는 이른바 공상적 사회주의자들의 더 나은 사회에 관한 상들에서 발견됩니다.

A: 이에 대한 블로흐의 견해는 어떠한가요?

16. Siehe Friedrich Engels: Die Entwicklung von der Utopie zur Wissenschaft, in: MEW. Bd. 19, Berlin 1969, S. 180ff.

B: 블로흐는 두 가지 관점에서 엥겔스의 견해에 이의를 제기합니다. 첫째로 엥겔스는 유토피아를 과거의 일회적 사고로 못 박고 있다는 것입니다.

A: 엥겔스는 현재의 현실에서 하나의 이상적 사고로 출현할 수 있는 유토피아의 기능을 처음부터 용인하지 않지요?

B: 그렇습니다. 둘째로 블로흐는 엥겔스가 "여성 해방과 관련된 모든 진리는 마르크스의 책 속에 담겨 있다"(클라라 체트킨)라는, 원전 숭배의 보수주의에 침잠해 있다고 생각합니다.[17] 마르크스의 사상은, 블로흐에 의하면, 만인 평등의 삶이라는 이상을 내재하고 있습니다. 그러나 마르크스주의는 시대와 장소를 초월하는 보편적 철칙으로서 무작정 현재에 대입되는 사상이라기보다는, 하나의 범례로 이해되어야 합니다. 다시 말해서, 자유의 나라는 (마르크스가 『자본』에서 조심스럽게 제기한 바 있는) 평등 사회에 대한 하나의 범례라는 것입니다. 한마디로, 구체적 유토피아는 자유의 나라에 관한 구체적인 범례로 규정될 수 있습니다. 이러한 언급을 통해서 블로흐는 유토피아를 마침내 역사적 일회성의 늪에서 구출해 냅니다.

A: 이를 위해서 활용하는 용어가 바로 구체적 유토피아인가요?

B: 그렇습니다. 이를테면 마르크스주의는 구체적 유토피아라는 현상적 사고에 대한 구체적 내용물입니다. 구체적 유토피아는 실천을 위하여 두 가지 성향을 지닙니다. 첫 번째 성향은 충분히 주어진 조건을 반영한 것으로서, 목표로 향하는 과정의 노력을 가리킵니다. 두 번째 성향은 유토피아의 전체성을 기본적으로 지니게 하는 것으로서, 부분적으로 획득한 무엇을 전체적 목표를 위해 파기시킵니다. 그렇기에 구체적 유토피아는 인간의 노동 행위 내지 창조 행위의 지평과 밀접하게 관

17. 물론 체트킨이 프롤레타리아 운동의 역사에서 여성의 역할을 중시하고, 이를 강조하기 위해서 그렇게 말한 것은 사실이다. 그러나 모든 진리가 지나간 책 속에 고스란히 담겨 있다고 주장하는 것은 그 자체 어폐가 있다. Clara Zetkin: Zur Geschichte der proletarischen Frauenbewegung Deutschlands, dritte Aufl., Frankfurt a. M. 1984, S. 116.

련됩니다. 인간이 역사 속에서 무언가를 산출해 내고 자신이 뜻한 바를 실천해 내려면, 인간이 행하는 경제적 · 사회적 운동의 과정을 정확히 파악해야 합니다. 이를 위해서 기능하는 것이 바로 행위의 지평으로서 구체적 유토피아입니다.[18]

A: 그래도 잘 이해되지 않는군요.

B: 설명이 미진한가요? 구체적 유토피아의 기본적 특성은 두 가지로 설명할 수 있습니다. 첫째로 구체적 유토피아는 **경향성**의 영역 속에 머물러 있습니다. 경향성은 모든 객관적 동인으로서의 어떤 조건적 상태입니다. 그것은 주관적 동인이 실제로 개입할 때 비로소 활동하기 시작합니다. 현실의 조건 상태는 주관적 동인에 의해서 스스로 변화됩니다. 따라서 경향성은 노동하는 주체가 자신의 일을 관철시키기 위해서 필요한 것으로서, 처음부터 확정된 게 아닙니다. 그래서 그것은 법칙성과는 거리가 멉니다.

A: 두 번째 사항은 어떠한가요?

B: 둘째로 구체적 유토피아는 블로흐가 자주 언급한 객관적 · 현실적 가능성과 관계됩니다. 이것은 더 이상 주체의 충동 내지 동력과 결부되지 않고, **잠재성**이라는 현실적 토대의 객관적 지평과 접목되어 있습니다. 구체적 유토피아는 경향성뿐 아니라, 법칙으로서의 잠재성으로부터 영양 공급을 받습니다. 그것은 결코 불변하는 하나의 상으로서 목표 가능성을 확정하지 않습니다. 목표 가능성을 마련하기 위한 객관적 토대가 바로 잠재성입니다. 잠재성은 가능한 미래상 내지 미래의 의향을 통해서 수단을 발전시키고, 그 자체 적용 범위를 확정하게 해주는 수단입니다.

18. Burghart Schmidt: Kritik der reinen Utopie. Eins sozialphilosophische Untersuchung, Stuttgart 1988, S. 16.

6. 마르크스주의

A: 흔히 정치경제학자들은 블로흐의 철학이 마르크스주의가 아니라고 주장하지요?[19]

B: 엄밀히 말하자면, 블로흐의 철학 사상은 마르크스주의와 동일하지는 않지만, 완전히 이질적인 것이라고 단언할 수는 없습니다. 심지어 20세기 초에 간행된 블로흐의 초기 저작인 『유토피아의 정신』을 염두에 두더라도 그러합니다.

A: 어째서 그러한가요?

B: 블로흐는 이른바 엥겔스 이후의 마르크스주의자들이 강조하는 역사적 숙명으로서의 결정주의를 인정하지 않습니다. 그렇지만 블로흐는 마르크스와 마찬가지로 개방성과 역동성을 역사 발전의 가장 중요한 동인으로 규정합니다. 물론 블로흐가 자신의 사상적 출발점을 처음부터 마르크스주의 내부에서 찾은 것은 아니었습니다. 1908년에 발표된 블로흐의 박사학위 논문 『리케르트에 관한 비판적 논평과 현대 인식 이론의 문제』에서는 막스 베버Max Weber 중심의 역사주의의 관점에서 가치 이론의 문제들이 가치중립적으로 언급될 뿐입니다.[20]

A: 그렇지만 거기서는 이후의 사상적 단초인 "아직 아니다"라는 사상적 모티프가 출현하지 않습니까?

B: 그렇습니다. 1918년에 발표된 『유토피아의 정신』에서 블로흐는 이러한 과거의 전통적 입장을 거부합니다. 블로흐는 이 책에서 제반 학문 행위의 문제로 드러나는 세계의 과정 속에서 출현하는, 마치 지평처럼 떠오르는 모든 목표를 처음으로 설계하기 시작합니다. 이는 특정한 인간에게 "충족된 삶의 순간적 어두움"으로 투영됩니다.

19. 다음의 문헌을 비교하라. 윤소영: 『역사적 마르크스주의: 이념과 운동』, 공감이론신서 20, 서울 2005, 356쪽.
20. 이는 다음의 문헌을 가리킨다. Ernst Bloch: Kritische Erörterungen über Heinrich Rickert und das Problem der Erkenntnistheorie, Diss. 1909.

A: 그것은 아르투어 쇼펜하우어의 영향에 의한 존재론적 출발점이겠지요?

B: 정확히 간파하셨군요. 물론 블로흐는 마르크스주의와는 거리감이 있는 연구 대상을 선택하였지만, 그의 관점은 무산계급의 시각에서 벗어나지 않습니다. 여기서 우리는 블로흐의 유토피아 철학에 담겨 있는 특성을 읽을 수 있습니다. 그것은 다름 아니라 "마르크스주의와 실존주의의 용해"이지요.[21] 중요한 것은 마르크스주의의 내용뿐 아니라, 마르크스주의의 시각 내지 관점입니다.

A: …

B: 만약 우리가 마르크스주의를 역사적 합목적성 내지 역사적 진보의 확신으로 규정한다면, 우리는 블로흐의 사상이 마르크스주의를 다르게 해석했다고 말할 수 있습니다. 그러나 다른 한편으로 마르크스주의는 역사를 혁명 속에 도사린 역동적 순간으로 파악하고, 진보를 오로지 가능한 무엇으로 이해할 수도 있습니다.

A: 만약 그게 사실이라면, 우리는 마르크스가 한 번도 언급하지 않은 역사적 전망의 내용을 집요하게 추적한 학자로서 블로흐와 발터 벤야민을 손꼽을 수 있겠군요. 그런데 두 사람의 관점은 지향성 내지 기대정서로서의 목표를 고려할 때 분명히 다릅니다. 벤야민의 「역사철학 테제Über den Begriff der Geschichte」에서는, 혁명Revolution 자체가 진화Evolution의 반대로서, 앞으로 나아가는 기차를 멈추게 하는 파괴적 힘이라고 암시되어 있습니다.[22]

B: 네. 그런데 미래에 대한 두 사람의 입장은 분명히 다릅니다. 벤야민이 마르크스주의가 추구하는 역사 발전의 마지막을 부정적으로 기술한 반면에, 블로흐는 마르크스가 암시한 "자유의 나라"를 인간이 끝없

21. Helmut Fahrenbach: Marxismus und Existenzialismus in Bezugsfeld zwischen Lukács, Sartre und Bloch, in: G. Flego (hrsg.), Ernst Bloch - utopische Ontologie, Bochum 1986, S. 45-70, Hier S. 57f.

22. 반성완 편: 『발터 벤야민의 문예이론』, 민음사 1983, 343쪽 이하를 참고하라.

이 추구해야 할 이상적 사회라고 이해합니다. 미래는, 확실함을 보장해주지 않는 초월의 속성에서 벗어나지 않기 때문에, 블로흐의 사상이 기껏해야 종교의 영역에서 유효할 뿐이라고 주장할지 모릅니다.[23] 그렇지만 미래가 불확실하기 때문에 어떤 합리적 계획에 의해서 미리 정확히 선취할 수 없다고 해서, 현실화를 요구하는 블로흐의 미래 지향적인 원칙 자체가 처음부터 파기될 수는 없습니다.

A: 미래가 불분명하다는 이유로 인간이 행하는 찬란한 미래의 계획이나 끔찍한 미래에 대한 예방 행위 자체가 무가치하다고 말할 수는 없겠지요?

B: 그렇습니다. 그렇기에 우리는 최소한 마르크스주의에서 유토피아의 기능을 찾아내려는 블로흐의 노력을 인정해야 할 것입니다.

A: 그렇다면 우리는 어떤 사상적 조류를 하나의 명사적 이원론으로 구분해 놓고, 이 가운데 하나를 참된 것으로 단언하는 태도를 배격해야 한다는 말씀인데….[24]

B: 그 점이 중요합니다. 우리는 역사적 합목적성 내지 객관적 실증주의라는 철칙으로써 유토피아를 성급하게 역사적인 무엇 내지 객체로서의 무엇 등으로 짜 맞추고 재단하지 말아야 합니다. 오히려 우리가 구출해야 하는 것은 가장 힘든 사회적 삶의 지평에서 무언가 초월할 수 있는 동인으로서의 유토피아입니다. 중요한 것은, 블로흐에 의하면, 마르크스주의에 입각하여 모든 것을 도구적 실증주의의 방식으로 엄밀히 나누고 분석하는 작업이 아니라, 주어진 여건에서 더 나은 삶을 위한 가능성의 단초를 발견하는 작업입니다. 왜냐하면, 사회주의의 지평을 고려할 때, 하층민에게 자유롭고 풍요로운 삶을 누리게 하는 일이야말로 가장 중요한 과업이기 때문입니다.

23. Michael Eckert: Transzendieren und immanente Transzendenz, Die Transformation der traditionellen Zweiweltentheorie von Immanenz und Transzendenz in Ernst Blochs Zweiseitentheorie, Wien 1971, S. 110-114.

24. Burghart Schmidt: Ernst Bloch, Stuttgart 1985, S. 40f.

7. 비동시적인 것의 동시성

A: 잘 알겠습니다. 이번에는 블로흐의 "비동시적인 것의 동시성"에 관해서 살펴보기로 하겠습니다. 흔히 사람들은 동시성의 비동시성 혹은 비동시성의 동시성이라는 용어를 혼용하면서, 이를 에른스트 블로흐의 전문 용어라고 지레짐작합니다.

B: 그러나 이것은 블로흐에 의해서 처음으로 사용된 용어가 아닙니다. 이 용어를 처음으로 사용한 사람은 20년대에 활동했던 예술사가 빌헬름 핀더Wilhelm Pinder였습니다. 핀더는 빌헬름 딜타이의 "개개인들에 관한 동시성의 관계ein Verhältnis der Gleichzeitigkeit von Individuen"라는 표현에 주목하였습니다.

A: 딜타이에 의하면, 하나의 세대는 주어진 세계에 대해서 어떤 공통적인 경험을 받아들입니다. 이러한 일차적 경험은 나중에 하나의 동질적 전체성이라는 동인으로 작용한다는 것입니다. 이러한 언급은 그의 책 『슐라이어마허의 삶』에 잘 나타나 있습니다.[25]

B: 네, 핀더는 딜타이의 사고를 발전시켜서 "동시적인 것의 비동시성Ungleichzeitigkeit des Gleichzeitigen"을 도출해 내었습니다. 핀더의 관심사는 20세기 초에 출현한 동시다발적인 예술 사조로 향하고 있었습니다.

A: 그렇다면 20세기 초에 다양한 예술 사조가 어째서 동시다발적으로 출현했을까요? 인구 폭발 내지 대도시 집중화 현상 등으로 다양한 예술적 조류들이 동시다발적으로 출현하여 공존 내지는 대립 구도를 드러내었습니다. 이전의 세기에는 한 가지 혹은 두 가지 예술적 조류가 병렬적으로, 혹은 시간적 순서에 의해서 이어지지 않았습니까?

B: 예리한 통찰력이로군요. 핀더는 다음과 같이 말했습니다. "다른 여러 세대들이 동일한 연대기적 시간 속에서 함께 살아가고 있다. 그런

25. Wilhelm Dilthey: Leben Schleiermachers, Berlin 1922, 295f.

데 실제의 시간은 오로지 스스로 겪은 것이므로, 모든 세대들은 질적으로 완전히 다른 내적인 시간 속에서 살아가고 있다."[26] 동일한 시간이라 하더라도 모든 사람들에게는 다른 하나의 시간, 다시 말해서 자기 자신의 다른 시대라고 합니다.

A: 블로흐의 "비동시적인 것의 동시성Gleichzeitigkeit des Ungleichzeitigen"의 개념은 바로 그러한 맥락에서 이해될 수 있습니까?

B: 네, 추측컨대 블로흐는 예술사에 관한 볼프강 핀더의 문헌과 카를 만하임이 수용한 세대 발전의 이론에서 그 개념을 도출해 낸 것 같아 보입니다. 그렇다고 해서 블로흐에게 중요한 것은 비단 개념 확정을 위한 학문적 작업만은 아니었습니다. 오히려 그에게 중요한 것은 1880년 이후부터 이어진 프로이센의 경제 발전과 국수주의적 분위기를 비판하는 작업이었습니다.

A: 그렇다면 블로흐의 개념은 19세기 말부터 이어지는 프로이센의 사회적 상황에서 유래한 것이란 말씀이지요?

B: 그렇습니다. 대부분의 사람들이 진보를 부르짖었지만, 세기말의 시기에 부르주아는 아이러니하게도 더 나은 미래 대신에 찬란했던 과거를 역으로 동경하고 있었던 것입니다. 세기말에 이르러 사회는 더욱더 분화되었고, 대도시의 출현으로 인하여 사회 전체를 객관적으로 관망하기 힘들게 되었습니다. 빈민가가 형성되고 실업자가 도심을 배회한다고는 하지만, 농촌과 지방에서는 여전히 전근대적인 생활방식이 비동시적으로 온존하고 있었습니다. 블로흐는 이러한 기이한 현상을 "비동시적인 것의 동시성"으로 요약하였습니다.[27]

A: 사회 변화의 촉매 내지는 수행자로서 작용할 수 있는 대중 프롤레타리아는 아직 하나의 권력 집단으로 결성되지 않았고, 이를 위한 사회

26. Wolfgang Pinder: Das Problem der Generation in der Kunstgeschichte Europas, Berlin 1926, S. 26.

27. Ernst Bloch: Die Erbschaft dieser Zeit, Frankfurt a. M. 1985, 112ff.

적 토대 역시 마련되지 않았겠지요?

B: 적어도 제1차 세계대전 이전의 독일 상황은 그러합니다. 같은 시대에 살았지만, 농촌 지역에 사는 사람들과 도시 노동자들 사이의 세계관은 엄청난 차이점을 보여주었습니다. 요약하건대, 블로흐는 바로 이러한 이질적 의식 구조의 기이한 공존 현상을 해명하기 위해서 "비동시적인 것의 동시성"이라는 개념을 활용했습니다.

8. 예측된 상

A: 블로흐의 예술론의 개념인 "예측된 상Vorschein"은 어떻게 설명할 수 있을까요? 예술 작품에서 미리 드러난 가상적 상으로서, 때로는 "선현" 내지 "선현의 상"으로 번역될 수 있을 텐데요.

B: 그렇습니다. "Vorschein"을 예측된 상으로 번역하는 것은 그야말로 의역입니다.[28] 나중에 당신이 더욱 정갈한 표현을 찾아보시지요?

A: 네.^^

B: 예측된 상은, 블로흐의 경우, 게오르크 빌헬름 프리드리히 헤겔의 진리 발현을 의미하는 상과는 구분됩니다. 객체의 "아직 이루어지지 않은 것das Noch-Nicht-Gewordene"은 훌륭한 예술 작품에서 어떤 가상적인(찬란한, 혹은 암울한) 미래에 관한 상으로 표현될 수 있습니다. 왜냐하면 예술은 그 속성상 주어진 현실에 없는 어떤 바람직한, 혹은 사악한 상을 일차적으로 묘사하기 때문입니다.

A: 예측된 상은 단순히 주관과 반대되는 객관을 표방하지는 않는다고 하던데요?

B: 그렇습니다. 예측된 상은 오히려 이상을 일깨우고, 그 가능성의 스케일 속에서 "아직 이루어지지 않은 것"을 추동합니다. 만약 예술이 유

28. 안삼환: 「희망의 철학자 에른스트 블로흐」, 실린 곳: 『현대 비평과 이론』 5, 1993, 247쪽 이하.

동하는 현실 속에서 아직 이루어지지 않은 가능성을 현실적 이상으로 미리 형상화한다고 하더라도, 예술 작품이 실제의 역사적 과정을 다만 양적으로 미리 파악하면서, 국가 소설 내지 사회 유토피아와 유사한, 더 나은 삶을 위한 방안을 제시하지는 못합니다.

A: 예술 작품은 오히려 어떤 가능성을 향해 열려 있는 현실의 모습을 순간적으로 드러내곤 합니다. 따라서 객관 속에 있는 현실적 상징의 상이 어떤 경향성을 함축한다는 게 사실인가요?

B: 그렇게 말할 수 있습니다. 예측된 상은 과정의 대상이 계획적으로 모사된 게 아니라, 변화의 가능성과 가능한 완전성을 예술적으로 보여줍니다. 이는 "변모하는 상Fortbild"으로 명명할 수 있습니다. 예측된 상은 모사에 의해서 형성되는 게 아니라, 사회적 현실의 변화를 추적하는 예술가의 지적 · 예술적 촉수에 의해서 결정됩니다.

A: 그렇다면 블로흐의 예술론은 어떠한 철학 내지 미학의 전통을 따르고 있을까요?

B: 문제는 예술에 있어서의 상에 관한 논의입니다. 블로흐는 "모든 예술은 상이며, 현혹과 다를 바 없다"는 플라톤주의 내지 신플라톤주의의 예술 이론을 반박하면서 헤겔의 미학을 예로 듭니다. 만약 상이 발현되지 않는 것이라면, 진리란 처음부터 유일하지 않거나, 처음부터 존재하지 않는 게 분명합니다. 미의 이념 역시 상의 발현과 관련됩니다. 헤겔은 아름다움 속에 도사린 가상적 자유를 추적한 바 있지요.[29] 이와 관련하여 블로흐는 다음과 같이 주장합니다. 예술은 성공리에 이룬 것을 예견하면서 어떤 완결되지 않은 엔텔레케이아를 유추하게 합니다.

A: 예술 작품의 현실적 상은 상과 모사된 상 사이의 관계를 통해서 정해지는 게 아닐 텐데요?

29. 다음의 책을 참고하라. 『헤겔 미학』, 두행숙 역, 나남 1996, 제1권 163-175쪽.

B: 네. 오히려 예술 작품은 어떤 미래의 현실 내지 미래 지향적인 관점에 의해서 그 가치가 측정될 수 있습니다. 가령 위대한 시인이나 화가가 당대에 불행하게 살면서 자신의 진가를 인정받지 못하는 까닭은 그들의 작품의 객관적 가치가 다음 세대에 이르러서야 비로소 인지되기 때문입니다. "진리가 현혹 속에서 지속적으로 살아남는" 까닭 역시 바로 그 사실과 관련되지요.[30] 비록 그것이 먼지나 폐허에 의해서 흐릿한 빛을 밝히고 있더라도 말입니다. 예컨대 진광불휘眞光不輝의 의미는 주어진 현재가 아니라 미래를 전제로 할 때 하나의 객관적 정당성을 획득하지요.[31] 예술 작품에 묘사된 가상적 현실은 아직 이루어지지 않은, 역사적 과정 속에서 고유하게 출현해야 할 바람직한(혹은 끔찍한) 상으로 인지됩니다. 예술가는 가장 핵심적 미래상을 예술적으로 형상화하기 위해서 언제나 새로운 과제를 탐색해야 합니다. 이를 위한 수단으로서 주어진 현실에 대한 모사의 방법만으로는 충분하지 못합니다. 예술가는 자신의 상상력을 발휘하여 주어진 현실의 상을 변모하고 유동하는 새로운 상으로 대치시켜야 합니다.

A: 그렇다면 예측된 상은 어떤 단편적인 무엇으로서 스스로 목적을 설정하는 역동적 개방성을 지니고 있겠군요.

B: 그렇습니다. 그것은 예술가가 이루지 못하고 완성하지 못한 무엇, 절망 속에서 중단된 작업의 과정 속에서 발견할 수 있습니다. 그렇기에 예측된 상의 특성은 특수하고, 단편적이며, 부자연스럽고 공허하게 인지될 수도 있을 것입니다. 왜냐하면 미래에 드러날 수 있는 찬란한 갈망의 삶 혹은 끔찍한 경고의 삶은 부분적으로 왜곡된 현실의 편린을 통해서 더욱 명료하게 투영되기 때문입니다.

30. Vgl. Gert Ueding: Utopie in dürftiger Zeit. Studien über Ernst Bloch, Würzburg 2009, S. 107f.

31. Ernst Bloch: Motive der Verborgenheit, in: ders., Spuren, Frankfurt a. M. 1985, S. 121-128.

9. 유토피아

A: 이제 유토피아에 관해서 살펴보기로 합시다. 이 개념은 블로흐 사상의 핵심적 내용과 관련되지 않을까요?

B: 그렇습니다. 그것은 어떤 이상적인 국가 혹은 사회를 가상적으로 설계한 상을 의미합니다. 이러한 상에는 제각기 어떤 주어진 현실에 대한 비판적인 관점이 간접적으로 투영되어 있습니다.

A: 흔히 사람들은 플라톤의 『국가πολίτεια』를 유토피아에 관한 가장 오래된 문헌으로 간주하지 않나요?[32]

B: 아닙니다. 그건 엄청난 오류를 안고 있는 선입견입니다. 미리 말하건대, 플라톤의 작품은 절대로 유토피아 연구의 모범적 텍스트가 아닙니다.

A: 그 이유는 무엇인가요?

B: 수많은 연구자들이 플라톤을 유토피아 연구에서 철저히 배제한 까닭은 다음과 같습니다. 첫째로 플라톤의 『국가』는 근본적으로 불변하고 항구적으로 동일한 상에 불과합니다. 그것은 경험적으로 추론해 낸 상이 아니라, 처음부터 결정되어 있는 상이나 다름이 없습니다. 둘째로 플라톤의 『국가』는 하나의 계층 모델을 처음부터 확정하고 있습니다. 다시 말해서, 플라톤의 『국가』에서 살아가는 사람들은 지배계급, 군인계급 그리고 평민계급으로 나누어지는데, 이들의 계급은 제각기 세습됩니다. 가령 평민계급에 속하는 자가 군인계급 내지 지배계급으로 승격되는 경우는 원천 봉쇄되어 있습니다. 따라서 『국가』에 속하는 사람들이 평등하게 살아간다면, 이는 오로지 **계층 내에서의 평등**을 전제로 합니다.

A: 알프레트 도렌이 유토피아 연구에서는 반드시 플라톤이 배제되어

32. 플라톤: 『국가/정체』, 박종현 역주, 서광사 2005.

야 한다고 강력하게 주장한 것은 바로 그 때문이었군요.[33]

B: 네. 플라톤의 『국가』 대신에 토마스 모어의 『유토피아』가 문학 유토피아의 원조이어야 합니다. 이에 대한 현실적 계기를 마련해 준 사람을 손꼽는다면, 우리는 독일 농민 혁명을 이끈 토마스 뮌처 그리고 프랑스 혁명 이후에 활동했던 혁명가 그라쿠스 바뵈프Grachus Babeuf 등을 들 수 있습니다.[34] 자고로 문학 유토피아는, 구조상으로 고찰할 때, 하나의 대안으로서의 사회 질서를 서사적으로 설계한 것입니다. 이러한 사회 질서는 제각기 기존 사회 질서와 구분됩니다. 예컨대 토마스 모어의 『유토피아』는 '국가와 사회는 어떻게 합리적으로 새롭게 구성될 수 있는가?' 하는 문제에 대한 해답과 같습니다.

A: 『유토피아』라는 섬에서 살아가는 사람들은 내적으로는 질서와 자유를, 외적으로는 평화, 평등 그리고 행복을 보장받고 있습니다.

B: 문학 유토피아는, 블로흐의 주장에 의하면, 작품마다 조금씩 다르게 형상화되어 있지만, 전체적으로 고찰할 때, "판타지를 동원하여 완전한 삶을 실험"한 것이나 다를 바 없습니다. 그것은 구조에 있어서 세 가지 사항을 외부적으로 드러냅니다. 1) 일원성, 2) 지속성, 3) 마지막 목표. 첫째로 가상적 사회는 공간적으로 고립되어 있어서, 외부로부터 군사적 · 경제적 영향을 받지 않습니다. 따라서 그것은 고유한 일원적인 구도를 표방합니다. 둘째로 문학 유토피아에 묘사된 사회는 제도, 관습 등의 문제에 있어서 조령모개 식으로 변화되지 않고, 지속적으로 영위되고 있습니다. 셋째로 모든 사회 체제는 질서, 평등 그리고 평화라는 마지막 목표에 기여하는 것입니다. 물론 이와 반대되는 문학 유토피아로서 우리는 다니엘 디포의 『로빈슨 크루소』를 들 수 있습니다.[35]

33. 이에 관한 문헌: Alfred Doren: Wunschräume und Wunschzeiten, in: Fritz Saxi (hrsg.) Vorträge der Bibliothek Warburg 1924-1925, S. 158-205.

34. 그라쿠스 바뵈프에 관해서는 욜렌 딜라스-로세리외: 『미래의 기억. 유토피아』, 김휘석 역, 서해문집 2007, 제2장을 참고하라.

35. 다니엘 디포: 『로빈슨 크루소』, 김영선 역, 시공주니어 2007; 카를 하인츠 보러는 개인적

A: 그렇다면 문학 유토피아에서 찬란한 긍정적 삶을 휘황찬란하게 설계한 까닭은 무엇 때문이었을까요?

B: 문학 유토피아의 작가들은 휘황찬란한 가상적인 삶을 다룸으로써 내적으로 제각기 주어진 현실의 변화를 요청하고 있습니다. 바꾸어 말해, 주어진 현실과 정반대되는 가상적인 상은 주어진 현실의 모순을 예리하게 직시하게 해줍니다.

A: 유토피아의 개념은 토마스 모어에 의해서 창안된 것인가요?

B: 그렇습니다. 1516년 모어는 『최상의 국가 체제에 관하여, 혹은 새로운 섬 유토피아De optimo statu rei publicae, deque nova insula Utopia』라는 책을 간행하였습니다.[36] 유토피아의 개념은 "최상의 장소eu + topos"뿐 아니라, "발견될 수 없는 장소ou + topos"라는 정반대의 의미를 지닌 단어를 유추합니다. 나아가 소설 속의 화자, "라파엘 히틀로데우스Raphael Hythlodeus"라는 이름이 모순적입니다. 그는 자신을 아메리고 베스푸치의 친구라고 소개하는데, 그의 이름은 어원상 "현자"와 "거짓말쟁이"라는 두 가지 의미를 지닙니다. 또 한 가지 재미있는 것은 토마스 모어의 라틴어 이름은 "모루스Morus"인데, 이는 광인 내지 괴짜라는 뜻을 지닙니다.

A: 그렇다면 모어의 작품이 문학 유토피아의 효시라는 말인데….

B: 먼 훗날, 20세기에 이르러 유토피아의 개념은 국가 소설이라는 문학적 장르를 넘어섭니다. 그리하여 그것은 이상 사회에 관한 보편적 사고 내지 의향으로 발전되었지요.

A: 그 말은 유토피아의 기능이 서로 다르다는 뜻으로 들리는데요?

B: 그렇습니다. 전통적 의미의 유토피아가 국가 소설에 반영된 더 나

삶에 관한 부정적 도피의 상의 전형으로서 로빈슨 크루소를 제시하고 있다. Karl Heinz Bohrer: Der Lauf des Freitags. die lädierte Utopie und die Dichter, eine Analyse, München 1973.

36. Thomas Morus: Utopia, in: Ernesto Grassi u.a. (hrsg.), Der utopische Staat, Hamburg 1960, S. 9-110.

은 사회에 관한 이상적인 설계라면, 확장된 유토피아의 개념은 국가 소설이라는 유토피아의 모델뿐 아니라, 인간의 정신 속에 내재한 유토피아의 성분들을 포괄하고 있습니다.

10. 유토피아 개념의 변천

A: 토마스 모어의 『유토피아』가 1516년에 간행되었을 때, 반응은 어떠했나요?

B: 출간 당시 영국 사람들은 다음과 같은 의외의 반응을 보였습니다. 즉, 모어의 작품은 기상천외한 여행의 기록이거나 사회 풍자를 꾀하고 있다는 것입니다.

A: 작품을 끝까지 정독하기가 만만치 않던데요? 개인적으로 모어의 『유토피아』를 힘들게 읽었습니다.

B: 모어의 『유토피아』를 읽으려면 인내심이 필요합니다. 제1권의 서문에 실린 대화를 제외한다면, 작품은 일견 법학자의 국가 이론을 방불케 합니다. 그렇지만 당대의 사람들은 『유토피아』를 미래 국가를 선취한 놀라운 명작으로 인지하지 못했습니다. 그만큼 모어의 작품의 진면목은 시대를 뛰어넘는 놀라운 상상력으로 가려져 있었던 것입니다. 17세기에 토마소 캄파넬라와 프랜시스 베이컨의 작품이 간행되었을 때, 사람들은 이러한 유형의 문학 유토피아를 보다 분명하게 규정할 필요성을 느끼게 됩니다.

A: 캄파넬라의 『태양의 나라』(1623)에서는 마치 사원과 같은 하나의 공동체가 묘사되고 있지요? 캄파넬라는 사유재산 제도가 사회적 죄악을 낳는다고 설파했습니다. 기독교 사원 공동체에서는 하루 네 시간 노동이 명시되어 있으며, 모든 일정은 점성술에 의해 이루어집니다. 심지어 남녀의 사랑 역시 점성술에 의해서 행해질 정도입니다.[37] 우리가 이 작품을 긍정적인 상으로 받아들여야 할까요?

B: 물론 작품의 내용이 전적으로 긍정적이지는 않습니다. 가령 모든 질서를 관장하는 자는 마치 교황과 같은 우주적 군주입니다. 편안한 독재 국가 체제라고나 할까요? 그렇지만 나머시 부분은 긍정적 내용으로 이루어져 있지요. 가령 사형 제도가 있긴 하지만, 무조건 사형수를 처단하지 않습니다. 사형수가 자신의 죄를 뉘우치고 사형을 수용할 때까지 형의 집행은 무기한 연기되지요. 『태양의 나라』에서 강조되는 것은 점성술에 바탕을 둔 엄격한 질서입니다. 이는 나중에 안드레에Andreä의 『기독교 국가*Christianopolis*』라는 유토피아로 발전했지요.[38] 토마스 모어는 이에 착안하여 『유토피아』 속에 당시에 횡행하던 연금술적 비밀을 다루지 않습니까? 캄파넬라의 이상 사회가 점성술의 원칙에 의해서 영위된다면, 모어의 이상 사회는 개혁과 변화를 위한 연금술을 도입하고 있습니다.

A: 베이컨의 『신대륙*Nova Atlantis*』(1627)에서는 과학 기술을 동원한 사회 혁신의 범례가 묘사되어 있습니다. 기술적 진보가 하나의 유토피아로 다루어진다는 점에서, 평등, 질서 그리고 기술은 베이컨의 작품에서 고전적 유토피아의 세 가지 핵심적 사고로 간주되고 있습니다.

B: 그렇습니다. 여기서 우리는 한 가지 사항을 분명히 짚고 넘어가야 합니다. 토마스 모어 이후로 출현한 사회 유토피아의 모델은 한결같이 다음의 내용을 공통적으로 내세우고 있는데, 그게 무엇인지 아시겠어요?

A: 혹시 평등한 사회적 삶이 아닐까요?

B: 비슷하게 맞추셨습니다. 정답은 사유재산 제도의 철폐입니다. 모어 이후의 위대한 유토피아주의자들은 당대의 현실에서 주어진 계층

37. (hrsg.) E. Grassi u. a., Der utopische Staat, Morus Utopia, Campanella Sonnenstaat, Bacon Neu-Atlantis, Reinbek 1993, 131f.

38. 장미십자단원이었던 안드레에의 『기독교 국가』는 1619년에 간행되었다. 여기서는 프로테스탄트의 이상 사회가 설계되어 있다. 그곳의 헌법은 신의 결실로 간주된다. 만인은 첨성대로 가서 천체를 관찰할 수 있다. 교회에서는 종교적 드라마가 공연되고, 그곳 사람들은 자발적으로 예배에 참석한다. 캄파넬라와 안드레에의 관련성에 관해서는 다음의 책을 참고하라. 김영한: 『르네상스의 유토피아 사상』, 탐구당 1989, 189쪽 이하.

간의 빈부 차이, 계급적 불균형 등을 통렬하게 인지하였습니다. 이에 대한 반대급부로 그들은 사유재산 제도가 철폐된, 찬란한 평등 사회의 상을 설계하였습니다.

A: 18세기에 이르러 더 나은 사회적 삶에 관한 묘사가 이어졌지요?

B: 네. 18세기에 이르러 계몽주의가 도래했을 때, 독일에서는 이른바 "놀고먹는 사회Schlaraffenland"라든가, 고대 아르카디아를 모방한 전원의 삶, 혹은 로빈슨 크루소와 유사한 이야기들이 지속적으로 출현하였습니다. 이 시대에 이르러 장소를 전제로 한 공간 유토피아는 미래의 시간을 전제로 하는 시간 유토피아로 패러다임의 전환을 이루게 됩니다.

A: 역사학자 라이너 코젤렉은 "유토피아의 시간화"를 언급한 적이 있는데, 바로 그 점과 관련되는군요.[39]

B: 그렇습니다. 사람들은 지구상에서는 더 이상 새로운 땅을 발견할 수 없다는 것을 깨달았고, 태곳적의 황금시대와 같은 찬란한 삶은 미래에 어느 정도 실현 가능한 것으로 인지되었습니다. 다시 말해서, 찬란한 삶은 멀리 떨어진 섬에서 구현되지 않고, "지금, 여기"에서 마땅히 창조되어야 한다는 것입니다. 이러한 사고는 특히 장-자크 루소의 계몽주의적 문헌을 필두로 꾸준히 나타났습니다. 찬란한 황금시대는, 루소에 의하면, 지금 여기에서 실현되어야 한다는 것입니다. 예컨대 루이 세바스찬 메르시에Louis Sebastian Mercier는 1770년에 『2440년*L'An 2440*』을 발표했는데, 이 작품은 서술 구조와 묘사된 현실의 기능 등의 측면에서 고전 유토피아 작품들과 구분됩니다. 왜냐하면 작품의 배경이 2440년의 프랑스 수도, 파리이기 때문입니다.[40]

39. Siehe Rainer Koselleck: Die Verzeitlichung der Utopie, in: Utopieforschung, Bd. 3, Frankfurt a. M. 1985, S. 1-14.

40. 작품에는 "모든 꿈 가운데 가장 대담한 꿈L'an deux mille quatre cent quarante, rêve s'il en fut jamais"이라는 부제가 붙어 있다. 어느 계몽주의자는 1768년 깊은 잠에 빠졌다가 깨어난다. 이성과 관용이 세상을 지배하고 있다. 백과사전의 내용은 학교의 필수 과목으로 책정되어 있다. 학생들은 대학에서 해부 실험을 행할 수 있다. 종교는 과학 숭배로 대치되어 있다. 천문학자들은 망원경을 통하여 창조주의 위대성을 발견하곤 한다. 도로는 확장되었고, 깨끗하다. 봉건

A: 유토피아가 계몽주의 시기에 공간으로부터 시간으로 전환된 것은 어떠한 계기에서 비롯된 것일까요?

B: 좋은 질문이군요. 사람들은 미래의 더 나은 국가를 차제에 실현하려고 했습니다. 메르시에의 작품 이후로 사람들은 계몽적 진보 사상에 근거하여 낯선 곳이 아니라 이곳에서 실현 가능한, 먼 목표로서의 찬란한 미래상을 문학적으로 형상화하였습니다. 인간은 기술적 진보 내지 사회 발전을 통해서 점진적으로 찬란한 삶을 구가하게 되리라고 믿었지요. 그리하여 유토피아의 전망은 공간적 구도의 관점이 아니라 시간적 관점에서 미래로 설정되었습니다. 이는 19세기에 로버트 오언, 샤를 푸리에, 에티엔 카베 그리고 앙리 드 생시몽 등에 의해서 사회 유토피아의 면모로 드러나게 됩니다.[41]

A: 흔히 사람들은 이들을 공상적 사회주의자라고 명명하는데….

B: 네, 이들은 현재와 먼 목표를 어떻게 연결시킬 것인가에 관해서는 묻지 않고, 일단 제각기 인류의 찬란한 미래의 삶의 상을 선취하여, 이를 실제 사회와 비교하였습니다. 오언과 푸리에는 소규모 지방분권적 유토피아 사회상을 설계한 반면, 카베와 생시몽은 완전한 중앙집권적 구도에 입각하여 바람직한 사회상을 세밀하게 묘사하였습니다.[42] 바로

적 시스템은 더 이상 남아 있지 않다. 사람들은 선에 입각한 세밀한 법을 제정하여, 돈 많은 사람들은 더 이상 흥청망청 사치스럽게 살아갈 수 없다. 진보의 혜택을 누리기 위해서는 만인이 모두 끊임없이 일해야 한다. 교회의 공휴일은 철폐되어 있다. 전체적으로 고찰할 때, 이러한 이상 국가의 시민들은 자신의 개인적 자유를 포기해야 한다. 대신에 그들은 완전성의 척도에 가장 근접하게 도달한 사회에서 살고 있다는 그러한 자부심을 지닌다. 그런데 어째서 유토피아의 공간이 그렇게 미래로 설정되었을까? 이에 대해 우리는 다음과 같은 두 가지 이유를 내세울 수 있다. 첫째로 인간의 사고는 18세기까지 과거와 현재에 고착되어 있었다. 사람들은 미래, 그것도 먼 미래를 종말론 내지 종교적인 구원의 기대감 속에서 고찰해 왔다. 그런데 진보의 개념은 계몽주의에 의해서 비로소 폭넓은 계층의 사람들의 의식 속에 투영되기 시작했다. 둘째로 18세기 중엽부터 사람들은 이 세상에서 더 이상 새로운 땅을 발견할 수 없다는 점을 자각하게 되었다.

41. Marie Luise Berneri: Reise durch Utopia, Berlin 1982, 제2장 르네상스의 유토피아 편을 참고하라. 55-134쪽.

42. 다음의 문헌을 참고하라. 에른스트 블로흐: 『희망의 원리』, 제2권, 열린책들 2004, 1130-

이 점이야말로 공상적 사회주의에 대한 마르크스주의자들의 비판적 논거의 대상이 아닐 수 없습니다. 유럽의 보수주의자 내지 자유주의자들 역시 오언, 푸리에, 카베, 생시몽 등의 새로운 사회에 관한 설계 작업을 체제 파괴적이라는 이유로 비난하였습니다.

A: 더 나은 삶에 관한 꿈은 세기말에 이르러 어떤 위기를 맞이하게 되는가요?

B: 1917년 볼셰비키 혁명 시기로부터 제2차 세계대전 이후의 시기에 보수주의자들과 자유주의자들은 유토피아를 "전체주의를 부추기는 공산주의"라고 매도하였습니다. 이것의 대표적인 학자로서 우리는 오스트리아 출신의 영국 철학자 칼 포퍼를 예로 들 수 있습니다. 이러한 입장은 이른바 문학 유토피아의 또 다른 흐름에 해당하는 "반유토피아 Anti-Utopie" 내지 디스토피아에서 자신의 입장의 타당성을 찾으려고 하였습니다. 왜냐하면 20세기 초에 제국주의를 지향하는 열강들의 정치의식은 전체주의 국가의 거대한 폭력으로 비화되었기 때문입니다.

A: 디스토피아의 문학 작품으로는 어떤 작품이 있는지요?

B: 자먀찐Zamjazin의 『우리*Mir*』(1924), 헉슬리의 『멋진 신세계*The brave new world*』(1932) 그리고 조지 오웰의 『1984년』(1949) 등의 작품들은 디스토피아의 소설적 전형으로서, 토마스 모어 이래로 이어온 고전적 사회 유토피아의 긍정적 내용을 전적으로 뒤집고 있습니다.[43] 이러한 작가들은 유토피아의 사고 속에 내재한 전체주의적 특성 내지 폭력성을 고발하면서, 만인과 자연에 대한 몇몇 인간의 무제한적인 끔찍한 지배를 경고하였습니다. 20세기 중엽부터 새롭게 등장한 것은 생태주의, 여성주의 그리고 사이언스 픽션 등의 유토피아였습니다.

A: 그렇다면 토마스 모어의 고전적 유토피아 모델은 현대에 이르러

1158쪽.

43. 자먀찐의 『우리』, 헉슬리의 『멋진 신세계』, 오웰의 『1984년』에 관해서는 다음의 책을 참고하라. 박설호: 『유토피아 연구와 크리스타 볼프의 문학』, 개신 2001, 119-125쪽.

거의 사라진 것 같은데요?

B: 반드시 그렇지는 않습니다. 여기에는 한 가지 예외가 있습니다. 그것은 다름 아니라 어니스트 칼렌바크의 『에코토피아』입니다.[44] 이 작품에서는 미래의 미국을 모델로 하여 성의 평등 그리고 생태 운동과 평화주의의 실현 가능성이 타진되고 있습니다.

11. 유토피아 개념의 확장

A: 블로흐의 입장은 어떠하며, 현대의 유토피아 연구에서 어떻게 자리매김되고 있는지요?

B: 한마디로 말하면, 에른스트 블로흐는 유토피아의 범위를 확장시켰습니다. 지금까지 사람들은 유토피아가 국가 소설Staatsroman 속에 담긴 더 나은 사회상에 관한 합리적인 설계라고 이해하였습니다. 그러나 블로흐는 이러한 사회적 모델뿐 아니라, 역사의 변화 과정 속에 작용하는 유토피아의 영향을 주의 깊게 고찰합니다. 만약 유토피아가 국가 소설에 담긴 절제와 합리성에 바탕을 둔 정태적 모델이라면, 지금 여기에서 지상의 천국을 갈구하는 과거 사람들의 역동적인 갈망이 어떻게 배제될 수 있단 말인가? 블로흐는 유토피아가 더 이상 정태적인 사회 모델에 국한될 수 없다고 판단하였습니다. 유토피아에 내재해 있는 것은, 블로흐에 의하면, 어떤 고유한 의향이며, 이것이 역사에서 역동적으로 작용하여 주어진 체제를 파괴시키는 기능을 담당합니다.[45]

A: 그렇다면 블로흐는 국가 소설에 나타난 유토피아 모델에다 새로운 무엇을 첨가시킨 셈인데요?

B: 그렇습니다. 유토피아는 그 가장자리에 붙어 있는 이데올로기의

---

44. Ernest Callenbach: Ökotopia - Notizen und Reportagen von William Weston aus dem Jahre, Berlin 1999.

45. 빌헬름 포스캄프: 「어떤 더 나은 세계의 개관. 블로흐의 메시아주의와 유토피아의 역사」, 『오늘의 문예 비평』, 통권 48호, 2003년 봄호, 127-148쪽.

껍질을 벗겨낼 때, 이른바 탈역사성의 유혹에서 벗어날 수 있다고 블로흐는 생각합니다. 그렇기에 현실적 동인으로서 유토피아의 목표는 역사 속에 내재해 있습니다. 혹자는 다음과 같은 의문을 제기할지 모릅니다. '20세기에 등장한 부정적 유토피아 속에는 인간이 갈망할 수 있는 긍정적 요소가 배제되어 있지 않는가?' 하고 말입니다. 그렇지만 엄밀히 따지면 "비-갈망," 다시 말해서 갈구하지 않는 경고의 내용 역시 가능성의 지평 속에 도사리고 있습니다.

A: 블로흐에게 중요한 것은 찬란한 삶에 대한 막연한 동경인가요?

B: 글쎄요. 하기야 블로흐는 인간의 노동 행위를 가장 중시합니다. 인간의 노동은 블로흐 철학 행위의 기본적 출발점과 같습니다. 기실 인간은 노동을 통해서 자신과 세계의 역사를 창조합니다. 노동하는 인간은 노동의 과정에서 어떤 노동의 생산물을 예견하기 마련입니다. 블로흐는 바로 여기서 모든 인간이 지니고 있는 기대 지평으로서의 의향을 발견해 냅니다. 기대 지평으로서의 의향은 살아 움직이는 인간이라면 누구나 지니는 정서가 아닐 수 없습니다. 이러한 정서는 현대인뿐 아니라, 과거에 살았던 사람들에게도 얼마든지 해당될 수 있습니다.

A: 그렇다면 인간은, 블로흐에 의하면, 노동 행위를 통하여 더 나은 미래를 위한 어떤 사고를 도출해 낸다는 말씀인데요.

B: 블로흐는 무언가를 갈구하는 정서를 "상상의 포착φαντaία καταλεπτική" 이라는 말로 설명합니다. 여기서 "상상의 포착"이라는 개념은 스토아학파 사람들에게서 비롯한 것입니다.[46] 스토아사상가들은 세계와의 관련성 내지 세상과의 친밀성에 관한 가설을 발전시키는 과정에서 고대의 정령신앙의 방식으로 자연을 관찰하는 방식을 새롭게 규정할 필요성을 느꼈습니다. 그들은 상상의 포착이라는 방식을 통해서 모든 형체의 인간 역사를 명확하게 파악할 수 있으리라고 믿었습니다. "상상의

46. 이는 블로흐의 강연문에서 자세히 설명되어 있다. Ernst Bloch: Leipziger Vorlesungen zur Geschichte der Philosophie 1950-1956, Bd. 1, Frankfurt a, M, S. 400f.

포착"은 인간의 뇌리에 떠오르는 표상의 방식인데, 대상을 반추하는 인간의 의식 속에서는 주체와 객체가 유동하며 상호 파악되고 있습니다. 인간이 뇌리에 떠올리는 상상의 내용은 감각적 행동을 행하기 전에 미리 설정해 놓은 목표에 근거하는 것입니다.

A: 그렇습니다. 인간은 감각적으로 인지될 수 있는, 질적으로 형체를 드러낼 수 있는 무엇을 미리 상상할 수 있지요?

B: 네. 상상의 바로 이러한 가상적 유희로서의 기능으로 인하여, 우리는 여기서 중요한 사항들을 추출할 수 있습니다.

A: 예컨대 상상의 나래를 펼치는 예술가는 무언가를 예술적으로 선취하여 바라봅니다. 여기서 예술가의 예견은 가능한 세계의 부호와 함께 현실적 경향성과 조우하게 됩니다. 주어진 무엇(존재)과 예술적으로 표상된 무엇(당위)은 바로 이러한 상상의 포착을 통해서 서서히 근접해 나갑니다.

B: 훌륭한 말씀이로군요. 실제로 블로흐는 셸링의 예술과 자연의 개념을 도입하여, 존재와 당위가 서로 병행하면서 발전해 나가는 과정을 설명하였습니다. 만약 이 세상에 운동만이 존재한다면, 세계 속에는 어떠한 개체도 존재할 수 없습니다. 그것은 끝없는 무형의 흐름으로 비칠 테니까 말입니다. 만약 형체 속에 오로지 형체를 드러내게 하는 무엇만이 존재한다면, 순간적 시점을 전제로 할 때, 세계의 과정은 결코 형체로서 인지될 수 없을 것입니다.

A: 블로흐에게 중요한 것은 유토피아의 의향이 아닌가요?

B: 그렇습니다. 이러한 의향은 "의식의 지향성Intentionalität des Bewußtseins"으로 설명할 수 있습니다.[47] 국가 소설에 합리적으로 설계된 더 나은 사회가 "유토피아 모델Utopie-Modell"이라면, 주체의 의식 속에서 갈구하는 낮꿈 내지 백일몽으로서의 의향은 "유토피아의 성분들utopische

47. Klaus L. Berghahn: L'art pour l'espoir, Literatur als ästhetische Utopie bei Ernst Bloch, in: Text + Kritik, München 1985, S. 5-20.

Komponente"입니다. 전자가 우리에게 더 나은 장소(내지는 나쁜 장소)에 관한 정태적인 상을 시사해 준다면, 후자는 우리에게 유토피아의 기대 지평을 지금 여기에서 개방시킬 수 있는 역동적인 에너지를 제공하고 있습니다.

12. 유토피아에 대한 비판

A: 그러면 이번에는 유토피아를 폄하하는 시각에 대해서 말씀해 주시지요?

B: 유토피아에 대한 비판 혹은 그게 실현 불가능하다는 논평은 토마스 모어의 시대부터 계속 출현하였습니다. 따라서 유토피아에 대한 비판은 비단 현대에 제기된 문제만은 아닙니다. 수많은 사람들은 유토피아를 부정하거나 유토피아에 관한 사고 자체를 무의미하다고 판단합니다.

A: 그런데 사람들은 어째서 유토피아의 사고를 비판하는 것일까요?

B: 유토피아에 대한 비판은 여섯 가지 사항으로 나누어 설명할 수 있습니다. 첫째로 유토피아는 현실과 거리감을 지닙니다. 유토피아는 주어진 현실과 동떨어진 이상적이고 시적인 개념이라는 것입니다.

A: 이러한 견해는 언어적 차원에서 비롯하는 일반론이며, 옳고 그름을 따질 수 없다는 점에서 더 이상 논의의 대상이 되지 못하겠지요?

B: 네, 둘째로 유토피아는 명상에 의한 급진적 요구 사항에 불과하다고 합니다. 왜냐하면 유토피아의 상은 가상적이고 개연적인 상이기 때문에 그 자체 흐릿하고, 주어진 현실적 문제를 해결하는 데 직접적인 잣대가 되지 못한다는 것입니다. 이렇게 주장하는 사람들 가운데에는 모든 것을 명료하게 고찰하려는 자연과학자들이 많습니다. 인문 · 사회과학자들 가운데에서 특히 경험론으로의 전환을 중시하는 급진적 유명론을 표방하는 자들이 대체로 그렇게 주장합니다.

A: 이를테면 움베르토 에코라든가 시스템 이론을 표방하는 사회학자 니클라스 루만 등이 이들에 해당하겠지요?[48]

B: 그러나 세상사를 오로지 명사적 단자로 해명하는 것은 그 자체 일방적이고 단선적인 접근 방법이 아닐 수 없습니다.

A: 사물의 존재는 — 자연철학에서 논의되고 있듯이 — 단자뿐 아니라, 파장으로 설명할 수도 있지 않는가요?

B: 그렇습니다. 유토피아의 영역과 기능은 주어진, 눈앞의 구체적인 대상으로 판독할 수는 없습니다. "길고 짧은 것은 대봐야 안다"라는 생각은 인문과학의 경우에는 제대로 들어맞지 않습니다. 왜냐하면 인문학은 눈앞의 가시적 현실과 주어진 현재 상태만을 연구 대상으로 삼지 않기 때문입니다.

A: …

B: 셋째로 유토피아는 현실의 크고 작은 개혁을 위한 작위적인 모델에 불과하다고 합니다. 예컨대 그것은 역사와는 무관하며, 그 자체 절대화된 가능성이자, 어쩌면 성취 가능하다고 간주되는 지평 위의 상에 불과하다는 것입니다. 이로써 유토피아의 영역은 현실을 떠나 피안의 영역으로 이전되고 있습니다. 이러한 견해를 표방하는 전형적인 인물로서 우리는 막스 호르크하이머를 들 수 있습니다.

A: 이를테면 로베르트 무질의 풍자는 사회 내지 시대를 비판하지만, 이를 실현시킬 의향은 처음부터 포기하고 있습니다.[49]

B: 그러나 구체적 유토피아는 세계의 변화의 결과로써 본연의 존재가치를 드러내지는 않습니다. 오히려 그것은 변화 가능성을 담는다는

48. 노진철: 「사회 이론의 패러다임 전환. 루만의 생태학적 합리성을 지향하여」, in: Eco 통권 2호, 2002, 33-62쪽.

49. 로베르트 무질의 『특성 없는 남자*Der Mann ohne Eigenschaften*』에서는 "잠재적 가상성 conjunctivus potentialis"을 뜻하는 접속법 2식의 문장이 자주 등장한다. 이는 유토피아 소설의 전형적 특징이 아닐 수 없다. Albrecht Schöne: Zu Gebrauch des Konjunktivs bei Robert Musil, in: Euphorion 55 (1961), S. 196-220.

점에서 주어진 세계와 간접적인 관련성을 맺을 뿐 아니라, 현실 변화의 효모로 작용합니다.

A: 그 다음에는 무엇입니까?

B: 넷째로 유토피아는 시대착오적인 진부한 개념이라고 합니다. 이러한 견해를 내세우는 자들은 수없이 많습니다. 이들 가운데에는 심지어 마르크스주의적 정치경제학자들도 있습니다. 이들에게 유토피아는 19세기와 그 이전에 나타난 평등 사회에 관한 확정된 상으로 투영되고 있습니다. 그런 한에서 이들의 유토피아 개념은 역사적으로 확정되어 일회적으로 나타난 무엇, 그 이상도 그 이하도 아니라고 합니다.

A: 그렇지만 우리가 잊어서는 안 될 사항이 있습니다. 그것은 다름 아니라 유토피아의 사고가 기능적으로 파기되고 스스로 변화 과정을 거치는 등 재탄생을 거듭한다는 사실입니다. 다시 말해, 21세기의 새로운 현실에서 드러나는 문제점은 새로운 유형의 유토피아에 대한 사고를 출현하도록 추동할 수 있지 않을까요?

B: 네. 다섯째 사항은 다음과 같습니다. 즉, 유토피아는 전체주의적이고 폭력적이라고 합니다. 이러한 입장은 시민적 보수주의를 표방하는 학자들에 의해서 끊임없이 제기되었습니다. 가령 더블린 출신의 보수주의 철학자 에드먼드 버크는 프랑스 혁명에 관한 방대한 글, 『프랑스 혁명에 관한 성찰들*Reflections on the Revolution in France*』(1790)에서 프랑스 혁명의 의미를 다음과 같이 매도하였습니다. 즉, 그것은 독단론 내지 이론적 독단의 혁명이라는 것입니다. 이로써 사회의 부조리를 척결하려는 프랑스 시민들의 부르짖음은 질서를 어지럽히는 폭력으로 규정되었습니다.

A: 러시아의 철학자 니콜라이 베르자예프도 유토피아를 부정적으로 평가하더군요. 유토피아는 지상의 세계라는 조건 하에서는 항상 전체주의의 특성을 지닌다고 말입니다.[50]

B: 물론 주어진 현실적 상태를 가급적이면 빨리 변화시키려는 혁명적

초조감이 때로는 파시즘이나 볼셰비즘의 의혹을 불러일으킬 수 있습니다. 그밖에도 자유주의자들은 유토피아가 실현될 수 없는 인간의 욕망을 담고 있다고 주장합니다.[51] 이러한 비판은 유토피아의 의향의 완강한 수단에 대한 비난이 될 수 있지만, 유토피아의 의향 자체를 부인하기에는 충분한 논거가 되지 못합니다. 물론 인간의 역사는 우리에게 혁명의 실패에 관한 수많은 범례들을 전해줍니다. 그렇기에 우리의 눈에는 더 나은 삶을 위한 노력이 결국 죽음을 초래하는 것처럼 비칩니다.

A: 그렇지만, 비난을 한다면, 노력의 강도를 비난해야지 노력 자체를 비난할 수는 없을 것입니다. 어디 구더기 무서워서 장 못 담글까요?[52]

B: 여섯째로 유토피아는 하나의 추상적인 가능성을 믿는 태도에 불과하다고 합니다. 이렇게 주장하는 사람들은 무엇보다도 역사에 직접적으로 영향을 끼친 실현의 결과에 커다란 비중을 부여합니다. 어째서 사람들은 동기 내지는 동인 속에 내재한, 이른바 과정 내지 가능성이라는 거대한 뿌리를 은폐하는 것일까요? 유토피아는 단순히 창출될 수 있는 무엇으로 매도되고 파손되어서는 안 되지만, 그렇다고 해서 "자기 목표"로서 단순히 실현되는, 결국에는 실현되지 않고 사멸하는 행위로 국한되어서도 안 될 것입니다.

A: 유토피아를 부정하는 입장은 근본적으로 어떠한 세계관을 지니고 있을까요?

B: 두 가지 가설로 요약할 수 있습니다. 그 하나는 유토피아를 배척하

50. Nicolai Berdjaew: Das Reich des Geistes und das Reich des Cäsar, Darmstadt/Genf 1952, S.201.

51. 이에 관한 문헌: Ralf Dahrendorf: Pfade aus Utopia. Arbeiten zur Theorie und Methode der Soziologie, München 1974.

52. 특히 동독이 사라진 뒤에 몇몇 학자들은 유토피아의 사고 자체에 이의를 제기하였다. 21세기에 이르러 인간학적인 "행복 추구pursuit of happiness"에 관한 꿈 자체가 무의미하다는 것이다. Joachim Fest: Der zerstörte Traum. Vom Ende des utopischen Zeitalters, Berlin 1991; Michael Winter: Ende eines Traums. Blick zurück auf das utopische Zeitalter, Stuttgart 1993.

는 사람들의 견해가 인류학적인 플라톤주의를 뛰어넘고 있다는 가설입니다. 여기서 인류학적인 플라톤주의란 "삶이 향상되든 퇴보되든 간에 일정한 척도가 되어 온 인간 생존의 가장 좋은 조건을 내세우는 이념"을 말합니다.

A: 다른 하나는 어떠한가요?

B: 다른 하나는 사람들이 유토피아를 직접 비판하는 대신, 은근히 역사를 초월, 일탈하는 논리를 내세우고 있다는 가설입니다. 다시 말해서, 그들은 종말론을 역사와 관련시키지 아니하고, 오로지 과거의 오래된 신화의 세계에만 관련시킵니다. 그렇게 되면 역사철학은 초역사적으로 극복되리라는 것입니다.[53]

13. 의연한 걸음

A: 유토피아에 관해서는 이 정도로 다루기로 하고, 이번에는 블로흐가 자주 언급한 의연한 걸음에 관해서 다루어보기로 하겠습니다. 인간이 곧은 자세로 걸어가는 행위는, 블로흐에 의하면, 당당하게 살 수 있는 첫 번째 전제조건이라고 합니다.

B: 네. 블로흐는 여러 책에서 타인의 마음에 들기 위해서 노력하는 것은 노예 행위라고 자주 기술하였습니다. 노예는 주인 앞에서 허리를 굽힙니다. 의연하게 걷는 자는, 블로흐에 의하면, 인간의 품위를 고수하는 자입니다.[54]

A: 블로흐는 『자연법과 인권*Naturrecht und menschliche Würde*』에서 다음과 같이 언급하였지요? 자연법 속에 도사린 목표로서의 상은 인간의

53. Siehe J. Habermas, Theorie und Praxis. Sozialphilosophische Studien, Neuwied 1963, S. 339.

54. 블로흐는 의연하게 걷는 시토이앙Citoyen의 모습에서 인간의 존엄성을 발견한다. 이러한 모습은 특히 이탈리아의 극작가 비토리오 알피에리Vittorio Alfieri와 독일의 극작가 고트홀트 에브라임 레싱Gotthold E. Lessing의 문학 작품에서 자주 등장하였다.

행복이라기보다 인간의 품위라고 말입니다.

B: 그렇습니다. 블로흐의 자연법 토론에서 중요한 것은 두 가지 기준입니다. 이것은 "행하는 규범norma agendi"과 "행하는 능력facultas agendi"을 가리킵니다. "행하는 규범"은 대체로 당국에 의해서 정해진 법으로서 상부로부터 하달된 객체의 법입니다. 그것은 인간 사회 내의 형법과 상법에 지대한 영향을 끼쳤는데, 대체로 자유의 권리와 소유의 권리를 처음부터 용인하고 있습니다.

A: 객체의 법으로서 "행하는 규범"은 한마디로 말해서 상류층을 위한 규칙인 셈이로군요.

B: 네. 대부분의 실정법은 바로 이러한 행하는 규범에 기초하고 있습니다. 동서고금을 막론하고, 돈과 권력을 지닌 자는 실정법에 저촉 받지 않은 채 살아가고 있습니다. 바로 이러한 현실이 우리로 하여금 만인에게 동등하게 적용될 수 있는 자연법의 이념을 떠올리게 합니다.

A: 그렇다면 "행하는 능력"은 무엇입니까?

B: 그것은 인민들의 행동하는 권한 내지 함께 모여 데모하는 권한을 가리킵니다. 그것이 집회와 결사의 자유와 관련되는 것도 바로 그 때문입니다. "행하는 능력"은 지배자에 의해서 좌지우지되는 게 아니라, 만인의 협동, 형제애 그리고 존엄성에 의해서 제정되고, 집행되며, 추후에 검증 받는 법입니다. 따라서 그것은 인민이 사회에 적극적으로 참여하여 자신의 의사를 관철할 수 있는 가능성으로서의 조건입니다.

A: 말하자면, 남한에서 일어난 촛불집회가 행하는 능력의 좋은 예로군요.

B: 그렇습니다. 요약하건대, 행하는 능력은 아래로부터 위로 향하는 "주체의 법"입니다. 블로흐는 프리드리히 실러의 극작품 「간계와 사랑Kabale und Liebe」에서 이에 대한 범례를 발견하고 있습니다.[55] 나아가

55. Ernst Bloch: Naturrecht und menschliche Würde, Frankfurt a. M. 1985, S. 229f. 프리드리히 실러: 『간계와 사랑』, 이원양 역, 지만지 고전 천줄 208, 박영률 출판사 2008.

"행하는 능력"은 권력자의 휘황찬란한 객관적 권리에 대항하여, 전체 속에서 인민들의 주관적 권리를 내세울 수 있습니다. 블로흐는 바로 이러한 사실적 동인으로서의 "행하는 능력"을 강조하면서, 그 속에 만인이 자유롭고 평등하게 살아갈 수 있는 자연법의 이념이 도사리고 있다고 규정하였습니다.

A: 그렇다면, 결론적으로 말해서, 의연한 걸음은 만인의 당당한 저항의 자세와 같군요. 그렇다면 이데올로기는 어떻게 이해할 수 있습니까? 이 자리에서 이데올로기의 개념과 그 기능에 관해서 모조리 다룰 수는 없을 것입니다. 그러니 블로흐의 철학과의 관계에서 간략히 말씀해 주시지요?

14. 이데올로기

B: 그렇게 하지요. 블로흐는 유토피아의 기능을 추적하면서, (토마스 모어 이후로 국가 소설에서 다루어진) 제반 사회에 관한 합리적 틀로서의 사회 설계라는 제한을 떨쳐버립니다. 유토피아의 성분은 이러한 도식적 틀로서의 사회 설계 속에 도사리고 있을 뿐 아니라, 어떤 개혁과 혁명을 바라는 주체의 갈망 속에도 은폐되어 있습니다. 그렇기에 유토피아의 기능은, 블로흐에 의하면, 일반 사람들이 생각하는 것 이상으로 포괄적이라고 합니다.

A: 흔히 이데올로기는, 카를 만하임의 견해에 의하면, 사전에 유토피아를 방해하고 차단시키는 기능을 담당한다고 합니다.[56]

B: 그러나 이데올로기 개념은 유토피아와 정반대의 개념으로 가치 하락시킬 수 없다는 게 블로흐의 지론입니다. 그렇기에 "이데올로기는 실제 현실에서 작용하는 무엇이며, 유토피아는 가상의 공간에 존재하는

56. 다음의 문헌을 참고하라. K. 만하임: 『이데올로기와 유토피아』, 임석진 역, 제4장 「유토피아적 의식, 유토피아, 이데올로기 및 현실의 문제」, 청아 1991, 263-284쪽.

무엇이다"라는 호르크하이머의 구분은, 블로흐에 의하면, 용납될 수 없습니다. 왜냐하면 이데올로기 속에는 유토피아를 억압하는 요소만 내재하는 게 아니라, 초시대적인, 현재 상태를 압도하는 긍정적 요소로서의 유토피아의 기능 또한 부분적으로 도사리고 있기 때문이라고 합니다.

A: 블로흐의 이러한 견해는, 예컨대 수구 보수주의의 사고라고 무조건 파기할 수 없는 것과 마찬가지의 논리로군요.

B: 그렇습니다. 요약하건대, 블로흐는 유토피아와 이데올로기를 두 개의 사고로 이해합니다. 유토피아와 이데올로기는 내용상 다음의 특성을 공통적으로 지닙니다. 즉, 그것들은 주어진 현실에 이미 존재하지 않는 무엇을 지향하고 있습니다. 예컨대 우리는 추론했던 무엇이 실현된 다음에 비로소 유토피아의 시금석을 확정할 수 있습니다. 나아가 이데올로기는 이른바 어떤 보수적인 사고 유형으로 이해될 수 있는데, 그것의 가치 유무는 현재의 차원에서 분명하게 정해질 수는 없습니다. 따라서 이데올로기와 유토피아는, 블로흐에 의하면, 더 이상 어떤 특정한 그룹, 계층 내지 특정한 계급에 액면 그대로 적용될 수 없습니다.[57]

A: 유토피아는, 블로흐에 의하면, 차 시간표를 가지고 있다고 하지요? 유토피아가 자유롭게 떠다니는 지성을 맹목적으로 추종하지 않는다는 말은 무슨 뜻입니까?

B: 유토피아의 기능 속에서 인지되는 것은 과연 무엇일까요? 그건 어떤 유물론적인 역사적 배경입니다. 이 경우, 어떤 탁월한 두뇌도 역사를 마음대로 작동하게 하지 못합니다. 말하자면, 역사 속에는 실제 현실에서 작동하는 영향의 순간이 존재합니다. 이 순간에 실제로 어떤 결실을 맺는 역할을 담당하는 자들은 대중 세력입니다. 유토피아와 이데올로기는 마구 뒤엉킨 채 사회적으로 그리고 경제적으로 작용합니다.

57. J. Ritter u.a.: Historisches Wörterbuch der Philosophie, Bd. 4, Stuttgart 1976, S. 169f.

유토피아의 기능은 단순히 현실적 성공만으로 해명되지 않습니다. 왜냐하면, 역사적으로 고찰할 때, 반동적 작용 역시 사회를 변화시킨 적이 있기 때문입니다. 가령 바루흐 스피노자의 이른바 전투적 실증주의라는 혁명 이론을 생각해 보세요.[58]

A: 어떤 선취하는 의식은 유토피아뿐 아니라, 나아가 이데올로기 속에서도 얼마든지 격렬한 동기로 출현할 수 있겠군요

B: 네. 이러한 동기는 현혹 내지 기만과는 차원을 달리하는 무엇입니다. 우리는 이데올로기 속에서 나타나는 격렬한 선취하는 의식이 결코 허위가 아님을 밝혀야 합니다. 이때 필요한 시금석이 마르크스주의의 한류, 바로 그것입니다. 다시 말해, 이데올로기가 거대한 범위로 작동되는 현실에 대한 냉정한 분석 작업 말입니다. 이데올로기는 단순한 거짓도, 역사적 필연성이라고 말하는 정당한 지식도 아닙니다.

15. 전투적 낙관주의

A: 그렇다면 전투적 낙관주의가 필요하다는 말씀인데….

B: 블로흐가 말하는 전투적 낙관주의는 하나의 사고가 아닙니다. 자세 내지는 태도의 차원에서 이해할 수 있지요.

A: 블로흐는 독점 자본주의를 비판하기 위하여 전투적 낙관주의라는 용어를 도입했더군요. 자본주의는, 블로흐에 의하면, 인민의 아편과 같습니다. 그렇기에 현실 속의 계급 문제를 직시하고, 독점 자본주의에 대한 비판적 시각을 견지하는 것이야말로 인민에게 중요하다고 합니다.

B: 낙관주의라고 해서 무조건 진보에 대한 천박하고 자동적인 믿음을 견지하자는 사고는 아닙니다. 전투적 낙관주의는 지향하는 방향 및 그

58. 스피노자는 "법은 권력과 동일하다"는 명제로써 역사는 얼마든지 반동적 작용으로 인해 (사악하게?) 변화될 수 있음을 입증하였다. Baruch de Spinoza: Theologisch-politischer Traktat, Hamburg 1965, 280f.

강도에 있어서 낙관주의와는 처음부터 구별됩니다. 그것은 오히려 염세주의의 경향을 더욱 중시합니다. 왜냐하면 현실주의적 척도에 의한 염세주의는 사람들로 하여금 최소한 거대한 실패 내지는 파국 앞에서 예기치 않은 경악에 사로잡히게 하지는 않기 때문입니다.

A: 그렇다면 거짓된 낙관주의 대신에 중요한 것은 무엇일까요?

B: 우리는 지금까지 밝혀낸 지식을 바탕으로 어떤 바람직한 판단을 내려야 합니다.

A: 그렇다면 무엇이 그러한 판단에 해당하는가요?

B: 이는 다시금 현실적 가능성 속에 담긴, 유토피아의 의식으로 개념화된 구체적인 상관 개념에 관한 물음입니다.

A: 비록 아직 어떤 결단을 내리지는 않았지만, 구체적으로 노동에 의해 중개된 행동을 통해서 결정을 내릴 수 있는 태도, 바로 이것이 전투적 낙관주의로군요.[59]

B: 그렇습니다. 전투적 낙관주의는 마르크스가 말한 대로 막연히 추상적 이상을 실현하게 하는 매개체 역할을 담당하지는 못합니다. 허나 그것은 최소한 어떤 인간화된 새로운 사회, 즉 구체적 이상을 억압하는 요소들을 해방시키도록 인민들을 자극할 수 있습니다.

A: 블로흐에 의하면, 오늘날 해방을 위한 마지막 투쟁에서 활약하는 것은 프롤레타리아이며, 모든 혁명은 이들의 결단으로부터 시작된다고 합니다. 이로써 주관적 동인은 경제적 · 물질적 경향이라는 객관적 동인과 연대를 이루어 결정적으로 행동을 취하게 됩니다. 그것은 세상을 변화시키고 자신을 실현하게 하는데, 어떤 물질로 드러나는 행위와는 다른 무엇입니다.

B: 전투적 낙관주의의 사고가 자리하게 되는 유일한 장소는 무엇보다도 "전선의 범주Kategorie der Front"가 개방되는 바로 그곳입니다. 전투적

59. 자세한 내용은 다음의 문헌을 참고하라. 에른스트 블로흐: 『희망의 원리』, 402-405쪽.

낙관주의의 철학 속에는 유물론적으로 파악되거나 개념화된 어떤 희망이 도사리고 있습니다.

16. 초기 작품과 후기 작품

A: 이번에는 에른스트 블로흐의 초기 작품과 후기 작품을 비교해 보기로 하겠습니다. 그의 집필 활동은 제1차 세계대전 시기부터 70년대까지 이어졌지요?

B: 그렇습니다. 그렇지만 그의 사상적 궤적에서는 현격할 정도로 커다란 변화가 드러나지 않습니다. 물론 제1차 세계대전 이전의 시기는 여기서 논외가 되어야 할 것입니다. 루카치의 미학이 시간의 흐름에 따라 급변하는 현실에 부응하며 점진적으로 변모를 거듭한 반면, 블로흐의 사상적 토대는 거대한 범위에 있어서 이미 20년대에 완성되어 있었고, 이후의 저작물들은 경미한 범위에서 약간의 편차를 보여줄 뿐입니다.[60]

A: 그렇다면 『유토피아의 정신』(1918)에 반영된 사상적 단초가 70년대에 간행된 『인간의 실험*Experimentum mundi*』(1975)에 실린 것과 커다란 차이가 없다는 말씀인데….

B: 네. 그럼에도 20년대에 집필된 블로흐의 저작물과 1930년 이후에 집필된 저서들 사이에는 몇 가지 지엽적인 특징의 차이가 엿보입니다. 첫 번째 사항은 문체와 관련됩니다. 블로흐의 초기 문체는 표현주의의 영향을 받아서 그런지는 몰라도 격정적이고 유장하나, 이후의 문체는 냉정하고 사실에 입각해 있습니다.

A: 최근에 『저항과 반역의 기독교』를 읽었습니다.[61] 블로흐는 문체뿐만 아니라, 이단적 신학 사상의 "은폐된 신Deus absconditus"을 개진할 때

60. Siehe Burghart Schmidt: Ernst Bloch, Stuttgart 1985, S. 63f.
61. 이 책의 원제는 『기독교 속의 무신론』이다. 에른스트 블로흐: 『저항과 반역의 기독교』, 열린책들 2009.

의도적으로 논리정연하고 사실적인 문장을 선호한다는 인상을 받았습니다.

B: 그 이유는 블로흐가 신학자들과 정치학자들의 반대 의견을 고려해야 했기 때문입니다. 두 번째 사항은 연구 대상을 바라보는 블로흐의 시각이 냉정하게 보다 구체적인 내용으로 향했다는 점입니다. 초기 작품에서는 이상적 관점에서 사회주의의 당위성이 드러나지만, 이후의 작품에서는 구체적으로 주어진 현실에 바탕을 둔 마르크스주의의 용어들이 함축적으로 사용되고 있습니다.

A: 그렇군요.

B: 세 번째 사항은 목표에 대한 시각과 관련됩니다. 즉, 블로흐는 40년대에 이르러 목표로서의 계급 없는 사회를 주창하는 대신에, 무엇보다도 노동 운동의 선전선동 및 전략을 강조하고 있습니다.

A: 구동독의 현실적 여건을 은근히 반영한 셈이로군요.

B: 그렇게 말할 수도 있습니다. 네 번째 사항은 블로흐가 철학의 문제에 관여하지 않고, 다양한 범위에서 인간 평등의 문제를 천착하기 시작했다는 점입니다. 가령 『유토피아의 정신』이 주어진 현실에 드러나지 않은 본질의 문제점에 집중하고 있다면, 『흔적들*Spuren*』(1930)과 『이 시대의 유산*Erbschaft dierser Zeit*』(1935)에서는 천민 문화의 전통 내지 일상의 미학이 밀도 있게 다루어지고 있습니다.

A: 블로흐의 『자연법과 인권』을 또 하나의 예로 들 수 있지 않을까요?

B: 유토피아가 인간의 자유를 추구하는 핵심적 용어라면, 자연법은 인간의 품위를 고수하게 하는 핵심적 용어가 아닐 수 없습니다. 그렇기에 그 책은 『희망의 원리』에 필적하는 저서인 셈이지요. 다섯 번째 사항은 자연에 대한 블로흐의 입장입니다. 자연은 『유토피아의 정신』에서 새로운 예루살렘으로서 일순간 돌발적으로 완전히 다른 세계로 거듭나는 어떤 대상으로 간주되고 있다면, 『희망의 원리』에서는 인간의 부단한 노력에 의해서 서서히 변형되는 대상으로 묘사되고 있습니다.[62]

A: 블로흐의 관점과 시각이 시간의 흐름에 따라 무덤덤해진 셈이로군요.

B: 그게 가장 중요합니다. 여섯 번째 사항은 음악에 관한 견해와 관련됩니다. 음악은 젊은 블로흐에게는 그 자체 어떤 "형상화된 장소"였습니다. 블로흐에게 탁월한 회화 작품 속의 공간이 다시 태어나고 싶은 어떤 장소로 비유된다면, 음악은 과정을 중시하는 예술 영역으로서 인간의 갈망을 실질적으로 이전시켜 주고 투영시켜 주는 매개의 예술입니다.

A: 블로흐는 루드비히 반 베토벤의 〈피델리오〉에 나타나는 트럼펫 음을 마음껏 평등한 세상을 구가하는 자유인들의 외침으로 이해했다고 하지요?

B: 그러나 30년대 이후에 블로흐는 음악을 더 이상 유토피아의 사고를 위해서 순간적으로 격렬하게 파기되는 무엇으로 파악하지는 않았습니다. 오히려 음악은 인간의 갈망 속에 계속 남아 있는 잔여물로서, 동시대인들에게 지속적인 영향을 끼치는 예술적 장르로 각인되고 있습니다. 이와 관련하여 블로흐는 갈망이 퍼져나가게 자극하는 예술로서의 음악의 단편적 특성을 강조하였습니다.[63]

17. 충족된 삶의 순간의 어두움

A: "충족된 삶의 순간의 어두움"은 어떠한 계기에서 탄생한 용어인지요?

B: 블로흐의 초기 존재론은 내용과 방법에 있어서 쇠렌 키르케고르 등의 실존주의로부터 어느 정도 영향을 받은 것입니다. 실제로 블로흐는 마르틴 하이데거의 다음과 같은 말을 자주 인용하였습니다. 즉, "현

62. Siehe Burghart Schmidt: Ernst Bloch, 앞의 책, S. 146f.

63. 이에 해당하는 것이 바로 교향곡이다. Ernst Bloch: Tübinger Einleitung in die Philosophie, Frankfurt a. M. 1985, S. 194.

대인들은 눈앞에 주어진 사물에 대해서는 지대한 관심을 기울이지만, 정작 근본적인 존재에 대해서는 망각하고 있다"는 것입니다.

A: 그렇다면 블로흐의 "충족된 삶의 순간의 어두움"은 현상과 본질에 대한 명확한 구분을 전제로 하겠군요.

B: 그렇습니다. 『유토피아의 정신』에는 다음과 같은 말이 적혀 있습니다.[64] "우리는 현재를 살아가지만, 현재는 우리의 의식으로부터 벗어나 있다." 다시 말해, 우리는 현재 충분히 만족된 삶을 누리지 못한 채 살고 있다고 말입니다. 이러한 불만족은 지나간 과거 순간과의 간격 속에서 명료하게 의식됩니다. 또한 주어진 현재는 의식 속에 미리 떠오른 도래하는 시간으로서의 현재와 부딪치곤 합니다. 바로 이 순간 주어진 현실의 상은 주체가 내적으로 갈구하는 상과 기이하게 교차됩니다.

A: 순간의 개념을 명확히 이해하기 위해서 우리는 "상황"이라는 실존주의의 용어에 집중할 필요가 있지 않을까요?

B: 동의합니다. 그렇지만 이러한 상황은 정치경제적 측면에서의 궁핍함과 직결되는 것입니다. 순간의 개념은 상황의 관점을 전제로 한 것입니다. 말하자면 순간은, 블로흐에 의하면, 오로지 상황에 의해서 질적으로 평가할 수 있습니다. 이는 시간의 변화에 의해 변화된 상태를 가리키지요. 가령 고트홀트 에브라임 레싱이 언급한 바 있는 헬레니즘 시대의 조각 작품인 〈라오콘Laokoon〉을 생각해 보세요.[65]

A: 레싱은 『라오콘』이라는 미학 논문을 통하여 문학이 시간적 흐름의 과정을 다룬다는 점에서 회화와는 본질적으로 다른 기능을 지니고 있다는 것을 밝혔지요? 이를 위해 〈라오콘〉이라는 조각 작품과 푸블리우스 베르길리우스 마로Publius Vergil Maro의 서사시 「라오콘Laokoon」을 비교하는데요.

64. Siehe Ernst Bloch: Geist der Utopie, Frankfurt a. M., 1985, S. 363.
65. Gotthold E. Lessing: Laokoon oder über die Grenzen der Malerei und Poesie, in: Lessings Werke in fünf Bänden, 3. Bd., Berlin 1988, S. 259ff.

B: 네. 조각 작품은 예술 수용자에게 수많은 순간으로 이어지는 행위 내지 연속적 과정으로 나타나는 사건을 통시적으로 보여줄 수 없습니다. 다시 말해서, 그것은 오로지 상황적 순간을 담은 하나의 단면만을 시각적으로 보여줄 뿐입니다. 만약 순간이 하나의 단면으로서의 상황을 반영하는 것이라면, 그것은 다양한 혹은 대치된 모순으로 드러날 수밖에 없습니다. 다시 말해, 순간의 상은 거대한 시간적 흐름 속에 내재한 하나의 단면이므로, 그 속에는 수많은 사고 내지 감정들이 복합적으로 뒤엉켜 있을 수밖에 없습니다. 가령 인간은 주어진 현재에서 충족된 삶을 느끼지 못합니다. 인간이라면 누구나 "지금 여기"에서 완전한 행복감을 절감하지 못합니다. 왜냐하면 그는 항상 무언가를 갈구하고 있기 때문이지요. 충족된 삶에 대한 체험이란 끝없이 갈망하는 인간 존재의 가장 난해한 지평입니다.

A: 자신의 체험에 대해 만족하지 못하기 때문이 아닐까요?

B: 그렇습니다. 인간이 눈앞에서 체험하는 것은 마치 단면과 같은 현재 상황에 불과하기 때문입니다. 그것은 순간적인 어두움으로 의식될 뿐이며, 도도히 흐르는 역사적 발전으로서의 강물과는 무관한, 순간이라는 단편적 물줄기에 불과합니다. 어두움의 순간은 그 자체 오로지 다음과 같은 의미를 지닙니다. 즉, 일견 역사와는 무관한 무엇에 대해 사회의 역동적 변화를 촉구하는 의미 말입니다.[66]

A: 그렇지 않다면 어두움은 가령 하이데거가 언급하는 발전될 수 없는 고착된 불변의 형체에 불과할 테니까요. 그게 바로 블로흐와 하이데거의 존재론적 차이점을 말해 주는 것 같습니다. 블로흐의 존재론에서는 개인과 사회의 역사적 역동성이 중요하니까요. 어두움은 변화의 매개체가 이데올로기라는 구름에 가려져 있는 상태로 파악될 수 있습니다.

B: 멋진 비유로군요. 기실 블로흐의 관심사는 현실의 상황에서 출발

66. 김진: 「유토피아적 의향과 메타 종교 이론」, 실린 곳: 『철학 연구』 1983, 106-124, 109쪽 이하를 참고하라.

하여 역사적 역동성으로 향하고 있습니다. 그렇기에 인간은 자신에게 불만족을 가져다주는 단편적인 순간들을 어떤 완전한 충족을 위한 역동적 변화의 역사로 확장시키기 위하여 노력해야 합니다.

18. 독일 학생운동과 블로흐

A: 마지막으로 68 학생운동과 블로흐와의 관계를 살펴보도록 하겠습니다. 블로흐가 68 학생운동에 어떠한 영향을 주었는가? 하는 문제를 제대로 천착하려면, 우리는 사회주의독일학생연맹(SDS)과 재야 세력(APO)에 대한 블로흐의 관계를 추적해야 합니다만.

B: 그렇습니다. 그런데 68 학생운동에 대한 블로흐의 영향에 관해서는 의견이 분분합니다.[67] 베를린의 영화 제작자 헬가 라이데마이스터 Helga Reidemeister는 정치적 초상화 〈루디 두츠케 ― 흔적들 ― 의연한 걸음〉을 제작할 때, 학생운동의 중요한 지지자로서, 블로흐, 루카치, 마르쿠제 그리고 체 게바라를 지목하였습니다. 이에 반해 페터 추다이크는 블로흐의 전기 『악마의 궁둥이 *Der Hintern des Teufels*』에서 다음과 같이 기술했습니다. 즉, 블로흐는 학생운동과 새로운 좌파들을 위해서 한 번도 현장감 넘치는 사상적 자양을 제공한 적이 없다고 말입니다. 왜냐하면 68 운동은 주로 베를린, 프랑크푸르트 그리고 하이델베르크 등과 같은 대도시에서 개최되었기 때문이라고 합니다.[68] 그렇지만 추다이크의 이러한 생각은 잘못입니다. 문제는 블로흐의 실질적 영향이 아니라, 블로흐가 68 운동의 근본적 입장에 어떠한 사상적 자양을 제공했는가? 하는 물음이지요.

A: 사실 68 학생운동 연구에서 블로흐의 이름은 많이 등장하지 않습

67. 최근에 나온 68 학생운동 관련 책에서는 블로흐가 경미하게 다루어지고 있다. 오제명 외: 『68. 세계를 바꾼 문화 혁명』, 길 2006.

68. Welf Schröter: Rudis Weg zu Bloch, in: Jürgen C. Strohmaier u. a. (hrsg.), Utopie und Hoffnung, Mössingen-Talheim 1989, S. 57f.

니다. 블로흐는 68 학생운동에 대해 거리감을 취했습니까?

B: 아닙니다. 블로흐는 1961년 이후부터 서독의 튀빙겐 대학에서 철학을 가르치고 있었습니다. 몇몇 열혈 대학생들은 권위적인 대학 교수들에게 토마토와 달걀 등을 던지곤 하였는데, 블로흐는 예외였습니다. 실제로 많은 진보적인 대학생들은 루카치와 블로흐 그리고 마르쿠제의 책을 독파하였습니다. 루디 두츠케 역시 루카치의 책을 읽다가, 블로흐의 연구서, 『주체와 객체. 헤겔에 대한 주해』 등을 접했다고 합니다. 그렇지만 그는 1968년 이전에는 블로흐를 그렇게 탐탁하게 여기지 않은 것으로 추측됩니다.

A: 그럼에도 불구하고, 블로흐는 처음에는 학생운동에 소극적으로 대응한 것처럼 비치는데, 그 이유는 무엇인가요?

B: 다음과 같이 말할 수 있습니다. 유대인인 블로흐는 미국에서 힘들게 살았습니다. 구동독을 떠난 지도 7년밖에 지나지 않았습니다. 그러니 그는 서독에서 마치 손님처럼 살아야 했고, 이방인 지식인으로서 어떠한 구설수에도 오르고 싶지 않았습니다. 실제로 튀빙겐의 "사회주의 독일학생연맹"은 1968년 2월의 모임에 블로흐를 정식으로 초청하였습니다. 처음에 블로흐는 불참을 선언하였습니다. 그 이유는 블로흐가 어떤 사회적 파장을 염려했기 때문입니다. 그곳에 초대된 명사들은 에리히 프리트Erich Fried, 페터 바이스Peter Weiss 등 한결같이 유대인들이었습니다. 블로흐는 독일인들의 반유대주의를 자극하지 않는 게 좋다고 판단했지요. 그러나 블로흐는 우여곡절 끝에 나중에 토론회에 참석하였습니다. 이 자리에서 그는 루디 두츠케를 처음으로 만났지요. 두 사람은 서로 약간 다른 견해를 피력하였습니다.[69] 두츠케의 눈에 블로흐는 너무 헤겔 중심적이며, 현실 감각이 결여된 마르크스 사상가로 비쳤습니다. 블로흐의 눈에 동독 출신의 젊은이는 정치적 노선을 너무 냉혹하

69. 이에 관해서는 다음의 논문을 참고하라. 장희권: 「에른스트 블로흐와 루디 두츠케」, 실린 곳: 『오늘의 문예비평』, 통권 48호 2003년 봄, 164쪽 이하.

게 구분하고, 편을 가르려는 혁명가로 여겨졌습니다. 처음에 두 사람은 상대방을 잘못 판단했습니다.

A: 두츠케와 블로흐는 나중에 무척 가까워졌다고 하던데요.

B: 네. 1968년 4월에 두츠케는 어느 인종주의자에 의해 총격을 받았습니다. 세 발 가운데 한 발이 대뇌에 손상을 가해, 언어 기능이 완전히 마비되었지요. 두츠케는 수술을 받은 후에 모국어를 새로 배워야 했으니까요. 이때 블로흐는 구동독 출신의 음유시인, 볼프 비어만과 함께 두츠케를 옹호하는 글을 발표하였습니다. 1968년, 성탄절을 맞이한 블로흐는 두츠케에게 자신의 책 『기독교 속의 무신론*Atheismus im Christentum*』을 송부하였습니다. 이후로 두 사람의 우정은 오랫동안 이어졌습니다. 어쩌면 두츠케는 나중에야 블로흐에게서 진정한 이성과 공명정대하고 중후한 인간성을 깨달았는지도 모르겠습니다.

A: 두츠케는 1979년 피격 사건의 후유증으로 세상을 떠났는데요.

B: 블로흐가 유명을 달리하고 2년 뒤였지요. 볼프 비어만은 자신의 사회 평론집 『소란 속의 분명한 글들*Klartexte im Getümmel*』에서 루디 두츠케를 이카로스에 비유했습니다.[70] 시인 자신이 어설프게 살아남은 아버지 다이달로스라면, 루디 두츠케는 하늘 위로 찬란히 비상하다 바다에 빠져 죽은 은폐된 공산주의자Kryptokommunist 이카로스라는 것입니다. 그러나 오늘날 이카로스의 날갯짓을 기억하는 사람은 안타깝게도 소수에 불과합니다.

새롭게 태어나는 자는 아무것도 모르는 상태에서 새롭게 모든 것을 배워야 합니다. 이게 역사의 비극이라면 비극이지요.

70. Siehe Wolf Biermann: Klartexte im Getümmel, Köln 1990, S. 309.

II

블로흐의 유토피아에 관한 반론과 변론

구스타프손

스웨덴 출신의 인문학자 라르스 구스타프손은 유토피아를 — 칼 포퍼와 마찬가지로 — "근원과 종말을 서로 연결시킨 역사의 개념"으로써 설명하고 있다. 여기서 "근원과 종말을 서로 연결시킨 역사의 개념"이란 다음의 사항을 의미한다. 즉, 역사 속에서 발생하는 모든 변화 및 불연속적인 특성은, 원시안적으로 볼 때, 시작과 종말을 하나의 동일한 속성으로 연결시켜 주는 고리라고 한다. 유토피아는, 구스타프손에 의하면, '현재에 존재하지는 않지만 즉시, 그리고 반드시 성취시켜야만 하는 어떤 무엇에 대한 인간의 사고' 라고 한다(Gustafson 70: 100). 그렇기 때문에 그 속에는 개혁주의보다는 혁명적인 전체주의적 요소가 내재해 있다는 것이다. 유토피아는 처음부터 사회의 완전한 변화를 전제로 하기 때문에, 구스타프손은 엄밀한 의미에서 혁명과 구분되는 사회적 개혁을 자신의 유토피아 개념에서 배제시킨다. 만약 그가 유토피아를 사회의 점진적인 개혁으로부터 철저히 구분한다면, 다음과 같은 의문이 제기될 수 있다. 과연 우리는 로버트 오언, 샤를 푸리에 이후로 국가 체제를 전적으로 변화시키지 않은 이상적 공동체로서 (묘사된) 현실이 무수히 많았다는 사실을 어떻게 설명해야 할 것인가? 이러한 이유 때문에, 구스타프손의 유토피아 개념은 궁극적으로 모든 경험적인 것으로부터 벗어난 추상적인 논리에 근거하고 있을 뿐이다. 이와 관련하여 장 아메리Jean Améry의 다음과 같은 말은 의미심장하다. "유토피아의 개념을 파악할 때 변증법을 염두에 두지 않는다면, 우리는 아무런 결론도 얻지 못할 것이다. 유토피아는 그 자체 모순된 사고이다. 그것은 현실 도피적인 공허한 개념일 뿐 아니라, 우리가 도달할 수 있는 현실로서 추구해야 하는 개념이다. 만약 우리가 유토피아를 '이 세상에 존재하지도 않고 어느 때에도 도달할 수 없는 순간' 이라고 간주한다면, 유토피아는 스스로의 역사적 동력을 상실하게 될 것이다. 유토피아는 결코 환상일 수는 없다"(Améry 72: 382f.).

구스타프손은 유토피아를 다음과 같이 계속 비판하였다. 유토피아란, 비유적으로 말하면, '일그러진 거울'로서, 대부분의 역사적 텍스트를 잘못 해석하고 마구잡이로 적용하는 방법론과 같은 것이다. 다시 말해서, 우리가 현재의 상황을 중시하면서 과거의 텍스트를 작위적으로 평가한다는 것이다(Gustafson 81: 282). 그렇기에 현재와 무관한 과거의 역사적 사실은 불필요한 듯 보이며, 현재와 관련된 과거의 역사적 사실은 유독 중요한 무엇으로 비친다고 한다. 그는 다음과 같이 말한다. "이상주의자는 가상적으로 인식된 자신의 현실 상황을 묘사하곤 하는데, 이러한 상황은 일반적인 세계와 다른 무엇이 아니라, 자신의 텍스트에 의해 기껏해야 다만 부분적으로 개념화된 무엇이다." 바로 이러한 이유 때문에, 유토피아라는 '거울'은 현실을 왜곡시킴으로써 스스로의 역할을 다하지 못하게 된다고 한다. 결국 그 거울은 "왜곡된" 상을 다시 반사시키는데, "그 속에서는 실제 인간이나 실제 세계가 지닌 고유한 특성은 — 주어진 세상을 얼핏 보기에 완전히 백 퍼센트 반영할 때까지 — 어처구니없이 일반화되고 있다." 구스타프손은 제반 역사적 상관관계가 논리적으로 무척 희박한 제반 관련성에 의존하고 있다고 주장한다. 말하자면, 그는 역사 속에서 특정한 무엇만을 선택하여 원용하는 학문적 태도를 비판하고 있다. 이러한 까닭에 고전적 유토피아는 — 그의 견해에 의하면 — "어떤 많은, 논리적으로 희박한 관계에 근거한 역사의 관련성"을 통해 재구성하는 학문적 노력에 입각한 것이며, 그 자체 많은 취약점을 지니고 있다고 한다. 요약하건대, 구스타프손은 한편으로는 전체로서의 현실을 정확히 파악할 수 없는 것으로 단정하고 있으며, 다른 한편으로는 역사적 발전의 태아胎兒와 같은 동력動力을 처음부터 거부하고 있다.

참고 문헌

- J. Améry: "Reformation oder Revolution?", in: Merkur, 26 (1972), S. 382f.
- Lars Gustafsson: Utopie. Essays, München 1970.
- L. Gustafsson: "Negation als Spiegel, Utopie als epistemologische Sicht," in: Utopieforschung, Bd. 3. Stuttgart 1981.

노이쥐스

아른헬름 노이쥐스는 유토피아의 기능을 무엇보다도 "부정의 부정Negation der Negation"에서 찾으려 한다. 유토피아는 주어진 사악한 무엇을 비판하고 파기하는 기능을 지니고 있다. 이러한 주장은 부분적으로 타당하다. 왜냐하면 유토피아는 미래를 선취하려는 인간적 열망을 반영할 뿐 아니라, 무엇보다도 사악한 현재 상태를 파괴하려고 하기 때문이다. 문제는 노이쥐스가 유토피아의 이러한 두 가지 의향을 모조리 인정하지 않는다는 사실이다. 그는 오로지 사회학의 차원에서 구스타프 란다우어와 에른스트 블로흐를 비판한다. 두 사람은, 노이쥐스에 의하면, 가능성과 미래 지향적인 방향성, 다시 말해서 의지의 지향성을 과도하게 강조하므로, 이른바 사회적 이상에 대한 합리적 구성이라는 어떤 확고한 틀의 기능을 약화시켰다는 것이다. 이로 인하여 그들은 이른바 전체주의 이데올로기라는 의혹에 어떤 빌미를 제공했다고 한다. 노이쥐스는, 많은 마르크스주의자들이 그러하듯이, 유토피아의 기능을 다만 부정적 현실에 대해 비판하고 파기하는 작용으로 이해하며, "미래를 하나의 상으로써 투시하지 말라"고 주장한다.

우리는 블로흐의 유토피아와 희망의 개념에 대한 노이쥐스의 비판을 다음과 같은 측면에서 고찰할 수 있다. 희망은, 노이쥐스에 의하면, 유토피아의 사고인데, "인식Erkennen"과 "갈망Wünschen" 사이의 모순을 동시에 지니고 있다고 한다. 여기서 말하는 "인식"이 엄밀한 학문 행위와 관련되는 것이라면, "갈망"은 예술의 차원과 관련되는 것이다. 갈망은, 노이쥐스에 의하면, 인식이 아니라 희망의 차원에서 이해될 뿐이다. 희망은, 오래 전에 헤시오도스Hesiod가 "판도라의 신화"에서 언급한 것처럼, 수많은 죄악이 담긴 상자 속에 뒤섞여 있던 무엇이다. 따라서 그것은 인간이 이성적으로 추구하는 갈망과는 결코 일치될 수 없는,

혼탁한 요소를 지닌다고 한다. 여기서 노이쥐스는 인식만이 중요하고, 갈망 내지 희망을 마치 신기루와 같은 망상으로 치부하고 있다.

이러한 주장의 배후에는 레닌의 다음과 같은 견해가 짙게 깔려 있다. 즉, 유토피아는 "망상"이며, "약한 자의 숙명"이다 (Lenin 68: 348). 다시 말해, 꿈꾸는 행위란, 금지당하든 허용되든 간에, 결코 약한 자를 강한 자로 만들어 내지 못한다는 것이다. 이로써 노이쥐스는 꿈에서 어떤 긍정적 에너지를 도출해 내려는 블로흐의 입장을 처음부터 인정하지 않는다(Neusüss 85: 463). 비록 블로흐가 『세계의 실험』에서 마르크스주의의 사고를 유토피아의 새로운 기능으로 이해하고, 이를 "구체적 유토피아의 새로운 내용"으로 고찰하지만(Bloch 75: 29), 노이쥐스에 의하면, 이는 사회주의의 구체적 실천과는 차원이 다른 "망상"의 영역에서 벗어나지 못하는 무엇이다. 그렇기에 1961년 이후에 블로흐는 모든 것을 추상화시키기 원하는 서구 부르주아의 욕구에 부응했을 뿐이라고 한다. 노이쥐스가 블로흐의 "구체적 유토피아die konkreste Utopie"와 "깨달은 희망docta spes"이라는 용어의 근본적인 의미를 크게 고려하지 않는 것도 바로 그 때문이다.

참고 문헌

- Ernst Bloch: Experimentum mundi, Frankfurt a. M. 1975.
- Arnhelm Neusüss: Utopie: Begriff und Phänomen der Utopischen, 3. erweiterte Auflage, Frankfurt a. M. 1985.
- W. I. Lenin: Zwei Utopien, Werke 18, Berlin 1962.

란다우어

무정부주의자 란다우어는 기존의 모든 것에 대항하는 사고를 유토피아라고 규정하였다. 유토피아는, 란다우어에 의하면, 그 자체 혁명의 사고를 가리킨다. 기존의 모든 것에 대항하는 사고 내지 충동은 언제나 어떤 새로운 유토피아의 의향을 표출시킨다. 란다우어는 "실재하지 않는 것Utopie"에 반대되는 사고 내지 충동을 "실재하는 것Topie"이라고 정의 내린다. "실재하는 것"은 "주어진 존재 질서를 표현하고, 미화시키며, 정당화시키는 모든 것"을 가리킨다. 유토피아는 "실재하는 것"을 파기하도록 작용한다. 다시 말해서, 기존 질서로서의 "실재하는 것"은 "실재하지 않는 것"의 자극을 받아서, 사람들로 하여금 주어진 공간에 대한 의혹 내지 불신을 품게 한다. 결국 "실재하는 것"은 혁명의 역사적 실천에 의해서 공격당하게 된다. 이와 관련하여 란다우어는 다음과 같이 논평한다. "유토피아는 그 자체 외부적 현실로 변화되어 나타나지 않는다. 오히려 혁명의 진행 과정의 시간만이 토피아를 다른 무엇으로 이행시키는 시기이다. 다시 말해, 혁명은 두 개의 '실재하는 것' 사이의 한계선이다"(G. Landauer 74: 77). 유토피아는, 란다우어에 의하면, 두 개의 장소 사이에 도사린 혁명 속에서 자신의 면모를 드러낸다. 여기서 유토피아는 세계의 변혁에 대한 촉매 내지 효모로 이해되고 있다.

란다우어는 유토피아의 사회 비판적인 기능을 강화시켰을 뿐 아니라, 다음의 사항을 분명히 강조했다. 즉, 이상적 사회 질서를 제기하는 유토피아의 사고는 그 특성상 역사적으로 반드시 파기되어 사멸된다는 것 말이다. 대신에 란다우어는 유토피아의 의향이라는 개념을 제시하였다. 그의 유토피아의 의향은 놀라울 정도로 자발적이고 즉흥적이다. 그렇지만 그것은 마치 순간적 감흥으로 불밝히다가 이내 사라지는 횃불과 유사하다. 그것은 과거 속에 은폐되어 있는 혁명의 촉수를 발견하여 계획적으로 연마하지는 못한다.

더 나은 사회에 관한 갈망의 모티프는 과거 속에 도사리고 있다. 왜냐하면 과거를 비판적으로 고찰하지 않으면 우리는 지금의 현실에 도사리고 있는 어떠한 하자 및 그 하자의 근본적 배경과 이유도 인지할 수도, 발견해 낼 수도 없기 때문이다. 란다우어는 바로 이 점을 간과하고, 모든 역사 구성을 아이러니하게도 어떤 절대적인 혁명의 실천적 현재의 순간 속으로 용해시켰다. 따라서 란다우어에게 중요한 것은 오로지 유토피아에 도사린 혁명에 대한 어떤 예견밖에 없다. 오랜 계획이나 장기적인 전략 등은 란다우어에게 결핍되어 있다. 이러한 입장은 나중에 레오 트로츠키에 의해서 그리고 부분적으로 장 폴 사르트르에 의해서 계승되고 있다.

문제는 란다우어에게 역사적 개방성이 구체적으로 주어져 있지 않다는 사실이다. 여기에는 현재의 모순적인 현실에 대한 냉정하고도 철저한 분석도 없고, 구체적 계획으로 선취해 낸 먼 목표에 대한 어떤 열광적 신념도 없다. 중요한 것은 현재 주어진 것을 모조리 급진적으로 파괴하는 생디칼리슴의 실천이라든가 혁명적 카니발주의뿐이다. (란다우어와 카를 만하임이 근본적으로 견해 차이를 드러내는 것도 바로 이 때문이다.) 나아가 혁명이 잠정적으로 멈추는 경우에는 모든 것을 해결하려는 혁명적 노력이 약화될 수 있으며, 이 경우 사회적으로 정착된 "실재하는 것"이 다시 효력을 떨칠 수도 있다.

블로흐는 란다우어와 카를 만하임의 견해를 다음과 같이 비판하였다. 시대적 전환에 관한 두 사람의 해명은 이른바 실현의 기준에 의해 설정되어 있는데, 이는 잘못이라고 한다. 블로흐는 실현보다는 동기화 내지 동인이라는 기준을 더욱 중시한다. 왜냐하면 유토피아는 현실 변화의 결과에 따라 가치 유무가 정해지는 게 아니기 때문이다. 모든 것을 하나의 결과론에 입각하여 판단하는 것은 경박하고 수월한 결정주의적 견해만 낳게 된다. 어떤 사상적 동인은, 블로흐에 의하면, "실재하는 것" 내지 이데올로기 등에 의해서 지극히 머나먼 우회로를 거쳐 전진한다. 이는 인간의 기대감으로 충만한 역사의 장을 비판적으로 검토하게 한다. 블로흐의 작업은 다른 미래에 관한 어떤 기내감을 표명하는 게 아니라, "실현 불가능한 기대감들에 대한 냉정한 비판"으로 요약된다. 그것은 다시 말해서 인간의 기대감들이 역사적 과정 속에서 어떻게 생동하고 드러났는가? 하는 물음에 대한 비판적 작업이다. 이것은 찬란한 삶에 관한 맹목적인 예견도 아니며, 그렇다고 은폐된 무엇에 대한 잘못된 인간적 조작도 아니다. 이상적인 인간의 삶이 현실적으로 어떻게 설계될 수 있는가? 그리고 그것이 어떻게 유토피아의 기능으로 변화될 수 있는가? 하는 물음을 열광적으로 추적하기 위해서는 과거와 현재에 대한 철저하고도 냉엄한 비판이 선결되어야 한다.

참고 문헌

• G. Landauer: Revolution, Einleitung Harry Pross, Nachwort: E. Mühsam, Berlin 1974.

루카치

루카치는 유토피아를 다만 비판적 기능으로 축소시킨 무엇으로서 고찰한다. 유토피아는, 루카치에 의하면, 역사의 형태를 규정하는 개념인 "경향성"과 그 속에 담긴 결단의 순간으로서의 "현재"라는 범주에 근거한다. 자고로 경향성이나 현재에서 분명히 행해져야 하는 결단은 어느 특정한 법칙을 실행하는 것과는 달리 역사의 과정에서 어떤 개방된 특성을 동반하는 법이다. 물론 루카치 역시 이를 완전히 부정하지는 않았다. 그러나 그는 역사적 상황의 가능성으로서의 개방성에 대해 어떠한 새로운 긍정적 파토스도 부여하지 않았다. 물론 루카치는 변화의 절대성을 처음부터 부정하지는 않았지만, 새로운 사고와 이에 관한 실천을 고려할 때, 너무나 신중하고 조심스러운 태도로 일관했다(Lukács 67: 214). 프롤레타리아의 현실 전복 행위는, 루카치에 의하면, 하나의 구체적이고 실천적인 이행에 불과할 뿐이다. '그게 과연 결정적인 실천인지, 아니면 지엽적인 실천인지?' 하는 물음은, 루카치에 의하면, 오로지 주어진 시대의 어떤 구체적 상황에 의존할 뿐이다. 루카치는 유토피아를 "현재에 대한 냉정하고도 비판적인 분석"이라는 핵심적 수단으로 이해한다. 그러나 유토피아는 루카치에게는 시간이 흐름에 따라 더 이상 필요하지 않은 일회용 도구일 뿐이다. 유토피아는 토마스 뮌처의 종교적 입장처럼 도덕적 자세에서 비롯한, 현실 초월을 위한 당연한 강령일 수 있다. 물론 혁명 세력은 전환 시대의 다음 단계에서 반동 세력의 거센 저항으로 인하여 우회로를 택할지 모른다. 그러나 루카치는 저항의 토대가 되는 갈망의 꿈들을 단호하게 무의미하고도 무기력한 하나의 환상으로 매도하였다. 그렇기에 블로흐는 어느 논문에서 다음과 같이 비아냥거렸다. "루카치의 『역사와 계급의식 *Geschichte und Klassenbewußtsein*』은 마르크스 사상과 무산계급이라는 명확한 색깔을 인식하고 있으나,

뒤이어 나타나게 될 구체적 색깔에 대한 감각을 처음부터 차단시키고 있다"(Schmidt 89: 171).

루카치는 미래에 대한 구체적인 상을 처음부터 용인하지 않는다. 그는 주어진 실제적 조건을 중시함으로써, 실증주의의 방식으로 눈앞의 현안에 몰두하였다. 결국 루카치는 어떤 책략 내지 당면한 문제를 해결하기 위한 방법론에 대해서 커다란 비중을 두면서, 궁극적 목표를 좌시하거나 외면하는 오류를 저지르고 말았다. 그에게 중요한 것은 현재이며, 현재란 자발적으로 무언가를 결정해야 하는 공간, 그 이상도 그 이하도 아니다. 물론 루디 두츠케와 아르노 뮌스터Arno Münster가 주장한 바 있듯이, 루카치가 강조한 맹렬한 총체성 속에도 프롤레타리아 독재에 관한 갈망이 부분적으로 담겨 있는 것은 사실이다. 다시 말해, 루카치와 블로흐에게는 사회주의의 이상을 중시하고 이를 추적하려는 자세가 공통적으로 주어져 있다. 그렇지만 엄밀히 고찰하면, 이들 사이에는 먼 목표를 염두에 두는 데 있어 분명한 차이점이 있다. 루카치는 총체성 속에 어떤 현실적 경향성이 이미 보장되어 있다고 확신한 반면, 블로흐는 경향성의 주의주의主意主義를 강조하면서, 이를 개방시켜야 한다고 주장한다. 경향성의 의지를 실천하게 하는 것은, 블로흐에 의하면, 처음에는 명확할 수 없다. 왜냐하면 혁명의 실천 과정에는 무엇보다도 생존이 중요하므로, 매순간 올바르게 판단할 겨를이 없기 때문이다.

루쉰이 말한 바 있듯이, 인간이 올바른 견해를 도출할 수 있는 시기는 혁명 기간이 아니라, 혁명 이전이나 혁명 이후의 시간이다. 따라서 가장 중요한 것은, 블로흐에 의하면, 눈앞의 당면 과제가 아니라, 마르크스주의자들이 견지해야 하는 먼 목표이다. 실천의 척도로서 요청되는 것은 바로 이러한 먼 목표인데, 이것은 오랫동안 심도 있는 토론을 거쳐서 찾아내어야 할 방책이다. 그렇다고 해서 우리가 먼 목표만 무작정 강조해서도 곤란하다. 왜냐하면 인간의 갈망이 실현되는 바로 그날은 브레히트가 「사천의 선인Der gute Mensch von Sezuan」에서 언급한 바 있는,

"절대로 도달하지 않는 성스러운 날St. Nimmerleinstag"일 수만은 없다는 것이다. 아닌 게 아니라 두츠케와 뮌스터는 블로흐의 무감각한 현실적 태도를 부분적으로 질타하면서, "블로흐가 실천적 상황을 지나치게 개방시키고, 이를 형이상학적 차원으로 끌어올리고 있다"고 애정 어린 자세로 비판하였다.

루카치가 유토피아의 성분으로 수용한 것은 프롤레타리아의 존재와 그들의 계급의식의 목표였다. 그렇지만 이 개념은 모호하고 흐릿한 일면을 드러낸다. 가령 프롤레타리아의 정치경제학적 정의와 그들의 계급의식의 목표는 역사적으로 고립된 채 분할되어 나타날 수 있다. 그 때문에 프롤레타리아는 메시아주의로 추상화되며, 상황에 따라서는 도저히 판단할 수 없을 정도로 걷잡을 수 없는 기능을 발휘할 수도 있다. 여기서 중요한 것은 우리가 하나의 사고를 결과론적 차원에서 매도할 수 없다는 사실이다. 앙드레 글뤽스망André Glucksmann은 상기한 내용과 관련하여 "마르크스는, 불명료하지만, 자신의 사고가 스탈린주의로 귀결되리라는 것을 유추하고 있었다"고 언급했는데, 이는 "결과론에 바탕을 둔 반-스탈린주의의 탄식"에 불과하다. 루카치는 현실 사회주의의 이데올로기의 발전 단계와 자신의 입장을 같은 차원에서 수용해 왔다. 바로 이 점에서 루카치 역시 스탈린주의라는 이데올로기의 의혹에서 벗어날 수 없을 것이다.

참고문헌

- André Glucksmann: Köchin und Menschenfresser. Über die Beziehung zwischen Staat, Marxismus und KZ, Berlin 1976.
- Bertolt Brecht: Der gute Menschen von Sezuan, Frankfurt a. M. 1986.
- Burghart Schmidt: Kritik der reinen Utopie, Stuttgart 1989.
- Georg Lukács: Geschichte und Klassenbewußtsein, Amsterdam 1967.

리스맨

리스맨의 정치적 입장은 자유주의에 근거하고 있다. 이 점에서 리스맨은 영국의 칼 포퍼와 가깝다. 미국의 자유주의자가 기이하게도 유토피아 모델을 설계한 데에는 나름대로의 이유가 있다. 리스맨은 40년대의 미국을 염두에 두면서, 대중들과 그들의 일회적 소비문화 등에 대한 혐오감을 표명하였다. 이는 그의 저서 『고독한 군중*The Lonely Crowd*』(1950)에서 잘 나타난다.

리스맨은 자신의 유토피아 모델을 『공동체*Communitas*』에서 설계하고 있다. 책에는 건축가인 두 형제가 등장한다. 그런데 여기서 다루어지는 유토피아와 이데올로기는 거칠고 흐릿하게 구분되어 있다. 실제로 미국에서 노동자는 현대에 이를수록 기계의 도입 등으로 인하여 생산력을 증대시키고, 이로 인하여 과거에 비해 더 많은 자유 시간을 누린다. 리스맨은 생산과 소비를 서로 중개하는 단체인 공동체를 묘사한다. 이는 노동의 재분배를 위한 재조직의 모임과 다를 바 없다. 노동자들은 직장과 노동의 분야를 수시로 교대 내지는 교체함으로써 생산과 소비를 얼마든지 적정 수준으로 조정할 수 있다. 노동자들과 농부들은 어떤 계획적 구도 하에서 자신의 일감을 교대할 수 있다. 노동 시간, 새로운 일감을 위한 교육, 노동 장소의 교체 등은 약 1년의 기간 내에서 책정될 수 있다. 다만 나이든 사람의 경우 이러한 교체는 드물게 이루어져야 한다.

리스맨의 유토피아는 고전적 유토피아의 전통을 고수하는데, 여기에는 주어진 현실에 대한 비판은 생략되어 있다. 토마스 모어 이후의 여러 고전적 유토피아가 제각기 새로운 이상 사회를 엄격하게 축조했다면, 리스맨의 건축가들은 기존 사회 내에서 어떤 체계를 설정하려고 한다. 자고로 소외된 노동은 대부분의 경우 인간에게 고통을 가져다주는 법이다. 그렇기에 프랑스의 계몽주의자 에티엔-가브리엘 모렐리Étienne-Gabriel Morelly와 레스티프 드 라 브레통Réstif de la Bretonne 등은 인간의 노동을 향락적인 유희로 바꾸려고 하였다. 가령 모렐리는 『자연에 관한 법*Code de la Nature*』(1755)에서 쾌락을 삶의 원칙으로 정하였으며, 레스티프 드 라 브레통은 자신의 여러 장편소설에서 에로스의 섬 "판타고니아Phantagonia"를 기발하게 묘사한 바 있다. 이들은 사회적 평등을 위해서 인간의 노동을 즐거운 향락의 행위로 바꾸려 하였다. 그러나 리스맨은 기존 자본주의의 계급 사회를 전적으로 비판하지는 않았다. 그는 시종일관 계급 사회의 억압 구조를 어느 정도 완화할 수 있는 방법론에 관해서 골몰할 뿐이다. 사람들은 자신을 보존하기 위하여 기술적 발전이라든가, 지배 세력의 영향에 순응하기만 하면 그저 족할 뿐이다.

상기한 취약점에도 불구하고 리스맨의 모델은 한 가지 사항을 정확히 예측하고 있다. 그것은 다름 아니라 자본주의의 합리화로 인한 노동자들의 자유 시간의 문제점이다. 노동자들이 더 많은 자유 시간을 얻게 되지만, 소비 문화의 이데올로기는 노동자들을 교묘하게 조종하여 향락과 소비를 부추긴다. 리스맨 역시 이를 통찰하고 있다. 그러나 그는 이러한 현상이 어디서 비롯하며, 어떻게 극복할 수 있는가? 하는 문제를 더 이상 추적하지 않았다. 리스맨은 기계화의 시대에 인간이 얼마나 경제적 시스템의 도구로 전락할 수 있는가를 지적하지만, 그의 시각은 낭만적 범주를 벗어나지 못하고 있다. 예컨대 리스맨이 자생적으로 살아가는 개인의 르네상스를 꿈꾼다는 점에서, 그의 유토피아는 마르틴 부버의 소박한 공동체의 아나키즘을 연상시킨다. 이는 어쩌면 전체주의적 권력으로부터 벗어나고 싶은 윌리엄 모리스William Morris의 『에코토피아 뉴스*News from Nowhere*』에 묘사된 바 있는, 지방분권에 바탕을 둔 중세 소도시 지향적인 무정부주의와 관련될지 모른다(모리스 04: 446).

참고 문헌

- 윌리엄 모리스: 『에코토피아 뉴스』, 박홍규 역, 2004.
- David Riesman: der einsame Masse, 1950.
- ders.: Communitas: Means of Livehood and Ways of Life, Chicago 1947.

마르쿠제

마르쿠제의 사상적 모티프와 관련하여 우리는 두 가지 사항을 지적할 수 있다. 첫째로 그것은 근본적으로 소시민적 세계관에 바탕을 두고 있다. 마르쿠제는 1945년 이후부터 유토피아와 이데올로기의 관계를 무시하고, 전체주의 국가인 소련을 맹렬히 공격하였다. 실존주의와 무정부주의에 입각한 마르쿠제의 소련 비판은 장 폴 사르트르를 능가할 정도였다. 그러나 마르쿠제는 오로지 비판에만 급급하고 있었으며, 아무런 방향도, 구체적 정치성도 제시하지 못하였다(Holz 68: 131). 여기서 마르쿠제의 사고가 소시민적 세계관에 바탕을 두고 있다는 사실이 백일하에 드러난다. 그가 결론으로 제시하는 것은 부자유의 시스템 속에서 내세울 수 있는 혁명적 제스처인 저항과 반항이다. 이러한 제스처는 근본적으로 전형적인 소시민 근성에서 비롯하는 것이다. 마르쿠제가 처음부터 거부하는 것은 개별적 인간이 전체주의의 이데올로기에 이용당하는 경우이다. 자고로 대부분의 역사는 전체주의 축의 동력에 의해 움직이는 법이다. 마르쿠제에 의하면, 한 개인은 역사의 도도한 움직임을 막을 수는 없지만, 최소한 그러한 축으로부터 빠져나올 수는 있다. 물론 마르쿠제가 해방의 과정에서 연대성을 완전히 무시하는 것은 아니다(마르쿠제 2004: 132). 그러나 개개인들의 이러한 연대성 내지 협력 작업에는 처음부터 끝까지 개인의 자기 결정권 그 이상의 강제성이 주어지지 않는다. 마르쿠제가 주창하는 것은 궁극적으로 혁명적 실천을 어떤 계획에 따라 지속적으로 추진하는 것이 아니라, 개인이 일상에서 거역하고 반항하는 행동이다. 그가 "완전한 타자"로서의 자유인을 바람직한 인간형으로 내세우는 것은 바로 그 때문이다.

그렇다고 마르쿠제가 호르크하이머와 아도르노처럼 "체제로부터의 신화적 일탈"을 요구하는 것은 결코 아니다. 왜냐하면 마르쿠제의 텍스트 속에는 깊은 체념에 근거한, 현대 사회 내의 갈등을 벗어날 수 있는 완전한 타자에 대한 지침이 담겨 있기 때문이다. 마르쿠제의 관심사는 정치적 차원의 이상과는 정반대의 방향으로 향하고 있다. 완전한 타자는 인간적 노력에 의해서 무언가를 창조하고 생산하는 자가 아니라, 오히려 팔짱만 낀 채 현재 상태에 대해 도전적 자세만을 취하는 자이다. 이는 일상 삶에서 내세우는 하나의 반역 내지 저항이라는 제스처일 뿐, 결코 혁명적 실천으로 연결될 수는 없다. 마르쿠제는 1967년에 베를린에서 다음과 같이 주장하였다. "유토피아는 이제 종착역에 이르렀다. 이제 과학 기술이 발전하여 생산력이 증강되었다. 그렇기 때문에 현대인들은 유토피아에 대한 사고를 더 이상 필요로 하지 않는다." 이러한 발언은 부분적으로 타당하다. 왜냐하면 발전된 과학 기술이 과거의 정치적 유토피아가 의도하는 일을 부분적으로 대행해 주기 때문이다. 그렇지만 마르쿠제가 처음부터 간과한 사실이 한 가지 있다. 즉, 유토피아의 종말을 드러내는 현실에서도 차제에 어떤 새로운 방식으로서의 유토피아의 기능이 얼마든지 출현할 수 있다는 사실 말이다.

이제 두 번째 사항을 언급해 보기로 하자. 예술 속에서 유토피아의 상을 찾으려는 마르쿠제의 사고는 철저히 도식적이다. 마르쿠제는 인간의 판타지 속에 담긴 의식적 갈등을 심도 있게 천착하였다. 이는 구속되지 않은 쾌락원칙과 현실원칙 사이에 도사린 상호작용 내지 갈등 등을 파헤치기 위함이었다. 마르쿠제에 의하면, 쾌락원칙은 대체로 유토피아로, 현실원칙은 대체로 이데올로기로 작용한다. 이데올로기를 파기시키려는 유토피아는 오로지 "억압된 무엇으로의 회귀"를 지향한다. 이는 예술 속에 반영되고 있다. 자고로 쾌락원칙이라고 해서 무조건 놀고먹는 향락주의자와 관계되는 것은 아니다. 쾌락원칙은, 마르쿠제에 의하면, 판타지를 불러일으키면서 창조적으로 작용하고, 이로써 탁월한 예술이 출현할 수 있다. 왜냐하면 예술적 상상력은 억압과 거짓 약속에 대한 무의식적 기억에 어떤 형식을 부여하기 때문이다. 예술은,

마르쿠제에 의하면, 승화된 에로스이며, 쾌락원칙과 인간의 자유를 상징적으로 표현할 수 있는 중요한 수단이다. 한편, 현실원칙이라고 해서 무조건 기존의 질서를 우선시하는 악의 기능 내지 권력의 기능을 행사하지는 않는다. 그것은 극한적 자유와 방종으로부터 피해입지 않는 자연 상태의 힘을 포괄하고 있다. 이 점을 고려한다면 예술의 형식은, 마르쿠제에 의하면, 일견 쾌락원칙과 현실원칙 사이의 화해의 상을 보여준다.

프로이트는 미적 규범을 현실원칙의 왜곡된 요구와는 무관한 것으로 파악했다. 미적 영역은, 프로이트에 의하면, 인간의 심리적 · 성적 행동에 영향을 끼치지만, 심리적 · 성적 영역과는 별개로 파악될 수 있다. 이에 반해서 미적 규범은, 마르쿠제의 경우, 심리적 내지 성적인 영역과 동일한 차원에 설정되어 있다. 다시 말해서, 마르쿠제의 미적 규범은 심리학과의 복합적인 관계 속에서 세분화되어 있지 못하다. 그렇기 때문에 마르쿠제의 미학 이론은 보편적 미의 개념을 도식적으로 그리고 형이하학적으로 재단한다는 의혹에서 벗어나지 못한다. 요약하건대, 마르쿠제의 미학 이론은 단조롭고 도식적인 차원에 국한되어 있다. 마르쿠제에 의하면, 인간 삶에 있어서 가장 바람직한 상태는 초자아 Super-Ego와 이드Id 사이의 평형상태라고 한다. 자고로 초자아가 인간의 본능적 욕구를 가로막는다면, 이드는 인간의 도덕적 규범을 방해하지 않는가? 상기한 평형상태를 위해서 인간은, 마르쿠제에 의하면, 이데올로기라는 소포꾸러미를 찢어야 한다. 그리하여 인간은 그 속에 도사린 "거부"와 "습관화에 대한 저항"이라는 유토피아의 내용물을 끄집어내야 한다. 그렇게 해야만 우리는 대중의 병리 현상, 가령 습관화로 인한 망각 증세를 어느 정도 치료할 수 있다고 한다.

블로흐의 미학 유토피아의 범주인 "선현의 상" 내지 "예측된 상Vor-Schein" 역시 마르쿠제의 예술적 용어와는 달리 이해될 수밖에 없다. 블로흐는 예술을 논할 때 현실원칙, 쾌락원칙의 구분 자체를 중요하게 생각하지 않는다. 두 가지 원칙은 오로지 개인의 심리적 차원의 삶만을 반영할 뿐, 사회 전체의 경제적 삶을 중시하지 않는 개념이라는 것이다. 쾌락원칙과 현실원칙이라는 정신분석학적 용어는 심리적 · 성적 차원에서 개인적으로 그리고 개별적으로 해명될 수 있을지는 몰라도 사회적 · 경제적 영역에 이르기까지 아무런 전제조건 없이 무한히 확장될 수는 없다. 심리적 용어를 사회학적으로 적용하려는 마르쿠제의 시도는 바로 이러한 측면에서 어떤 한계를 드러내고 있다.

참고 문헌

- 마르쿠제: 『해방론』, 김택 옮김, 울력 2004.
- H. H. Holz: Utopie und Anarchismus, Köln 1968.
- Herbert Marcuse: Schriften. 9 Bde. Frankfurt a. M. 1981.

만하임

카를 만하임은 구스타프 란다우어의 입장을 토대로 하여, 지식 사회학의 측면에서 자신의 입장을 내세웠다. 유토피아는, 만하임에 의하면, 이데올로기와는 반대로 진보 세력의 어떤 사고에 의해 사회적으로 영향을 끼친다. 그것은 스스로 갈구하는 바를 실현하고, 실현된 바를 정당화하는 기능으로 변모된다고 한다. 문제는 이데올로기와 유토피아를 규정짓는 기준은, 만하임의 경우, 오로지 현실의 변화를 전제로 한 결과로서의 실현이라는 사실이다. 유토피아는, 만하임에 의하면, 주어진 구체적 현실을 변화시킬 수 있는 사고로서, 스스로 변형되어 언젠가는 역사적 · 사회적 존재에 직접적으로 영향을 끼치는 무엇이라고 한다.

이데올로기와 유토피아에 관한 만하임의 입장은 근본적으로 지식 사회학에서 말하는 이른바 상대주의의 관점에서 비롯하는 것이다. 만하임에 의하면, 자아, 사물 그리고 세계는 상호 상대적 관계를 취한다. 다시 말해서, 모든 존재는 상대적으로 구속되어 있으므로(만하임은 이를 "존재구속성"이라는 용어로 설명하고 있다), 시간과 공간을 초월한 보편타당한 진리는 용인될 수 없다. 물론 모든 것이 상대적이라고 해서 만하임이 단순한 논리적 상대주의를 표방하는 것은 결코 아니다. 모든 것이 현실적 상관관계에 근거한다는 점에서, 만하임의 입장은 형식적 양비론과는 차원을 달리한다. 형식적 양비론이 주어진 현실적 정황과는 무관한 보편적 · 추상적 이분법에 바탕을 둔 것이라면, 만하임의 입장은 주어진 현실의 구체적 상황에 대응하려는 성향을 지닌다. 그것은 주어진 구체적 현실에 상응할 뿐, 논리적으로 엄정 중립적인 관점에서 중도를 드러내는 것은 결코 아니다. 따라서 만하임이 내세우는 상대주의는 현실적 상대주의라는 용어로 설명될 수 있다. 현실적 상대주의는 맹목적 상대주의와는 달리 지식인의 성찰에 의해서 하나의 지식 사회학의 원칙으로 종합될 수 있다고 한다.

여기서 우리는 세 가지 문제점을 상정할 수 있다. 첫째로 만하임은 이데올로기와 유토피아의 개념을 명징하게 규정할 때 오로지 현실적 변화 내지 실현의 측면만을 중시하고 있다. 이는 다음과 같은 문제점을 남긴다. 즉, 주어진 현실에 자극을 가했으나 현실의 변화를 일으키지 않는 사고는 유토피아의 개념에서 얼마든지 제외될 수 있다는 가설 말이다. 만하임은 현실의 변화에 직접적으로 관여하지 않는 모든 혁명적 촉수로서의 사고를 유토피아로 인정하지 않는다. 둘째로 만하임의 입장은 정치적 상대주의라는 어떤 논리적 질곡에 차단되어 있다. 따라서 이데올로기는 어떤 특정한 지배 세력의 입장을 대변하면서 기존의 체제를 정당화시키는 의지로 이해되는 반면에, 유토피아는 어떤 특정한 피지배 세력의 입장을 대변하면서 피억압자의 갈망을 정당화시키는 의지로 이해될 수 있다. 문제는, 만하임의 경우, 모든 것이 상대적 대결 및 두 세력의 충돌로 설명된다는 점이다. 이는 상황에 따라서는 지배 세력이 정당성을 지닐 수도 있고, 때로는 피지배 세력이 정당성을 지닐 수도 있다는 논리인데, 만하임 스스로 형식적 양비론을 배격한다 하더라도, 그의 입장은 때로는 가치중립성이라는 모호한 함정에서 벗어나기 어렵다. 셋째로 이데올로기와 유토피아는 서로 뒤섞여 융합될 가능성이 매우 크다. 두 개의 사고는 시간적 차원 내지 계층적 차원에서 구분될 뿐, 질적인 차원에서 엄격하게 구분되지 않고 있다. 예컨대 실현되지 않은 갈망의 내용은 이데올로기에 해당되지만, 다음 세대의 다른 계급에 의해서 얼마든지 유토피아로서 실제 현실에서 직접적으로 영향을 끼칠 수 있지 않는가?

나아가 실현된 사고는, 만하임의 논리에 따르면, 역사의 차원에서 유토피아의 사고로 규정될 수 있고, 실현되지 못한 어떤 바람직한 사고는 차후에 얼마든지 이데올로기로 낙인찍힐 수 있다. 결론적으로 말해서, 만하임이 파악한 유토피아는 특정 사회 내의 갈망 내지 "낮꿈"에서 출발하는 게 아니라, 주어진 현실에서 구체적으로 드러난 세력을 전제로 하고 있다. 이를 고려할 때, 만하임이 파악하는 유토피아는 "실천될 수 있는 계획" 내지 "점진적으로 조금씩 현실에 적용될 수 있는 처방," 그 이상을 포괄하지 못한다.

블로흐는 유토피아와 이데올로기 속에 뒤섞여 있는 유토피아의 주요 성분을 도출해 내는 작업을 중요하게 생각했다. 유토피아와 이데올로기의 차이점은 실현이 아니라 자극하는 동인이라는 기준에 의해서 설명할 수 있다. 어떤 사상적 동인은, 블로흐의 경우, "실재하는 것" 혹은 이데올로기에 의해서 지극히 먼 우회로를 거치며 전진한다. 이는 어떤 새로운 유토피아의 발전이라기보다는 기대감으로 가득 찬 전체적 역사를 비판적으로 살펴보게 한다. 에른스트 블로흐가 추구하는 작업은 어떤 나은 미래에 관한 기대감의 상을 찾는 일이라기보다는, 오히려 "기대 자체를 다시 한 번 비판하는 일"이다. 다시 말해서, 인간의 기대감들이 역사적 과정 속에서 어떻게 생동하고 드러났는가? 하는 물음에 대한 비판적인 작업이다. 물론 그렇다고 해서 블로흐가 인간의 기대감 자체를 처음부터 "잘못된 예견"이라고 매도하지는 않는다. 인간의 기대감은 블로흐에게는 은폐된 무엇에 대한 금지된 인간적 조작도 아니고, 함부로 미래를 소유하려는 독재적 의향도 아니다. 설령 백일몽으로 끝난다고 하더라도, 기대감이 존재했기 때문에 개인적이고 사회적인 차원에서 무언가가 실현되지 않는가? 블로흐의 경우, 유토피아의 정신은 다음과 같이 요약된다. 즉, 그것은 이상적 인간 삶의 현실에 대한 전체적인 설계를 가능하게 하며, 이를 유토피아의 기능으로 전환시키려는 작업이라고 말이다.

참고 문헌

- K. 만하임: 『이데올로기와 유토피아』, 임석진 역, 청아 출판사 1975.
- Karl Mannheim: Ideologie und Utopie, Frankfurt a. M. 1952, S. 169-184.

벤야민

블로흐는 거짓된 유토피아의 범례를 나치 이데올로기에서 찾았다. 벤야민 역시 이에 동의한다. 그렇지만 그는 한술 더 떠서 "더 나은 삶의 추구라는 유토피아 자체에 거짓이 숨어 있다"고 주장하였다. 유토피아는 찬란했던 황금 시대에 관한 기억에서 비롯된 사고라고 한다. 이러한 기억은, 벤야민에 의하면, 차제에 새로운 야만을 불러일으키며, 체제 파괴적인 폭력성을 동반한다. 벤야민은 파괴성의 개념을 일단 나치들의 파괴 성향으로부터 일탈시켜야 한다고 주장한다. 전통의 단절, 특히 과거에는 유효했지만 현재에는 더 이상 유효하지 않은 사항이 파괴의 첫 번째 대상이다. 이를테면 20세기 초에 유럽에서 유효했던 것은 부르주아의 교양 이데올로기였다. 이것은 일반 사람들의 보편적 심리 속에서 작용하여, 인간의 제반 기억 내지 판단을 왜곡시키도록 작용했던 것이다.

벤야민은 기억과 판단의 왜곡 가능성과 관련하여 하나의 예를 들고 있다. 그것은 다름 아니라 앙리 베르그송의 임의적 기억에 대한 부정적 입장이다. [예컨대 베르그송은 마르셀 프루스트의 소설 『잃어버린 시간을 찾아서 *À la recherche du temps perdu*』(1914-1927)를 논하는 자리에서 주인공이 추적하는 내용은 통상적으로 기억이라기보다 오히려 망각에 더 가깝다고 주장하였다. 주인공은 기억을 되찾으려 하는 게 아니라, 자신이 망각했던 과거 사실을 다시 기억해 내려고 노력할 뿐이라는 것이다.] 여기서 망각은 파괴의 동기로 작용하는 무엇이다. 이와 관련하여 벤야민은 새로운 야만의 관점에서 행해지는 역사 서술을 비판적으로 고찰한다. 그것은 다름 아니라 전통의 단절이라는 현상이다.

파괴성은, 벤야민에 의하면, 영속성으로서의 역사에 대항하는 무엇이다. 이는 목적론적 구원의 역사라는 종교적 의미로 이해될 수 있으며, 단순한 인과 법칙에 대한 비판으로 이해될 수도 있다. 특히 후자는 진보에 대한 믿음이라는 세속적 목적론으로서의 진화론과 밀접하게 관련된다. 파괴성은 결국 일반 사람들의 의식을 마비시키고 세뇌시킨다. 대부분의 보통 사람들은 가령 경험의 빈곤에 시달리고 있다. 경험의 빈곤은 경험의 부족이나 경험의 결핍을 뜻하지 않는다. 그것은 아집 내지 집착과 결부된 소시민들의 상투적 견해를 가리킨다. 따라서 가장 중요한 문제는 일반 사람들로 하여금 잘못된(?) 경험으로부터 해방시키는 일이다. 그러나 권력자들은 이를 음으로 양으로 방해한다. 그들은 파괴성, 경험의 빈곤을 자신의 정책에 유리하게 활용하는 데 모든 노력을 경주한다. 이로써 나타나는 것이 바로 새로운 야만으로서의 선전 선동 전략이 아닌가? 이는 예컨대 히틀러의 정책에서 구체화된다.

벤야민은 영속성으로서의 역사에 대항하는 개념으로서 "지금시간Jetztzeit"이라는 용어를 내세운다. 이것은 오늘날의 정황 내지 현재에 중시되는 시간 구조의 의미를 지닌 개념이다. 나아가 그것은 과거의 정황 내지 과거에 중시되던 시간 구조와 분명하게 구분된다. 지금시간은 현재라는 일반적인 개념으로서의 시간이 아니라, 오히려 "순간으로 응축된 지금"을 가리킨다. 지금시간 속에는 과거에 보상받지 못한 실패한 혁명에 관한 기억들이 수없이 뒤엉켜 있다. 그렇기에 그것은 에크하르트 선사Meister Eckhart가 말하는 "고정되어 있는 지금nunc stans"과 일맥상통하는 개념이다. 나아가 지금시간의 정황 내지 구조는 역사의 영속성이 파괴될 때 돌발적으로 나타나는 무엇이다. 파괴의 역사에 대한 벤야민의 시각은 이른바 역사주의의 시각과 정반대되는 것이다. (역사주의자들은 대체로 역사적 변화 과정을 하나의 인과율의 고리로 수용하고 있으며, "역사는 성공을 거둔 자의 시금석에 의해서 진척된다"라는 카를 로젠크란츠Karl Rosenkranz의 견해를 긍정적으로 채택하고 있다. 이로써 역사주의는 야만성을 드러내며, 문화는 야만적 승리자의 전리품으로 화하게 된다고 한다.)

벤야민의 역사철학에서 가장 중요한 순간의 개념은 지금시간과 동일한 맥락에서 이해될 수 있다. "지금시간"은, 벤야민에 의하면, 한편으로는 거대한 갈망과 꿈에 관한 기억으로, 다른 한편으로는 끔찍한 파국에 관한 기억으로 응집된 주관적 시간 개념이다. 그것은 마치 메시아에 대한 기억처럼 전환의 시대를 순간적으로 벌컥 뒤집어놓으려는 열망을 포함하고 있다. 지금시간은 완전한 실현에 대항하며, 무언가를 예견하게 해준다. 이 점에 있어서 지금시간은 전적으로 개방적이며, 나아가 베일에 둘러싸인 어떤 비밀 이상을 발견하게 해준다. 한스 하인츠 홀츠Hans Heinz Holz는 지금시간을 예견으로서 그리고 예견이 담긴 무엇으로 고찰했는데, 이는 그 자체 타당하다. 예견하는 지금시간은 때로는 얼마든지 "과거 속의 미래"(블로흐)를 극복할 수 있다. 그것은 도저히 잴 수 없는 경악 내지 몰락으로서, 이미 지고의 행복이라는 개념 속에 혼재되어 있다.

발터 벤야민은 몰락하는 천사의 꿈을 하나의 범례로 상정하였다. 이는 새로운 천사로서 "이비자Ibiza에서의 꿈"으로 나타난다. 이는 카발라 신비주의의 신화와 관련된다. 신이 창조한 수많은 천사들은 신을 찬양하면서 사라진다. 천사가 원하는 것은 행복이며 동시에 투쟁하는 행위이다. 왜냐하면 행복과 다툼 속에서는 황홀함(과거에 단 한 번 있었던 것, 새로운 것 그리고 아직 체험하지 못한 것)이 성스러움(다시 도래한 것, 다시 소유한 것 그리고 체험한 것)과 함께 자리하고 있다. 만약 새로운 어떤 사람과 동행할 때, 천사는 새로운 길을 갈구하지 않고, 지금까지 걸어온 길로 되돌아가기를 원한다고 한다. 이와 관련하여 벤야민 연구자인 롤프 티데만Rolf Tiedemann은 다음과 같이 주장하였다. 즉, 벤야민은 아도르노의 부정의 철학, 블로흐의 희망의 철학 그리고 카를 구스타프 융의 원형 이론 등을 급진적으로 구명하려고 했는데, 그럼에도 벤야민의 유토피아 개념은 신화의 개념과 동일한 차원에서 이해될 수 있다고 말이다. 그것은 아닌 게 아니라 "원초적 역사"에서 정지되어 있다. 그렇다고 벤야민의 시각이 융의 그것과 근본적으로 동일하다고 말할 수는 없다. 융이 현재 유효한 힘을 떨치고 있는 시대정신에다 하나의 신화적 특성을 도입하려고 시도한 반면에, 벤야민은 시대정신의 파괴적인 특성을 지적하였다. 이로써 그는 자신을 구원하려고 시도했다. 현대인을 구조하기 위해서는 과거를 무작정 파헤칠 게 아니라 과거를 비판해야 한다는 게 그의 지론이었다.

마지막으로, 유토피아에 관한 벤야민의 입장을 요약해 보기로 하자. 벤야민은 과거와 현재에 존재하는 지금시간 속에서 진보의 가능성을 고찰하였다. 왜냐하면 진보는 한 걸음씩 전진함으로써 이룩되는 게 아니라, 순간적 돌입이라든가 예기치 않은 순간에 의존하기 때문이라는 것이다. 블로흐는 이에 대해 이의를 제기한다. 역사적 진보가 우연히 발생하는 돌출적 결과라고 단언한다면, 이는 역사 속의 인간의 역할을 너무나 하찮게 바라보는 처사라는 것이다. 유토피아에 대한 벤야민의 입장은 마치 서정시를 해석하는 경우처럼 모호하기 이를 데 없다. 그러한 한에서 벤야민의 유토피아에 관한 연구는 아직도 답보 상태에 머물고 있다.

발터 벤야민은 당시의 시대정신의 핵심 사항 및 이를 극복할 수 있는 대안을 분명히 직시하고 있었다. 그러나 그는 수많은 대안 가운데 하나도 자기 자신의 것으로 전유하지 못했다. 벤야민은 마르크스주의도, 그렇다고 유대주의도 선택하지 않았고, 마르크스주의와 시오니즘 사이에서 어정쩡한 망설임으로 일관했다. 마치 햄릿과 같은 행보는 그를 서유럽으로 향하게 했고, 결국 그는 스스로 목숨을 끊었다.

참고 문헌

- 발터 벤야민: 『베를린의 유년시절』, 박설호 역, 솔 1995.
- 발터 벤야민: 『역사의 개념에 대하여』, 최성만 역, 길 2008.
- Walter Benjamin: Gesammelte Schriften, 10 Bde. Frankfurt a. M. 1981.
- Hans Heinz Holz: Logos spermatikos. Ernst Blochs Philosophie der unfertigen Welt, Neuwied-Darmstadt 1975.

보드리야르

후기 구조주의자들은 무엇보다도 주체, 특히 공동체적 주체의 무가치함을 피력하는데, 이러한 경향은 미셸 푸코의 사상으로부터 장 보드리야르의 그것으로 이어지고 있다. 그런데 사람들은 포스트모더니즘 사상을 인정하지 않는 한 가지 논거로서 이른바 만인이 공유할 수 있는 언어의 속성을 예로 들곤 한다. 다시 말해, 최소한 어떤 공동체적 사고를 함께 소통할 수 있는 매개체가 바로 인간의 언어라는 것이다. 그렇지만 보드리야르는 한 걸음 더 나아가서 언어 구조 자체를 해체시키려 한다. 그의 의도는 구체적으로 의미론 대신에 기호학에 더 큰 비중을 두려는 데 있다. 이를 위해서 그가 내세우는 것이 이른바 "기호의 저항"이다. 이는 책 『상징적 교환과 죽음*L'échange symbolique et la mort*』에서 비롯된 것인데, 기호학의 의미에서 해명되고 있다.

20세기 초에 헤어발트 발덴H. Walden은 근대 시민사회의 병든 상황의 맥락 속에서 다다이즘 운동을 추구하였다. 근대 시민사회의 관습, 도덕 그리고 법 등은 순식간에 변화된 산업 사회에서 살게 된 인간 대중의 삶의 방식을 더 이상 규정할 수 없었다. 이때 전위 운동의 예술가들은 곧바로 사회적 강요에 대항할 수 있는 방식을 찾아내려고 했다. 그리하여 발견해 낸 것이 바로 문법에 대항하는 단어들의 저항이었다. 마찬가지로, 보드리야르 역시 20세기 말의 후기 산업 사회의 상황을 염두에 두면서 언어를 재검토하려고 시도하였다. 현대인들의 복잡하게 얽힌 삶은 그것의 고유한 의미와 다르게 출현하였다. 이를테면 현대인들은 시뮬라크룸(모방 내지 복제)의 시대에 살아가고 있다. 매스컴은 가끔 현실과 무관한 가상을 어떤 진리로 보여주면서 사람들을 현혹시킨다. 현실은 모방의 상으로 비치고, 원형은 마구잡이로 모사되며, 원본은 복제되어 드러나고 있다. 우리가 이러한 현상을 표현할 수 있는 방법론은 과연 무엇일까?

현대의 예술가는, 보드리야르의 견해에 의하면, 오로지 "기표/시니피앙"이 "기의/시니피에"에 저항하고 있음을 분명히 드러내는 수밖에 없다. 보드리야르의 "기호의 저항"을 구체적으로 이해하려면, 파리에 있는 현대식 건물인 퐁피두센터를 바라보면 족할 듯하다. 수많은 철관들 그리고 유리로 이루어진 구성주의적 건물 속에는 중앙 내지는 핵심부가 결여되어 있다. 다시 말해, 어떠한 핵을 구성하는 공간이 시스템 속에 존재하지 않는 것이다. 그곳의 둥근 통행로를 지나치는 행인들에게 반드시 한 가지 길만 주어진 것은 아니다. 모든 길은 인위적으로 동일하게 보이고, 행인의 방향 역시 우연에 의해서 얼마든지 뒤바뀔 수 있다. 한마디로, 퐁피두센터의 건물은 표피적으로 주름 잡힌 포스트모더니즘의 특성을 반영한 셈이다. 모든 것은 하나의 중심 내지는 핵이 없이 그저 주름 잡힌 표피적 현상으로 존재하고 있다.

이렇듯 보드리야르의 해체 이론은 포스트모더니스트들이 마지막으로 쓰러뜨리려고 시도했던 언어 비판에 근거한다. 그것은 20세기 후반부의 프랑스 사회의 현실을 전제로 한다는 점에서 시대와 장소를 넘어서는 보편타당한 이론으로 결집될 수는 없다. 문제는 보드리야르가 언어 구조의 해체를 통해서 언어의 소통 이론을 부정하려 한다는 사실이다. 다시 말해서, 그는 옳든 그르든 간에 서구의 전통적 사고의 기본이 되는 인과율에 근거한 목적론을 구조주의적으로 파괴하려고 시도한 셈이다. 그러한 한에서 우리는 다음의 사실을 깨달을 수 있다. 즉, 보드리야르의 입장은 블로흐의 사상적 모티프를 처음부터 수용할 수 없다는 사실 말이다. 마지막으로 한 가지만 첨가하기로 한다. 보드리야르 역시 현대 사회를 매우 암울하게 고찰하며, 유토피아에 대해 커다란 기대감을 표명하지 않는다. 전체주의 사회에서 개인이 할 수 있는 저항 행위라고는 기껏해야 인질극을 벌이거나 감옥 내에서 자살하는 일밖에 없다고 한다. 예컨대 가미가제와 같은 물귀신 작전 내지 이와 유사한 테러 행위 등을 생각해 보라. 이와 마찬가지로, 벽에 그려진 낙서, 위트 그리고 포에지 등은 최소한 체제 비판적으로 작용하기도 한다. 그렇지만 낙서, 위트 그리고 시구詩句 외에 과연 무엇이 현대인들과 그들의 삶에 커다란 영향을 끼칠 수 있을까?

참고 문헌

- 장 보드리야르: 『불가능한 교환』, 배영달 역, 울력 2001.
- J. Baudrillard: Simulacra & Simulation, Michigan 1994.
- J. Baudrillard: Der Symbolische Tausch und der Tod, München 1992.

보러

보러는 토마스 모어의 『유토피아』와 반대되는 모델로 다니엘 디포의 『로빈슨 크루소』를 내세운다. 고해의 바다에서 난파된 로빈슨 크루소의 모습은 거의 파손되어버린 이상의 사고를 그대로 반증해 준다고 한다. 더 나은 공간을 찾으려는 인간의 노력은 끝내 좌절되고, 인간은 로빈슨 크루소처럼 아무런 외부의 도움 없이 혼자 살아가야 한다. 이는 그 자체 하나의 상징적인 상이나 다를 바 없다. 문제는 보러가 유토피아를 상황 내지 순간의 유토피아로 축소시키고 있다는 사실이다.

유토피아는, 보러에 의하면, "윤리, 역사적 목표, 상상" 등과는 거리가 먼, 주관적 행복에 대한 경험으로 이해된다고 한다. 이로써 보러는 모든 사회 비판적 중요성을 "가능한 무엇"으로 인정하거나 용인하지 않는다. 대신에 그는 가능한 무엇을 예술적 순간의 심미적 만족으로 대폭 축소시키고 있다. 보러가 중요하게 생각하는 것은 무엇보다도 예술작품 수용자가 느낄 수 있는 순간의 엑스터시이다. 보러는 바로 이러한 순간의 엑스터시에서 현대인들에게 마지막으로 주어진 유토피아의 흔적을 발견할 수 있다고 주장한다. 아도르노는 유토피아가 지니고 있는 일말의 긍정적인 특성을 예술 속에서 최소한으로 찾으려 했는데, 보러는 이러한 견해를 전적으로 추종하는 듯 보인다. 이와 유사한 논리를 피력한 이론가로 우리는 앞에서 언급한 라르스 구스타프슨을 들 수 있다.

아이러니하게도 보러는 유토피아 속에 내재한 순수한 요소를 최소한의 범위에서 용인하는데, 이 경우 그것은 때로는 신비주의와 연결되는 사고이다. 블로흐는 『유토피아의 정신』에서 유토피아의 성취 의향을 자세히 설명한 바 있다. 그것은 다름 아니라 방금 체험한 순간의 어떤 현실적 실현 가능성 주위에서 선회하는 무엇이다. 가령 순간성과 경악으로 인한 배경 음악은 그러한 성취 의향의 예로 이해될 수 있다. 배경 음악은, 블로흐에 의하면, 예측된 상에 대한 순간적 체험 내지 만남을 가져다준다. 보러는 바로 이 점을 절대적 현존으로서의 심미성으로 설명한 바 있지만(보러 95: 213ff), 블로흐는 유토피아의 순간의 핵심을 보러와는 다르게 이해한다. 블로흐는 유토피아의 싹 내지 가능성을 가급적이면 많은 영역에서 다양하게 발견하고 축적하려고 한다. 이에 반해서 보러는 유토피아의 문제를 고립되고 집약된 무엇으로 파악하려고 한다. 보러가 유토피아의 표현 및 소통을 다만 미학적 영역에 가두고 차단시키려는 것도 바로 그 때문이다. 다시 말해, 블로흐가 아리스토텔레스의 가능성의 개념을 유토피아의 중요한 특성으로 수용하는 데 비해서, 보러는 처음부터 이를 유토피아 개념과 무관한 것으로 받아들이고 있다.

유토피아는, 보러의 경우, '단순히 실현 가능성이 있느냐, 없느냐?' 하는 기준으로 향할 뿐이다. 이러한 입장은 현실의 유희 공간과 부단하게 관련을 맺는 유토피아의 의향과는 거리가 멀다. 우리는 유토피아의 연구에서 실현 가능성이라는 기준 하에서 가부만 따질 게 아니라, 유토피아의 의향을 중시하고, 이를 주어진 특정한 현실과의 관계 속에서 유희하는 무엇으로 파악해야 한다. 사실 현대인들은 유토피아의 개념을 다음과 같이 이해하고 있다. 즉, 유토피아는 전체주의의 방식으로 가능한 삶의 변화에 대한 양자택일의 모델이라는 것이다. 그리하여 유토피아의 영역은, 마치 토마스 모어의 『유토피아』가 그러하듯이, 주어진 세계에 대한 대안으로서의 세계라고 한다. 보러 역시 유토피아를 이러한 정태적 구조로 생각하는 게 틀림없다. 그러나 유토피아의 사고는 스스로 자기 자신을 정화시키는 능력을 지니고 있다. 그것은 다름 아니라 유토피아의 특정한 사고 자체가 스스로를 비판하고, 시대의 변화에 따라 자신을 다른 길로 안내하는 능력 말이다. 따라서 우리는 현대의 유토피아에 관한 사고를 오로지 16세기의 서구의 현실과 고착시켜 받아들일 수는 없다. 유토피아는 다른 시대, 다른 장소에서 얼마든지 구체적인 사고로 변형되어 나타날 수 있는 사고이다.

참고 문헌

- 하인츠 보러: 『절대적 현존』, 최문규 역, 문학동네 1995.
- Karl Heinz Bohrer: Der Lauf des Freitag. Die lädierte Utopie und die Dichter. Eine Analyse. München 1973.
- Lars Gustafson: Utopie, München 1971.
- Wilhelm Vosskamp (hrsg.): Utopieforschung, 3 Bde. Stuttgart 1981.

부버

부버의 사상은 처음에 모든 논의를 종교에서 출발하였다. 마르틴 부버는 기독교와 유대교의 토대를 설정하고, 두 유형의 신앙인들이 상대방의 믿음을 용인해야 한다고 주장하였다. 기독교인과 유대교인은 제각기 상대방으로부터 새로운 무엇을 배우고, 상대방에게 자신의 믿음을 강요하지 말아야 한다는 것이다. 이로써 나타나는 것은 "너와 나"의 사상이다. 모든 견해는 동등하고, 제각기 유효하다. 너와 나는 동등한 관계 속에서 모든 지배 관계로부터 해방된 자유인으로서 대화를 나누어야 한다. 이러한 입장은 프로이트의 그것과는 반대된다. 프로이트가 개인의 주체 속에 갇힌 충동적 존재에서 모든 문제를 밝히려고 시도한 반면에, 부버는 충동 대신에 윤리를, 그것도 사회적 윤리와 불가결한 관계를 맺고 있는 전체적 종으로서의 인간 정신에 비중을 두고 있다. 부버는 프로이트의 장소에 의존하는, "실재하는 것"과 같은 심리적 동력을 거부하고, 시간에 의존하는, "유토피아"의 심리 중심주의를 선택하고 있다.

부버는 유대인 억압의 역사 속에서 오로지 유대인만의 저항정신을 고취시키지는 않았다. 그가 추구한 것은 시오니즘의 희망뿐 아니라, 선한 인간들의 협동에 대한 희망이었다. 그렇기에 그는 아랍인을 추방하고, 그 자리에 이스라엘을 건설하는 일에 반대하였다.

1950년, 부버는 『유토피아로 향하는 좁은 길』에서 자본주의를 신랄하게 비판하였다. 자본주의는, 부버에 의하면, 개개인을 고립시키며, 대화를 단절시키게 만든다. 이로써 인간 삶은 공허하고, 궁핍하며, 황폐화될 것이라고 한다. 마르크스주의는 필연적으로 나타날 사회주의 사상이지만, 어떤 자발적 사회주의만이 이에 대항할 수 있다고 한다. 부버는 역사적 필연성을 인정하지 않는다는 점에서 마르크스주의를 완벽하게 올바른 사상으로 받아들이지 않는다. 만약 역사가 어떤 필연적 내용으로 확정되어 있다면, 상기한 이성적 의지라든가 이상 그리고 바람직한 미래를 위한 제반 공약 등이 아무런 효력을 미치지 못할 것이다. 물론 부버가 마르크스주의 속에 이상적 요소가 있다는 사실을 부인하는 것은 아니다. 역사 과정의 필연적 진행 형태를 고찰하면, 다시 말해서 경제 발전의 토대를 살펴보면, 혁명적 전복이 뒤따르는 것은 당연하다. 정치경제학의 학문적 대상은 경험적으로 전달될 수 있지만, 미래를 선취하는 지식으로서의 유토피아는 단순한 경험적 영역으로부터 일탈되어 있다. 유토피아가 마르크스 연구에서 제외되어 있는 까닭은 그 때문이라고 한다.

마르틴 부버는 과정의 사상가인 헤겔과 필연적 사회주의 사이에 도사린 밀접한 관계를 고찰하였다. 혁명 집단은, 부버에 의하면, 교사 없이 이행되는 새로운 교육의 거대한 학교라고 한다. 부버는 혁명으로부터 비롯되는 것은 노동의 새로운 조직 형태, 사회 형태, 즉 마르크스주의 속의 유토피아적 공간이라고 생각했다. 부버는 조심스럽게 다음과 같이 언급하였다. 즉, 마르크스주의의 실천 이후에는 자유의 나라, 국가와 분업이 사라진 공간이 형성될 수 있다고 말이다.

실제로 부버는 모든 유토피아의 사고를 종말론의 세속화된 현상으로 이해하였다. 그는 종말론의 전통적 유형을 다음과 같이 두 가지 유형으로 구분하였다. 그 하나는 예언적 종말론으로서, 바람직한 무엇에 대한 준비 행위 내지 준비 자세를 주창한다. 다른 하나는 계시의 종말론으로서, 바람직한 무엇이 이미 사라졌다고 간주한다. 계시의 종말론은, 부버에 의하면, 순수 유토피아와 동일하다. 왜냐하면 그것은 주어진 현실에서의 실현과 다른 차원의 사항이기 때문이다. 이에 비하면 예언적 종말론은 구체적 유토피아로 작용할 수 있다. 바람직한 무엇은, 계시의 종말론에 의하면, 이미 지나가고 없다. 그렇기 때문에 수단은 목표와 분명하게 구분될 수 있다. 그렇지만 지나간 목표는 분명한 언어로 기술될 수 없다. 그렇기에 그것은 실현을 위한 모든 중개의 방법론들을 처음부터 차단시킨다. 실현과 무관한 순수한 이상으로서의 유토피아는 칸트가 말하는 순수 이성의 개념과 일맥상통한다. 이는 철학에서 언급되는 "통각統覺, Apperzeption"의 개념과 관련된 무엇이다.

순수 유토피아에 대한 비판은, 부버에 의하면, 반드시 순수 유토피아를 통한 비판으로 이어져야 한다. 구체적으로 말하면, 예언적 종말론은 계시의 결단 없이는 성립되지 않으며, 계시의 종말론은 스스로를 준비하는 임의적 상 없이는 성립되지 않는다. 순수 유토피아와 실현 가능한 유토피아는 비판 행위의 맨 앞부분에서 변증법적으로 서로 의존하고 있다. 중요한 사항은 다음과 같다. 즉, 부버가 마르크스의 독창적 이론을 마르크스주의로 이해한 것은 아니라는 것이다. 부버가 비판한 것은 소련의 마르크스주의 철학, 역사적 필연성만을 내세우는 사회주의 사상, 바로 그것이었다. 부버의 견해에 의하면, 이는 지극히 반유토피아적이다. 블로흐 역시, 부버와 마찬가지로, 동유럽의 사회주의의 방향이 근본적으로 잘못되었다고 믿었다. 그 이유는 마르크스의 이론 안에 있는 국가의 유토피아적인 자유로운 기능이 집중적으로 고려되지 않았기 때문이다. 자고로 국가의 역할과 변모 가능성은 아나키즘의 중요한 유산이다. 그러나 소련 초기에 레닌과 트로츠키는 아나키스트와의 제휴를 거부하였다. 마르틴 부버는 중앙집권적 자본주의 체제 속에서 살면서, 크로포트킨Kropotkin처럼 지방분권적 아나키즘에 동조하였다. 그의 아나키즘의 유산은 이스라엘의 농업 코뮌 운동인 키부츠에서 부분적으로 계승되었다. 그러나 오늘날의 시각으로 고찰할 때, 부버의 지방분권적 입장은 중세의 형제조합과 같은 낭만적 진부함을 드러내고 있다.

마지막으로, 부버와 블로흐의 사상을 비교해 보자. 부버는 유토피아의 기능을 인간의 노력에 의해서 성취될 수 있는 사고로 규정하였다. 이는 그의 주의주의Volontarism적 입장에 근거하고 있다. 부버는 유토피아를 사회 영역으로 축소시키면서, 어떤 우주를 포괄하는 종말론으로부터 구분한다. 부버가 인간 이성이 갈구하는 무엇을 주어진 현실에서 찾으려고 하는 한, 부버의 사상은 블로흐의 그것과 가깝다. 그렇지만 두 사람은 여러 가지 면에서 서로 다르다. 부버가 신앙인, 마르크스주의의 적대자, 조합의 대변자라면, 블로흐는 무신론자, 마르크스 추종자, 국제 노동운동의 대변자이다. 그럼에도 부버와 블로흐는 인간이 갈구하는 보편적 의향을 가장 명확하게 지적하였다. 블로흐는 유토피아의 현실적 관련성, 다시 말해서 "지금 여기"의 형이하학적 구체성을 설명하기 위해서 다음과 같이 말했다. "필연의 나라에서 자유의 나라에로의 이행은 다만 아직 종결되지 않은 과정의 물질론에 터전을 두고 있다. 지금까지 멀다고 생각한 극단적 미래와 자연 그리고 예견과 물질은 역사적 변증법이라는 유물론의 정해진 토대 속에서 일치하게 될 것이다. 물질 없이는 현실적 예견의 토대도 발견되지 않을 것이고, 현실적 예견 없이는 물질의 지평도 파악되지 않을 테니까 말이다." 만약 부버가 이 말을 듣게 된다면, 블로흐의 생각에 적극적으로 동의할 것이다.

참고문헌

- 마르틴 부버: 『인간의 문제』, 윤석빈 역, 길 2007
- Martin Buber: Ich und Du, Frankfurt a. M. 1959.
- Herbert Marcuse: Konterrevolution und Revolte, Frankfurt a. M. 1972.
- Oskar Negt: Nachwort zu Ernst Bloch. Vom Hasard zur Katastrophe, Politische Aufsätze aus den Jahren 1934-1939, Frankfurt a. M. 1972.

브레히트

브레히트의 갈망 내지 이상들은 오로지 문학적 비유를 통해서 드러나고 있다. 따라서 브레히트가 우리에게 전해주는 것은 다만 문학적으로 포장된 유토피아에 관한 견해일 뿐이다. 따라서 우리가 할 수 있는 것은 다만 브레히트의 문학에 담긴, 유토피아에 관한 몇 가지 감추어진 모티프만을 산발적으로 기술하는 일밖에 없다.

첫째로 브레히트는 유토피아를 막연하게 동경하는 수동적 인간들을 비판하였다. 이를테면 브레히트의 극작품 『사천의 선인*Der gute Mensch von Sezuan*』에는 「절대로 도달하지 않는 성스러운 날St. Nimmerleinstag」이라는 노래가 삽입되어 있다. 현실에서 능동적으로 무언가를 추진하지 않고 수동적으로 기대하는 태도는, 브레히트에 의하면, 지극히 소시민적인 태만에서 비롯된 것이라고 한다. 문제는 이러한 태도가 빠르든 늦든 간에 권력자에 의해서 교묘하게 이용당한다는 사실이다. 따라서 브레히트는 갈망하는 행위보다는 주어진 나쁜 현실적 상황을 비판하고 파기하는 것을 일차적 관건으로 삼았다. 막연히 이상을 갈구하는 태도는, 브레히트에 의하면, 결코 바람직하지 못하며, 오히려 주어진 나쁜 현실적 조건들을 파기하려고 노력하는 게 더 중요하다는 것이다. 이러한 입장은 특히 일련의 "학습극Lehrstück"의 중요한 주제로 자리하고 있다.

둘째로 브레히트는 다음과 같이 암시하였다. 일반 대중들은 어떤 사악한 이데올로기를 명징하게 간파하지 못한다. 왜냐하면 여러 가지 유형의 독재와 억압은 무엇보다도 전략 내지 교묘한 이데올로기를 통해서 은폐되고 있기 때문이다. 심지어는 문학과 예술 그리고 매스컴 역시 이러한 이데올로기의 수단으로 사용된다. 그렇지만 인민들에게 필요한 것은 "어떤 무엇이 결핍되어 있다Etwas fehlt"는 직관적 느낌이다. 브레히트는 이러한 느낌을 오페라 『도시 마하고니의 상승과 몰락*Aufstieg und*

Fall der Stadt Mahagonny』에서 묘사하였다. 미국 자본주의 사회는 작품 내에서 소비적 향락으로 넘치고 있다. 이는 성서에 나오는 소돔과 고모라의 상을 방불케 한다. 이러한 여건에서 무언가 결핍되어 있음을 깨닫는 것은 자본주의의 끔찍한 착취 구조를 인식하는 것과 다를 바 없다.

셋째로 브레히트는 자본주의 체제 내의 여러 가지 모순을 문학적으로 형상화하였다. 가령 한 개인이 자신의 이득만을 추구하면, 이는 대체로 타인에게는 손해로 작용한다. 반대로 이타주의의 생활방식은 남을 도울 수는 있지만, 결국에는 자신의 삶을 망치게 한다(「요한의 복음서」 12장 24절에 기술되어 있는 "밀알에 관한 비유"를 생각해 보라). 어떻게 하면 자신뿐 아니라 타인 역시 동시에 풍족함을 누릴 수 있을까? 이러한 물음이야말로 브레히트가 구체적 유토피아를 찾기 위해서 오랫동안 추적한 질문이었다. 브레히트는 특히 『메티. 변전의 서*Meti. Buch der Wendung*』에서 이 문제를 집요하게 추적하였다. 극작가에게 떠오른 것은 다름 아니라 묵자墨子의 자세였다. 묵자의 겸애설兼愛說은 나와 사회의 안녕을 동시에 도모한다는 점에서 "거대한 질서die große Ordnung"라는 대안으로 제시될 수 있다.

그러나 이러한 대안은 브레히트의 문학적 비유에 불과하다. 다시 말해, 거대한 질서를 실제로 관철시키는 과업 앞에는 엄청난 난관이 도사리고 있다. 예컨대 브레히트의 산문 작품의 등장인물인 "미엔레"(Lenin)는 거대한 질서를 세우기 위해서 볼셰비키라는 막강한 기구를 구성해야 했다. 그런데 이 기구는 시간이 흐름에 따라서 거대한 질서를 가로막는 바리케이드로 변하게 되고, "코"(Korsch)는 이를 예측하고, 도래할 사태에 대해 우려를 표명한다. 브레히트는 결국 이 문제를 스스로 해결하지 못하고, 다만 근본적 문제점만을 제기했을 뿐이다. 이를 고려할 때, 우리는 다음과 같이 말할 수 있다. 즉, 브레히트는 목표를 목전에 두고 있었지만, 그곳에 도달할 수 있는 구체적인 방법에 대해서는 침묵하였다. 이는 역설적으로 많은 마르크스주의자들의 태도와는 반대된다. 신과 인간의 구원을 깨닫고 이를 전하는 작업은 무척 힘든 법이다. 그렇지만 이보다 더욱 힘든 일은 수많은 프롤레타리아들을 매일 먹여 살리는 과제일지 모른다. 그렇기에 사람들은 대부분의 경우 목표를 도외시하고 눈앞의 문제에 혈안이 될 수밖에 없다.

참고 문헌

- 오제명:『브레히트의 교육극』, 한마당 1993.
- 송윤엽 외 10인:『브레히트의 연극이론』, 연극과 인간 2005.
- Bertolt Brecht: Gesammelte Werke, 20 Bde. Frankfurt a. M. 1982.

슈봉케

슈봉케는 유토피아와 갈망을 상호 무관한 것으로 이해하면서, 이것들을 철저히 구분하고 있다. 일단 그의 말을 인용해 보자. "단순한 갈망이 유토피아가 아니라는 것은 정당하다. 그것은 ― 최소한 진보에 대한 극단의 믿음에 이르기까지 ― 결핍되어 있다. 갈망은 서양의 유토피아의 현상 형태에 적합하게도 근원적이고, 태곳적이며, 결코 유토피아로 귀결되지 않을 것이다. 그것은 다양한 형태 속에서 표출되며, 문학, 동화, 종말론에서 영향을 끼칠 뿐이다"(Schwonke 57: 71). 인용문에서 나타나듯이, 슈봉케 역시 유토피아의 개념을 축소시켜 고찰하고 있다. 즉, 그에게 유토피아는 토마스 모어의 『유토피아』에 나타난 절제되고, 구획된 어떤 합리적 설계의 모델 그 이상도 그 이하도 아니다. 그렇기에 유토피아의 개념은, 슈봉케의 경우, 근대의 국가 소설과 현대의 사이언스픽션, 그 이상을 넘어서지 못하고 있다.

슈봉케가 생각하는 유토피아는 지극히 절대적이고 도구적인 특성을 지닌다. 가령 우리는 과학 기술의 모델이 적극적으로 도입되고 있음을 지적할 수 있다. 이로써 블로흐가 지적하는 의식의 지향성으로서의 인간의 갈망은 처음부터 슈봉케가 숙고하는 유토피아의 영역으로부터 배제되어 있다(Neusüss 85: 91). 슈봉케의 유토피아 모델은 이러한 방식의 폐쇄적인 구도로서 합리적으로 구획되어 있다. 그렇기에 그것은 한스 프라이어Hans Freyer의 『정치적인 섬*Die politische Insel*』을 연상시킨다. (논의에서 벗어나는 말일지 모르겠지만, 우리는 한스 프라이어의 유토피아를 무작정 긍정적으로 수용할 수는 없다. 왜냐하면 프라이어의 유토피아는 19세기 중엽 이후로 등장한 유럽 시민들의 먼 곳에 대한 동경으로 이해되기 때문이다. 여기서 말하는 "먼 곳"이란 영원한 가치로 확정되어 있는 정태적 상을 지칭한다는 점에서 보수적인 자본가의 세계관과 근본적으로 일치하고 있다. 그렇기 때문에 프라이어의 유토피아는 나치 국가에 의해서 실현된 것처럼 보이는 까닭도 바로 여기에 있다.)

유토피아의 개념은, 블로흐에 의하면, 확장될 필요가 있다. 개인과 사회를 추동하는 정서로서의 길밍의 상은 결코 갈망의 상 자체로 머물지 않는다. 갈망은 비록 주어진 현실에서 검증되고 실현된다고 말할 수는 없지만, 블로흐에 의하면, 인간이 내면에 지니고 있는 유일한 정직성을 대변한다. 중요한 것은 바람직한 사회상에 대한 합리적인 설계로서의 모델뿐 아니라, 나아가 사회 유토피아에 대한 주체의 의향이다. 이러한 의향을 고려한 것은, 블로흐의 견해에 의하면, 유토피아의 구성 성분이다. 역사의 역동적 변화와 개방적 변화는 인간 내면에 갈망이라는 강력한 기대 정서가 작용하기 때문에 나타날 수 있다. 주체가 없다면, 개인도 없고, 사회도 없으며, 개방적인 변화도 존재하지 않는다. 역사는 인간에 의해서 발전과 퇴보를 거듭하며, 전환기는 인간의 의지가 존재하므로 극복될 수 있다. 역사적 사건은, 블로흐에 의하면, 반드시 신에 의해서 예정된 것도 아니고, 우연한 혼돈의 연속으로 점철될 수도 없다.

참고 문헌

- Hans Freyer: Die politische Insel, Leipzig 1936.
- Arnhelm Neusüss: Utopie, Begriff und das Phänomen des Utopischen, 3. erweitert. Aufl. Darmstadt 1985.
- Martin Schwonke: Vom Staatsroman zur Science Fiction, Stuttgart 1957.

아도르노

아도르노는 호르크하이머가 부분적으로 용인했던 유토피아의 이데올로기 비판이라는 기능마저 부인한다. 아직 존재하지 않는 미래를 선취하는 태도는, 아도르노에 의하면, 주어진 현실을 아직 확정되지 않은 전체로 매도하는 자세와 다를 바 없다. 어떤 다른 현실은 미래의 선취하는 의식에서 파생되는 게 아니라, 과거에 이미 주어졌던 현실에서 자연스럽게 재현되는 것이라고 한다. 현실의 모순은 그 과정에 있어서 언제나 계획이나 진단에 의해서 전개될 뿐, 일반 사람들이 갈구하는 바는 결코 현실로 나타나지 못한다는 것이다. 그렇기 때문에 일반 사람들이 미래를 기대하고 이를 신뢰하는 태도는, 아도르노에 의하면, 그 자체로 바람직하지 못하다. 왜냐하면 유토피아는 그 자체 무력하고 무기력한 사고이기 때문이다. 그것은 비판의 기능을 불러일으키지만, 이러한 비판의 기능은 유토피아 속에 부분적으로 내재하던 긍정적 기능마저 약화시킨다는 것이다.

상기한 주장을 정당화하기 위해서 아도르노는 부분적으로 프로이트의 이론을 끌어들인다. 이는 마르쿠제를 연상시키지만, 프로이트의 이론을 도입하는 방식에 있어서는 근본적으로 다르다. 이를테면 마르쿠제가 프로이트의 쾌락원칙, 판타지, 억압 그리고 승화의 개념에서 잠재적 유토피아를 찾으려 한 반면, 아도르노는 개인의 주관적 요소(내적 본능 내지 동물의 특성으로서의 이드)를 인류 역사로 나타난 초자아라는 객관성 속으로 혼입시키고 있다. 아도르노에 의하면, 자유에 대한 능력은 — 주관성으로 떠올린 것이라는 전제 하에서 — 기껏해야 상황을 조절하기 위한 사고의 부산물에 불과하다. 삶을 꾸려가는 내적 조건으로서의 현실과 삶을 꾸려나가는 외부적 조건으로서의 현실 사이에 주어지는 것은 어떤 한계 내지 제한밖에 없다고 한다. 이러한 상황 조절의 영역에서 유토피아가 차지할 공간은 하나도 없다고 한다. 아도르노는 유토피아의 무능력에 대한 구체적인 예를 인간의 "행복"에서 발견하려고 한다. 행복은 인간의 기대감에 불과할 뿐, 처음에 갈구하던 그대로 실현되지는 않는다. 행복은 인간 삶에서 언제나 어긋나게 등장하거나 시간적으로 뒤늦게 나타날 뿐이다. 항상 동일한 거짓 행복은 종국에 이르러 깊은 절망으로 변화된다고 한다.

만약 어떤 상상이 시대와의 관련성 때문에 파기될 수 없다 하더라도, 그것은 최소한의 경우 과거에서 현재까지만 효력을 지닐 뿐이다. 미래에 대한 전망이 형성될 수 없다면, 미래는 결코 과거 속에서 발견되지 않을 것이라고 한다. 그러한 한에서 아도르노는 "미래는 오로지 파괴와 파괴적인 것을 담고 있다"라는 발터 벤야민의 참혹한 발언에 동의하고 있다. 미래는, 벤야민에 의하면, 기껏해야 어떤 급진적 새로움을 요구하는 텅 빈 공간을 생산한다. 그리고 구원에 대한 의식이 모든 정신의 가장 내면적인 충동이라면, 희망은 아무런 조건 없는 포기의 충동일 수는 없다는 것이다. 벤야민은 "역사의 영속성이라는 모든 이데올로기에 대한 공격"의 예로서 하나의 "파괴성Destruktivität"을 제시한다. 그렇지만 벤야민은 수많은 단절을 담고 있는 역사 자체를 파괴성과 동일한 차원에서 파악하지는 않았다. 그러나 아도르노의 경우, 역사 자체는 처음부터 파괴적 특성을 전제로 하고 있다. 아도르노는 진화론적으로 미래를 마련하려는 자에 대항하기 위해서 미래 없는 영속성이 필요하다고 주창한다. 따라서 미래에 대한 "상의 금지Bilder-Verbot"는 아도르노에게 필수적이다. 찬란한 미래의 상을 제시하며 인민을 현혹시킨 자들은 언제나 히틀러와 같은 독재자들이었다고 한다.

아도르노는 실제로 현대 사회에서 출현한 절망적 상황을 정확하게 진단하고 있다. 가령 아우슈비츠의 대학살, 야만의 역사, 폭력의 사건들, 전체주의, 기계 중심주의 그리고 황금만능주의 등을 생각해 보라. 그렇지만, 인간은 주위에서 출현하는 절망적인 상태에 직면하여 바로 희망의 지조를 깡그리 꺾을 수밖에 없을까? 아도르노에 의하면, "상의 금지"라는 틀 속에서 예술만이 유일하게 예외적으로 어떤 긍정적인 상을 창조할 수 있다고 한다. 예술만이 미래의 출현을 구상적으로, 다시 말해 하나의 개연적 면모로 드러낼 수 있다는 것이다. 예술 작품은 "미적 정신"으로서의 유토피아의 흔적을 다만 순간적으로 잠깐 보여줄 뿐이다. 그렇지만 예술에 반영된 미래 출현의 면모는 다분히 염세적이고 부정적이다. 그 까닭은, 아도르노에 의하면, 다음과 같다. 예술이 지닌 유토피아의 전언은 현재의 상태에서 과거의 역사를 비판적으로 조명하는 데 그치고 있다는 것이다. 예술 속의 유토피아의 흔적은 비지속성, 비인내성, 파괴된 약속 그리고 비언어성만을 묵시적으로 표출한다. 그렇기에 예술에 반영된 유토피아의 성분은 부정적이고, 비판적이며, 염세적이기까지 하다. 그것은 한마디로 "기대할 수 없는 가능성"만을 예술의 수용자에게 전해 줄 뿐이다.

자고로 예술 작품은 그 특성과 기능에 있어서 기록물과는 엄연히 다르다. 사회 내의 야만적인 내용을 담은 르포의 집필 작업은 자유롭게 유희하는 시 작품을 창작하는 작업과는 근본적으로 다르다. 예술은 아도르노의 주장대로 지식과 같은 사용가치와 구별됨으로써 스스로의 자율성을 보존한다. 예술은, 아도르노에 의하면, 구상적인 방식으로 유토피아를 비판한다. 다시 말해서, 예술 작품은 유토피아의 무기력함을 구체적으로 생산해 낸다는 것이다. 예술의 객관적 동기로 작용하는 것은 무엇보다도 비판과 거부라는 기본적 모티프라고 한다. 만약 예술이 부정과 비판의 제스처를 포기한다면, 예술은 이데올로기에 의해서 잠식당하고, 결국은 제 역할을 수행하지 못할 것이라고 한다. 아도르노가 강조하는 부정의 깨달음은 미래 변화를 위해 필수적인 자세임에 틀림없다(이순예 20005: 301). 그러나 그것은 처음부터 사후약방문이라는 소극성 속에 침잠해 있다.

아도르노는, 호르크하이머와 마찬가지로, 유토피아를 이른바 비판이라는 추상적 개념 내지 비판의 보편적 기능 속으로 편입시킨다. 만약 드러난 세상이 잘못된 것이라면, 예술가는 예술적 표현을 통하여 드러난 세상이 거짓된 것임을 명확히 보여주어야 한다는 것이나. 이에 대해 마르쿠제는 "드러난 세상과는 다른 성공적인 가상을 감각적 당위성으로 밝혀내는 것"을 예술 행위라고 규정하였다. 마르쿠제에 의하면, 예술 작품은 실제로 요구되는 사회 형태와 반대되는 비판적 유토피아의 상을 표현해 낼 수 있다는 것이다. 이에 비하면 아도르노는 예술의 이중적 특성, 다시 말해서 예술이 기존의 것을 부정하고 다른 무엇을 찾아내는 일련의 작업을 추호도 인정하지 않는다. 왜냐하면 이러한 작업은 인간이 갈구한 희망의 역사에서 한 번도 제대로 진척되고 완결되지 않았기 때문이라고 한다. 아도르노는 역사 속에 인류의 미래에 관한 상이 은폐되어 있다고 믿는 블로흐의 태도를 한마디로 어리석다고 논평할 뿐이다.

참고 문헌

- 이순예: 『아도르노와 자본주의적 우울』, 풀빛 2005.
- Theodor Adorno: Negative Dialektik, Frankfurt a. M. 1966. (한국어판) 아도르노: 『부정의 변증법』, 홍승용 역, 한길사 1999.
- Klaus L. Berghahn: Zukunft in der Vergangenheit, Bielefeld 2008.

알튀세르

루이 알튀세르는 계급투쟁의 관점에서 마르크스가 수용한 헤겔의 변증법을 추적하였다. 마르크스는, 알튀세르에 의하면, 헤겔의 변증법을 전복시킨 것 이상의 놀라운 성과를 거두었다는 것이다. 그것은 다름 아니라 하나의 완전한 목적론과 관련된다. 알튀세르는 변증법에서 합리적 핵심을 떼내어 하나의 완전한 목적론을 찾아낼 수 있으며, 이로써 주체의 목적론 또한 성공리에 도출해 낼 수 있다고 확신한다. 문제는 다음의 사항에 도사리고 있다. 즉, 알튀세르는 자신의 이러한 변형 작업을 통하여 변증법이 실증주의의 방식에 의해 극복될 수 있다고 믿는다. 그렇게 된다면, 실증주의와 유일하게 대립되는 사고는 사람들이 스탈린을 부르짖으면서 확정시킨, 이른바 "객관주의"라는 격렬성으로 귀착될지 모를 일이다. 이러한 태도는 또 다른 신적 존재에 대한 맹신으로 이어질 수 있다.

알튀세르 사상의 근본적인 문제는 마르크스주의를 구조주의의 방식으로 찾아내려는 노력 속에 도사리고 있는지 모른다. 자고로 구조주의의 연구 방법론은 특히 역사적 변화 과정에 대한 통시적 차원에서의 추적에 있어서 오류를 범한다는 사실이다. 그것은 특정한 시간과 장소를 전제로 한 주어진 현실에 관해 세밀하게 분석할지는 몰라도, 변화하는 역사를 학문적 대상으로 삼게 되면 오류를 범할 수밖에 없다. 아니나 다를까, 알튀세르의 관심사는 마르크스가 추적한 자유의 나라가 아니라, 오로지 마르크스 이후의 모든 사회 운동을 마르크스주의의 전통과 접목시키는 작업에 초점을 맞추고 있다. 알튀세르에게는 "가까운 목표Nahziel"만 중요할 뿐, "먼 목표Fernziel"는 관심의 부표로 의식 속에 떠오르지 않는다. 알튀세르는 더 나은 미래에 관한 분명한 상을 추구하는 대신에, "마르크스주의와 주이진 현실 속의 문제와의 관련성"(Slavoj

Žižek)을 비교 분석하는 작업에 심혈을 기울일 뿐이다. 혹자는 알튀세르가 고전 철학에서 유래한 주체-객체의 패러다임을 실증주의 방식의 담론 분석으로 대치시켰다고 비난하는데, 이는 바로 그의 문제 해결 방식이 실증주의에 입각해 있기 때문이다. (여기서 말하는 담론 분석은 예컨대 미셸 푸코의 경우에 나타나는 새로운 유형의 인식 이론적 모델로 기능하는 사고에 국한되는 것이다. 다시 말해서, 여기서 지칭하는 담론 분석은 역사학에서 언급되는 해석학도 아니고, 그렇다고 해서 하버마스와 카를 오토 아펠이 언급하는 인간의 평등한 조건에 의거한 소통의 자발성을 극대화하는 "담론 이론"과도 차원이 다르다.)

한마디로, 알튀세르는 마르크스주의라는 내용을 구조적 실증주의라는 형식으로 천착했을 뿐이다. 그럼에도 그는 세부적 사항에 있어서 마르크스주의의 핵심을 예리하게 지적하였다. 이로 인하여 알튀세르는 이탈리아와 남미 등지에서 자주 읽히고 있다. 그의 이론은 근본적으로 유토피아의 방향성을 중시하지 않지만, 나중에 그의 제자 에티엔 발리바르의 세밀한 분석에 의해서 세계적으로 알려지게 되었다.

참고문헌

- 루이 알튀세르: 『재생산에 대하여』, 김웅권 역, 동문선 2007.
- 윤소영: 『일반화된 마르크스주의의 쟁점들』, 공감 2007.
- Louis Althusser: Für Marx. Frankfurt am Main: Suhrkamp 1968 (Original: Pour Marx. 1965).
- Slavoj Žižek: Das Unbehagen im Subjekt. Passagen-Verlag, Wien 1998.

엥겔스

흔히 사람들은 유토피아를 비판하는 문헌으로 엥겔스의 「유토피아로부터 과학으로 향하는 사회주의의 진보Die Entwicklung des Sozialismus von der Utopie zur Wissenschaft」라는 문헌을 예로 든다. 엥겔스는 유토피아의 사회 비판 기능을 강조하였다. 초기 사회주의자들은 주어진 현실의 관계를 고려하면서 제각기 이상적인 사상의 싹을 키웠다고 한다. 그러나 엥겔스는 유토피아의 사고가 이제 종말에 이르러 더 이상 필요하지 않다고 주장한다. 유토피아는 지금까지 역사의 실질적 운동을 중개하지 않았기 때문에, 그 자체 추상적이며, 현실의 긍정적 변화에 조금도 도움을 주지 못했다. 지금까지의 유토피아는 억압과 가난의 현실을 극복할 수 있도록 실질적으로 작용하지 못했으며, 계급 갈등을 극복하지 도 못했다고 한다. 그것은 제각기 주어진 현실적 상황에 대해 강한 비판과 변화를 불러일으키도록 작용하지 못했다. 예컨대 플라톤은 스파르타를, 캄파넬라는 엄격한 철칙에 의해서 영위되는 사제들의 사원 국가를, 생시몽은 시민들의 산업 사회를, 푸리에는 지방분권적 코뮌을 제각기 이상적인 사회 유토피아로 묘사했다는 것이다.

마르크스와 엥겔스는 다른 문헌에서 다음과 같은 사항을 암시하였다. 즉, 어떤 부정 역시 하나의 긍정적 발언의 싹, 어떤 목표에 대한 규정을 담고 있다고 말이다. 가령 사유재산의 철폐는 생산 수단의 공동 소유의 형태로 이어질 수 있다. 국가의 철폐는 개개인의 지배 시스템으로부터 사실에 근거한 생산 과정의 관리 체계로의 전환을 불러일으킬 수 있다. 이는 개인의 권력이 아니라 사실의 권력, 다시 말해서 생산 수단이 작동되도록 영향을 끼친다. 나아가 분업의 철폐는 다양한 생산성에 대한 가능성을 불러일으킬 수 있다. 지금까지 나타난 국가의 전복(파리 코뮌)은 실제로는 연방(협의회 내지 평의회) 시스템으로 이어졌는데, 이는 계급 없는 사회의 어떤 가능한 규약으로 인정된 체제였다. 그러므로 여기서 중요한 것은 목표에 관한 논의가 계속 기존 사회에 대한 비판적 논의와 병행하여 진척될 수밖에 없다는 것이다. 만약 이러한 작업이 지속적으로 이어지지 않으면, 인산은 유토피아로부터 과학적 사회주의로 이전하는 걸음을 계속 필요로 할 것이다.

소련 사회주의자들은 미래 사회의 완전한 목표를 지금 여기에서 실현했다고 굳게 믿었다. 그들은 사회적 변화 내지 가능성을 추동하는 사고를 유토피아로 매도하기 시작했다. 자고로 유토피아는 여러 영역에서 제각기 가능성으로 작용하며, 심지어 모든 이데올로기 속에도 부분적으로 내재하는 법이다. 그런데도 소련 사회주의자들은 이를 부정하고, 역사적 결정주의를 신봉하였다. 그렇게 된 근본적인 이유는, 블로흐에 의하면, 정치경제학자들이 무엇보다도 주어진 현실에 대한 냉정한 분석만을 중시한 채 목표에 도달하려는 변모 가능성에 대한 열광적 신념을 간과했기 때문이다.

엄밀히 따지면, 마르크스와 엥겔스의 사상은 약간 다르다. 그 가운데 하나로서 우리는 역사적 결정론에 대한 입장 차이를 들 수 있다. 가령 엥겔스가 역사의 합법칙성 내지 결정주의를 신봉한 반면, 마르크스는 역사적 관련성을 언제나 이념을 방해하는 개연적 사항이라고 정의했다. 역사적 관련성은, 마르크스에 의하면, 경향성으로 요약될 수 있다. 자고로 현실에서 방해받고 있는 모든 정황은 결코 하나의 법칙으로 규정될 수 없으며, 과학적 논거로 채택될 수 없다. 그런데 경향성을 고찰해 보라. 경향성 속에는 가능성의 영역이 도사리고 있으며, 엄밀한 필연성으로 이해될 수 없다. 인간은 얼마든지 능동적으로 행동하면서, 시대의 경향성에 대해 훼방하거나 그것을 더욱더 강하게 촉진시킬 수도 있다. 유토피아는 바로 이러한 경향성을 방해하거나 촉진시키는 역할을 담당한다. "사고가 현실을 추동하는 것은 충분하지 않다. 현실 또한 사고를 추동해야 한다"는 마르크스의 말을 생각해 보라. 따라서 마르크스주의 속에는 혁명적 유토피아뿐 아니라, 새로운 혁명을 촉발시키는 어떤 유토피아가 도사리고 있다. 그렇지만 마르크스주의는 언제나 가능한 어떤 자발적인 사회주의를 보장해 주지는 못한다. 왜냐하면 경향성은 (법칙이 아니듯이) 하나의 조건으로 성립되지 않기 때문이다. 경향성은 인간의 행위를 가능하게 하는 의지에 의한 단순한 조건성과는 거리가 멀다. [이와 관련하여 블로흐는 경향성의 개념을 아직 출현하지 않은, 의식의 저편에 둥둥 떠 있는 상태로 규정하였다. 경향성은 인간의 행위로 완전히 충족되지 않는, 변화 과정의 상태로 이해될 수 있다는 것이다.]

참고문헌

- E. 홉스봄: 「맑스, 엥겔스와 맑스 이전의 사회주의」, 실린 곳: 루이 알튀세르 외, 『역사적 맑스주의』, 서관모 엮음, 중원문화 2010, 161-192쪽.
- 서규환: 『정치적 비판이론을 위하여』, 다인아트 2006.
- Friedrich Engels: Der Fortschritt des Sozialismus von der Utopie zur Wissenschaft, in: MEW., Bd. 19, Berlin 1969, S. 177-228.
- Karl Marx: Frühschriften, Stuttgart 1971.

요나스

한스 요나스는 그의 책 『책임의 원리』에서 현대 산업 사회의 위기를 예로 들며, 현대인들의 바람직한 윤리적 자세를 기술하고 있다. 그는 앞으로 다가올 환경 파괴의 파국을 암시하며, 인간의 책임 의식을 고취시키고 있다. 그런데 문제는 다른 곳에 도사리고 있다. 요나스는 자기의 논리를 바르게 개진하기 위하여, 헤겔 좌파들의 급진적인 사고뿐 아니라 에른스트 블로흐의 유토피아 사회상을 전적으로 비판하고 있다. 그의 책, 『책임의 원리』는 두말할 것도 없이 블로흐의 대 저작 『희망의 원리』를 부정하려는 의도에서 나온 것이다(Jonas 84: 373). 유토피아를 배척하려는 그의 제스처에는 물론 하나의 취약점이 도사리고 있다. 요나스는 헤겔, 마르크스, 블로흐 등이 그들이 속한 당대의 모순점을 뿌리 뽑으려고 애를 썼다는 사실을 일부러 생략하고 있다. 다시 말해서, 요나스는 위에 언급한 사상가들이 제각기 시대정신과 관련된 가장 중요한 사회적 문제점들을 추적했다는 사실을 중요하게 생각하지 않는다. 그는 모든 것을 오늘날의 시각에서, 그러니까 결과론으로만 해석할 뿐이다. 그러므로 우리는 현재의 위기를 빌미로 해서 과거에 나타난 유토피아의 존재 가치마저 부정해야 한다는 요나스의 주장을 전적으로 받아들일 수가 없다.

요나스는 현대인들이 문제 삼고 있는 환경 파괴에 대한 걱정, 과대평가된 기술의 능력 등을 정확히 지적한다. 요나스는 산업 사회에서 살고 있는 현대인들이 반드시 짚고 넘어가야 할 문제점을 건드리고 있다. 그런데 그의 지적은 — 자세히 살펴보면 — 인간의 미래 지향적인 사고로서의 유토피아를 비판하기 위해서 나온 것이다. 이를테면, 카를 아메리Carl Amery는 마르크스의 「포이어바흐 테제 11」을 수정하여 다음과 같이 말하고 있다. "지금까지 유물론은 세계를 변화시키려 했다. 이제 중요한 것은 세계를 유지하는 것이다." 그러나 엄밀히 따지면, 유물론적 사고와 생태학적 사고는 서로 대립하는 게 아니라, 분명히 서로 다른 차원에서 별도로 형성된 것들이다. 요나스의 주장에 의하면, '인간은 타인과 자연 등에 대해 우월감을 지닌 채 자기의 본분과는 거리가 먼 무엇을 추구하려' 한다는 것이다. 이러한 발언은 틸리히나 포퍼 등의 입장과 궤를 같이하고 있는 것으로서, '현대에는 유토피아가 무가치하다' 는 주장을 은근히 드러내고 있다.

어쩌면 우리는 유토피아를 무조건 부정할 게 아니라, 현 위기를 극복할 수 있는 대안을 거기에서 찾아야 할 것이다. 왜냐하면 유토피아는 그에 상응하는 시대적 문제와 관련될 뿐, 그것이 실제 미래 사회에 구체적으로 어떠한 영향을 끼쳤는가에 의해서 평가할 수는 없기 때문이다. 바로 이러한 이유에서, 만약 지나간 유토피아의 기능이 이제 진부한 것이라고 판명된다면, 우리는 시대에 맞는 새로운 유토피아의 기능을 다시 찾아내야 한다.

참고문헌

- Hans Jonas: Prinzip Verantwortung, Frankfurt a. M. 1984. 한국어판: 한스 요나스, 『책임의 원칙: 기술 시대의 생태학적 윤리』(이진우 역), 서울 1994, 310-318쪽.
- Carl Amery: Die starke Position oder Ganz normale MAMUS. Acht Satiren. List, München 1985.

제비에

장 제비에는 『거대한 조화에 관한 꿈』이라는 책에서 유토피아를 "계몽된 시민들의 합리적인 생각을 담은 동경"으로, 천년왕국에 대한 생각을 "민중의 보다 나은 삶을 애타게 기리는 혁명적 사고"로 해명하였다. 유토피아는 이상적이며 폐쇄된 사회에 대한 합리적이자 합목적적인 설계를 의미하기 때문에, 그러한 사회에서는 "엄격하게 조직화된 삶의, 절제에 바탕을 둔 만족"이 지배한다는 것이다. 이에 비하면 천년왕국설은 사회적 정의와 동포애를 위한 신앙인들의 희망을 담고 있는 것이라고 제비에는 주장한다. 제비에가 천년왕국설과 유토피아를 구분한 것은 알프레트 도렌Alfred Doren이 유토피아의 특성을 "갈망 시간Wunschzeit"과 "갈망 장소Wunschraum"라는 두 가지 기준으로 나눈 것과 무척 흡사하다(Servier 71: 133f). 제비에에 의하면, 특히 후자의 운동은 — 피에르 조셉 프루동, 카를 마르크스, 블라디미르 일리치 레닌 그리고 마오쩌둥 등에 의해서 — 주어진 사회의 현재 상태를 극복하는 데에 커다란 기여를 했지만, 마지막에 가서는 혁명적 독트린으로 스스로 탈바꿈되어 버렸다는 것이다.

제비에의 이러한 발언에서 우리는 다음과 같은 두 가지 의문점을 발견할 수 있다. 첫째, 과연 종말론적 사고가 유토피아와 아무런 관계가 없는 것일까? 신시대 이후의 이상적 사고가 '찬란했던 과거를 의식하는 인간의 기억'을 배제해서는 출현할 수 없었다는 사실을 제비에는 좌시하는 게 아닌가? (유토피아와 종말론적 사고와의 상호 관련성은 의심할 여지가 없는 성질의 것이다. 그러나 그것들이, 구체적 사회 현실을 고려할 때, 과연 어느 정도까지 설정될 수 있는지에 대해서는 아직도 의견이 분분하다.) 제비에가 종말론 속에서 유토피아의 본원적인 요소를 찾아보려던 에른스트 블로흐를 처음부터 인정하지 않은 까닭은 바로 여기에 있다.

둘째, 제비에는 '유토피아'를 제도화할 수 있는 합리적 사상으로서, 시민사회의 규범으로서 정착화된 것으로 인정하고 있다. 이에 반하여 천년왕국에 관한 사고는, 제비에에 의하면, "제도가 아니라 개개인의 양심에 호소하는 것"으로서 사회주의적 평등을 이룩하는 데에 쓰였다고 한다. 그러나 "제도냐, 양심이냐"라는 물음은 제각기 보다 나은 사회를 이룩하기 위한 어떤 수단으로 이해될 수 있다. 유토피아 및 천년왕국설이 지향하는 목표는 계급과 강제 노동이 없는 보다 나은 복된 사회를 이룩하려는 데 있다. 따라서 제비에의 발언은 유토피아와 천년왕국설이라는 이른바 두 가지 사고에 대한 현상적인 설명, 그 이상을 지적하지 못하고 있다.

참고 문헌

• J. Servier: Der Traum der großen Harmonie. Eine Geschichte der Utopie, München 1971, S. 331-333.

케스팅

한요 케스팅은 그의 책 『유토피아와 종말론』에서 진보에 대한 긍정적인 역사철학적 견해들을 비판하고 있다. 그는 맨 처음 신시대가 도래한 뒤부터의 우주론적 존재에 대한 인간의 망각이 어떠한 방법으로 끔찍한 결과를 불러일으켰는지를 묻고 있다. 여기서 "우주론적 존재에 대한 인간의 망각"이란 인간의 가치를 신의 가치와 동질로 파악하려는, 르네상스 시대 이후의 인본주의적 세계관을 비판하는 말이다. 케스팅은 자신의 논문에서 주로 다음과 같은 두 가지 견해를 피력하고 있다. 첫째, 콜럼버스의 항해, 자연과학, 특히 수학의 발전은 중세 신학의 세계관을 모조리 불필요한 것으로 파기하게 하였다는 것이다.

당시의 "인간다운 삶의 원칙"은 처참할 정도로 "실증주의적인 생존 원칙"으로 변모해 버렸다는 케스팅의 주장은 — 필자가 생각하건대 — 로베르트 슈페어만R. Spaemann의 "목적론의 뒤바뀜Inversion der Teleologie"이라는 견해와 밀접한 관계를 지닌 것처럼 보인다. 슈페어만은 "목적론의 뒤바뀜"이라는 말로써 외부의 모든 압력으로부터 자기 자신을 보호하려는 주체의 욕망이 그 한계를 넘어서게 되고, 나아가서는 자신의 이익을 위하여 타인의 욕망을 무시하게 된다는 점을 지적하려 하였다(Spaemann 76: 80). 유토피아는, 케스팅의 견해에 의하면, 주체의 저항운동이 남김없이 이룩된 어떤 상황을 선취先取한 것이라고 한다. 인간의 생존을 위한 자기 보존의 원칙은 결국 타인을 짓밟는 공격 성향의 원칙으로 변한다는 생각은 케스팅의 글의 근간을 이루고 있다. 자기 보존의 원칙으로부터 공격 성향에 이르는 변화 과정은 "데카르트로부터 헤겔을 거쳐 마르크스로 향하는 길을, 혹은 국가의 합병으로부터 산업 혁명과 정치 혁명을 거쳐 오늘날의 세계대전으로 향하는 길을 초래하였다"고 한다(Kesting 52: 58). 둘째, 케스팅은 현대 산업 사회에 대해서도 비판의 화살을 겨누고 있다. 그러니까 오늘날 현대 산업 사회의 노동 현장은 마르크스가 말한 바 있는 인간의 창의적인 노동을 영위할 수 있는 공간이 아니라, 단순 노동만 되풀이해야 하는 거대한 공장을 방불케 하는 것이다. 이는 — 만약 최신 기계들로 이루어진 컨베이어 시스템을 생각해 본다면 잘 이해되겠지만 — 마르크스가 말한 생산 양식의 극복이 아니라, 생산 양식에 대한 예속을 의미하는 것이다. 이러한 케스팅의 견해는 "모든 재앙의 근원은 계몽주의에 있으며, 기술적 진보에 대한 생각은 모든 사람들을 전체 지배 구조 속에서 노예화시켜버렸다"는 루스토의 말을 상기시킨다(Rustow 51: 380).

케스팅의 이러한 비판적 발언 속에는 이데올로기에 대한 부정적인 견해가 담겨 있을 뿐만 아니라, 20세기 과학 중심적 사고의 맹목성에 대한 비판적 견해가 감추어져 있다. 가만히 살펴보면, 우리는 다음과 같은 사실을 알게 된다. 즉, 그가 공격하고 있는 모든 것은 궁극적으로 유토피아가 아니라, 기술적 합리주의가 맹목적으로, 아무런 목표 없이, 비합리적으로 실현되는 세계, 바로 그것이다. 아닌 게 아니라 케스팅은 사회 현실을 다음과 같이 묘사하고 있다. "새롭게 열려진 지구의 공간은 마치 진공처럼 인간 및 인간의 행위를 빨아들이며, 인간의 모든 힘을 흡수하고, 인간의 중요한 관심사를 이 땅 아래로 끌어내린다" (Kesting 52: 20). 인용문의 내용으로 미루어, 우리는 다음과 같은 사항을 알 수 있다. 즉, 케스팅은 아도르노와 호르크하이머의 과학 편중주의와 기술주의에 대한 비판을 전적으로 오해하고 있다. 물론 아도르노와 호르크하이머가 다음과 같이 지적한 것은 사실이다. 즉, 찬란한 미래에 대한 모든 열광 및 사이버네틱스에 대한 학문적 기대감 속에 취약점이 도사리고 있다는 점 말이다. 그러나 그들은 진보 자체를 처음부터 전적으로 부정하지는 않았다. 비록 그들이 동시대인들의 과학에 대한 철저한 맹신을 경고한 바 있지만 말이다.

참고 문헌

- H. Kesting: Utopie und Eschatologie, Ein Beitrag zur Geistesgeschichte des 19. Jahrhunderts, Diss., Heidelberg 1952.
- Robert Spaemann: "Bürgerliche Kritik und nichttheologische Ontologie, in: H. Ebeling (hrsg.), Subjektivität und Selbsterhaltung, Frankfurt a. M. 1976, S. 76-96.
- A. Rustow: "Kritik des technischen Fortschritts", in: Ordo, Bd. 40, 1951,

코르쉬

카를 코르쉬는 루카치와 함께 이데올로기의 문제를 토론하였고, 이데올로기를 병리학적 차원에서 하나의 질병으로 규정하였다. 이는 당연히 코르쉬의 공적이다. 현대의 변증법적 유물론은, 코르쉬에 의하면, 철학과 다른 모든 이데올로기와 마찬가지로, 주어진 현실에 담긴 자신의 정신적 형체를 파악하고 이를 실천적으로 다룬다고 한다. 가령 예술, 종교, 철학은 모두 변증법적 유물론에 입각한 과학적 사회주의의 사회적 현실의 총체성을 포괄하는 혁명적 사회 비판을 통해서 이론적으로 비판되고 실천적으로 전복되어야 한다는 것이다. 코르쉬가 유토피아를 용인하지 않는다는 사실은 상기한 발언에서 그대로 드러난다. 유토피아는, 코르쉬에 의하면, 총체성의 계기와 충동 이상으로 작용하지 않는다. 그것은 사회의 제반 관련성을 비판하는 데 약간의 도움을 줄 뿐이라고 한다. 이데올로기는 그 자체 몰락의 대상이며, 미래와 전혀 관계가 없다고 한다. 따라서 이데올로기와 유토피아는 어떠한 상호 관련성도 없다는 게 코르쉬의 지론이다.

나중에 코르쉬는 일정 범위 내에서 자신의 입장을 번복하였다. 정통 마르크스주의가 독점적인 것으로 비치는 순간, 코르쉬의 눈에는 유토피아적 사회주의 내지 무정부주의가 새삼스럽게 긍정적인 사고로 비쳤던 것이다. 물론 우리는 다음과 같은 주장을 인정할 수 있다. 즉, 젊은 코르쉬는 근본적인 이론을 확정하지 않았으며, 계속된 시대적 변화가 그의 이론을 강화시켜 주었다는 것이다. 코르쉬는 사회주의와 시민주의 사이의 노동법 문제를 법적으로 추적하였다. 이러한 작업은 결국 사회의 전복이 발발하는 시점에서 혁명이 발발한다는 점을 예견하고 있다. 이때 그는 목표에 관한 관점보다는 눈앞에 전개되는 변화의 동력과 협동적 이행 시기에 관한 입장 표명에 더욱 커다란 관심을 두었다. 따라서 유토피아와 유토피아의 의향 등에 관한 보편적 물음은 코르쉬에게 중요하지 않았다. 그의 관심은 오로지 혁명 이행의 시기에 나타나는 입장, 전략과 예측, 권력 심증부의 변화 과정 등과 같은 유럽 사회 내의 혁명의 변화 과정으로 향했을 뿐이다. 한마디로 유토피아의 예측과 유토피아의 포착 가능성에 관한 물음은, 코르쉬의 경우, 다른 미래에 관한 단순한 이질성의 문제로 제한되어 있다. '유토피아의 사고가 경향의 시대에 궁극적으로 어떠한 영향을 끼치는가?' 하는 철학적인 물음은 코르쉬에게는 지엽적인 사항에 불과했던 것이다.

참고 문헌

- 칼 코르쉬: 『마르크시즘과 철학』, 송병헌 역, 학민사 1986.
- Erich Gerlach/Jürgen Seifert: Karl Korsch, Politische Texte, Frankfurt a. M. 1974.
- Karl Korsch: Marxismus und Ideologie, hrsg. Erich Gerlach, Frankfurt a. M. 1971.

코아코프스키

코아코프스키는 사회주의 국가였던 폴란드로부터 서방 세계로 망명했지만, 블로흐를 다음과 같이 비판하였다. "블로흐는 유토피아를 설계한 게 아니라, 항상 보편적 자세를 취하면서 오로지 유토피아의 의식만을 요청하였다." 코아코프스키는 유토피아를 다음과 같은 맥락 속에서 이해하는 것 같다. 즉, 1968년 5월 파리에서 사람들은 "우리, 현실주의자가 되자. 그리하여 불가능한 것을 요구하자"고 요구한 바 있다. 이 점을 고려할 때, 코아코프스키의 유토피아 개념은 만하임의 그것으로부터 한 치도 벗어나지 못하고 있다. 다시 말해서, 현실의 변화라는 구체적인 결과가 없으면, 그것은 유토피아가 아니라, 다만 유토피아의 의식에 국한된다는 단순한 논리 말이다. 이 경우, 유토피아의 의식은 사회의 실질적 변화와는 아무런 상관이 없는, 그야말로 발설되지 않은 착상에 불과한 것으로 매도되고 있다. 코아코프스키는 블로흐의 책을 제대로 독파하지도 않은 채 블로흐를 탄핵하였다. 물론 그의 책 『마르크스주의의 주요 흐름』이 블로흐의 문헌을 예로 들면서, 구체적 유토피아로서의 마르크스주의, 반유토피아로서의 죽음, 물질론과 자연법 등을 언급하지 않는 것은 아니다. 그러나 이러한 것들은 블로흐 문헌에 실린 내용의 일부일 뿐, 블로흐의 사상적 핵심을 건드리는 것은 아니다. 코아코프스키는 20권에 달하는 블로흐 문헌의 지엽적인 내용 대신에, 무엇보다도 『튀빙겐 철학 서언 *Tübinger Einleitung in die Philosophie*』을 요약해야 했고, 유토피아와 유토피아의 의식 사이의 관련성을 오랜 시간에 걸쳐 숙고해야 옳았다. 다시 한 번 말하건대, 유토피아의 개념은 다음과 같이 정의될 수 있다. 즉, "시대에 의해서 조건화되는, 그러나 경험적으로 그 자체 변형될 수 있는 개념이며, 이후의 시대에 영향을 끼칠 수 있는, 영향을 끼칠지 모르는 무엇이다."

한편, 코아코프스키는 블로흐에게서 스탈린주의의 의혹이 드러난다고 지적하였는데, 이러한 비판적 발언은 혼란스럽기 이를 데 없다. 실제로 수많은 지식인들이 블로흐에게서 스탈린주의의 의혹올 지적한 바 있다. 그러나 블로흐의 서적을 제대로 읽고 그의 구체적 유토피아 이론을 접했다면, 반공주의의 단순 논리로 그처럼 무지막지하게 블로흐를 스탈린주의자로 매도하지는 않았을 것이다. 단언컨대, 그는 블로흐의 철학을 정확히 모르면서 『마르크스주의의 주요 흐름』이라는 방대한 책을 집필하였다. 그의 책은, 부르크하르트 슈미트Burghart Schmidt의 주장에 의하면, 동어반복적인 내용만을 늘어놓고 있으며, 비판적 합리주의의 입장에서 조금도 벗어나지 못하고 있다(Schmidt 89: 40f).

코아코프스키의 블로흐 비판과 관련하여, 우리는 유토피아가 어떻게 현실과 관련되는가에 관한 네 가지 사항을 지적하지 않을 수 없다. 첫째로 유토피아는 궁극적으로 역사적 유물론에 토대를 두고 있다. 모든 갈망은, 블로흐에 의하면, 궁극적으로 굶주림을 떨치려는 인간의 욕구에서 비롯하는 것이다. 따라서 갈망을 실현하려는 욕구는 개인적이고 사적인 욕구 충족의 차원을 넘어서, 때로는 사회의 변화를 선취하려는 의지로 발전하기도 한다. 둘째로 유토피아는 주어진 현실의 문제점을 비판하지만, 여기서 파생된 대안과 언제나 동일하지는 않다. 왜냐하면 유토피아는 구체적인 하나의 대안으로 확정할 수 없는 개방적 특성을 지니고 있기 때문이다. 이를테면 유토피아의 사고는 경우에 따라서는 어떤 특정한 비판적 대안을 얼마든지 재비판할 수 있다. 셋째로 유토피아는 그 방향에 있어서 어떤 계획이라는 촉수를 지닌다. 다시 말해서, 유토피아는 주어진 현재에 가능한, 어떤 실현의 과정을 계획적으로 설계한다. 그렇지만 유토피아는 설계의 실천 결과에 스스로 모든 책임을 지지는 않는다. 동독 출신의 시인 귄터 쿠네르트Günter Kunert는 "작가는 지진에 스스로 책임을 지지 않는 지진계이다"라고 말했는데, 유토피아는 변화된 현실에 대해 스스로 책임을 질 수 없는 지진계로 비유될 수 있다. 넷째로 어떤 갈망이 실현된다고 하더라도 유토피아는 스스로 소진되지 않고, 오히려 역동적 힘으로 지속적으로 작용한다. 비유적으로 말하자면, 유토피아는 실현의 순간에 마치 적장을 끌어안고 강 아래로 뛰어드는 논개처럼 그렇게 사멸되지만, 그미의 영혼은 죽지 않고 되살아난다. 그 이유는 두 가지 사항으로 요약될 수 있다. 그 하나는 변화된 현실이 새로운 유토피아의 사고를 요청하기 때문이며, 다른 하나는 인간의 또 다른 욕망이 완전한 충족의 순간에 새롭게 태동하기 때문이다. 특히 네 번째 사항이야말로 블로흐의 유토피아 개념 확장에 있어서 매우 중요하다. 만약 유토피아가 국가 소설에 나타난 고착된 모델로 확정된다면, 우리는 인간 의식의 지속적인 갈망의 의향을 처음부터 포기하는 처사나 다름이 없다. 유토피아는 하나의 모델일 뿐 아니라, 어떤 변모 가능성을 내재한 역동적 차 시간표를 지니고 있다.

참고문헌

- 레섹크 코와코프스키: 『마르크스주의의 주요 흐름』, 3권, 변상출 역, 유로서적 2007.
- Günter Kunert: Warum schreiben? München 1985.
- Burghart Schmidt: Kritik der reinen Utopie, Stuttgart 1989.

크리스만스키

블로흐는 유토피아의 사고를 보다 포괄적으로 이해하였다. 다시 말해서, 국가 소설에 담긴 이상 사회의 모델뿐 아니라, 선취하는 의식으로서의 갈망의 영역 역시 유토피아의 주요 성분으로서 유토피아에 포함되어야 한다는 것이다. 이에 대해 크리스만스키는 다음과 같이 비판하였다. 에른스트 블로흐는 유토피아의 개념을 확장시킴으로써, 유토피아를 어떤 무한한 대양 속에 빠뜨리고 말았다는 것이다. 크리스만스키의 견해는 어떤 계산된 합리성의 원칙에 근거하고 있다. 그런데 우리가 염두에 두어야 할 사항은 다음과 같다. 즉, 역사의 흐름에 따라 사회가 변화되듯이, 유토피아의 개념과 기능 역시 시간의 흐름에 따라 변화된다는 말이다. 크리스만스키는 국가 소설 속에 담긴 이상 사회의 모델만을 유토피아로 인정하고, 이와 유사한 특징들은 더 이상 유토피아로 인정하지 않는다. 토마스 모어의 『유토피아』가 지닌 정태적 구도 내지 자연적인 수동적 특성 등은 16세기 서구의 현실과의 맥락 속에서 얼마든지 용인될 수 있으나, 현대 사회의 본질적 문제에 대한 해답을 찾는 작업에서 충분한 자료로 활용될 수 없다. 여기서 우리는 다음과 같은 문제점과 조우하게 된다. 만약 유토피아가 이상 사회의 어떤 구성으로 확정된다면, 유토피아는 얼마든지 그 자체 무가치한 것으로서 파기되고 부정될 수 있다. 가령 자유주의의 지조를 지닌 사회학자 랄프 다렌도르프Ralf Dahrendorf가 칼 포퍼의 입장에 동조하면서, 유토피아를 "역사를 무화無化시키는 무엇"으로 비난한 경우를 생각해 보라(Dahrendorf 61: 90). 자유주의로 무장한 다렌도르프는 온갖 사회학적 개념을 동원해 유토피아를 인위적으로 설명하면서, 그것을 폄하하였다. 결론적으로 말해서, 크리스만스키는 "구체적 유토피아는 도구적이며, 그렇기 때문에 우선 가치중립적으로 기능한다"고 언급한 레이몽 뤼에Raymond Ruyer의 입장에서 출발하여(Neusüss 85: 339), 유토피아를 역사와 세계에 관한 논쟁으로부터 철저히 배제하고 있다.

자고로 유토피아는 그 자체 역사적 과정 속에 내재하며, 특성상 주어진 사회적 구조의 빈약한 내용을 과감하게 박차고 나온다. 따라서 유토피아의 고유한 의향은 일차적으로 이러한 파괴적 기능을 담당하는 것이다. 이로써 유토피아의 가장자리에 붙은 이데올로기의 껍질이 벗겨지게 되며, 유토피아는 하나의 실험적 설계로서, 이른바 역사로부터의 일탈이라는 유혹으로부터 벗어나게 된다. 이와 관련하여 크리스만스키는 다음과 같이 이의를 제기하였다. 부정적 유토피아의 상은 20세기에 나타난 사이언스픽션 등 국가 소설 속에 담겨 있는데, 여기에는 인간이 갈망할 만한 어떠한 긍정적 요소도 발견되지 않는다는 것이다. 그렇지만 엄밀히 따지면 "비갈망," 다시 말해서 끔찍한 절망의 특성 역시 가능성의 지평 속에 내재하고 있다. 유토피아 개념의 범위가 확장되면, 유토피아 개념 속의 고유한 특성이 빈약하게 되리라고 주장하는데, 그의 이러한 우려는 어떤 형식 논리의 사고에서 비롯된 성급한 판단이다. 가령 도식주의 내지 규범적인 편협한 범주로 모든 것을 재단하려고 시도하는 것은 주체의 사고의 획기적 변화라든가 역사의 역동적 변화 과정을 해명하는 데 커다란 도움이 되지 못한다. 이는 1960년대 초에 리블리체에서 행해진 프란츠 카프카 논쟁에서 이미 드러난 바 있다. 가능성의 개념은 굳이 아리스토텔레스를 예로 들 필요도 없이 처음부터 형성화의 기능 속에 은폐되어 있다. 가능성은, 블로흐에 의하면, 객체로서의 대상을 시험하면서 주체 스스로 변화하는 무엇이다. 따라서 내면적 실현 동인은 현실적 경향을 지니며, 스스로 역사의 현실적 과정으로 중개된다. 바로 여기서 우리는 유토피아의 역동적 기능을 발견해 내야 할 것이다.

참고 문헌

- Ralf Dahrendorf: Pfade aus Utopia, in: Gesellschaft und Freiheit. Zur soziologischen Analyse der Gegenwart, München 1961.
- Hans-Jürgen Krysmanski: Die utopische Methode. Eine literatur- und wissenschafts-soziologische Untersuchung deutscher utopischer Romane des 20. Jahrhunderts, Köln 1963.
- Raymond Ruyer: L'Utopie es les Utopies, Paris 1950, in: Neusüss, a. a. O., S. 339-360.

틸리히

폴 틸리히는 "부정적 유토피아의 개념"과 "긍정적 유토피아의 개념"을 처음부터 구분하였다. 신구약에서 옳고 그른 예언자가 나타나듯이, 올바른 예언자는 오류에 갇히지 않는다고 한다. 그릇된 예언자는 스스로 올바른 생각을 지니고 있다고 믿고 있으나, 그의 말은 마법적으로 왜곡된 진실이라고 한다. 부정적 유토피아는 — 틸리히에 의하면 — 지상의 희망만을 바라는 것이므로, 오직 땅위에서만 성취되는 것이라고 한다. 이에 비하면 진정한 유토피아는 역사적 상황을 초월할 수 있는 천상에서 이룩된다는 것이다. 이와 관련하여 틸리히는 인간이 스스로의 존재를 끊임없이 초월하려 하고 초월할 수 있다고 믿는 존재라고 설명하였다. "그(인간)는 주어진 모든 것들을 거의 무제한적으로 뛰어넘을 수 있는 존재이다"(Tillich 51: 8f). 프로테스탄트 신학에 바탕을 두고 있는 그의 발언의 배후에는 유토피아에 대한 다음과 같은 비판이 감추어져 있다. 즉, "인간은 원래의 본질적인 것과 실제의 모습 사이의 모순을 끝없이 초월하려는 의지를 지니고 있다"는 점은, 틸리히에 의하면, 비판받아 마땅하다는 것이다(Tillich 51: 15). 그리하여 그는 다음과 같이 결론을 내린다. "유토피아의 모든 원칙은 부정적인 것의 부정이다. 다시 말해서, 그것은 존재의 부정적인 것을 부정하고, 한 번도 현실화된 적이 없으며, 더 이상 현실일 수 없는, 그러한 상황을 상상하는 행위이다"(Tillich 51: 37). 그런데 틸리히의 비판의 화살은 "신 이외에는 도저히 이룰 수 없는 무엇을 인간이 감히 추구하려 한다"는 사실로 향하고 있다. 이러한 태도는 카를 뢰비트Karl Löwith의 회의주의에 바탕을 둔 인류학적 논의와 일맥상통한다. 뢰비트는 모계 씨족에 관한 신화학적인 연구를 통해서, "공산주의에 대한 믿음은 유대교와 기독교에서 말하는 메시아주의를 거짓되게 변형시킨 것"이라고 주장한다. 그러나 뢰비트의 이러한 생각은 메시아주의가 혁명 사상과 연결될 수 있다는 점을 간과하고 있다.

물론 틸리히가 지상에서의 희망과 보다 나은 지상의 삶에 대한 노력을 철저히 거부하기 위하여 그렇게 주장한 것은 아니었다. 인간의 의지보다 하느님의 의지를 높이 평가함으로써, 그는 그리스도의 겸허한 사랑의 정신을 수용할 수 있다고 믿었던 것이다. 틸리히의 입장은 무언가를 초월해 보려는 인간의 오만을 지적하고 있다는 점에서 공감을 얻을 것이다. 그렇지만 이로써 보다 나은 세계를 기리는 인간의 모든 욕망이 전적으로 비판의 대상이 될 수는 없다.

참고 문헌

- 파울 틸리히: 『19-20세기 프로테스탄트 사상사』, 송기득 역, 대한기독교서회 2004.
- Karl Löwith: Sämtliche Schriften, 9 Bde. hrsg. von Klaus Stichweh, Marc B. de Launay, Bernd Lutz u. Henning Ritter, Stuttgart 1981-1988.
- P. Tillich: Politische Bedeutung der Utopie im Leben der Völker, (Schriftenreihe der deutschen Hochschule für Berlin), Berlin 1951.

포퍼

칼 포퍼는 유토피아를 어느 특정한 사회에 대한 전체적인 계획을 설계한 것이라고 이해한다. 유토피아는 그 자체 합리적인 사고를 바탕으로 하고 있으나, 거기에 어떤 규범적인 목표가 설정되는 순간, 그것은 비합리적인 행동으로 변모하게 된다고 한다. 왜냐하면 보다 나은 사회에 대한 전체적인 계획을 설계하는 노력은 궁극적으로 폭력을 동반하지 않으면 실천될 수 없기 때문이라는 것이다. 포퍼의 이러한 견해 속에는 두말할 것도 없이 파시즘과 볼셰비즘의 '사악한' 정신을 철저히 부정하려는 세계관이 내재하고 있다. 그는 마르크스-레닌주의를 사회기술의 부속품 내지는 부분품이라고 명명한다. 그런데 곰곰이 생각해 보면, 포퍼는 두 가지 서로 다른 견해, 즉 어떤 이상 사회에 대한 규범적이자 초역사적인 설계(플라톤)와 미래의 공산주의 사회에 관한 구상(마르크스)을 동일시하는 것처럼 보인다는 사실을 깨달을 수 있다. 포퍼는 사회 혁명을 부르짖지 않고, 점진적인 사회 개혁 및 현 체제의 기술발전을 내세운다(Popper, 47/8: 213). 사회 정책은 윤리적인 방향 설정을 필요로 하는데, 이러한 방향 설정은 역사적 마르크스주의가 아니라 윤리적 미래주의에 의해서 규정되는 것이라고 한다. 그러므로 사람들은 "주어진 경우에 따라case by case" 사회적 모순을 하나씩 풀어나가야 한다는 것이다. 포퍼에 의하면, 현실주의자는 한 사회에 나타날 수 있는 거대한 불행을 예방하려고 노력하는 반면, 이상주의자는 이 땅에서 최고의 선善을 구현하려고 애를 쓴다고 한다.

포퍼는 사회적 실험을 통해 이룩해야만 하는 점진적인 개혁을 강조하지만, 이러한 생각은 실제에 있어서는 "한 아이가 우물에 빠진 뒤에야 비로소 우물을 폐쇄하는," 이른바 사후 약방문과 같은 역할을 할 것 같다. 왜냐하면 자연과학에서의 반복적인 실험을 통하여 한 사회가 피할 수 있는 난관을 미리 선취하기란 불가능하기 때문이다. 첫째, 사회를 변혁시키는 사건들은 인간이 그것을 인식하기 전에 이미 발생하거나 지나가 버린다. 둘째, 모든 예견은 — 설령 그것이 나중에 사실로서 판명된다 하더라도 — 자기 성찰의 과정을 통하여 과학적 진보 속으로 혼입되어 버린다. 다시 말해서, 모든 예견은 인간의 자기 인식 과정을 거쳐 예견이 속출했던 상황을 극복하게 하기 때문에, 그것들이 나오게 된 제반 조건들을 역사적 과정 속에서 쓸모없는 형태로 변화시킨다. 이는 포퍼의 역사주의에 대한 비판에도 그대로 적용된다. 여기서 말하는 역사주의란 역사학에서 언급되는 전문 용어가 아니라, 과거의 선하거나 추악한 범례를 바탕으로 미래를 진단하고 예견하려는 제반 입장을 통칭하는 입장이다. 포퍼의 역사주의에 대한 비판은 다음과 같은 이유에서 객관적인 타당성을 지닐 수 없다. 즉, 사회적 변화에 수반되는 제반 사회적 문제점들은 오직 "시행착오trial and error"라는 검증 방법만으로는 파악할 수 없기 때문이다.

유토피아를 비판하는 포퍼의 발언은 "보수주의자라고 자처하는 사람들과 진보적인 자유주의자로 대변되는 우파의 이데올로기 비판"에 근거하고 있는데, 이는 오직 유럽 사회에만 해당될 것 같다. 그것은 제3세계에 살고 있는 사람들의 보다 나은 삶에 대한 희망을 수렴하고 있지 않다(Améry 71: 84). 실제로 포퍼는 2차 세계대전 후부터 유럽의 국가가 못사는 나라를 착취하기 시작했다는 사실을 은폐하고 있다. 오늘날 유럽에서 횡행하고 있는 반유토피아의 경향은 잘살게 된 유럽인들이 더 이상 개혁이나 혁명을 통한 사회적 변화를 원하지 않는다는 데에 근거한다. 이것은 — 비유적으로 말하자면 — 마치 부자가 된 의적이 정의의 피로 물든 칼은 더 이상 필요하지 않다고 말하며 그것을 땅속에 감추는 것이나 다름 없는 논리이다. 그렇기에 어떤 이상적 사회 설계를 선취하려는 행위를 거부하는 모든 반유토피아의 자세는 결국 지배체제에 동조하는 데에 활용될 수밖에 없다.

참고 문헌

• 칼 포퍼: 『열린사회와 그 적들』, 2권, 이한구 역, 민음사 2006.

• K. Popper: Das Elend des Historizismus, Die Einheit der Gesellschftswissenschaft, Bd. 3, Tübingen 1965.

• Jean Améry: Gewalt und Gefahr der Utopie, in: ders., Widersprüche, Stuttgart 1971, S. 79-100.

푸코

미셸 푸코는 에른스트 블로흐의 철학과 프랑크푸르트학파의 이론을 1970년대 말에 비로소 프랑스어로 접할 수 있었다. 푸코의 『광기와 비이성』이 1981년에 독일에서 발표된 것을 고려한다면, 블로흐는 푸코의 문헌을 읽지 못했던 게 분명하다. 그렇기에 우리는 블로흐의 사후에 비로소 이들을 둘러싼 이론적 쟁점과 조우할 수 있을 뿐이다.

미셸 푸코는 인간 주체가 여러 사회적 · 국가적 기관에 의해 어떻게 이용당하고 자신의 고유한 자유를 구속당하면서 살아왔는가를 추적해 왔다. 그의 관심사는 감옥, 성의 억압, 거대한 힘으로 작용하는 지식 등으로 향하고 있다. 그 까닭은 인간의 사회적 삶에서 추악하게 작용하는 도구적 이성의 횡포를 지적하기 위함이었다. 이러한 관점에서 푸코의 입장은 『계몽의 변증법*Dialektik der Aufklärung*』에 서술된 호르크하이머와 아도르노의 입장과 일맥상통하고 있다. 그런데 연구 대상을 추적하는 방식에 있어서 푸코는 프랑스 구조주의의 방법론에서 벗어나지 못하고 있다. 비유적으로 말하면, 그는 멀리서 팔짱을 낀 채 주어진 대상을 관망할 뿐이다. 그렇기에 그가 어떤 특정 대상 내지 특정 인물에 대해 참과 거짓이라는 가치의 잣대를 드러내는 경우는 극히 드물다. 모든 사안은 오로지 사회적 "관계의 그물"로 묘사될 뿐이다(윤평중 90: 105). 이는 구조주의의 분석 방식에서 한 치도 벗어나지 않는다. 일단 푸코의 권력 이론을 살펴보기로 하자. 지식과 권력은, 푸코에 의하면, 제각기의 세력으로 역사 속에서 기능하는 무엇들이다. 권력은 지배 세력이 휘두르는 힘도 아니며, 저항하는 인민의 무력 행위도 아니다. 그것은, 푸코에 의하면, 완전한 실체로 드러난 적이 없고, 한 번도 특정 세력 내지 그룹에게 일방적으로 경도한 적도 없다. 저항 역시 푸코에게는 하나의 권력 형태로 드러날 수 있지만, 어떤 특정한 그룹을 대변하지도 않는다. 권력은, 항구적인 관점에서 고찰할 때, 특정 그룹을 적 내지 아군으로 규정하지 않는다. 푸코에게 중요한 것은 계급투쟁 내지 잉여가치 등과 같은 경제적 모순 구조에 관한 작업이라기보다는 복잡한 사회 속에서 얼기설기 얽혀 있는 매듭을 파악하는 작업이다.

그렇기에 푸코가 추적하는 것의 결론은 주체의 파괴, 도구적 이성의 횡포, 지식인의 영향의 붕괴 그 이상이 되지 못한다. 블로흐가 마르크스의 이론을 바탕으로 역사의 마지막에 나타날 수 있는 자유의 나라를 찾으려고 했다면, 푸코는 전체주의 사회 내지 국가에서 주체의 종말이 도래하였음을 지적하고, 인간이 고유한 자유를 고수할 수 있는 방법에 관하여 어떤 역설적 질문을 제기하였다. 이 점을 고려할 때, 푸코가 견지하는 세계관은 무척 염세적일 수밖에 없다. 왜냐하면 푸코는 더 나은 삶을 위한 인간의 공동의 노력은 그 자체 헛된 꿈이며 전체주의적 폭력을 동반한다고 처음부터 믿고 있기 때문이다.

그럼에도 푸코의 철학에서 인간에 대한 마지막 기대가 완전히 배제되어 있지는 않다. 이는 그의 담론 이론에서 발견된다. 푸코는 담론에서 무엇보다도 화자에게 주어진 발언의 자유를 강조하였다. 이것은, 고대 그리스어에 의하면, "용기 있는 발언*παρρησια*"으로 명명되는 무엇이다. 데카르트에 의하면, 진리는 결코 부인될 수 없는 무엇이라고 한다. 마찬가지로 참다운 발언은, 고대 그리스 사람들에 의하면, 거짓말하는 다수에게 둘러싸인 한 사람이 진리를 전하는 용기 있는 인간의 발언에서 비롯된 것이다. 이를테면 백 마리의 까마귀 앞에서 한 마리의 백조는 얼마든지 무력으로 공격당할 수 있다. 그러나 푸코의 견해에 의하면, "용기 있는 발언"만이 품위 있는 인간의 진리를 말할 수 있는 자유를 보장해 준다. 담론의 궁극적 목표를 고려할 때, 이는 하버마스가 말하는 바람직한 의사소통의 실현을 위한 민주적 토대와 결코 무관하지 않다.

참고 문헌

- 미셸 푸코: 『감시와 처벌: 감옥의 탄생』, 박홍규 역, 강원대학교출판부 1991
- 윤평중: 『푸코와 하버마스를 넘어서』, 교보문고 1990.
- M. Foucault: Archäologie des Wissens, Frankfurt a. M. 2002.
- M. Foucault: Die Ordnung des Diskurses, München 1974.

프라이어

한스 프라이어의 『정치적인 섬*Die politische Insel*』은 안드레아스 보이크트A. Voigt의 저서 『사회적 유토피아들*Die soziale Utopien*』에 자극 받은 뒤에 집필된 것이다. 여기서 프라이어는 수도원을 지키는 야경꾼의 시각을 빌어서 이상적 삶을 묘사하였다. 이것은 보수주의의 입장에서 고찰한 긍정적 유토피아의 상으로 이해될 수 있다. 프라이어의 작품은 국가사회주의가 주장하는 이상향을 선취한다는 점에서 궁극적으로 파시즘 이전의 사회상 내지 국가상으로 간주될 수 있다.

작품은 1936년에 발표되었으며, 처음부터 멀리 떨어져 있는 공간에 대한 형이상학적 동경을 반영하고 있다. 멀리 떨어져 있는 공간은 결코 도달할 수 없는 원초적 상과 같다. 실제로 독일의 부르주아들은 19세기 중엽부터 멀리 떨어진 이상적 공간을 동경하면서, 먼 곳의 진귀한 물품들을 수집하곤 하였다. 프라이어는 유럽으로부터 멀리 떨어진 공간을 한마디로 인간의 근원적 갈망인 진선미가 구현된 장소라고 명명한다. 그렇기 때문에 저자가 택한 장소는 인간이 살고 있는 영역이 아니라, 오히려 지금 여기와는 차원이 다른 정신의 영역일 수밖에 없다. 프라이어의 유토피아가 현실적 구체성 대신에 정신적 · 신화적 특징을 강하게 보여주는 것도 바로 그 때문이다. 프라이어는 1925년에 『국가*Der Staat*』라는 저서에서 국가에 관한 자신의 독특한 이념을 설파한 바 있다. 국가는 처음부터 인간 사회와 제반 법령들의 시금석으로 간주되고 있다. 프라이어의 국가 이념은, 비록 현실성을 결여하고 있으나, 초시간적으로 유효한 국가 제도의 법칙으로 파악된다. 바로 이러한 까닭에 프라이어의 『정치적인 섬』은 그 자체 역사와는 무관한 폐쇄적이고 정태적인 이상의 모델로 이해될 수 있다. 이것은 에른스트 블로흐의 역동적 낮꿈의 상 내지 자유의 나라에 대한 추적 작업과는 정반대되는 모델이다.

프라이어는 다음과 같이 주장한다. 즉, 인간은 처음부터 치밀하고도 합리적인 분석으로써 이상 사회를 설계해서는 곤란하다고 말이다. 이러한 분석의 태도는 마치 기계를 다루는 기능인의 일감에 불과하다는 것이다. 진정한 유토피아는 사회적 삶을 조직하는 일로서 무엇보다도 전체적 구도 내지 틀을 설정하는 게 급선무라고 한다. 결국 프라이어는 유토피아를 합리적 척도에 의해 설계하는 것을 거부하면서, 국가 유토피아의 신화적 요소를 하나의 대안으로 내세운다. 이러한 전체주의적 대안의 과정이야말로 긍정적으로 수용되어야 한다는 것이다. 이러한 입장은 헤겔이 초창기에 토착적 사물, 예컨대 스틱스강에서 자연법의 특성을 발견하려던 보수주의의 자세와 일맥상통한다(Bloch 85: 141). 프라이어는 이렇게 주장하면서 먼 곳에 자리하는 어떤 정신적 이상의 상을 추구하였는데, 이는 독일의 보수주의의 사고와 접목되어 나치 이데올로기를 정당화하는 것에 기여하게 된다. 나중에 프라이어의 제자, 헬무트 셸스키Helmut Schelsky가 블로흐의 유토피아의 입장을 정면으로 부정하고 이를 신랄하게 비판한 것도 근본적으로 정치적 입장 차이 내지 인종적 차이에서 기인하는 것이다.

참고문헌

- Ernst Bloch: Naturrecht und menschliche Würde, Frankfurt a. M. 1985.
- Hans Freyer: Die politische Insel, Leipzig 1936.
- Neusüss: Utopie. Das Phänomen des Utopischen, 3. erweitert. Aufl., Neuwied 1985,
- A. Voigt: Die sozialen Utopien, Berlin 1906.

프로이트

인간은 무언가 결핍되어 있을 때 꿈을 꾸곤 한다. 프로이트의 이러한 견해는 갈망의 출발점에 있어서 브레히트의 그것과 동일하다. 다만 프로이트는 개인적 · 심리적 차원에서의 결핍을 집중적으로 추적한다. 브레히트가 계급 갈등과 이와 관련되는 자본가의 폭력에 관해서 문학적 · 정치적 관심을 집중하는 반면, 프로이트는 오로지 성적 리비도의 측면에서 결핍과 꿈에 관해 숙고하였다. 블로흐는 프로이트의 정신분석의 내용을 "밤꿈Nachttraum"으로 규정하면서, 사회적 · 경제적 문제와 관련되는 갈망을 "낮꿈Tagtraum"으로 명명한다. 전자가 성적 측면에서의 무의식의 정태적 영역이라는 이른바 지옥의 아헤론 강을 추적하는 무엇이라면, 후자는 평등 사회의 이상으로 인지되는 "자유의 나라Reich der Freiheit"라는 역동적 영역의 가능성을 탐색하는 무엇이다.

프로이트는 히스테리를 연구하면서, 무의식이라는 전대미문의 영역을 처음으로 발견하였다. 이로 인한 연구의 결과는 나중에 혁명적인 리비도 이론으로 발전된다. 그러나 오스트리아 빈의 상류층 사람들은 유대인 학자의 리비도 이론을 이른바 시민사회의 관습, 도덕과 법 등을 파괴시키는 불온한 것으로 치부하였다. 프로이트는 어쩔 수 없이 자신의 이론을 부분적으로 철회해야 했는데, 대신에 출현한 것이 바로 "승화 이론Sublimationstheorie"이다. 프로이트 후기의 승화 이론은 타나토스Thanatos의 충동과 교묘하게 접목되었다. 요약하건대, 프로이트는 리비도에 관한 혁명적인 이론을 창안했지만, 여러 가지 이유에서 이를 관철시킬 수도, 그것을 사회적 · 정치적 상황에 적용할 수도 없었다. 그의 이론은 한편으로는 빌헬름 라이히, 게자 로하임 그리고 헤르베르트 마르쿠제 등의 좌파 이론으로 계승되었으며, 다른 한편으로는 에리히 프롬, 카를 구스타프 융 등의 우파 이론에 의해서 폭넓게 확장되었다. 블로흐는 프로이트를 자유주의자로 명명하면서, 그의 시도를 심리적 질병을 추구하는 의사의 진지한 노력으로 간주하였다. 프로이트에 비하면 알프레트 아들러의 심리학적 입장은 권력 충동으로, 융의 원형 추구의 작업은 도취 충동으로 설명할 수 있다(블로흐 2004: 116 이하).

프로이트의 문화 이론은 문명 파괴라는 암울하고 어두운 미래상을 제시하고 있다. 인간의 문명은 그의 작품 『인간 모세*Der Mensch Moses*』와 『토템과 터부*Totem und Tabu*』에서 잘 드러나고 있듯이, 궁극적으로 터부에 대한 오이디푸스의 죄의식으로부터 일탈될 수 없다. 인간의 발전된 문명은 충동의 억압에 대한 반대급부이며, 모든 전체주의적 체제는 근원적 인간의 심리적 이상 증세로부터 벗어날 수 없다고 한다. 정신분석학의 사회 분석의 한계성은, 블로흐에 의하면, 세계를 바라보는 그의 편협한 시각에 기인한다. 가령 게자 로하임이 권력 독점과 권력 분산의 체제를 염두에 두면서, 역사의 과정을 "평형 상태"와 "발기 상태"로 설명하는데, 이는 역사를 해명하기 위한 하나의 코드일 뿐 더 이상의 사회학적 결실을 맺지 못한다(로빈슨 81: 82). 이 점을 고려할 때, 프로이트가 유토피아의 사상을 전혀 언급하지 않은 것은 당연한 귀결인지도 모른다. 마지막으로 한 가지 재미있는 사항을 지적하기로 한다. 오늘날의 모든 전체주의 사회는 프로이트에게서 드러나는 세 가지 관점을 모조리 배격하고 있다. 이것들은 다름 아니라, 노동에 반대되는 성이고, 사회의 이익에 반대되는 개인주의이며, 그리고 유럽 인종에 대비되는 유대주의이다.

참고 문헌

- 폴 로빈슨: 『프로이트 급진주의』, 박광호 역, 종로서적 1981.
- 에른스트 블로흐: 『희망의 원리』, 5권, 박설호 역, 열린책들 2004.
- Sigmund Freud: Gesammelte Werke, 16 Bde., Frankfurt a. M. 1952.

하버마스

프랑크푸르트학파의 마지막 주자인 하버마스는 유토피아의 가치를 처음부터 부정하지도 않았으며, 그렇다고 아도르노와 호르크하이머처럼 오로지 비판의 기능만을 강조하지도 않았다. 이 점에 있어서 하버마스의 입장은 마르쿠제의 그것과 가깝다. 미리 말하건대, 하버마스는 역사적 과정 속에서 끊임없는 갈등과 불협화음으로 나타난 의사소통의 의미와 영향력을 추적하였다. 인간은, 하버마스에 의하면, 자발적이고 민주적인 의사소통을 통해서 미래의 가치를 창출해 낼 수 있다고 한다. 지금까지의 역사는 이러한 의사소통의 구조가 어떻게 파괴되어 왔는가를 생생하게 보여준다.

이에 착안하여 하버마스는 이데올로기와 유토피아의 용해 현상을 추적하면서, 잠재성이라는 까다로운 개념을 도입하였다. 원래 잠재성의 개념은 블로흐가 헤겔을 생각하면서 자기모순의 싹으로 떠올린 것이다. 블로흐는 헤겔과는 달리 이러한 싹 속에 존재의 모든 것이 담겨 있다고 믿지는 않았다. 왜냐하면 싹은 생물학적으로 예정되어 있지만, 사회적 · 역사적 조건이 반영된 존재는 그런 식으로 처음부터 확정될 수 없기 때문이다. 하버마스는 이러한 잠재성을 의식하면서 미래의 가치를 추적했는데, 이는 지나간 무엇을 논하는 의사소통의 구조로 이해될 수 있다고 한다. 이러한 주장을 통하여 그는 루카치의 입장에 이의를 제기한다. 루카치는 역사의 경향성 속에서 어떤 다른 미래가 보장되어 있다고 확신했는데, 하버마스는 바로 이 점을 비판한 것이다. 여기서 언급되는 경향성이란 역사적 결과로 남아 있는, 주어진 현재 속에서 파기되어야 하는 무엇과 관련된다. 혁명적 동인으로 작용하는 계급의식은, 루카치에 의하면, 부정의 부정, 다시 말해서 비판의 반대 측면으로 설정되어야 한다. 이로써 혁명에 참여한 자는 가능한 긍정적 행위로 방향을 설정하고, 이에 대한 전망을 정립해야 한다는 것이다. 이에 반해서 하버마스는 미래를 고찰하는 과업과 관련하여 다음과 같은 프로그램을 촉구하고 있다. 즉, 파시즘과의 전쟁에서 무엇보다도 중요한 것은 도덕의 구원이며, 이성의 회귀라는 프로그램 말이다.

물론 하버마스는 미래의 방향을 설정하는 데 있어서 의향이나 예견을 강조한다. 다시 말해서, 그는 유토피아와 계획이 분명히 구분되어야 한다고 주장한다. 이 점에 있어서 하버마스의 입장은 란다우어와 블로흐의 그것과 일맥상통한다. 그러나 하버마스의 입장은 더 나은 미래에 관한 예견에 무조건 집착하지 않으며, 인간 행위의 여러 가지 중요한 모티프들을 제각기 별개의 것으로 이해하고 있다. 다시 말해서, 하버마스는 인간의 모든 행위의 동기가 오로지 계급투쟁을 통해서 깡그리 충족된다고 확신하지는 않았다(Schmidt 85: 183f). 대신에 인간 행위의 모든 동기들은 상호 구분되어야 한다고 믿었다. 이로써 도출되는 것이 바로 "노동"과 "상호작용"에 관한, 변증법과는 차원이 다른 구분이다. 노동은, 하버마스에 의하면, 도구적 행위를 가리키는 반면에, 인간의 상호작용은 의사소통으로 이해되고 있다. 바꾸어 말하면, 하버마스에게 중요한 것은 정치경제학에서 논의되는 생산양식 내지 상부구조가 아니라, 생산과 재생산 영역에서의 위기라든가 사회의 시스템에 관한 문제였다. 그렇기에 그는 계급투쟁을 통한 평등 사회에 관한 긍정적 전망 대신에 주어진 사회의 시스템 속에서 작동되는 개개인들의 상호작용에 관심을 기울였던 것이다. 이와 관련하여 하버마스는 블로흐의 사상을 사변적이라고 비판하였다. 블로흐가 보편적으로 추적하는 세계의 전개 과정은 실제 현실 정치와 동떨어져 있다는 것이다. 블로흐는, 하버마스의 견해에 의하면, 사회의 발전 과정 속에 도사린 실질적이고도 구체적인 모순점을 척결하는 데 등한시한다는 것이다(Habermas 63: 351f). 그렇기에 블로흐는 젊은 프랑크푸르트학파 사상가에게는 "마르크스주의의 셸링"으로 비쳤을 뿐이다.

하버마스의 의사소통 행위 이론은 상기한 맥락 속에서 탄생한 것이다. 사회의 규범적 토대는, 하버마스에 의하면, 언어이며, 언어는 인간 사이의 전달 수단으로서 사회적 상호작용을 가능케 한다. 인간은 이성을 통해서 인간다운 세계를 건설할 수 있다. 인간은 개별적으로 놀라운 이성의 능력을 드러낼 수 있지만, 현대 사회에서 이보다 중요한 것은 사람들 사이의 의사소통이라고 한다. 의사소통은 그 과정이 이성에 합당하게 조직되어야 비로소 제 기능을 다할 수 있다. 이성적 합의는 어떤 견해에 관한 논의가 "충분히 개방적으로 진행되고, 오랫동안 지속될 수 있다면"이라는 이상화된 전제조건을 표현하고 있다(홍기수 99: 65). 이는 대화의 참여자가 외부로부터 어떠한 영향을 받지 않고, 어떤 이성적 합의에 동의하고, 때로는 자신의 견해가 그릇될 수 있다는 열린 자세를 취할 때 비로소 가능하다. 이를 고려하면서 하버마스는 네 가지 태도를 제시한다. 1) 논제는 서로 정확하게 이해되어야 한다. 2) 논제는 객관적 타당성을 지녀야 한다. 3) 논제는 규범적으로 올바르지 않으면 안 된다. 4) 논제는 주관적으로 진리에 합당한 것이라야 한다. 이러한 지적은 의사소통 행위에 있어서 일곱 가지 소통의 윤리학적 프로그램 가운데 첫 번째 사항과 밀접하게 관련된다(벤하비브 2008: 380-383). 이로써 하버마스는 지배로부터 자유로운 의사소통의 이상적 공동체를 하나의 대안으로 내세웠다.

그런데 문제는 이성적 합의를 도출해 낼 수 있는 이상화된 전제조건이 주어진 현실에서 쉽사리 출현하지 않는다는 사실에 있다. 과연 크고 작은 사회적 시스템 속에서 개개인이 여러 유형의 전체주의적 선전 선동으로부터 얼마나 자유로울 수 있는가? 개인과 개인, 개인과 집단, 집단과 집단 사이의 담론을 통해서 논의되고 이성적인 결론을 도출해 내려면, 주어진 시간 내에 과연 어느 정도의 커다란 효율성을 획득해야 할까? 사회의 바람직한 변화를 위해서는 가만히 앉아서 시민사회의 공공성을 논하고 소통과 담론의 문제를 추적할 게 아니라, 오히려 이해 세력을 결집시키고 정치적 결사의 행위를 수미일관 추진해야 마땅할지 모른다. 왜냐하면 우리는 정치적으로 체제 파괴적인 결사의 행위가 가져다주는 파장을 무시할 수 없기 때문이다.

참고 문헌

- 세일라 벤하비브: 『비판, 규범, 유토피아. 비판 이론의 토대 연구』, 울력 2008.
- 홍기수: 『하버마스와 현대철학』, 울산대학교 출판부 1999.
- Jürgen Habermas: Theorie und Praxis. Sozialphilosophische Studien, Politica, Bd. 11, Neuwied 1963.
- Jürgen Habermas: Theorie des kommunikativen Handelns, Frankfurt a. M. 1984.
- Burghart Schmidt: Kritik der reinen Utopie, Stuttgart 1985.

호르크하이머

호르크하이머는 유토피아가 결국 이데올로기로 전환된다는 논거로써 격렬하게 유토피아를 비판하였다. 유토피아는 주어진 사회 내에서 부분적으로 사악한 측면을 없애고, 주어진 사회 내의 부분적인 장점을 고수하려고 한다. 그러나 좋고 나쁜 동기들은, 호르크하이머에 의하면, 동일한 상태의 다른 측면에 불과하다. 왜냐하면 그것들은 이른바 인간 사회라는 동일한 조건에 근거하기 때문이라는 것이다. 이러한 발언으로써 호르크하이머는 인간 사회 내에서의 필요악을 결코 근절할 수 없는 무엇이라고 규정하고 있다.

호르크하이머에게 중요한 것은 유토피아가 아니라, 사회학적 차원에서 주어진 현실에 대한 급진적 비판이다. 유토피아는, 호르크하이머에 의하면, 두 가지 측면을 지니고 있다. 그 하나는 존재하는 무엇에 대한 비판이며, 다른 하나는 당위성에 관한 표현이라는 것이다. 전자는 현재보다도 더 행복한 미래의 삶을 갈망하는 의지와 관계되며, 후자는 과거에 한 번도 존재하지 않은 무엇을 완강하게 실현하려는 의지와 관계된다. 호르크하이머는 전자를 인정하지만, 후자를 인정하지 않는다. 그가 생각하는 유토피아는 조건적 당위성에 불과하다. 만약 어떤 조건의 상이 포기되면, 유토피아는 처음부터 존재하지 않으리라는 것이다. 왜냐하면 그것은, 호르크하이머에 의하면, 인간의 의식의 저편에 떠오른 꿈의 상에 불과하기 때문이라고 한다. 호르크하이머는 사람들이 유토피아에다 미래의 첫 번째 발걸음과 같은 예견의 가치를 부여하지 말아야 한다고 주장한다. 그보다 시급한 것은 찬란한 미래에 관한 환상을 금지시키고, 현재의 순간에 하나의 결단을 마련하는 일이라고 한다. 이로써 유토피아는 최소한 어떤 작은 실천을 유도하는 긍정적 동기를 지니게 된다고 한다.

상기한 이유로 인하여, 호르크하이머는 맹목적으로 유토피아의 사고를 거부하지는 않았다. 다만 그는 사회학적 차원에서 제기될 수 있는 비판적 입장 내지 비판의 행위가 유토피아의 정신을 포괄하고 있다고 믿었다. 미래의 상을 거부한 그의 입장은 거짓된 상 내지 현혹을 배제하자는 의도에서 비롯한 것이다. 호르크하이머는 유토피아의 비판적인 기능을 부분적으로 인정하면서도, 이것이 오로지 사회학적 비판의 방법으로써 얼마든지 표출될 수 있다고 믿었다.

호르크하이머가 중시한 유토피아의 의향은 근본적으로 역사로부터 일탈되어 있다는 점에서 블로흐의 그것과 구분된다. 그것은 주어진 현실 내지 역사와는 완전히 동떨어진, 꿈이라는 피안의 세계에 서성거릴 뿐이다. 그러나 유토피아의 의향은, 블로흐의 경우, 현실 변화를 위한 효모로서 변화와 직결되어 있지만(이 점에서 블로흐는 카를 만하임과 가깝다), 근본적으로 고찰할 때, 변화된 현실을 바탕으로 결과론적으로 검증할 수 없는 무엇이다.

참고 문헌

• 크리스티안네 취른트: 『책』, 조우호 역, 들녘 2003.

• Max Horkheimer: Anfänge der bürgerlichen Geschichtsphilosophie, Stuttgart 1930, S. 77-94.

• Chr. Kreis: Das Verhältnis der 'Kritischen Theorie' von Max Horhheimer und Theodor Adorno zum utopischen Denken, Stuttgart 2006.

III

에른스트 블로흐의 철학적 명제, '유토피아'

에른스트 블로흐의 깨달은 희망, 종교 그리고 유토피아

『희망의 원리』, 그 특성과 난제

에른스트 블로흐의 철학적 명제, '유토피아'

보다 나은 세상을 기리는 꿈을 저버리려는 태도는 원래 달팽이들에게나 해당될 뿐이다. 그 동물은 유토피아를 지닌 바 없으며, 현재 그것을 지니고 있지도 않으며, 미래에도 지니지 않을 테니까 말이다. (에른스트 블로흐)

1. 유토피아, 그 필요성과 한계

필자가 제사로 인용한 글은 에른스트 블로흐가 1974년에 한 강연, 「유토피아로부터의 결별인가?」에서 발췌한 것이다.[1] 억압의 현실에서 부자유스러움을 느끼는 인간은 더 나은 미래의 현실상을 미리 표상한다. 이에 비하면 달팽이는 자신이 속해 있는 껍질 바깥에 또 다른 세계가 전개되고 있음을 모르고 살아간다. 설령 그것을 안다고 하더라도, 달팽이는 이를 다만 추상적으로 받아들인다. 그 동물은 — 마치 플라톤의 『국가*Politeia*』 제7장에 나오는 동굴 속의 노예들처럼 — "바깥으로 나오"려고 하지 않는다.[2]

1. 에른스트 블로흐는 자신의 독특한 철학적 이론으로 철학, 문예학, 신학 그리고 정치학에 커다란 영향을 끼친 철학자이다. 그러나 논리를 초월하는 그의 문체, 사실의 정곡을 찌르기는 하나 신비적인 그의 발언으로 인하여 그의 기본적인 철학은 정확하게 체계적으로 재정리되지는 못했다. 물론 슈미트B. Schmidt, 홀츠H. H. Holz, 뮌스터A. Münster 등 몇몇 블로흐 연구가의 연구서들이 있기는 하나, 다른 사상가에 관한 연구서에 비하면 블로흐의 그것은 극히 적은 분량이다. 한국에서 발표된 문헌으로는 다음과 같은 것이 있다. 김문환: 「블로흐에 있어서의 존재 초월적 정향과 예술」, 『철학 연구』 1988, 107-122; 김진: 「에른스트 블로흐, 유토피아적 희망과 메타 종교 이론」, 『철학 연구』 1980, 106-124; 안삼환: 「희망의 철학자 에른스트 블로흐와 문학」, 『현대 비평과 이론』 5호, 1993년 봄-여름 호, 247-261.

삶에 대한 달팽이의 비유는 소설가 귄터 그라스의 글『달팽이의 일기』에서 차용한 것인데, 이를 통하여 블로흐는 1970년대 서유럽에서 제기된 새로운 역사철학에서 말하는 반유토피아적 회의주의 내지는 과학 기술에 대한 비판을 예리하게 꼬집었다. 그런데 이러한 블로흐의 말은 마르크스주의에 서서히 환멸을 느끼기 시작하는 현대의 모든 좌파 지식인들에게 일침을 가하는 경구로서 이해될 수 있다. 기존 사회주의 국가가 사라져가고 있다는 핑계로 자신의 비판적 세계관을 즉시 저버리는 자들은 (지금까지 껍질 속에 안주했던) 달팽이와 다름이 없다.[3] 만약 이론과 실제의 차이를 — 더욱 정확하게 표현한다면, 이론의 변화 및 실제의 변화 사이의 차이를 — 처음부터 인정하였더라면, 그들은 애당초 마르크스주의에 대한 열광에 취하지 않았을 것이고, 지금 마르크스주의에 대한 환멸에 빠져 있지도 않을 것이다.

블로흐에 의하면, 하나의 이데올로기에 대한 열광은 역설적으로 처음부터 환멸을 동반하고 있다. (여기서 필자는 이데올로기라는 개념을 인용하였는데, 이것은 오늘날 사회과학에서 통용되는 구체적 개념이 아니라, 사회 변화 및 사회 정체의 동인 가운데 보수적 사고를 통칭하는 — 카를 만하임이 사용하였던 — 추상적 개념이다.) 이와 반대로 하나의 이데올로기를 감정적으로 비판하려는 태도는 역설적으로 이에 대한 애착이나 그 존재 가치에 대한 인식을 무의식적으로 품고 있는지 모른다. 블로흐에 의하면, 마르크스주의 사상은 보다 나은 인간 삶을 찾아내려는 사회적 노력을 담고 있다는 점에서 구체화된 유토피아이다. 그것은 변화된 현실에 의해서 맹목적으로 측정될 수 없는, 이른바 정신의 개념에 속한다.[4] 따라서 그것은

2. 기실 따지고 보면 철학하는 행위는 제반 선입견을 깨뜨리고, 그것으로부터 자신을 '해방'시키는 태도에서 출발하는 것이다.

3. 진보란, 블로흐에 의하면, 역사에 있어서 비동시적으로 작용하고 있기 때문에 때로는 파국이나 후퇴 현상으로 보일 때가 있다. E. Bloch: Tübinger Einleitung in die Philosophie, Frankfurt a. M. 1985, 15장을 참고하라.

4. 여기서 유토피아 개념이 정신의 차원에 속한다는 말은 다음의 사항을 전제로 할 때에만 타당하다. 즉, 현실 변화의 결과적 사항으로써 과거에 꿈꾸던 이상적 사고를 평가하는 경우를 고

현실 속에 정착하는 과정에서 변질될 수 있다. (만약 이러한 변질과 변모가 존재하지 않는다면, 그것은 고대 그리스인들이 동경하였던 영원한 상과 다름없을 것이다.) 어쩌면 이러한 변질이 동시대인들에게 하나의 이데올로기에 대한 열광과 환멸을 안겨주는지 모른다.[5] 만약 변화의 요소가 없다면, 보다 나은 세계를 이룩하려는 인간의 모든 미래 지향적 의식은 결국에는 결코 변화하지 않는 하나의 상像으로 고착화되어버릴 것이다.[6] 그러므로 블로흐가 말하는 미래 지향적 의식은 현실의 변화와 함께 역동적으로 변모를 거듭하게 된다.

여기서 우리는 블로흐에게 있어서 현실의 변화에 대한 이상적 사고의 간접적(정확히 말하면 변증법적) 특성 및 역동적 특성을 찾아낼 수 있다. 이러한 특성들은 한마디로 블로흐의 철학적 명제인 '유토피아'와 직결되는 것이다. 그렇다면 블로흐는 보다 나은 사회를 이룩하려는 미래 지향적 의식을 어떻게 유토피아의 개념으로 설명하고 있는가? 이를 밝히기 위해서는 지금까지 개진된 바 있는 유토피아 개념을 정리해 보는 것이 선결 과제일 것이다. 여기서 논하고자 하는 내용은 블로흐의 유토피아 개념과 대체로 공통점을 이루는 것이다.

2. 유토피아의 개념과 기능, 그 하나

유토피아 연구는 특히 50년대부터 집중적으로 제기되었는데, 주로 유토피아의 개념을 규명하려는 일련의 작업으로 진척되어 왔다.[7] 이러

려해 보라. 그러므로 앞으로 일어날 현실의 변화를 염두에 둘 때, 유토피아 개념은 반드시 정신의 차원에 속하지는 않는다.

5. E. Bloch: Abschied von der Utopie?, Frankfurt a. M. 1980, S. 80f.

6. 여기서 말하는 변화의 요소란 마르크스주의를 시대에 알맞게 실천해야 한다는 인간의 의지와 관련된 말이다. 마르크스주의의 옳고 그름을 따져서 — 마치 법의 체계처럼 — 그것을 확정짓는 작업은 그리 중요하지 않다. 오히려 '그것이 변화된 사회에서 어떻게 긍정적으로 변모되어 수용되어야 하는가?' 라는 물음이 중요하다.

7. 우리는 무엇보다도 다음과 같은 두 권의 책을 지적할 수 있다. A. Neusüss: Utopie, Begriff

한 개념 규명은 그 자체 다음과 같은 두 가지 어려움을 안고 있다. 그 하나는 연구자들이 근본적으로 '서로 다른 세계관'에 입각하여 겉으로 드러난 '유토피아 개념'을 다루고 있다는 가설이다. 다른 하나는 지금까지 문헌학적으로 나타난 유토피아의 현실상이 제각기 구체적 역사에 바탕을 두고 있다는 가설이다. 그렇기 때문에 유토피아의 개념은 주어진 현실 및 시대정신을 초월한 무엇으로 고착될 수 없다.[8] 따라서 유토피아 개념을 논하는 데 있어서 다음과 같은 두 가지 전제조건이 고려되어야 할 것이다. 첫째로 우리는 처음부터 확정된 견해를 정당화하기 위하여 증거를 찾으려는, 이른바 학문적 신비주의를 포기해야 하며,[9] 둘째로 초시대적으로 확정된(다시 말해 불변하는) 유토피아 개념을 비판적인 시각에서 고찰해야 한다.

그렇다면 유토피아 개념은 어떠한 특성으로 요약할 수 있는가? 첫째, 유토피아 개념은 개개인의 사적私的이고 일회적인 그러한 모든 종류의 갈망과 일차적으로 구분되어야 한다. 둘째, 유토피아는 칸트가 말하는 "확고부동한 규범적 이념Regulative Idee"을 담고 있지만, 윤리적 명제인 "절대적 당위성"과는 약간 달리 이해되어야 한다. 셋째, 이상적 사고는 주어진 현실에 나타난 모순점과 해결해야 할 문제점을 인식하는 데에서 출발한다. 넷째, 유토피아는 그 자체 역동적이자 개방적인 특성을 지니고 있다.

첫 번째 특성에 대하여: '이상적utopisch'이라는 단어는 일상 용어로 사용될 때 '비현실적,' '비실천적' 그리고 '세상과 등진'이라는 의미를 지니고 있다. 그러나 우리가 여기서 말하는 유토피아는 개개인의 사

und Phänomen des Utopischen, 3. Aufl., Frankfurt a. M. 1986; W. Voßkamp (hrsg.): Utopieforschung, 3 Bde., Stuttgart 1982.

8. 이에 관해서는 다음의 문헌을 참고하라. Schoro PAK: Probleme der Utopie bei Chr. Wolf, Frankfurt a. M. 1989, S. 10f.

9. 그렇다고 해서 이 발언이 — 막스 베버가 제한적으로 제시한 바 있는 — '학문 행위의 가치 중립성을 인정하자'라는 식으로 해석될 수는 없다. 왜냐하면 유토피아에 대한 물음은 세계관 및 가치 판단이라는 연구자의 입장을 전제로 하여 제기되기 때문이다.

적인 욕망을 모조리 포괄하는 개념이라기보다는 사회적 모순 및 경제적 불평등을 의식하는 데에서 나온 공동의 의식과 관련되는 것이다. 그러므로 우리는 유토피아를 이를테면 마음껏 놀고먹는다든가 꿈나라를 동경하는 태도와 무조건 동일시할 수는 없다. 물론 이러한 의식이, 블로흐에 의하면, 그 자체 사회적 모순이나 경제적 불평등과 무관한 것은 아니다. 그러한 단순한 꿈들은 굶주림과 강제 노동을 일시적으로나마 떨쳐버리려는 의도에서 나온 것이기 때문이다. 이를테면 포도나무 덩굴에는 소시지 덩어리들이 매달려 있고, 높은 산들은 온통 치즈로 덮여 있으며, 개울가에는 사향 포도주가 흘러내리는 상들이 바로 그것들이다.[10] 그러나 이는 유토피아 개념과 일차적으로 구분되어야 할지 모른다. 왜냐하면 유토피아 속에는 보다 나은 사회상뿐 아니라 — 직접적으로든 간접적으로든 간에 — 그것을 실현하려는 의지 및 대안이 은밀히 담겨 있어야 하기 때문이다.

두 번째 특성에 대하여: 유토피아는 칸트가 말하는 "확고부동한 규범적 사고"를 담고 있지만, 윤리적 명제인 '절대적 당위성'과는 약간 달리 이해되어야 한다. 유토피아는 결코 도달할 수 없는 어떤 '절대적 당위성'을 지향하지는 않는다. 그것은 후자와는 달리 시대와 장소를 막론하고 언제나 불변적인 보편타당한 개념은 아니다.[11] 확고부동한 규범적 사고는 초시간적인 절대적 당위성으로서 인간의 뇌리에 떠오르지만, 유토피아는 기존의 참담한 현실에 대한 비판적 성찰을 통해서 보다 나은 어떤 세계를 선취하는 사고이다.

바로 이러한 까닭에 우리는 플라톤의 『국가』를 유토피아의 보편적 모

10. E. Bloch: Das Prinzip Hoffnung, Frankfurt a. M. 1985, S. 548. (한국어판) E. 블로흐: 『희망의 원리』, 입장 총서 24, 솔 1993, 26쪽.

11. 절대적 당위성은 (이를테면 '규범'과 '윤리' 같은) 추상적 목표를 처음부터 확정시키고 있다. 이러한 까닭에 블로흐는 목적론을 다루는 데 있어서 아리스토텔레스의 "배아胚芽(Entelechie)" 이론을 거부하고 있다. 아리스토텔레스에 의하면, 모든 질료는 그 변화 과정에 있어서 하나의 고착된 목표를 처음부터 규정하고 있다. 이는 블로흐의 개방적이고 역동적인 목적론과는 상치되는 것이다.

델로서 받아들일 수 없다. 『국가』에 나타난 현실상은 그 자체 불변하며, 동일하고 영원한 구조를 지니고 있다. 그것은 경험에 의해 추론된 "변수와 같은stochastisch" 모델이 아니라, 처음부터 "결정되어 있는 deterministisch" 모델임에 틀림없다. 유토피아가 특정한 구체적 현실을 토대로 하여 싹튼다고 볼 수 있다면, 플라톤의 『국가』는 그렇지 않다. 『국가』는 플라톤 자신이 살던 사회상과 비교할 수 있는 게 아니라, "어딘가 존재했다"는 전설적인 이상 국가인 아틀란티스를 연상하는 가운데 형성된 것이다. (또 다른 이유로서 블로흐는 『국가』에 나타난 계급 구조를 인정하는 사회상을 지적하고 있다. 지배계급, 군인계급, 평민계급의 차이가 처음부터 확정되고 세습된다는 점에서 플라톤의 『국가』는 평등 사회의 기본 모델로서 정착될 수 없다.[12]) 바로 이러한 까닭에 알프레트 도렌 같은 학자는 유토피아의 근본적 특성이 플라톤의 『국가』에서 나타나는 게 아니라, 오히려 토마스 모어의 『유토피아』에서 나타난다고 주장한 바 있다.[13]

3. 유토피아의 개념과 기능, 그 둘

세 번째 특성에 대하여: 유토피아는 주어진 현실에 나타난 모순점과 해결해야 할 문제점을 인식하는 데서 출발한다. 마르크스가 말한 바 있듯이, 만약 현실이 사고를 추동하지 않으면, 사고는 현실을 추동하는 법이 없다. 다시 말해서, 사회적 변화와 개혁은 기존하는 현실적 모순에 대한 인식에서 비롯된 것이요, 또한 개혁된 사회는 사람들로 하여금 그 후의 변화된 현실의 새로운 모순을 깨닫게 한다. 만약 주어진 현실의 비참한 상황이 공통적으로 인간의 뇌리에 떠오르지 않는다면, 보다 나은 사회상은 동시대인들의 의식 속에 분명하게 투영되지 않는다. 이

12. E. Bloch: Das Prinzip Hoffnung, a. a. O., S. 565f; 에른스트 블로흐, 『희망의 원리』, 앞의 책, 53-55쪽.
13. A. Doren: Wunschträume und Wunschzeit, in: A. Neusüss, a. a. O., S. 130f.

렇듯 유토피아는 제각기 주어진 역사적 현실에 대립되는 하나의 상이다. 그렇지만 그것은, 블로흐가 말한 바 있듯이, "실현될 수는 있으나 언제나 역사적으로 완성되는 갈망은 아니"다. 왜냐하면 유토피아는 현실 변화라는 결과론적 차원에서 설명될 수 없기 때문이다.[14] 보다 나은 (미래의) 사회상은 당대의 모순을 비판적으로 지적하고, 이에 대한 대안을 찾으려는 사람들의 처절한 노력에서 나온 것이다. 이를테면 토마스 모어가 묘사한 이상 사회는 16세기 영국의 사회상과는 전적으로 대립되고, 캄파넬라의 이상 사회는 수도원 중심의 기존하는 체제와 전적으로 대립되며, 생시몽이 묘사한 이상 사회는 산업 발전으로 생산력 확장을 꾀하던 당시의 프랑스 사회상과 대립되는 것이다.

네 번째 특성에 대하여: 유토피아는 그 자체 역동적이자 개방적인 특성을 지니고 있다. 그것이 역동적인 까닭은 유토피아의 변화가 역사적인 흐름에 따라 이루어지는 데서 기인한다. 유토피아의 역동성에 대하여 처음으로 명확하게 언급한 학자는 카를 만하임이었다. 그는 현재의 상황을 초월시키는 정신적 힘으로서의 유토피아를 이데올로기와 구분하고 있다.[15] 만하임은 무정부주의자 구스타프 란다우어의 개념인 "실재하는 것Topie"과 "실재하지 않는 것U-Topie"을 끌어들여, 역사의 변화 과정을 다만 상대적으로만 설명하고 있다.[16]

그런데 만하임의 견해에 의하면, 유토피아란 현실의 변화에 얼마만큼 영향력을 끼쳤는가? 하는 결과론적 사항에 따라 평가될 수 있을 뿐이다. 만하임의 논리에 따르면, 오늘의 특정한 사회 현실적 상황과 관

14. 임철규 교수는 천년왕국설에 내재한 이념의 방향이 순환적인 데 비해, 유토피아의 방향은 직선적이라고 설명하고 있다. 임철규: 『왜 유토피아인가?』, 서울 1994, 17-19쪽 참고.

15. K. Mannheim: Ideologie und Utopie, Frankfurt a. M. 1965, S. 165ff.

16. 란다우어는 이러한 두 개념을 통하여 유토피아를 이상 사회에 대한 정적靜的 구도로부터 능동적이고 도전적 사고로 전환시켰다. 그의 견해에 의하면, 1907년과 같은 폭발적인 혁명 상황 속에서 이 두 개념의 차이는 용해된다고 한다. 이에 비하면 만하임은 이데올로기와 유토피아를 다만 상대적 이원론으로 해석하고 있을 뿐이다. 그렇기에 그의 지식 사회학은 중립적 자유주의 지식인들의 추상적인 견해로 이해될 수밖에 없다.

련된 유토피아의 기능은 오늘이 아니라, 미래에야 비로소 파악될 수 있을 뿐이다. 그러니까 만하임은 유토피아의 문제를 이데올로기의 문제 속으로 용해시켜서, 다만 '역사적으로 확정된' 두 사고 긴의 관련성만을 주제화하였던 것이다. 유토피아는 기실 따지고 보면 — 아른헬름 노이쥐스의 견해에 의하면 — 보다 나은 어떤 세계상을 수동적으로 기리는 게 아니라, 부정의 부정일 수 있다.[17] 이것은 아닌 게 아니라 마르크스주의의 토대를 이루는 개념이며, 만하임의 단순하고도 현상적인 이원론을 뛰어넘는 개념이다. 진정한 유토피아는 — 노이쥐스의 견해에 의하면 — 미래에 성취될 수 있는, 그 자체 변모될 수 있는 역동적인 의지를 지니고 있다.

또한 유토피아는 그 자체 개방적인 특성을 함축하고 있다. 이는 다음과 같은 두 가지 사실에 근거를 두고 있다. 첫째로 미래 지향적 의식은 갇혀 있는 무엇이 아니라 물질적 삶의 구체적 상황에 의해서 나타나므로, 열려 있는 것이다. 이는 공중에 떠 있는 상태로 설명할 수 있으며, 주체적 인간에게 사회적 변화를 위한 어떤 가능성을 심어준다.[18] 둘째로 유토피아는 반드시 이루고야 말, 더 나은 세계를 위해서 활동한다. 이러한 이유에서, 블로흐는 마르크스주의를 미래 지향적이면서도 지금의 현실과의 관계를 견지해 나가는 사고로 파악하며, 이를 구체적 유토피아라고 명명하였다.[19] 다시 말해, 유토피아는 바람직하고 진정한 목표로 고착되는 게 아니라, 그 목표를 이루는 과정에서 자신의 역할을

17. "무엇을 원하고 있는가라는 이른바 긍정적인 면보다, 무엇을 원하고 있지 않는가라는 부정적인 면에서 유토피아의 의지는 가장 구체화된다. 기존의 현실이 어떤 가능한 바람직한 현실과 반대되는 것이라면, 유토피아는 부정의 부정이다. 유토피아에 대한 투쟁은 보다 아름다운 미래를 표상하는 데서가 아니라, 나쁜 현실에 대한 비판에서 그 가치를 발견할 수 있다." Siehe A. Neusüss: a. a. O., S. 31.

18. 이러한 개방성은 변증법적인 물질의 개방성으로 설명이 가능하다. 블로흐는 아리스토텔레스의 물질의 가능성 개념을 두 가지로 구분하였다. 그 하나는 "가능성을 지닌 존재자"이며, 다른 하나는 "가능성으로 향하는 존재자"이다. 김진: 『퓌지스와 존재 사유』, 문예출판사 2003, 559쪽.

19. E. Bloch: Das Prinzip Hoffnung, a. a. O., S. 366.

다하고 파기된다. 그것이 파기되는 까닭은 변화된 새로운 현실이 — 비록 이전의 유토피아가 지향하던 바가 완전히 실현화되지는 않았지만 — 다시금 새로운 유토피아를 낳게 되기 때문이다.[20] 바로 여기서 우리는 유토피아의 개방적 특성을 발견할 수 있게 된다. 마르크스가 "결과를 초래하는 원인causa finalis"을 "영향을 초래하는 원인causa efficiens"으로 대치시킨 사실 역시 유토피아의 개방적 특성과 관련되는 것이다.

4. 블로흐의 유토피아, 첫 번째 특성

블로흐는 보다 나은 사회를 이룩하려는 미래 지향적인 의식을 구체적으로 어떻게 유토피아 개념으로 설명하고 있는가? 에른스트 블로흐가 파악한 유토피아 개념은, 첫 번째 사항을 하나의 전제조건에 의해 유보한다면, 지금까지 언급한 내용과 별반 다를 게 없다. 그렇지만 그것은 지금까지의 유토피아 연구에서 나타난 사항과 약간의 편차를 이루고 있다. 이는 아마도 블로흐가 자신의 철학적 사상을 하나의 범주로 요약하지 않으려 한 데에서 기인할 것이다.[21]

블로흐의 유토피아 개념은 다음과 같이 네 가지 사항으로 요약할 수 있다. 첫째, 블로흐의 유토피아 개념은 현실 변화의 효모 내지는 개혁 의지의 촉매 작용을 담당하는 '의식의 미래 지향적 특성'을 강조하고 있다. 둘째, 블로흐는 장르사적으로 그리고 영향사적으로 발전해 온 유토피아의 유형(이를테면 국가 소설)으로부터 유토피아 개념을 확장시키고 있다. 셋째, 블로흐의 유토피아 개념은 르네상스 이전에 나타난 유대

20. 이는 곧 언급하게 될, 이상적 사고 속에 내재한 '경향성Tendenz' 및 '잠재성Latenz'과 직결되는 것이다.

21. 블로흐는 유토피아 개념이 특히 동유럽 사회에서 잘못 이해될 수 있다는 사실을 깨닫고 의도적으로 이 개념과 유사한 용어들을 혼합하여 사용했던 것이다. 이를테면 블로흐는 '희망' '가능성'과 같은 용어로써 역사 속에 끝없이 대두되었던 유토피아의 사고를 추적하려 하였다.

사상 및 기독교 사상의 종말론적인 미래 지향성을 적극적으로 도입하고 있다. 넷째, 블로흐의 유토피아 개념은 — 사회주의 국가에서의 이데올로기 비판까지 포함하고 있다는 점에서 — 거시적이고도 현상적인 마르크스주의적 사고로서 이해될 수 있다.

첫째, 블로흐의 유토피아 개념은 현실 변화의 효모 내지는 개혁 의지의 촉매 작용을 담당하는 이른바 '의식의 미래 지향적 특성'을 강조하고 있다. 앞 절에서도 밝힌 바 있지만, 보다 나은 미래의 세상을 이룩하겠다는 인간의 의지는 역사 속에서 반드시 전적으로 실현되는 것은 아니다. 인류의 역사는 우리에게 다음의 가설을 시사해 주고 있다. 즉, '하나의 이상은 잘못된 실천(혹은 악한 자의 실천)에 의해서 마력적으로 변질되어 역사 속에 등장하였다'는 가설이 바로 그것이다. 바로 이러한 까닭에 호르크하이머는 유토피아를 현실과 전혀 무관한 의식의 차원에서 설명하려 하였다.[22] 그러나, 블로흐의 견해에 의하면, 유토피아의 개념은 — 비록 현실의 변화된 사항이 이전에 꿈꾸던 이상적 사고와 일치하지 않는다고 하더라도 — 무가치한 무엇으로 매도될 수 없다. 왜냐하면 이상적 사고는 최소한 아직 변화되지 않은(그러나 변화되어야 할) 현실적 상황과 관련을 맺고 있기 때문이다. 그렇지만 이상적 사고는 현실의 개혁이나 변화에 영향을 끼쳐 원래의 의도를 완전무결하게 실현하지 않는다. 그러니까, 블로흐에 의하면, 이상적 사고란 이후의 사회적 상황 속에서 100% 달성되지 않는다는 것이다. 그러한 이유는 유토피아의 미래 지향적인 기능에서 찾을 수 있다고 한다. 즉, 유토피아는 — 비유적으로 말하면, 마치 논개가 적장을 끌어안고 절벽에서 뛰어내리듯이 — 현실 변화의 역할을 다하고 사라진다. 그러나 그것은 변화된 사회적 현실에서 새로운 이상적 사고로서 다시금 싹트게 된다.[23] (이는

22. M. Horkheimer: Anfänge der bürgerlichen Geschichtsphilosophie, Stuttgart 1930, S. 77-94.

23. 과거의 이상적 사고와 새롭게 대두되는 이상적 사고를 규정하는 것은 무엇일까? 또한 그 간극은 어떠한 시간적 범위를 지니고 있을까? 이러한 물음은 블로흐의 미래 지향적 의식을 논

인간의 욕망이란 끝없이 분출되는 용암처럼 무제한적인 특성을 지니고 있다는 사실과 관련되는 내용이다.)

바로 이러한 사실이야말로 블로흐가 전문 용어로써 표현한 바 있는 경향성이요 잠재성이다. 경향성이 어떤 특정한 시간에 인식할 수 있는 실현 가능성을 지칭한다면, 잠재성은 질료로서의 전체적 세상의 변화 속에 이미 내재된 객관적 현실의 변화 가능성이다. 이 두 가지 개념은 블로흐가 『희망의 원리』에서 설명한 바 있는 이른바 '아직 의식되지 않은 것das Noch-Nicht-Bebußte'과 '아직 이루어지지 않은 것das Noch-Nicht-Gewordene'이라는 전문 용어와 직결되는 것이기도 하다.[24] 이 두 가지 사항은 이상적 사고의 모티프를 제공하는 것으로서, 역사 속에서 변증법적으로 상호작용하는 것들이다.

한마디로 블로흐의 입장을 정리하면 다음과 같다. 유토피아는 역사에서 등장한 제반 이상적 사고들로서 표면화된다. 이것들은 주어진 현실의 난제를 직접적으로 다루지는 않았으나,[25] 주어진 사회의 모순을 해결하고 그것을 극복하려는 의지를 담고 있었다. 역사적으로 볼 때, 이상적 사고들은 현실의 변화에 전적으로 반영되어 정착되지 않았다. 그렇지만 하나의 이상적 사고란 어떤 변화된 현실적 상황보다는 아직 변화되지 않은 이전의 어떤 현실적 상황과 더 밀접한 관련을 맺고 있다. 왜냐하면 변화된 현실적 상황은 또 다른 변화를 필요로 하는 요소를 지니고 있기 때문이다. 그렇기에 유토피아는 현실 변화를 이룩하게 하는 효모(잠재성) 내지는 보다 나은 세상을 이룩하려는 의식(경향성)에 대하여 촉매 역할을 한다고 블로흐는 말하였다.

하는 데 있어서 아직 해결되지 않은 '빈 공간Leerstelle'으로 남아 있다.

24. E. Bloch: Das Prinzip Hoffnung, a. a. O., S. 149-166.

25. 이러한 원인은 '문제를 직접 건드리는 대신에 이상적 사회를 끌어들임으로써 기존의 권력층으로부터 피해입지 않으려는 사람들의 기지에서 비롯되는 것이다.

5. 블로흐의 유토피아, 두 번째 특성

블로흐가 파악한 유토피아 개념의 두 번째 특성은 어떠한가? 그는 장르사적으로 그리고 영향사적으로 발전해 온 유토피아의 유형(이를테면 국가 소설)으로부터 유토피아의 개념을 확장시키고 있다. 그러니까 블로흐는 유토피아의 개념을 파악하는 데 있어서 토마스 모어 이후의 국가 소설에 나타난 이상적 사회의 설계뿐 아니라, 제반 삶의 영역에서 제기될 수 있는 유토피아의 성분들(이를테면 낮꿈, 예술에서 말하는 판타지 등)마저도 모조리 포함하고 있다. 그렇다면 장르사적으로, 영향사적으로 발전해 온 유토피아 모델이란 무엇인가?[26]

빌헬름 포스캄프의 『유토피아 연구』에서는 문헌학적인 차원에서 발전되어 온 유토피아의 특성을 두 단계로 구분하고 있다. 그것은 다름 아니라 유토피아를 학제적으로 규명하려는 연구에서 도출해 낸 두 개념, '공간 유토피아'와 '시간 유토피아'를 지칭한다. 공간 유토피아는 토마스 모어에서 빌란트에 이르기까지 유럽 문학 작품에서 나타난 문학 유토피아이다. 그것은 플라톤의 전통을 재수용하여 문학 작품에 투영된 유토피아의 공간 구도를 내용으로 하고 있다. 세상을 변혁시키려는 생각은 주로 섬이라든가 반도와 같은 공간적인 영역을 통하여 형상화되었다고 한다. 섬이나 반도의 이상 사회는 모든 것이 추상적인 원칙에 의해서 구획되고 정리된 곳이다. 이를테면 요한 고트프리트 슈나벨Johann G. Schnabel의 작품 「펠젠부르크 섬」에서 드러나듯이, 공간 유토피아는 실재하는 사회에 대한 어떤 고정적 모델로서 축소되어 있다. 그것

26. 여기서 유토피아의 장르사 내지 영향사影響史란 약간의 설명을 요하는 개념이다. 토마스 모어 이후 서구에서는 이를테면 공상적인 섬을 배경으로 한 작품들이 발표되었다. 작가들은 제각기 주어진 사회 구조 내지 동시대인들의 바람에 부응하는 내용을 형상화하였고, 이와 관련하여 하나의 특정한 장르를 선호하게 되었던 것이다. 그러므로 유토피아의 역사 연구는 이러한 사회사적인 관련성을 고려하여 문학 작품의 장르의 역사와 문헌 기능의 역사를 추적해 나가야 한다.

은 사회의 완전한 조직 형태로서 본연의 모습을 드러내고 있는데, 여기서 말하는 질서는 언제나 주어진 현실과 대립되는 긍정적인 상으로 부각된다.

프랑스 혁명이 발발하기 전인 약 1770년경에 공간 유토피아는 미래 지향적 사고 형태를 지닌 시간 유토피아로 전환된다고 한다. 공간 유토피아로부터 시간 유토피아로의 패러다임 전환은 다음과 같은 두 가지 이유에서 기인한다. 첫째로 장소를 통하여 사회 구도를 설계하려는 인간의 충동은 시민 혁명의 유산으로 인하여 동시대인들에게 커다란 영향을 끼치지 못했다는 것이다. 다시 말해, 사람들은 혁명을 통하여 '바로 여기서, 가급적 빨리' 이상 사회를 건설하려고 했으며, '어딘가에 존재할지 모르는 이상적인 섬'을 더 이상 상상하려고 하지 않았던 것이다.[27] 둘째로 19세기 초에 이르러 사람들은 이 지구상에는 미지의 대륙이 더 이상 존재하지 않는다는 사실을 깨닫게 되었다. 그리하여 시간 유토피아는 마지막의 시간을 세속화시켜서 실제 사회에서 이룩하려는 인간의 혁명적 자세를 내용으로 하고 있다. 이는 장-자크 루소의 사고에서, 루이 세바스티앙 메르시에의 작품인 『2440년』에서, 빌란트의 『황금의 거울』에서 그대로 형상화되고 있다고 한다. 이로써 "완전한 상태의 이상Perfectio"은 "완전하게 변화하려는 이상perfectibilité"으로 대치된다는 것이다.[28] 전자에서는 "기계적으로 결정되는 자연적이고도 객관적인 관점"이 지배적이었다면, 후자는 "목적이 경험 속에서 끝없이 유보되는 역사적이고도 주관적인 관점"이 무엇보다도 지배적이었다.[29]

영향사적이며 장르사적인 면에서 추적하여 제기된 '공간 유토피아에

27. R. Kosellck: Die Verzeitlichung der Utopie, in: W. Voßkamp (hrsg.), Utopieforschung, Bd. 3, a. a. O., S. 1-14.

28. W. Voßkamp: Fortschreitende Vollkommenheit, in: E. R. Wiehn (hrsg.), 1984 und danach, Konstanz 1984, S. 90.

29. 최문규: 『(탈)현대성과 문학의 이해』, 서울 1996, 제1장, 「역사철학적 현대성과 그 이념적 맥락」, 특히 31쪽을 참고하라.

서 시간 유토피아로의 패러다임 전환' 은 그 자체 다음과 같은 문제점을 안고 있다. 첫째로 공간적 구도를 배제한 시간 유토피아는 하나의 유토피아 모델을 지닐 수 없다. 왜냐하면 유토피아 모델은 하나의 공간적 사회 구도를 전제로 하고 있기 때문이다. 그렇다면 시간 유토피아는 공간 유토피아에 종속되는 부차적인 현상적 특성에 불과하지 않는가? 둘째로 이상적 사고가 문헌학적으로 오늘날까지 남아 있는 것만 다루게 된다면, 그것은 인간의 의식 속에서 이미 사장되어버린 유토피아의 성분들을 제외하는 처사가 아닌가? 셋째로 이상적 사고란 반드시 긍정적인 사회 구상에서 나타나는 게 아니라, 부정적인(이를테면 끔찍한 미래에 대한 경고 내지는 도피 의식과 같은) 사회 구상에서도 발견되지 않는가? 넷째로 시간 유토피아가 "마지막의 사실Eschaton"과 결부될 수 있다면 르네상스 이전에 인간의 뇌리에 끊임없이 떠올랐던 유대주의의, 기독교의 종말론을 어떻게 설명할 수 있을 것인가? 바로 이러한 의문점들 때문에 블로흐는 위에서 설명한 바 있는 것 같이 패러다임을 구분하지 않았다. 그는 장르사적이고도 영향사적인 유토피아 개념의 구분을 다만 이상적 사고의 부분적인 성분으로 이해하였던 것이다. 그리하여 블로흐는 문학의 장르 개념뿐 아니라 문학이 지니는 고유한 예술적 기능 자체를 유토피아의 성분으로서 인정하게 된다.

6. 블로흐의 유토피아, 세 번째 특성

이로써 우리는 블로흐가 파악한 유토피아 개념의 세 번째 특수한 성격을 추론할 수 있다. 블로흐는 옛날부터 오늘에 이르기까지 보다 나은 세상을 바라는 인간의 욕망을 한마디로 유토피아를 잉태하는 동기로 이해하고 있다. 블로흐에 의하면, 이는 다름 아니라 황금 시대를 갈망하는 (고대 그리스인들에게서부터 현대의 마르크스주의자에게까지 이르는) 인간의 욕망에서 추론될 수 있다고 한다. 그렇기에 블로흐에게 있어 유토피아와 종말론의 차이는 그렇게 중요하지 않다.[30] 중요한 것은 오히려 그러한 사고들이 어떻게 강력하게 기존의 국가를 부정하고 사유재산의 철폐를 내세웠는가? 하는 물음이다.

블로흐의 책 『자유와 질서』를 살펴보면, 우리는 아닌 게 아니라 다음의 사실을 깨닫게 된다. 즉, 블로흐에 의하면, 이상적 사고란 일차적으로는 기존의 국가 체제를 부정하는 속성을 지니고 있으며, 근본적으로는 계급 차이 및 사유재산의 철폐를 지향한다. 이를테면 블로흐는 고대 사회에서 나타난 이상적 사고를 담은 작품으로서 (플라톤의 『국가』가 아니라) 이암불로스의 『태양 섬』을 일컫고 있다. 왜냐하면 이암불로스의 『태양 섬』에서는 계급의 차이가 나타나지 않으며, 모든 것을 공동으로 소유하고 있기 때문이다. 그뿐 아니라 블로흐는 로마 시대의 스토아 사상을 사해동포주의에 바탕을 둔 세계 국가의 의지로 파악하였다. 스토아학파의 사상은 오랜 시간에 걸쳐 발전되어 온 것이므로 한마디로 요약할 수 없지만, 블로흐는 (비록 수동적이기는 하나) 민족과 민족 간의 갈등을 해소할 수 있는 세계 국가를 이상으로 인정하고 있다.

『자유와 질서』에서 드러난 블로흐의 독창적 시각은 기독교를 평가하는 데에서도 발견된다. 즉, 블로흐는 예수의 사상을 사랑의 공산주의로 평가한다. 예수가 바라던 것은 사회의 개혁이었으며, 사랑으로 이루어진 평등 사회였다고 한다. 그러나 사도 바울은 예수의 현실 개혁적인 의지를 약화시키고, 내세와 인간 내면의 문제만 강조하였던 것이다.[31]

30. 여기서 말하는 종말론이란 유대 사상 및 기독교 사상에서 말하는 "천년왕국설 Chiliasmus," 최후 심판의 날을 기대하는 사람들의 의식을 지칭하는 것이다. 블로흐는 『자유와 질서』에서 종말론적인 사고를 유토피아의 정신을 낳게 하는 동인으로 인정하며, 성 아우구스티누스와 조아키노 다 피오레를 언급하고 있다. "마지막의 사실Eschaton"을 기대하는 사람들이 그들이 처한 현실에서 나타난 계급 갈등과 억압 구조를 극복하려고 한 사실은 매우 중요하다. 그렇기에 여기서 말하는 종말론은 (오늘날 근본주의자들이 말하는 내세와 내면의 추구와는 현격한 차이를 지닌) 혁명적 폭발력을 지닌 것이다. 그러므로 그것은 현실 도피적 내지 내세 지향적 종말론이 아니라, 현실 개혁의 의지를 지닌 가난한 사람들의 사고로 이해될 수 있다. 바른 세상을 기리는 신앙인들의 욕망은 사회적 정의와 동포애를 담은 것이다. J. Servier: Der Traum der großen Harmonie, in: Eine Geschichte der Utopie, München 1971, S. 331ff.

만약 체제를 인정하지 않는 예수의 가르침이 왜곡되지 않은 채 전파되었다면, 사도 바울의 교회는 (블로흐에 의하면) 권력자들의 방해 때문에 계속 발선될 수 없었을 것이라고 한다. 그리하여 유대인 바울은 예수의 혁명 정신을 다만 '내세를 기다리고 참회하는' 방식으로 잘못 수용하였다고 한다. 그렇게 변질된 기독교 사상은 실제 현실에서 많은 폐해를 낳았으며, 이는 나중에 성 아우구스티누스 및 조아키노 다 피오레에 의해 비판받게 된다.

그런데 만약 예수의 가르침을 '사랑의 공산주의'라고 표현한다면, 우리는 '이는 마르크스가 의도한 공산주의의 이상과 전혀 다른 게 아니다'라는 가설을 유추할 수 있다. 혹자는 '어떻게 예수의 사상을 무신론자인 마르크스의 그것과 비교할 수 있단 말인가?' 하고 의문을 제기할지도 모른다. 아닌 게 아니라 마르크스가 기독교를 비판한 구절은 무수히 많다. 그렇지만 그가 기독교를 비판한 이유는, 교회사적으로 볼 때, 기독교라는 이름으로 자행된 권력층 및 신앙인들의 죄악을 지적하려는 데서 기인한다. 실제로 나중에 블로흐는 『기독교 속의 무신론』에서 기독교가 원래 갈구하던 저항적 혁명 정신을 강조한 바 있는데, 이로써 그가 제기하려던 논거는 다음과 같다. 즉, 예수가 의도했던 사랑의 공동체 사상은 마르크스가 바란 계급 없는 공동체 사회에 대한 상과 결코 무관하지 않다는 점이다.

여기서 한 가지 지적해야 할 사항은 다음과 같다. 만약 종말론에서 나타난 보다 나은 미래에 대한 상이 하나의 특정한 상으로 확정되어 있다면, 그것은 유토피아의 특성에 위배된다는 사실이다. 블로흐는 구체적으로 형상화된 유일한 상을 거부하고 있다.

31. E. Bloch: Freiheit und Ordnung, Frankfurt a. M. 1985, S. 40ff.

7. 동유럽에서의 유토피아 이해

블로흐가 파악한 유토피아 개념의 네 번째 특성은 어떻게 설명할 수 있을까? (유토피아와 마르크스주의의 관련성은 블로흐의 비동시성 이론과 관련되는 것이므로 여기서는 다만 동유럽에서의 유토피아 개념에 대한 이해에 관하여 간략히 언급하도록 한다.)

유토피아 개념은 동유럽 사회에서 대체로 '이미 낡아빠진 쓸모없는 사고' 에 불과한 것으로 간주되었다. 이러한 비판적 시각은 거슬러 올라가면 프리드리히 엥겔스의 견해로까지 소급된다. 그는 '과학적 사회주의' 로서의 마르크스주의를 평가하기 위하여, 마르크스 이전의 사회주의 형태인 '이상적 사회주의' 를 분석하였다.[32] 그는 생시몽, 푸리에, 오언 등이 지녔던 유토피아의 정신을 부정했다기보다는, 이들을 과학적 사회주의의 선구자들로서 인정하였다. 엥겔스의 견해에 의하면, 초기 사회주의는 인류를 해방시키는 데에 일익을 담당했지만, 그 개혁안들이란 (사유재산을 극복할 수 있는 대안을 내세웠지만) 성숙한 게 아니었다. 그것들은 당시의 여건으로 미루어본다고 하더라도 거의 공상적인 특징을 지녔다고 한다.

그런데 이러한 엥겔스의 견해에는 두 가지 의문점을 내재하고 있다. 첫째로 엥겔스는 유토피아를 오직 공상적 사회주의 사상으로 국한시키고 있다. 다시 말해, 엥겔스는 유토피아를, 토마스 모어로부터 유래되는 모순 개념으로서 역동성과 개방성을 지니는, 현실의 변화를 그리는 사회상이 아니라, 19세기에 대두되었던 이상적 사회주의자들의 사상으로 규정할 뿐이다. (이는 블로흐의 유토피아 개념과 동유럽 사회에서 통용되는 그 개념의 차이를 반증하는 것이기도 하다.) 둘째로 엥겔스는 초기 사회주의자들의 세계관을 (그것들이 약간씩 편차를 보이고 있음에도 불구하고) 단지

32. Siehe Fr. Engels: Die Entwicklung des Sozialismus von der Utopie zur Wissenschaft, in: MEW., Bd. 19, Berlin 1968, S. 181-228.

일원론적으로 설명하고 있다. 엥겔스의 이러한 평가가 실제의 현실과 비교해 볼 때 무조건 오류라고 볼 수는 없다. 왜냐하면 초기 사회주의자들은 19세기 초의 어지러운 사회상을 바로잡기 위하여 거의 공통적인 정치적 이상을 표방했기 때문이다. 한마디로 말해, 엥겔스는 소위 공상적 사회주의자들의 순진무구한 입장에 일침을 가하여, 구체적 사회 현실에 대한 엄밀하고 정확한 분석을 과학적 사회주의의 토대로 삼았던 것이다.

유토피아 개념에 대한 비판적 시각은 구동독에서도 그대로 드러나고 있다. 게오르크 클라우스와 만프레트 부어가 1972년에 편찬한 『마르크스 레닌주의 철학 사전』에는 다음과 같이 적혀 있다. "과학적 사회주의는 유토피아의 종말을 의미하고, 또한 유토피아는 (현대) 사회주의 속에서 원래의 고유한 차원을 상실해 버렸다. 그러므로 유토피아 개념은 이제는 임의적으로 사용될 뿐만 아니라, 19-20세기 초의 문학 작품에 담긴 유토피아는 근본적으로 탈역사적인 의미를 지닌다."[33] 이러한 발언에서도 유토피아 개념은 역사 속에 다만 일회적으로 대두한 사고의 유형(공상적 사회주의 혹은 독일 낭만주의 등)으로 이해되고 있다. 유토피아는 과거의 역사 속에 사장되었으므로, 오늘날 그것은 무가치하고 불필요하다는 것이다.

왜 동유럽 사회는 이렇듯 유토피아 개념을 부정하였는가? 이에 대한 해답은 두 가지 사항으로 요약할 수 있다. 첫째, 동유럽의 정통 마르크스주의자로 자처하는 몇몇 지식인들은 마르크스주의를 보편타당한 결정론으로 해석하며, 인류 발전의 최종 목표를 사회주의로 확정하였다. 이러한 까닭에 그들은 '사회주의 체제 내에서의 제반 모순을 지적하고

33. G. Klaus u. M. Buhr: Marxistisch-Leninistische Wörterbuch der Philosophie, Reinbek 1972, S. 1113. 이외에도 다음의 두 논문을 읽으면 유토피아가 얼마나 불필요한 개념으로 취급되고 있는가를 깨달을 수 있다. W. Harich: Zur Kritik der revolutionären Ungeduld, in: Kursbuch, 19/ 1969, S. 71-113; W. Krauss: Geist und Widergeist der Utopie, in: Sinn und Form, 4/ 1962, S. 769-799.

그것을 해결하려' 는 블로흐의 철학적 유토피아의 정신을 무정부주의적 수정주의로 힐난하게 된다.[34] 둘째, 사람들은 '과거에 인류가 꿈꾸던 보다 나은 미래는 과학 기술의 발전을 통해서 충분히 이룩될 수 있으므로 유토피아는 오늘날 진부한 개념이다' 라고 생각하였다.[35] 이러한 두 가지 견해를 바탕으로 사람들은 유토피아가 지니고 있는 미래 지향적인 선취의 기능을 무시하게 되었던 것이다. 마르크스가 기리던 "실재하지 않는 것"으로서의 유토피아는 어느새 "실재하는 것"으로서의 이데올로기로 탈바꿈되었다.

8. 마르크스주의, 구체적 유토피아

지금까지 우리는 동유럽에서 유토피아 개념이 얼마나 폄하되고 있는가를 살펴보았다. 블로흐의 유토피아 개념은 (사회주의 국가에서의 이데올로기 비판까지 포함하고 있다는 점에서) 거시적이고 현상적인 마르크스주의의 사고로서 이해될 수 있다. 그렇다면 블로흐가 파악한 유토피아 개념은 마르크스주의와 어떠한 관련성을 지니고 있는가?

블로흐는 마르크스주의를 '구체적 유토피아' 로 규정하며, 현대 사회에 나타난 가장 합당한 사상으로 인정하고 있다. 그는 마르크스주의의 기능을 다음과 같이 두 가지로 설명한다.[36] 첫째로 사람들은 그것을 통하여 시대적 상황을 가장 정확하고도 객관적으로 분석할 수 있다고 한다. 이러한 기능은 — 자본주의 사회 내부의 계급 모순을 극복하고 이기주의적 요소를 제거해 나갈 수 있는 — 마르크스주의의 "차가운 흐

34. W. Forster: Das Verhältnis des Marxismus zur Philosophie Ernst Blochs, in: J. H. Horn (hrsg.), Ernst Blochs Revision des Marxismus, Berlin/DDR 1957, S. 199ff.

35. 이는 비단 동유럽에서뿐만 아니라, 서유럽 사회에서도 공통적으로 제기된 사항이다. H. Markuse: Das Ende der Utopie, Berlin 1967, S. 15-17.

36. E. Bloch: Karl Marx und die Menschlichkeit, in: Utopische Phantasie und Weltveränderung, Reinbek 1969, S. 144f.

름der Kältestrom" 혹은 "한류"에 해당된다. 둘째로 마르크스주의의 기능은 체제 비판적 해방의 해석학으로 설명될 수 있다. 다시 말해서, 마르크스주의는 주제의 자기실현을 위한 미래 지향적인 개인들의 의지를 전제로 한다는 것이다. 블로흐는 이를 마르크스주의의 "따뜻한 흐름 Wärmestrom" 혹은 "난류"라고 말한다.

블로흐가 마르크스주의의 기능을 이렇게 두 가지로 구분한 것은 다음과 같은 자신의 미래 지향적 철학 논의를 전개하기 위해서였다. 첫째, 어째서 바이마르 공화국 체제에서 독일 사회주의 혁명이 실패로 돌아가게 되었는가? 또 어째서 히틀러의 파시즘이 러시아에서 사회주의 국가의 성립과 거의 동시적으로 성립하게 되었는가? 둘째, 1917년 이래로 마르크스주의 속에 담긴 사회적 동인으로서의 유토피아의 특성이 어째서 사회적 정체 현상 속에서 제 기능을 발휘하지 못했는가? 이러한 두 가지 물음은 한편으로는 "자유의 나라Reich der Freiheit"를 실현하는 데서 나타나는 한계성과 밀접한 관계를 맺고 있다.[37]

1918년, 블로흐가 자신의 초기 저서인 『유토피아의 정신』을 집필하던 무렵에는 다음과 같은 두 가지 사항이 블로흐의 사고를 지배하고 있었다. 그 하나는 제2인터내셔널이 추구했던 마르크스주의 운동이요, 다른 하나는 때를 같이하여 발생했던 러시아에서의 10월 혁명이었다. (그러니까 독일 바이마르 시대에 아직 해결하지 못한 사회 계급의 문제가 온존하고 있는데도, 하나의 사회주의 국가가 비동시적으로 탄생했던 것이다. 블로흐에게 1917년 이전 시기의 마르크스주의는 사회 변혁을 위한 동인으로서의 역할을 나름

37. 블로흐에 의하면, "자유의 나라"는 더 나은 미래상으로서 과거의 현실상과 비교될 수 없으며, 미래의 특정한 총체성으로 규정될 수도 없다. 그러니까 그것은 — 루카치가 계급 없는 사회로서 막연하게 파악한 — 하나의 영원한 총체적인 형상이 아니다. 블로흐에 의하면, 자유의 나라는 실천을 통하여 유토피아를 이룩할 수 있다는 가능성으로서의 이상 사회를 지칭한다. 여기서 실천을 필요로 하는 상황은 언제나 개방되어 있다. 이러한 상황은 현재의 비합리적인 것에서 목적, 수단, 우회를 거쳐 하나의 영원한 총체적 형상을 뛰어넘게 된다. "자유의 나라"는 고착되어 있는 영원한 상이라기보다는 인간이 끝없이 추적할 수 있는 보다 나은 사회에 대한 블로흐의 비유인 셈이다.

대로 수행했던 반면에, 1917년 이후 시기에는 마르크스주의 속에 내재한 유토피아의 촉수가 사라진 것처럼 비치고 있었다.) 블로흐에 의하면, 전자는 사회 변화의 목표가 약화된 동력이었으며, 후자는 비판적 사회 이론의 문제가 더 이상 이론으로서 머물 수 없다는 것을 의미하였다.[38]

9. 동시성과 비동시성

에른스트 블로흐가 그의 책 『이 시대의 유산』에서 미리 염두에 두었던 내용은 다음과 같다. 즉, 어떻게 하여 두 가지 사회 변혁 운동이 역사 속에서 공통분모를 이루지 못했을까? 러시아에서 하나의 반제국주의 운동으로서의 사회주의 국가가 건설된 반면에, 어째서 독일에는 왜곡된 자본주의 체제로서의 파시즘이 공존할 수 있었을까? 하는 질문이 바로 그것이다.[39]

블로흐에 의하면, 생산력 및 이와 관계되는 생산 양식의 발전은 역사에서 단선적으로 전개되는 것은 아니다. 이와 마찬가지로 기존의 현실적 상황 역시 어떤 새로운 것이 나타남으로써 자취를 감추지는 않는다. 실제로 소시민층 혹은 중산층 농부들의 경제적 토대는 낡은 생산 양식에 의존하고 있다. 그럼에도 마르크스는 ― 민족 경제의 일원성이나 그 상대적 관계 속의 역사 발전의 일원성에서 출발하여 ― 계급투쟁의 관심과 전망을 설계하였다. 그러니까 계급투쟁이 전개됨에 따라 기존의 생산 양식은 지양되거나 극복된다는 것이다. 이로써 유산계급과 무산계급 사이에서 중산층은 파괴되고 말 것이라고 한다.

블로흐는 기존의 생산 양식에 바탕을 둔 사람들의 유토피아를 '(자본주의 이전의) 비동시적 의식'으로, 새롭게 대두한 생산 양식에 바탕을 둔

38. E. Bloch: Geist der Utopie, Frankfurt a. M. 1985. 특히 마지막 장, 「카를 마르크스, 죽음과 묵시록」(291-346)을 참고하라.
39. 지금부터 언급하는 내용은 에른스트 블로흐의 『이 시대의 유산』 제2장에 기록되어 있다. E. Bloch: Erbschaft dieser Zeit, Bd. 4, Frankfurt a. M. 1985, S. 104-126.

사람들의 유토피아를 '(자본주의의) 동시적 의식'으로 규정한다. 그런데 주어진 현실 상황은, 정치적 · 경제적 측면에서 고찰할 때, 동시성과 비동시성이 병존하고 있다. 20세기의 독일 상황을 살펴보면, 이러한 특성이 잘 나타나고 있다. 이를테면 소도시나 시골 같은 지역에서는 과거의 생산 양식이 온존하고 있으며, 이러한 토대에서는 과거의 이데올로기와 가까운 정치의식이 나타날 뿐이다. 그렇지만 이러한 정치의식을 퇴보한 것이라고 명명해서는 안 된다. 왜냐하면 그것은 — 농촌 가정의 도구, 도제적 수공업의 도구에서 나타난 — 그 생산적 토대에 상응하기 때문이다. 퇴보한 것이라고는 대도시의 소시민들의 의식뿐이다. 만약 이들이 계급 의식에 둔감하고 과거의 정치 의식을 고수하고 있다면 더욱 그러하다. 따라서 비동시적 의식은 현실적 상황에 비해 낙후하거나 퇴보한 것은 아니다. 그것은 과거의 이데올로기의 내용과 형식을 담고 있을 뿐만 아니라, (만약 그것이 과거와 현재의 현실에 대한 저항을 담고 있다면) 보다 나은 삶에 대한 꿈을 나름대로 지니고 있다.[40] 그런데 비동시적으로 반항하는 이러한 꿈은 어떤 계몽에 의해서 행동으로 화할 수는 없다. 이를테면 시골에 살고 있는 중산층 계급은 동시적 의식의 침투를 이해하지 못한다. 설령 그들이 이를 잘 이해한다고 하더라도, 계급 문제의 극복을 자신들이 갈구하던 초시대적 이상으로 오해할 뿐이다.

블로흐는 독일에서 파시즘 세력이 확장되고 사회주의 운동이 약화되는 이유를 다음과 같이 설명하였다. 파시즘은 동시적인 것에 대항하여 모든 비동시적 세력을 규합하였다. 즉, 그것은 시골의 중산층이 지니고 있는 비동시적 의식뿐만 아니라, 도시에 살고 있는 단순 노동자들의 관심사를 교묘히 이용한다는 것이다. 이에 비하면 사회주의는 대도시

40. 농민의 의식은 (자기 자신의 기본권만 되찾으면) 더 이상 사회 변화를 원하지 않는 보수적 속성을 지니고 있다. 이러한 속성은 — 비록 정도의 차이는 있으나 — 노동의 최소한의 권리만 찾으면 자족하는 소시민적 노동자의 그것과 다를 바 없다. 그러나 농민의 이러한 속성은 일부에 불과하다. 이 점은 마르크스와 바쿠닌 사이의 의견 대립에서도 잘 나타나 있다.

의 낙후된 노동자의 의식만을 염두에 두었을 뿐, 시골이나 소도시에 온존하는 비동시적 의식을 거의 망각하고 있다고 한다. 블로흐에 의하면, 독일의 공산주의자들은 비동시적인 것을 영입하고, (국수주의적인 위험 때문이라도) 비동시적 의식의 내용과 이유들을 근본적으로 분석해야 옳았다는 것이다.[41]

블로흐의 이러한 분석은 다음과 같은 두 가지 측면을 시사하고 있다. 첫째로 블로흐의 입장은 파시즘의 도래에 관한 구동독 학자들의 입장과 대부분 상치되고 있다. 구동독의 학자들은 — 철학, 문학 그리고 사회학 등의 제반 영역에서 — 파시즘의 극복이 이루어진 연후에 기존 사회주의 체제가 성립되었다는 점을 분명히 하였다. 이는 역사적 발전의 다양한 갈래를 인정하면서 그것을 변증법적으로 수렴하려는 블로흐의 견해와는 분명히 다르다. 둘째로 비동시성에 관한 블로흐의 이론은 다음과 같은 사항을 잘 시사해 준다. 즉, 레닌 사후에 농민 내지 일반 사람들의 사회 변혁의 관심사는 마르크스주의의 발전 과정에서 언제나 배척되어 왔으며, 순수 엘리트 집단의 체제 옹호적 세계관만이 중시되었다는 사실이 바로 그것이다.

41. 우리는 블로흐의 이러한 발언을 일단 20년대의 독일 현실에 대한 분석에 국한시켜야 한다. 블로흐가 분석한 동시성과 비동시성의 관계는 다른 사회 내지 다른 시대에 그대로 적용될 수는 없기 때문이다.

에른스트 블로흐의 깨달은 희망, 종교 그리고 유토피아

대부분의 사람들은 — 정치적으로 좌파이든 우파이든 간에 — 유토피아를 비난하며, 대신에 나름대로의 영역에서 미래를 위한 어떤 대안을 제시한다. 그러나 그들은 자신의 대안이 하나의 구체적 유토피아라는 것을 용납하지 않으려 한다.[1]

더 나은 삶으로 향하려는 방향은 역사 속에서 유일하게 불변하는 것으로 출현한다. 우리는 행복, 자유, 소외 없는 세상, 황금 시대, 우유와 꿀이 흐르는 축복의 땅, 영원한 여성적인 무엇, 피델리오의 트럼펫 신호 그리고 부활의 날에 등장할 예수의 형체 등을 상정할 수 있다. (E. 블로흐)

1

독일이 낳은 세계적 철학자 에른스트 블로흐(1885-1977)의 사상적 소재는 무엇보다도 유토피아로 요약할 수 있습니다. 그럼에도 "유토피아"라는 표현은 동독 체류 시기에 발표된 블로흐의 글에서는 거의 은폐되어 있습니다. 이는 사회주의 문화권에서 유토피아 개념이 주로 부정적 의미로 사용되었던 사실과 관련됩니다.[2] 블로흐는 오해를 야기하는

1. Vgl. Burghart Schmidt: Kritik der reinen Utopie, Stuttgart 1989, S. X1.
2. 가령 러셀 자코비는 현대인의 집단적 기억 상실증을 지적하며, 어떤 신선한 예술적 · 정치

유토피아 개념 대신에 "낮꿈," "아직 의식되지 않은 것," "경향성과 잠재성Tendenz und Latenz," "새로운 무엇Novum," "전선Front," "깨달은 희망docta spes," "기대 정서," "목표" 등의 용어들을 사용하였습니다. (가령 『희망의 원리』에서는 유토피아 대신에 "깨달은 희망"이라는 개념이 자주 사용되고 있습니다. 블로흐는 희망이라는 기대 정서를 하나의 연결고리 내지 틀로 이해합니다. 이 경우, 희망은 인간과 세계 속에 내재한 의향에 대한 정서를 가리킵니다.) 이러한 용어들은 놀랍게도 궁극적으로 유토피아와 밀접하게 연결되고 있습니다.[3] 따라서 블로흐의 유토피아 개념을 명확히 규정하는 일은 블로흐 사상의 핵심 속으로 접근하는 것을 의미합니다.

블로흐의 문헌은 그 자체 모든 것을 말해 주고 있습니다. 따라서 블로흐의 삶에 관한 언급은 불필요한지 모릅니다. 블로흐는 자신의 행적을 묻는 사람들에게 언제나 화가 마네의 에피소드를 들려주었습니다. 마네는 '어떻게 살아왔는가?' 하는 질문을 자주 받았습니다. 그때마다 그는 퉁명스럽게 다음과 같이 말했다고 합니다. "꽃밭에 가보세요. 그러면 그곳에는 나의 삶이 모조리 담겨 있습니다."[4] 어쩌면 블로흐는 자신의 삶에 관한 질문에 대해 다음과 같이 대답하고 싶었는지 모릅니다. "나의 행적을 알려면 나의 책을 읽으세요." 하고 말이다.

블로흐의 유토피아는 "더 나은 삶에 관한 (찬란한, 혹은 부정적인) 상 내지는 꿈"으로 정의할 수 있습니다. 그것은 영향 내지 기능의 측면을 고려할 때 다섯 가지 사항으로 요약됩니다.

첫째로 블로흐가 사용하는 유토피아 개념의 의미론적 영역은 다소 광범하고 포괄적이다. 그것은 국가 소설Staatsroman뿐 아니라, 낮꿈 내

적 대안을 요구한다. 이러한 자코비의 주장은 어떤 새로운 유토피아의 기능과 무관하지 않다. R. Jacoby: The End of Utopia, 1999, (한국어판) 러셀 자코비: 『유토피아의 종말』, 강주헌 역, 모색 2000을 참고하라.

3. 유토피아의 보편적 개념 및 기능에 관해서는 다음의 문헌을 참고하라. 박설호, 『유토피아 연구와 크리스타 볼프의 문학』, 개신(충북대 출판부) 2001, 108-129쪽.

4. Burghart Schmidt: Zum Werk Ernst Blochs, in: Denken heisst Überschreiten. In memoriam Ernst Bloch, K. Bloch u. a. (hrsg.), Köln 1978, S. 299f.

지 망상과 통속 소설 속의 사적인 갈망까지 포괄하고 있다.

둘째로 블로흐는 유토피아의 기능을 추적하면서, 현대인들이 시민사회의 유산(이데올로기, 원형, 이상 그리고 알레고리 등) 속에서 유토피아의 기능을 발견하여, 이를 긍정적으로 계승해야 한다고 주장한다. 여기서 유토피아의 사고를 부정하는 이른바 반유토피아의 세계관은, 블로흐의 경우, 유토피아 개념 속에 부분적으로 편입되고 있다.

셋째로 블로흐는 유토피아의 종말을 극복할 수 있는 특성으로서 유토피아의 사고 속에 고유하게 내재하는 "실현의 아포리아"를 내세우고 있다.

넷째로 블로흐는 마르크스 이전에 나타난 더 나은 사회에 관한 바람직한 상으로서의 사회 유토피아를 추상적 유토피아로 규정하고, 마르크스 사상을 구체적 유토피아의 토대가 되는 사고로 설정한 바 있다.

다섯째로 블로흐는 유토피아의 역사를 기술하면서, 유대교에서 거론하는 "천년왕국설Chiliasmus"과 기독교에서 말하는 "종말론Eschatologie"을 유토피아와 관련된 유사한 개념으로 원용한다.

2

첫째로 블로흐가 사용하는 유토피아 개념의 의미론적 영역은 다소 광범하고 포괄적이다.[5] 그것은 국가 소설뿐 아니라, 낮꿈 내지 망상과 통속 소설 속의 사적인 갈망까지 포괄하고 있다.

유토피아 연구에 의하면, 유토피아는 주로 국가 소설의 차원에서 논의되어 왔습니다. 가령 토마스 모어의 『유토피아』는 유토피아 연구에

5. 이러한 지적은 유토피아 연구에서 이미 지적된 바 있다. Siehe W. Vosskamp: Grundrisse einer besseren Welt. Messianismus und Geschichte der Utopie bei Ernst Bloch, in: Juden in der deutschen Literatur, St. Moses (hrsg.), Frankfurt a. M. 1986, S. 316-328, Hier S. 316f.

있어서 하나의 효시로 간주되는 작품입니다. 모어의 작품 이후로, 즉 16세기 이후로 국가를 설계하고 있는 문헌들이 속출하였습니다. 우리는 토마소 캄파넬라의 『태양의 나라*Civitas solis*』 외에도 많은 작품들을 예로 들 수 있습니다.[6] 이러한 유형들은 주로 더 나은 삶에 관한 사회 내지 국가를 묘사하고 있다는 점에서 이른바 "국가 소설"로 명명되고 있습니다. 그 이후로 국가 소설 속에 묘사된 사회 내지 국가의 시스템이 바로 유토피아의 모델로 간주되었습니다. 국가 소설 속에 묘사된 사회 내지 국가의 시스템이 유토피아의 모델이라면, 그밖의 다른 영역 속에 담긴 갈망의 상은 유토피아의 성분들이라 말할 수 있습니다. 이와 관련하여 블로흐는 전자를 사회 유토피아 내지 유토피아 사회상으로 언급하였고, 후자를 기술 유토피아, 건축 유토피아, 의학 유토피아, 종교 유토피아, 예술 유토피아 등으로 설명하였습니다. 여기서 전자는, 비유적으로 말하면, 유토피아의 노른자위이며, 후자는 유토피아의 흰자위입니다.

토마스 모어는 어떤 가상적인 섬에서 살고 있는 유토피아 사람들의 삶과 그곳의 체제를 상세히 서술하고 있지만, 그 내용은 16세기 영국의 왕권 체제를 고려하지 않고서는 이해할 수 없습니다. 모어의 유토피아는 주어진 현실에서 파생된, 주어진 현실의 모순을 극복하기 위한 하나의 이상적 대안으로서 가상적으로 설계된 것입니다.[7] 물론 노예제도가 여전히 온존하지만, 사유재산 제도는 철폐되어 있습니다. 사람들은 하루에 여섯 시간만 일하면 족합니다. 그들은 거주지를 공유하는데, 거주지는 10년 간격으로 순환됩니다. 유토피아 사람들은 가족의 개념 없이 아이들을 공동으로 키웁니다. 이곳에서는 (몇몇 예를 제외한다면) 사형제도가 폐지되어 있습니다. 만인에게는 선거권 및 종교적 자유가 주어

6. 에른스트 블로흐: 『희망의 원리』, 입장 총서 24, 솔 1993, 110-127쪽을 참고하라.
7. 실제로 모어는 유토피아 섬에서의 정치 제도를 약술하기 전에 제1권에서 정의로운 정책을 바로 세우고 이를 시행하는 일이 얼마나 어려운가? 하는 문제에 관해 언급하고 있다. Thomas Morus: Utopia, in: der politische Staat, Rohwohlt 1993, S. 36-47.

져 있습니다. 특히 『유토피아』 제1권의 내용은 당시의 지식인으로서는 상상할 수 없는 탁월한 독창성을 담고 있으며, 16세기 영국의 현실을 고려할 때, 과히 혁명적 내용이 아닐 수 없습니다. 바로 이러한 까닭에 블로흐는 모어의 작품을 "무엇보다도 인간의 자유가 훌륭하게 실천되고 있는 유토피아의 전형"으로 평가하였습니다.[8]

나아가 모어의 『유토피아』는 플라톤의 『국가』에서 묘사된 국가의 시스템과는 근본적으로 다른 속성을 지니고 있습니다. 실제로 플라톤은 "스파르타"라는 실존하는 도시 국가를 고려한 게 아니라, 태곳적에 대서양 깊은 곳으로 가라앉은 아틀란티스를 머릿속에 상정했다고 합니다. 따라서 『국가』는 하나의 추상적 원칙으로 내세운 결정주의의 모델일 뿐입니다. 물론 플라톤이 『국가』에서 사유재산 제도를 비판적으로 거론한 것은 사실입니다. 그러나 다음의 사항은 유토피아 연구에서 당연한 것으로 받아들여지고 있습니다. 즉, 플라톤의 국가 시스템이 계층적 수직 구도에 근거한다는 점에서 근본적으로 유토피아의 모델로 인정될 수 없다는 점 말입니다.[9] 예컨대 『국가』에 살고 있는 자들은 지배계급, 군인, 평민이라는 세 유형으로 나누어지는데, 이들의 계급은 제각기 철저히 세습되고 있습니다. 따라서 『국가』에서 살아가는 사람들은 동일한 계층 내에서만 평등한 삶을 누릴 뿐입니다.

문제는 블로흐가 유토피아 개념을 확장하고 있다는 데 있습니다. 유토피아는 국가 소설 속에서만 발견되는 것은 아니라고 합니다. 블로흐에 의하면, 망상과 통속 소설 속에도 인간이 애타게 갈구하는 무엇 내지 유토피아의 성분이 내재해 있습니다. 그것은 굶주림과 강제 노동을 벗

8. 이에 비하면 『유토피아』 제2권의 내용은 앞부분에 비해 진보적 색채를 띠지 못하고, 지루한 설명으로 일관하고 있다. 블로흐 역시 이러한 사항을 지적하며, "어쩌면 제2권은 에라스무스에 의해 다시 집필되었는지 모른다"라는 하인리히 브록하우스H. Brockhaus의 견해를 비판적으로 거론하기도 했다.

9. A. Doren: Wunschträume und Wunschzeiten, in: A. Neusüss (hrsg.) Utopie. Begriff und Phänomen des Utopischen, 3 Aufl., Frankfurt a. M. 1985, S. 123-177.

어나고 싶은 가난한 인간들의 갈망을 가리킵니다.[10] 나아가 블로흐는 유대교와 기독교에서 갈구하던 메시아를 기리는 갈망 속에서도 유토피아의 수요 성분이 남겨 있나고 주장한 바 있습니다. 만약 우리가 종말론 속에 담긴 종교적 이상을 도외시한다면, 플라톤으로부터 토마스 모어에 이르는 약 천 년 이상의 기나긴 기간 속에 은폐 내지 표출되었던 유토피아의 사고를 무시하는 셈이 될 것입니다. 따라서 그것은 오로지 현재의 틀에 근거한 사회과학자의 단편적 견해에 불과한 것이며, 과거, 현재 그리고 미래를 아우르는 인문과학자의 폭넓은 시각과는 거리감을 지닙니다.

그럼에도 유토피아 연구가들 가운데 인간의 제반 갈망을 유토피아로 인정하지 않는 사람도 있습니다. 예컨대 슈봉케라든가 프라이어 등은 유토피아를 국가 소설 속에 나타난 사회상 내지 국가의 시스템으로 확정하고 있습니다. 즉, 유토피아의 모델은 모어 이후로 나타난 국가 소설 속의 사회 시스템일 뿐, 인간이 추구하는 갈망과는 철저히 구분되어야 한다는 것입니다.[11] 예컨대 슈봉케는 갈망을 유토피아 개념으로부터 일탈시켰습니다. 왜냐하면 단순한 갈망이 내적으로 진보에 대한 극단적인 믿음을 지닌다고 하더라도, 그것은 유토피아로 수용될 수 없다고 합니다.[12]

그렇지만 블로흐는 이와는 다른 견해를 제기합니다. 낮꿈, 사적인 갈망 속에도 역동적이고 개방적인 유토피아의 성분이 얼마든지 도사리고 있다고 합니다. 예컨대 동화 내지 통속 소설을 생각해 보십시오. 동화 속에는 인간의 원초적인 갈망의 모든 내용이 담겨 있다고 합니다. 따라서 망상과 통속 소설 자체는 전적으로 파기될 수 없습니다. 그게 아니

10. 블로흐는 "궁핍함은 인간의 은사이다. 왜냐하면 그것은 사고를 낳게 하니까" 라고 말했다. E. Bloch: Tübinger Einleitung in die Philosophie, Frankfurt a. M. 1985, S. 14f.

11. H. Freyer: Die Gesetze des utopischen Denkens, in: Neusüss (hrsg.), a. a. O., S. 299-321.

12. Vgl. M. Schwonke: Vom Staatsroman zur Science Fiction, Stuttgart 1957, S. 114f.

라면, 프란체스코 종파의 학자인 로저 베이컨을 생각해 보십시오. 자연과학에 관한 그의 가상적인 관점은 오늘날의 자동차와 비행기 등을 선취하고 있습니다. 예컨대 블로흐는 알라딘의 동화가 먼 훗날의 과학기술 발전에 대한 모티프를 제공해 준 사실을 지적한 바 있습니다.[13] 낮꿈과 동화 속에는 무가치한 것으로 사라지는 착상도 있지만, 사회 개혁의 의지 역시 존재한다는 게 블로흐의 지론입니다. 무언가를 충동하는 정서로서의 갈망은 결코 갈망의 상 자체가 아니며, 또한 그것은 검증된 상도 아니라는 것입니다. 블로흐에 의하면, 국가 소설 속에 담긴 유토피아는 그 자체 정적인 구도에 불과합니다. 여기에는 무언가를 지향하는 동적인 기능이 필요할 수밖에 없습니다. 이러한 동적 기능을 담당하는 것이 바로 "예견Antizipation"과 "선취Vorwegnahme"를 불러일으키는 갈망이라고 합니다.

3

둘째로 블로흐는 유토피아의 기능을 추적하면서, 현대인들이 시민사회의 유산(이데올로기, 원형, 이상 그리고 알레고리 등) 속에서 유토피아의 기능을 발견하여, 이를 긍정적으로 계승해야 한다고 주장한다. 여기서 유토피아의 사고를 부정하는 이른바 반유토피아의 세계관은, 블로흐의 경우, 유토피아의 개념 속에 부분적으로 편입되고 있다.

블로흐는 유토피아를 "현실에 직접적으로 연결되지 않는, 성찰의 상 내지는 오로지 개념의 차원으로 파악하려는 입장"(호르크하이머)을 무조건 용인하지 않습니다. 호르크하이머는 유토피아의 사고를 이상주의로 규정하고, 이를 현실의 영역으로부터 일탈시키고 있습니다. 그러나 그

13. Siehe Ernst Bloch: Das Prinzip Hoffnung, Frankfurt a. M. 1985, S. 732f.

의 유토피아 비판은 근본적으로 유토피아에 대한 비판이 아니라, 독일 관념론이 추구한 이상 자체를 비판할 뿐입니다.[14] 유토피아는, 그 출현을 고려할 때, 구체적 현실의 모순의 극복 내지 그러한 역사적 과정을 도외시하고는 생각할 수 없습니다. 유토피아는 굶주림 내지 강제 노동 등의 고통 속에서 떠올린 갈망의 상으로서, 주체가 처한 구체적 현실과 밀접한 관련을 맺고 있습니다. 이는 사회학뿐 아니라 심리학적으로 얼마든지 추론 가능한 내용입니다. "행복한 자는 꿈꾸지 않는다"는 프로이트의 말을 생각해 보십시오.[15] 가령 자유를 의식하는 자는 주로 부자유의 질곡에 갇혀 있습니다. 사랑을 의식하는 자에게는 사랑이 결핍되어 있고, 꿈꾸는 자에게는 어떤 꿈의 내용이 빠져 있지요. 바꾸어 말하면, "무언가 결핍되어 있다Etwas fehlt"(브레히트)는 사실은 결국 현재 존재하지 않는, 그러나 존재해야 마땅한 무엇에 대한 의식으로 이어지는 법입니다.[16] 이는 다음과 같이 뒤집어 표현할 수 있을 것입니다. 즉, 어떤 (물질적?) 충족은 인간의 마음속에 포만감 내지 권태로움을 불러일으킨다고 말입니다.[17]

유토피아의 역동성에 관해 언급한 학자는 실제로 카를 만하임이었습니다. 그는 현재의 상황을 초월시키는 정신적인 힘으로서 유토피아를 이데올로기와 구분하고 있습니다.[18] 이때 그에게 결정적인 기준으로 작용하는 것은 현실의 존재 초월적인 변화입니다. 만하임은 무정부주의자인 구스타프 란다우어가 『혁명*Die Revolution*』에서 다룬 바 있는 개

14. Max Horkheimer: Utopie, in: Neusüss (hrsg.), a. a. O., S. 178-192.
15. Vgl. S. Freud: Der Dichter und das Phantasieren, in: Neue Revue, Berlin 1908, S. 236.
16. 브레히트의 극 『마하고니 시의 흥망성쇠Aufstieg und Fall der Stadt Mahagonny』를 참고하라.
17. 비근한 예로 오늘날 서구에서 퍼져 나가는 유토피아에 대한 회의감 역시 인간의 포만감에 근거하고 있는지 모른다. 21세기 유럽의 노동자는 19세기 계급 문제를 의식하며 고뇌하는 자세로 책을 뒤지는 사람이 아니라, 권태로운 일을 반복하며 휴가를 즐기려는 살찐 개로 전락하고 말았다.
18. K. Mannheim: Ideologie und Utopie, Frankfurt a. M. 1965, S. 165ff. (한국어판) 카를 만하임: 『이데올로기와 유토피아』, 임석진 역, 청하 1975, 263-266을 참고하라.

념, "실재하는 것"과 "실재하지 않는 것"의 개념을 원용하여, 역사의 변화 과정을 상대적으로 설명하였습니다. 다시 말해, 란다우어가 두 개념을 도입하여 이상 사회에 대한 정적인 구도를 하나의 역동적 매개체로 변화시키려고 한 반면에, 만하임은 두 개의 세력을 역사를 움직이는 어떤 보편 긴장 관계로 상대화시켰습니다.

유토피아에 대한 만하임의 입장은, 아른헬름 노이쥐스의 견해에 의하면, 결국 지식 사회학의 중립적 자유주의의 함정에 빠질 수도 있습니다.[19] 만하임의 두 개념은 추상적 상대주의에 입각한 이원론으로 이해될 뿐입니다. 그것은 때로는 다음과 같은 오류를 낳을 수 있습니다. 즉, 현실의 구체적 변화 자체가 어처구니없게도 유토피아 기능에 대한 검증의 잣대가 된다는 오류 말입니다. 유토피아의 가치 내지 정당성은 현실의 변화라는 결과론의 차원에서 모조리 해명되지는 않습니다. 왜냐하면 유토피아는 주어진 구체적 현실에서 직접적으로 파생되어 나타나는 사고이며, 역사적으로 자극을 가하고 현실의 변화를 촉구하는 매개체가 될 수는 있으나, 언제나 완성되지는 않기 때문입니다.[20]

블로흐에 의하면, 유토피아는 차 시간표를 소유하고 있습니다. 다시 말해서, 그것은 냉정과 열광에 바탕을 둔 계획에 의해서 인간과 세계에 직·간접적으로 영향을 끼칩니다. 유토피아는 주어진 현실과 무관하게 "자유롭게 떠다니는 지성"을 찾는 것은 아닙니다. 유토피아의 기능 속에서 파악되는 것은 무엇보다도 유물론적 역사의 배경을 지니고 있습니다. 그것은 세계의 물질적 변화와 이를 추동하려는 구체적 의향과 밀접한 관련성을 띠고 있습니다. 다시 말해서, 역사 속에는 현실적으로

19. 다음 문헌을 참고하라. A. Neusüss: Vorwort, in: ders. (hrsg.), Utopie, Begriff und Phänomen des Utopischen, a. a. O., S. 24ff.

20. 유토피아의 사고는 생태학의 입장에서 전체적으로 매도되기도 한다. 이는 결과론에 바탕을 둔 비판이다. 가령 요나스의 블로흐 비판에 대해서는 다음의 문헌을 참고하라. Hans Jonas: Das Prinzip Verantwortung, Frankfurt a. M. 1979, S. 348-357; 이준모: 「유토피아 비판과 생태적 유토피아」, in: 이준모, 『생태적 인간』, 다산글방 2000, 77-94쪽.

작용하는 영향의 순간이 존재하며, 유토피아와 이데올로기 사이의 뒤엉킨 전달성은 사회적으로, 경제적으로 직접 작용하고 있습니다. 이 점에 있어서 블로흐는 카를 만하임의 견해에 부분적으로 동의합니다. 그러나 유토피아의 기능은 만하임 식으로 단순히 "구체적 역사 속의 성공"이라는 기준만으로써 완전무결하게 설명할 수는 없습니다. 다시 말해서, 그것은 현실에 긍정적인 영향을 끼친 실질적 결과만으로 해명할 수는 없습니다. 왜냐하면 반동적 작용 역시 역사 속에서 사회를 변화시킨 적이 있기 때문입니다. 가령 우리는 메테르니히의 왕정 복고주의를 예로 들 수 있습니다. 이러한 반동적 작용은 (유감스럽게도) "법은 권력과 동일하다"라는 스피노자의 실증주의적 혁명 이론을 정당화시키는 논거로 활용되곤 합니다.[21] 그렇기에 사회적 변화에 동력을 가하는 진보적 이념은 수구 보수의 이데올로기와 마찰을 겪을 수밖에 없습니다. 인간의 역사는 이러한 갈등과 대립으로 점철되었지요.

어쨌든 블로흐는 이데올로기, 이상, 상징 그리고 알레고리 등과 같은 시민사회의 유산 속에서 "아직 보상받지 못한 무엇ein Unabgegoltenes"으로서의 유토피아의 특성을 찾아내려고 합니다. 예컨대, 마르크스주의의 관점에서 고찰할 때, 시민사회 문화 전체가 파기될 수는 없을 것입니다. 가령 우리는 시민사회의 유산 가운데 결코 전적으로 파기할 수 없는 영역으로서 예술의 영역을 들 수 있습니다. 실제로 블로흐는 『희망의 원리』에서 인간적 갈망이 용해된 위대한 유산들을 차례로 언급하고 있습니다. 예컨대 그는 문학 예술에서 단테의 『신곡』, 괴테의 『파우스트』, 세르반테스의 『돈키호테』 등을 거론합니다.[22] 미술 영역에서 르네상스 시대의 예술가, 렘브란트, 세잔, 알브레히트 뒤러 등의 위대한 종교적 열정의 구현 등을 언급하며, 음악에서는 모차르트의 위대한 오

21. Vgl. Baruch de Spinoza, Theologisch-politischer Traktat, Hamburg 1965, S. 280f.
22. E. Bloch: Das Prinzip Hoffnung, a. a. O., S. 961-968 (단테), S. 1194-1200 (괴테), S. 1216-1233 (세르반테스).

페라와 베토벤의 〈피델리오〉, 브람스의 〈진혼곡〉에 담긴 열광적 갈망의 순간을 생생하게 기술하고 있습니다.

여기서 우리는 건축 예술 속에 구현된 인류의 위대한 종교적 갈망 내지 유토피아의 상을 빠뜨릴 수 없습니다. 이집트 건축 예술 속에 담긴, (헤겔이 지적한 바 있는) 수정水晶과 같은 기하학적 구도와 고딕 양식에 담긴, 이른바 생명의 나무로서의 정신 등은, 블로흐에 의하면, 인류의 두 가지 기본적인 건축학적 토대로서, 사회주의적으로 얼마든지 활용될 수 있는 시민사회의 유산이라는 것입니다.[23]

4

셋째로 블로흐는 유토피아의 종말을 극복할 수 있는 특성으로서 유토피아의 사고 속에 고유하게 내재하는 "실현의 아포리아"를 내세우고 있다.

근대 이후로 나타난 전체주의적 사회 구도는 개인에게 속하는 최소한의 자유마저 억눌러 없애려 한다는 점에서 많은 디스토피아 문학을 창출하도록 작용하였습니다. 그러나 디스토피아의 사고는 유토피아의 사고라는 동전의 뒷면과 같습니다. 왜냐하면 그것은 "주체 유토피아 Subjekt-Utopie"를 부정적으로 표현한 문학적 방법론에 해당하기 때문입니다. "개인을 억압하는 전체주의적 폭력"은 바꾸어 말하면 "폐쇄적 시스템의 감시를 벗어나려는 주체의 자유에 대한 의지"로 설명할 수 있습니다. 실제로 조지 오웰의 『1984년』, 올더스 헉슬리의 『멋진 신세계』, 자먀찐Zamjatin의 『우리』 그리고 카린 보위에K. Boye의 『칼로카인』 등과 같은 디스토피아 문학은 전체주의적 폭력에 대한 경고의 내용을 우리에게 전해주고 있습니다. 이는 변증법적 방법론을 동원하여, 역설적으

23. E. Bloch: Das Prinzip Hoffnung, a. a. O., S. 835-843.

로 어떤 전환된 유토피아의 사고를 새롭게 불러일으키는 데 기여합니다.[24]

그러나 문제는 근본적으로 "유토피아의 사고가 무가치하고 불필요하다"는 입장에 도사리고 있습니다. 가령 50년대 이후 "과학 기술의 발전으로 유토피아는 더 이상 필수 불가결한 것은 아니다"라는 헤르베르트 마르쿠제의 입장을 생각해 보세요.[25] 그게 아니라면, 아도르노의 변증법 내지 도구적 이성 등에 대한 완강한 비판을 생각해 보세요. 예컨대 아도르노는 자신의 책 『부정의 변증법』에서 헤겔의 변증법이 지니고 있는 보편성이 얼마나 완강하게 특수성, 개별성 그리고 개인성을 억누르는가? 하는 점을 세밀하게 지적하고 있습니다. 이로써 아도르노의 비판은 유럽의 관념론의 핵심적 주체로서의 이성 내지 도구적 이성으로 향하고 있습니다. 아닌 게 아니라 유토피아는 전체주의적이고 폭력적인 속성을 지니고 있습니다. 변화를 위한 사고는 때로는 "지금" "여기"에서 변혁을 이룩해야 한다는 혁명적 초조감을 불러일으킬 수 있습니다. 이러한 초조감은 결국 전체주의적 폭력을 동반하게 될지 모릅니다. 이로써 인간이 애타게 갈구하는 이상은 "사악한 자의 실천 행위에 의해서, 혹은(그리고?) 사악한 실천에 의해서" 변질됩니다.[26] 나아가 우리는 유토피아의 사고를 철저히 방해하는 모티프로서 죽음을 들 수 있습니다. 테오도르 아도르노 역시 유토피아의 사고를 부정하며, 이를 거론한 바 있습니다.[27]

---

24. 그렇다고 해서 긍정적 유토피아를 담고 있는 문학이 현대에 이르러 사라진 것은 아니다. 가령 어네스트 칼렌바크의 『에코토피아』는 더 나은 사회상을 긍정적으로 설계하고 있다는 점에서 토마스 모어의 유토피아 서술의 전통을 그대로 따르고 있다.

25. 마르쿠제는 과학 기술을 통해 더 나은 사회 설계가 가능해졌다고 파악한다. 그러므로 정치적 시스템으로서의 유토피아는 더 이상 절실히 요구되지는 않는다고 주장한다. Siehe H. Marcuse: Ende der Utopie, Frankfurt a. M. 1980.

26. Vgl. G. Kunert: Warum schreiben?, München 1979, S. 385.

27. 1964년에 행한 블로흐와 아도르노 사이의 대담은 다음의 문헌에 실려 있다. E. Bloch: Tendenz - Latenz - Utopie, Frankfurt a. M. 1985, S. 350-368. 특히 357쪽을 참고하라.

물론 블로흐가 이른바 죽음이라는 "비갈망Unwunsch"의 영역을 아도르노처럼 인정하거나, 완전히 도외시한 것은 아닙니다. 실제로 인간 사회에서는 극도의 절망을 불러일으킬 수 있는 체념적이고 허무주의적인 요소가 존재합니다.[28] 그러나 블로흐는 이러한 내용보다는 미래 지향적인 긍정적 가능성으로서의 유토피아를 의식하고 실천하는 일을 더욱 중시하였습니다. 블로흐는 유토피아의 사고를 부정하는 수많은 학자들에 대해 다음과 같이 일침을 가합니다. 가령 마르크스와 엥겔스는 유토피아의 사고를 부분적으로 부정했지만, 계급 사회 이후에 도래할 자유의 나라에 대해서는 부분적으로 용인하였다고 말입니다. 가령 블로흐가 『희망의 원리』 후반부에서 묘사한 죽음 이후의 세계는 "모든 부정적 특성은 하나의 긍정성을 포함하고 있다Omnis negatio est definitio"는 사실을 깨닫게 해줍니다.

유토피아의 목표에 관한 상은 어느 순간 명확히 인지되지 않습니다. 가령 무언가 성취되는 순간에 인간의 심리적 충족은 자취를 감추게 됩니다. 인간의 욕망 충족은 원래의 자리에 또 다른 욕망을 동반하도록 작용합니다. 끝없이 새로이 탄생하는 유토피아의 특성인 "자기 준거Selbstreferenzialität"로 명명할 수 있습니다. 차라리 필자는 이를 "논개의 적장 끌어안기"로 비유하고 싶습니다. 이상적 사고는 대체로 주어진 현실에서 완전히 실현되지 않습니다. 과거의 유토피아는 마치 논개처럼 현실 변화의 촉매제 역할을 다하고 사라집니다. 그러나 새로운 유토피아는 이 순간 다시 형성됩니다.[29] 블로흐는 상기한 내용을 "성취의 우울Melancholie des Erfüllens" 내지는 "실현의 아포리아Aporia des Erfüllens"라고 명명하였습니다. 희망은, 블로흐에 의하면, 때로는 인간에게 실망을 가져다줄 수 있습니다. 그렇지만 실망을 전제로 하지 않은 희망은 하나의

28. 죽음 이후의 세계는 인식될 수 없다. 그렇지만 인간이 가상적으로 떠올린 세계상 속에는 죽음 및 죽음의 고통을 극복하려는 욕망이 내재해 있다.
29. Siehe W. Vosskamp: Utopieforschung, Vorwort, Stuttgart 1980, S. 9f.

확신일 뿐, 결코 어떤 가능성을 내재하고 있는 희망일 수는 없습니다.[30] 블로흐는 『희망의 원리』에서 이에 대한 예로서 음악가 베를리오즈의 사랑 내지 이집트의 헬레나를 거론한 바 있습니다. 베를리오즈의 사랑에 대한 갈망은 사랑의 충족보다도 강렬합니다.[31] 나아가 실제로 이집트에 거주하였던 헬레나는 그리스인들이 상상한 트로이의 너무나 아름다운 헬레나의 상과는 달리, 그저 볼품없는 여자에 불과했다고 합니다.

이와 관련하여 블로흐의 목표 개념은 분명히 파악할 필요가 있습니다. 목표란 명사적 · 요소론적으로 하나의 마지막 존재 형상으로 확정되는 게 아니라고 합니다. 그것은 "과정과 목표의 혼합된 형상으로서의 목표"를 지칭합니다. 이와 관련하여 블로흐는 스콜라학파의 학자인 아벨라르Abaelard의 말을 자주 인용하였습니다. "목표란 어떤 영역인데, 그곳에서는 동경이 사물보다 앞서 나타나지 않고, 그렇지만 성취는 동경보다도 더욱 경미하다."[32] 따라서 목표 역시 존재이자 희망, 다시 말해 "그것을 포함한 무엇Quid pro Quo"입니다. 목표 역시 어떤 의향에 의해서 파기될 수 있는 무엇 내지는 과정을 포괄하고 있는 궁극적 실체, 바로 그것이라고 합니다.

5

넷째로 블로흐는 마르크스 이전에 나타난 더 나은 사회에 관한 바람직한 상으로서의 사회 유토피아를 추상적 유토피아로 규정하고, 마르크스주의를 구체적 유토피아의 토대가 되는 사고로 설정한 바 있다.

30. E. Bloch: Kann Hoffnung enttäuscht werden?, in: ders., Literarische Aufsätze, Bd. 9, Frankfurt a. M. 1985, S. 385-395.

31. Siehe Ernst Bloch: Das Prinzip Hoffnung, a. a. O., S. 205ff.

32. 아벨라르의 원문은 다음과 같다. "Terminus est illa civitas, ubi non praevenit rem desiderium nec desiderio minus est praemium."

유토피아에 대한 동구 사람들의 비난은 오래 전부터 제기되었습니다. 그것은 프리드리히 엥겔스가 쓴 논문, 「유토피아로부터 과학으로 향하는 사회주의의 발전」으로 거슬러 올라갑니다.[33] 이 논문에서 엥겔스는 19세기 산업 혁명 이후로 나타난 이른바 공상적 사회주의자들의 사회 모델에 관해서 다음과 같이 예리하게 지적합니다. 즉, 위대한 초기 사회주의자 로버트 오언, 황당무계하고 기발한 사고를 제시한 푸리에, 행정 능력을 중시한 경건한 사회주의자 생시몽, 10진법으로 구성된 "이카리"의 설계자 카베 등과 같은 사회주의자들의 사회 설계는 당시에 온존했던 사악한 계급 질서를 바로잡기 위한 대안으로 탄생한 것들입니다. 그것들은 제각기 이후에 나타날 사회주의 사상의 놀라운 싹과 같다고 합니다. 그러나 공상적 사회주의는 당시의 앙시앙레짐의 권력에 대항하여 공동으로 대응해야 하는 당면한 과제를 안고 있었습니다. 그렇기 때문에 마르크스 이전의 사회주의 사상은, 엥겔스에 의하면, 다소 추상적인 특성을 공통적으로 견지할 수밖에 없었다고 합니다. (블로흐는 『자유와 질서』에서 오언, 푸리에의 사회 유토피아를 연방주의적 자생적 시스템으로, 생시몽, 카베의 그것을 중앙집권적 모델로 구분하였습니다.[34]) 엥겔스는 유토피아를 부분적으로 비판하면서, 그것을 공상적 사회주의와 직결시켰습니다. 그러나 이러한 부분적 비판은 시간이 흐름에 따라 침소봉대 되었으며, 급기야는 유토피아에 대한 전체적 비판으로 작용하고 말았습니다.

중요한 것은 이 경우에 유토피아 개념은 19세기에 일회적으로 나타난 초기 사회주의의 역사적 사고로 규정된다는 사실입니다. 동구의 사람들은 유토피아 개념을 19세기 초에 실재했던 독일 낭만주의라는, 역사에서 일회적으로 나타난 문예 운동으로 이해하거나, 체제 파괴적인 무정부주의의 편린 내지는 혁명적 초조함 등으로 단정하였습니다. 이를테

33. 이 논문은 다음의 문헌에 실려 있다. MEW., Bd. 19, Berlin 1968, S. 181-228.
34. 에른스트 블로흐: 『희망의 원리』, 입장 총서, 앞의 책, 179-202쪽을 참고하라.

면 유토피아의 사고는 19세기 초에 등장한 것이므로 기존 사회주의 국가에서 이미 극복되었다는 것입니다.[35] 그게 아니라면 유토피아는 전체적 이익에 저돌적으로 대항하는 개인의 무정부주의적 저항 내지 체제 파괴적인 제스처를 내포하고 있다고 합니다. 이는 헤겔의 철학을 긍정적으로 수용한 블로흐의 사상에 대한 집요한 비판과 무관하지 않습니다.

상기한 견해에 대해 블로흐는 유토피아의 개념을 "지금" "여기"에서 유효한 미래 지향적 사고임을 명확히 합니다. 유토피아는 언제 어디서나 변화의 촉매제 내지 개혁의 발효제로 사용될 수 있다는 점에서, 헤겔의 "정신Geist" 개념의 기능과 맥락을 같이합니다.[36] 따라서 블로흐에게 유토피아 개념은 과거에 일회적으로 나타난 게 아니라, 사회주의 사회에서도 얼마든지 새롭게 발견할 수 있는 하나의 사상적 "엔텔레케이아Entelechie"와 다를 바 없습니다. 예컨대 마르크스주의는 블로흐에게는 그 자체 하나의 구체적 유토피아입니다. 그것이 구체적인 까닭은 세계의 해석뿐 아니라, 자유와 평등의 실천 기능을 아울러 지니고 있기 때문입니다.[37]

블로흐는 마르크스주의의 기능을 다음과 같은 두 가지 관점에서 파악하였습니다. 그 하나는 주어진 현실에 대한 분명하고도 냉정한 분석 작업이며, 다른 하나는 이른바 사회주의의 이상으로서의 공산주의라는 목표를 지속적으로 추구하려는 열광적인 의식을 지칭합니다. 블로흐는 전자를 마르크스주의의 "한류"로, 후자를 마르크스주의의 "난류"로 명명한 바 있습니다.[38] 그런데 전자는 주로 정치경제학자들에 의해

35. W. Krauss: Geist und Widergeist der Utopie, in: Sinn und Form, 4/ 1962, S. 769-799.
36. 바로 이러한 이유로 블로흐는 구동독에서 신랄하게 비난당했다. Vgl. A. Kurella: Zur Theorie der Moral. Eine alte Polemik mit Ernst Bloch, in: Deutsche Zeitschrift für Philosophie, 6. Jg., (1968), H. 4, S. 599-621.
37. 따라서 구체적 유토피아는 행위의 지평과 관계된다. 행위의 지평은 인간의 자기 형성 과정의 지평으로서, 역사적 · 사회적 조건에 대한 의식과 무관하지 않다.
38. Siehe E. Bloch: Das Materialismusproblem, Frankfurt a. M. S. 372-376.

서 제대로 작용해 왔지만, 후자는 기존 사회주의 국가에서 그리고 마르크스주의의 연구에서 충분히 긍정적으로 수용되지 않았습니다.

주지하다시피 마르크스는 『자본*Das Kapital*』에서 주어진 자본주의의 현실에서 발생하는 "잉여가치"를 치밀하게 분석하였습니다. 『자본』의 내용은 대부분의 경우 잉여가치에 대한 치밀한 분석에 할애되고 있습니다. 이에 비하면 마르크스는 계급 갈등이 사라진 자유의 나라, 즉 계급 없는 사회에 관해서 상세하게 언급하지 않았습니다. 이는, 블로흐에 의하면, 지극히 의도적이라고 합니다. 마르크스는 미래의 더 나은 국가상을 의도적으로 세밀하게 묘사하지 않음으로써, 동시대인들에게 자유의 나라의 상을 하나의 고착된 무엇으로 확정하지 않도록 조처했던 것입니다.[39] 이로써 자유의 나라는 개방적이고 역동적인 특성을 견지하고 있다고 합니다.

상기한 내용과 관련하여 마르크스주의의 난류는 문학과 예술과 같은 미학의 영역에서 진척되어야 하는 과업이었습니다. 그러나 기존 사회주의 국가는 작가나 지식인들을 체제 파괴적인 부류라고 비판해 왔습니다. 조직과 시스템을 강조하는 사람들은, "시인, 예술가들은 기존의 질서를 파괴하는 불필요한 존재들이다"라는 플라톤의 발언을 철저히 수용하였습니다.[40] 이에 대해 블로흐는 "목표를 망치는 게 가장 나쁜 것이다Corruptio optimi pessima"라는 정언적 명제에 충실하며, 맹목적 행동주의 내지는 피상적 개혁주의를 경고하였습니다. 대신에 강조할 수 있는 것은, 블로흐에 의하면, "깨달은 희망docta spes"이라고 합니다. 여기서 문제가 되는 것은 배워서 깨달은 희망입니다. 유토피아 개념의 폭은 그것의 맹목적 긍정성에 반대하도록 작용합니다. 왜냐하면 진정한 유토피아의 사고는 천박한 낙관주의 내지 토대 없는 회의주의와는 달

39. 에른스트 블로흐: 『희망의 원리』, 입장 총서 24, 앞의 책, 302-303쪽. E. Bloch: Das Prinzip Hoffnung, a. a. O., S. 726f.

40. 이러한 내용은 플라톤의 『국가』 제10장에서 자세히 언급된 바 있다.

리, 비판적인 견해를 불러일으키기 때문입니다.[41]

자고로 유토피아의 사고는 현실이 변하듯이 그렇게 변모해 나가는 법입니다. 지금까지의 어떤 특정한 유토피아의 사고는, 제 기능을 다하든 그렇지 않든 간에, 얼마든지 시대착오적인 진부함으로 추락할 수 있습니다. 가령 기존 사회주의 체제가 더 이상 구체적 유토피아로 실현될 수 없다고 판단되면, 우리는 부분적으로 수정된 하나의 구체적인 대안을 찾아내야 할 것입니다. 블로흐 역시 이러한 구체적 대안을 찾는 데 소홀했습니다. 그는 소련 사회의 경직성을 부분적으로 비판했지만, 소련 체제에 대한 구체적 대안을 제시한 것은 아니었습니다. 왜냐하면 이러한 대안은 사회주의적 이상을 고수하기 위한 하나의 방법론일 뿐 목표가 아니라고 판단되었기 때문입니다. 예컨대 알렉 노브는『실현 가능한 사회주의의 미래』에서 어떤 구체적인 대안을 제시하고 있습니다. 예컨대 구체적 시스템으로서의 "시장" 도입, 생산 수단에 대한 다양한 소유제 인정, 중앙 정부의 계획 조정 하에 있는 사적 기업 형태의 용인, 실업 정책 등을 예로 들고 있습니다. 우리는 알렉 노브의 이론이 케인즈 이론을 뒤집은 하나의 안이라고 비판할 수도 있겠지만, 사회주의 체제에 대한 하나의 대안이라고 지적할 수도 있을 겁니다.[42]

6

다섯째로 블로흐는 유토피아의 역사를 기술하면서, 유대교에서 거론하는 "천년왕국설"과 기독교에서 말하는 "종말론"을 유토피아와 관련된 유사한 개념으로

41. 깨달은 희망은 원래 니콜라우스 쿠자누스Cusanus의 "깨달은 무지docta ignorantia"에서 차용한 개념이다. 진정한 신앙에 도달하기 위해서는 인간은 신 앞에서 자신의 무지를 스스로 깨닫고 터득해야 한다. 이와 마찬가지로 인간은 현실적으로 당면한 모순을 해결하기 위해서는 자신의 내적인 희망의 원인을 스스로 깨달아야 한다. Siehe Ernst Bloch: Zwischen welten in der Philosophiegeschichte, Frankfurt a. M. 1985, S. 163-171.

42. 다음의 책을 참고하라. 알렉 노브:『실현 가능한 사회주의의 미래』, 백의 2001.

원용하고 있다.

유토피아와 종말론 사이의 관계는 유토피아 연구에서 가장 난해한 대목입니다. 여기서 말하는 종말론은 예컨대 유대인들의 천년왕국설 내지 기독교인들의 최후의 심판일을 기리는 묵시록을 의미합니다. 흔히 학자들은 유토피아와 종말론을 다음과 같이 비교합니다. 즉, 유토피아는 더 나은 사회에 관한 가상적인 상으로서, 하나의 정적인 구도 내지 합리적 설계로 축조되어 있다고 합니다. 이에 비해 종말론은 유대교 내지 기독교인들의 더 나은 삶에 관한 갈망으로서, 지상의 천국을 바로 지금 여기에서 완성시키려는 역동적인 의지와 관련된다고 합니다.[43] 특히 후자가 프롤레타리아 혁명 운동의 촉매제로 작용한 것을 고려한다면, 우리는 메시아 사상 속에 담긴 어떤 혁명적 의지를 결코 간과할 수 없을 것입니다. 특히 블로흐는 에크하르트 선사와 같은 신비주의자들이 거론하는 "고정되어 있는 지금"이라는 응축된 시간을 강조합니다. 그것은 억압의 역사를 순간적으로 일탈시킬 수 있는 폭발적인 힘을 내포하고 있습니다.[44] 비록 순간에 불과하지만, 인간은 스스로 기도와 참선으로 완전한 불멸의 존재라고 의식할 수 있습니다. 바로 이 점이 에크하르트 선사가 강조한 응축된 시간의 의미이며, "사물의 변화된 상태에 따라rebus sic fluentibus" 순간적으로 파악되는 무엇이 아닐 수 없습니다.

로베르트 슈페어만과 같은 보수주의 철학자는 기존 사회주의의 몰락에 즈음하여 다음과 같이 말했습니다. "사회주의적 이상과 기독교 정신은 서로 비교할 수 없다. 정치적 시스템으로서의 사회주의는 이제 더 이상 미래 사회에 출현하지 못할 것이다. 이에 비하면 기독교 정신은

43. Vgl. J. Sevier: Der Traum einer grossen Harmonie, in: ders., Eine Geschichte der Utopie, München 1971, S. 331ff.

44. 여기서 "고정되어 있는 지금nunc stans"은 벤야민의 "현재 시간Jetztzeit"과 비교될 수 있다. "지금"으로 응축된 시간은 벤야민의 "변증법적 형상 개념"과 관련된다.

그렇지 않다. 부패한 수사, 변질된 교리에도 불구하고, 교회는 영원히 살아남아 있지 않는가?"[45] 그러나 이러한 논리는 블로흐에게 적용할 수는 없습니다. 왜냐하면 슈페어만의 견해는 "서구는 기독교, 동구는 무신론"이라는, 단호한 일도양단의 논리에 근거하고 있기 때문입니다. 독일의 지식인들 가운데에는 기독교인이면서 교회나 성당을 찾지 않는 마르크스주의자들이 존재합니다.[46]

블로흐에게 유대교와 기독교의 메시아 사상은, 무엇보다도 의향을 고려할 때, 자유의 나라에 관한 마르크스의 평등 사상과 동일합니다. 블로흐의 사상은 마르크스 연구와 기독교 메시아 사상 연구 등이 별개의 것으로 구분되어 독립적으로 연구되는 풍토에서는 결코 정확히 이해될 수 없습니다. 예컨대 독일 농민 혁명을 주도했던 토마스 뮌처의 지상의 천국을 위한 투쟁은 신앙으로 착색된 사회 운동입니다. 그것은 본질적으로 노동 해방의 운동이지요. 조아키노 다 피오레의 천년왕국설은 메시아 사상으로서 고통 속에서 살아가는 인민들에게 더 나은 삶의 가능성을 제시하고 있습니다. 세상의 구원자에 대한 기대감은 주어진 억압 구도 내지 굶주림 등을 떨치려는 강렬한 의지에서 비롯한 것입니다. 블로흐는 기독교 속의 무신론을 지적하며, 단호한 어조로 포이어바흐의 경건한 무신론을 물리학자인 루드비히 뷔히너L. Büchner, 야콥 몰레쇼J. Moleschott와 같은 경박한 유물론자와 구분하였습니다.[47]

무신론에 의하면, 신神은 — 포이어바흐도 주장한 바 있듯이 — 인간의 상상에 의해 떠올린 가상적 존재에 불과합니다. 주지하다시피 마르크스는 "신은 죽었다"고 외치며, 무신론을 외쳤습니다. 종교는, 마르크스에 의하면, 아편입니다. 종교는 실제 인간의 역사에서 기득권과 결탁

45. 본문은 정확하게 인용된 게 아니라는 점을 밝혀둔다. 다음의 문헌을 참고하라. R. Spaemann: Bürgerliche Kritik und nichttheologische Ontologie, in: H. Ebeling (hrsg.), Subjektivität und Selbsterhaltung, Frankfurt a. M. 1976, S. 76-96.

46. 가령 우리는 하인리히 뵐Heinrich Böll을 예로 들 수 있다.

47. Vgl. Ernst Bloch, Das Prinzip Hoffnung, a. a. O., S. 1519.

하여 일반 사람들을 억압하는 이데올로기로 작용해 왔습니다.[48] 이로써 마르크스가 지적한 것은 바로 종교의 어떤 부정적 기능이었습니다. 그러나 블로흐는 종교, 특히 기독교 속에 어떤 긍정적인 기능이 도사리고 있다고 주장합니다. 그것은 죽음마저도 극복하게 하는 인간의 가장 강렬한 갈망의 힘을 가리킵니다.[49]

종교란 최초의 신비로운 신 내지 천지창조와의 "재결합(re + ligio)"을 의미하는 단어입니다. 재결합이란, 앞에서 마르크스가 말한 바 있듯이, 그 자체 전통적인 권위에 대한 굴복 행위를 뜻합니다. 그러나 기독교는 종래의 종교가 지니고 있었던 이러한 재결합의 원칙을 박차고 나옵니다. 다시 말해서, 기독교는 재결합을 위한 종교가 아닙니다. 오히려 기독교는 근원으로 돌아가는 대신에, 마지막의 새로운 세계를 종말론적으로 추구하는 종교입니다. 왜냐하면 인간의 아들은 "내가 존재하는 바대로 존재하게 되리라Eh'je ascher Eh'je"라는 변화의 에너지를 마지막으로 강조하기 때문입니다.[50] 또한 기독교의 경우, 권위주의적인 상부의 신이 지상에서 살아가는 인간들을 내려다보고, 이리저리 명령하지는 않습니다. 오히려 예수 그리스도라는 인간 신이 교인들, 구체적으로 말해서 세상에서 가장 천한 사람들과 아우르면서, 이들에게 복음을 전해주었습니다. 이로써 기독교 정신은 종래의 종교적 권위의 특성을 거부하고, 이른바 거역과 저항이라는 가장 격정적인 강령을 선취하고 있습니다. 이에 비하면 메시아 사상이 담겨 있지 않은 다른 종교들은 지배 계

48. 안현수: 「종교의 본질과 기능」, in: 『사회 철학 대계 2』, 민음사 1993, 148-152쪽을 참고하라.

49. 가령 "어떠한 경우에도 나는 완전히 해체되지 않으리라Non omnis confundar"라는 종교적 전언은 여기에 해당한다. 파라켈수스는 소우주小宇宙 내에서 작용하는 에너지를 "아르케우스Archeus"라고 명명하고, 대우주 내에서 작용하는 에너지를 "불카누스Vulcanus"라고 명명한 바 있는데, 죽음 대신에 생명을 불어넣는 활력을 그렇게 명명한 바 있다. Siehe E. Bloch: Tendenz - Latenz - Utopie, a. a. O., S. 300-307.

50. 「출애굽기」 제3장, 14절. 이는 "내가 변모하는 대로 그렇게 변화하게 되리라"라고 번역될 수 있다.

층의 이익에 동조하는 이데올로기에 해당될 뿐입니다. 예컨대 블로흐는 "기독교의 위대한 과업은 무엇보다도 이단자를 낳게 했다는 데 있다"는 역설을 주장하였습니다.[51]

블로흐는 특히 예수의 사상을 "사랑의 공산주의"로 규정하며, 이를 사도 바울의 내면 중심주의 내지 내세 중심주의와 다른 것으로 평가하였습니다. 타수스 출신의 유대인 사도 바울은 생전에 예수 그리스도를 한 번도 만나지 못했습니다. 그는 무엇보다도 로마제국의 핍박을 받지 않고 교회를 확장시키려고 애썼습니다. 이로 인하여 예수의 혁명적 묵시론 사상은 약화되고, 대신에 모습을 드러낸 것은 내면 중심적인 참회 내지는 저세상의 행복만을 비는 내세 중심주의가 자리하게 되었다고 합니다.[52] 이러한 논리에 따르면, 현재의 기독교 교리는 사도 바울에 의해서 그리고 나중에 루터 등과 같은 교리 중심적인 종교인에 의해 변질되어 있는 것입니다.

만인이 자유롭고도 평등하게 살아가는 삶 — 그것은 인간 삶이 지속되는 한에 있어서 계속 실험대에 오를 것이 분명합니다. 여기서 종교적인 상인가, 아니면 유물론적 구상인가? 하는 물음은 그저 부차적일 뿐입니다.

51. Siehe E. Bloch: Atheismus im Christentum, Frankfurt a. M. 1985, S. 172.

52. 한국에 있는 수많은 교회는 사도 바울에 의해 변질된 교리를 준수하고 있다. 흔히 예수는 세상을 구제하기 위하여 자발적으로 십자가에 못 박혔다고 한다. 그러나 이는 역사적으로 드러난 실제 예수의 삶과는 다르다. 실제로 예수는 로마의 권력에 의해 처형당했고, 죽음에 대한 두려움을 느꼈다.

『희망의 원리』, 그 특성과 난제

1. 들어가는 말

이 자리를 빌어서 독일이 낳은 세계적인 사상가, 에른스트 블로흐의 『희망의 원리』에 관해서 말씀드리게 된 것을 역자로서 기쁘게 생각합니다. 우리는 후기 자본주의의 마지막(?) 시기에 살고 있습니다. 현재 세계를 뒤흔들고 있는 것은 "책"이 아니라 "돈"인 것 같습니다. 그래서 활자 문화가 비틀거리며 마치 사경을 헤매는 것 같아 보입니다. 나아가 대부분의 사람들은 사회주의의 이상에 더 이상 기대하지 않는 것 같습니다. 우리는 역사의 대합실에서 20세기의 힘들고도 희망에 가득 찬 시기를 떠나보내고, 우울하게 밤을 지새우고 있습니다. 다수의 사람들은, 마치 로마제국 말기의 군인들처럼, 찬란했던 이전의 문화를 망각하고 현세의 목욕탕 속에서 아무런 상념 없이 잠을 청합니다. 그래도 소수의 사람들이 미래 없는 세태를 완강하게 거부하려고 하는 것은 다행입니다. 현재 올바른 소수는 돈에 의해서, 잘못 판단하는 다수에 의해서 밀려나고 있는 실정입니다. 그렇지만 공정하고 정의로움을 추구하는 태도는 현재를 살아가는 사람들의 올바른 길이라고 생각됩니다.

블로흐의 『희망의 원리』는 출간 직후에도 세계를 뒤흔들지는 못했습니다. 그렇지만 학자들은 이 책을 "명저"라고 평가하는 데 주저하지 않습니다. 『희망의 원리』는 비유적으로 말해서 주어진 시대의 아픔을 치료하는 네에 꼭 필요한 "당의정"이 아닙니다. 다시 말해, 블로흐의 책은 현재 당면한 사회적 문제점을 치유하는 데 직접적으로 도움을 주지 않습니다. 다만 우리는 『희망의 원리』를 통해서 오래전부터 이어진 사상적 · 문화적 유산으로서의 갈망의 제반 요소들을 정확하게 간파할 수 있습니다. 책의 원래 제목은 "더 나은 삶에 관한 꿈"이었는데, "희망의 원리"로 바뀌었습니다. 이 책은 1940년대 초에 미국에서 착수되어, 1947년경에 탈고되었다고 전해집니다. 건축학을 전공한 아내 카롤라 블로흐가 밖에서 돈을 버는 동안, 블로흐는 아기를 키우는 일과 집필에 몰두했습니다. 『희망의 원리』는 탈고 즉시 간행되지 않았습니다. 친구인 신학자 폴 틸리히가 주선하여 옥스퍼드 대학 출판사에서 간행하려고 했으나 뜻을 이루지 못했으며, 1949년에야 비로소 구동독에서 세 권으로 간행되었습니다.

우선 나는 블로흐의 『희망의 원리』를 요약하겠습니다. 뒤이어 블로흐의 문헌이 지니는 존재 가치 및 고유한 특성이 언급될 것입니다 마지막으로 블로흐 사상의 문제점 내지 한계 등을 조심스럽게 지적하고자 합니다.

2. 『희망의 원리』 1, 2장

"갈망의 백과사전"인 『희망의 원리』는 도합 다섯 장으로 이루어져 있습니다. 블로흐는 인류의 더 나은 삶에 관한 꿈들을 각 영역별로 세밀하게 기술합니다. 제1장은 작은 단상들로 구성되어 있습니다. 여기서 블로흐는 인간의 세대마다 달리 인지되는 갈망에 관한 이야기들을 가벼운 에세이 방식으로 서술합니다. 이는 얼핏 보면 무척 산만한 것 같으나, 내적으로 흐르는 맥락은 이후의 논의에 대한 전제조건으로 작용한다는 점에서 일관성을 지니고 있습니다.

제2장에서 블로흐는 인간의 기대 정서인 희망을 언급하기 위하여, 내면에 도사린 여러 가지 충동들을 추적합니다. 인간은 넓은 의미에서 충동적 존재라고 합니다. "충동은 마치 손수건을 물들이는 것처럼 우리의 얼굴에다 화날 때는 붉게, 질투할 때는 노랗게, 짜증 날 때에는 초록으로" 색깔을 입힙니다. 블로흐의 이러한 발언은 일견 정신분석학을 연상케 합니다. 실제로 블로흐는 지그문트 프로이트의 "성충동," 알프레트 아들러의 "개인적인 권력 충동," 블로흐에 의하면, "반동적 파시스트"인 카를 구스타프 융의 "도취 충동" 등을 비판적으로 언급합니다. 그렇지만 블로흐가 고찰하는 충동은 정신분석학의 내용보다 더 포괄적입니다. 블로흐가 고찰하는 충동은 성충동Libido만을 가리키는 것은 아닙니다. 인간의 원초적 충동 가운데 가장 긴급하고 중요한 것은 굶주림을 해결하려는 자아 보존 충동이라고 합니다. 가령 "배고파 죽겠다"는 말은 가난한 자의 탄식 가운데에서 가장 강렬한 것입니다. 블로흐에 의하면, "인간의 위胃는, 비유적으로 말하면, 빨리 기름을 채워 넣어야 하는 첫 번째 램프"와 같습니다. 가령 20세기 초에 빈의 정신분석 연구소 앞에는 "거지는 출입을 금지함"이라는 팻말이 붙어 있었다고 합니다. 식욕의 해결은 정신분석학자들에게 어떠한 연구도 필요치 않는 당연지사로 비쳤습니다.

인간의 욕망은, 블로흐에 의하면, 굶주림을 떨치려는 욕구에서 시작되는데, 이는 궁극적으로 사회 변혁에 대한 관심과 직결됩니다. 굶주리는 자는 자신의 사회적 처지와 배고픔을 떨칠 수 있는 해결 방안 등을 숙고할 수밖에 없습니다. 문제는 "굶주림"이라는 주요 충동이 어떻게 희망으로 향하게 되는가?" 하는 물음입니다. 이는 "인간의 백일몽" 내지는 "낮꿈"의 과정으로 설명할 수 있습니다. 프로이트의 경우, "꿈"은 밤의 영역에 속합니다. 그곳은, 비유적으로 말해, 밤과 꿈의 신, 모르페우스Morpheus가 거주하는 어두운 세계입니다. 지옥의 아헤론 강江과 같지요. "자유주의자"인 프로이트는 환자들을 치유하기 위하여 그들이 꿈꾸었던 과거의 "밤꿈" 속으로 침투해 들어갔습니다. 그런데 블로흐의 "낮꿈"은 이와는 다릅니다. 블로흐는 굶주리는 자의 백일몽의 배후를 좇습니다. 여기에는 경제적 상황 내지 계급적 처지라는 사회적 구조가 문제되고 있습니다. 원래 포만한 자는 꿈을 꾸지 않습니다. 꿈이란 항상 어떤 결핍에서 비롯한 것입니다. 자신에게 무언가 결핍되어 있다는 사실을 감지하는 자는 바로 그 결핍된 무엇을 얻으려고 갈망합니다. 인간의 낮꿈은 사적인 욕구로 드러나기도 하지만, 궁극적으로는 세상의 개혁을 추구합니다. 여기서 중요한 것은 "아직 의식되지 않은 무엇"에 대한 명확한 기록입니다. "아직 의식되지 않은 것"은 정신분석학에서 말하는 망각된 무엇이라든가 혹은 억압되거나 잠재의식 속에 가라앉은 무엇이 아닙니다. 그것은 오히려 궁핍함을 극복하기 위한 해결책의 모티프로 작용하며, 궁극적으로 주어진 사회에서 어떤 미래 지향적 동력을 불러일으키는 사고 유형입니다.

3. 실현의 아포리아

희망은 상기한 "백일몽" 내지 "낮꿈"의 내용을 요청하는 기대 정서입니다. 그것은 하나의 전투적 낙관주의로 이해될 수 있습니다. 희망은 미래를 지향한다는 점에서 가능성, "새로운 무엇Novum," 유토피아 등의 개념들과 유사합니다. 따라서 우리는 구체적 형상으로서의 "낮꿈"이 처음부터 희망의 소재가 된다는 사실을 알 수 있습니다. 블로흐는 희망이라는 기대 정서를 명확하게 구명하기 위해서, 이른바 아리스토텔레스의 개념인 "역동적인 무엇*τσ δυνάμει ον*," 카를 마르크스의 11개의 포이어바흐 테제 등을 차례로 분석합니다. "역동적인 무엇"은 한마디로 어떤 변모의 가능성을 미리 담지하고 있는 엔텔레케이아의 속성이라고 합니다. 마르크스가 제기한 11개의 포이어바흐 테제는 무엇보다도 "세계의 변화"와 관련되는 것입니다. 세계의 변화는 가능성을 실현시키는 행위로 이해되기 때문에, 인간이 필연적으로 관심을 가져야 할 대상이라고 합니다. 마르크스는 루드비히 포이어바흐의 종교 비판을 바탕으로 하여, 인간의 자기 소외를 극복할 수 있는 진정한 유물론의 가능성을 해명하려 했습니다. 이로써 마르크스가 의도하는 것은 궁극적으로 세계의 바람직한 변화, 바로 그것이었습니다.

그런데 문제는 희망의 내용이 주어진 현실에서 처음에 의도한 바대로 성취되지 않는다는 사실에 있습니다. 일견, 희망은 이와 결부된 환멸을 전제로 작용하는 것처럼 비칩니다. 그렇다고 개인적, 사회적 동인인 갈망 자체가 처음부터 포기되거나 무시될 수는 없을 것입니다. 왜냐하면 희망은 하나의 성취를 지향하지만, 결과적으로 성취에 의해 자신의 가치가 판명되지 않기 때문입니다. 따라서 희망 속에는 "실현의 아포리아"가 도사리고 있습니다. 예리한 분은 굳이 설명 드리지 않더라도 실현의 아포리아가 무엇인지 감지하실 것입니다. 자고로 어떤 갈망이 성취되는 순간, 인간은 원래의 갈망에 대한 완전한 충족감을 느끼지 못합니다. 왜냐하면 성취의 순간에 또 다른 욕망이 인간의 전의식 속에 기묘하게 첨가되어, 이른바 성취감이라는 우리의 내적 만족을 방해하기 때문입니다. 이로써 이전의 갈망은 새로운 갈망으로 교체됩니다. 우리는 실제의 삶 속에서 다음의 사실을 종종 깨닫곤 합니다. 즉, "인간이 추구하는 무엇은 인간으로부터 도망치는 무엇Quid quaerendum, quid fugendum"이라는 사실 말입니다.

행복은 얼핏 보기에 현재가 아니라 과거와 미래에만 도사리고 있는 것처럼 느껴집니다. 지금 이 순간 행복하다고 느끼는 분은 아마도 없을 것입니다. 인간은 찬란한 미래 혹은 지나간 아름다운 과거를 떠올리며 행복해하지요. 그렇기에 행복은 인간의 기대감 내지 기억 속에 자리하는지 모릅니다. 헝가리의 시인 산도르 페퇴피에 의하면, 희망은 "카르멘과 같은 창녀"와 다를 바 없다고 합니다. 어리석은 군인 돈 호세가 순정을 바치면, 카르멘은 미련 없이 그의 곁을 떠나지 않습니까? 그렇다면 인간은 어째서 실현의 순간에 완전한 충족감을 느끼지 못하는 것일까요? 이는, 블로흐에 의하면, "성취의 우울Melancholie des Erfüllens" 때문에 나타나는 현상이라고 합니다. 블로흐는 이에 대한 이유를 두 가지로 설명하고 있습니다. 갈망의 강도는 성취의 순간에 마치 썰물처럼 우리의 마음속에서 빠져나갑니다. 나아가 우리는 다음과 같이 말할 수 있습니다. 즉, 희망의 내용은 "실재하는 객체"로 주어져 있을 때보다 "어떤 상의 객체"로 의식 속에 투영될 때 더욱더 강하게 인간을 추동합니다. 가령, 블로흐는 토마스 아퀴나스의 다음과 같은 말을 인용합니다. "사물들은 그 자체보다는 인간의 마음속에서 더 고상하게 비친다Res nobiliores in mente quam in se ipsis."

자고로 인간이 추구하는 갈망은 동일한 갈망이 실현될 때의 충족감보다 더욱 강렬한 법입니다. 가령 음악가 헥토르 베를리오즈는 결혼 후에 실망감을 터뜨립니다. "아, 내가 아무것도 아닌 그것을 위해 그토록 고뇌하고 가슴 아파했다니." 이는 사랑에 대한 이전의 갈망이 성취된 사랑의 충족감보다도 더 강렬하기 때문에 나타나는 현상입니다. 행복은, 마치 무지개와 같아서, 우리가 가까이 다가가면 우리로부터 멀어집니다. 블로흐는 이러한 사실을 헬레나의 상, 쇠렌 키르케고르의 삶 그리고 독일의 시인 니콜라우스 레나우 등을 예로 들면서, 해명하고 있습니다.

4. 제3장: 일상적 삶 속의 갈망, 제4장: 사회 유토피아, 기술 유토피아

제3장에서 블로흐는 다음의 사항을 지적합니다. 즉, 소시민들이 수동적으로 갈구하는 내용들은 부르주아의 이데올로기에 의해서 교묘하게 착색되어 있다는 것입니다. 아마도 블로흐만큼 동화와 통속 소설 속에 담긴 갈망의 상을 지적하고, 이에 대해 놀라운 의미를 부여한 철학자는 없을 것입니다. 블로흐는 환상에 사로잡히게 만드는 빛나는 진열

장을 묘사합니다. 또한 동화의 세계, 아름답게 치장한 이국적인 여행 장소, 춤 속에 도사린 인간적 갈망, 꿈의 공장인 영화, 팬터마임, 하나의 본보기로서의 연극 등을 차례로 서술하고 있습니다. 특히 연극의 기본 정서는, 블로흐에 의하면, 아리스토텔레스가 말한 바 있는 "동정심ελεοζ"과 "공포φόβοζ"가 아니라, 놀랍게도 "거역과 희망"이라고 합니다. 블로흐가 가장 중요하게 생각했던 인간의 두 가지 자세는 여기서 다시 한 번 연극의 기본적 정서로 확정되고 있습니다. 주어진 틀과 질서를 거역하는 영웅은 주위의 몰이해와 인습적인 반발로 비극을 맞이합니다. 영웅이 주어진 틀과 질서를 거역하는 까닭은 자신의 갈망이 주어진 틀 내에서는 성취될 수 없기 때문입니다.

제4장의 구성은 이른바 의학 유토피아, 사회 유토피아, 기술 유토피아, 건축 유토피아, 지리학적 유토피아, 회화와 문학 작품의 갈망의 현실상 등을 차례로 언급합니다. 의학 유토피아는 궁극적으로 인간의 영원한 삶을 추구합니다. 건강하게 살기를 원하는 인간의 긍정적 의지는 지금까지 인간의 질병 치료에도 커다란 영향을 끼쳤습니다. 예컨대 의사들은 환자를 치료한 뒤에 그의 머리에 손을 얹고 기도했습니다. 이는 신의 도움이든 아니든 간에 무엇보다도 환자의 마음속에 건강에 대한 심리적 의지를 불어넣기 위한 것이었습니다. 건강에 대한 갈망의 상은 생명 연장 내지 영원한 삶으로 요약할 수 있습니다. 영생을 누리고 싶다는 것은 인간이라면 누구나 간직하고 싶은 갈망이며, 의학자들은 이를 위해서 현재에도 노력하고 있습니다.

사회 유토피아에 해당하는 장인 「자유와 질서」는 마르크스 이전에 나타난, 더 나은 국가의 모델을 개진합니다. 이는 이른바 추상적 유토피아로 규정되던 바람직한 국가 모델을 지칭합니다. 가령 플라톤의 『국가』, 스토아학파의 세계 국가에 관한 갈망의 상, 토마스 모어의 『유토피아』, 토마소 캄파넬라의 『태양의 나라』, 조아키노 다 피오레의 메시아 사상, 자연법 사상가들, 요한 고틀리브 피히테의 폐쇄적 상업 국가로서의 유토피아, 로버트 오언, 샤를 푸리에의 연방주의적 특성을 지닌 유토피아, 에티엔 카베, 앙리 드 생시몽의 거대한 중앙집권적 시스템으로서의 유토피아, 막스 슈티르너, 피에르 조셉 프루동, 미하일 일렉산드르비치 바쿠닌의 무정부주의 운동의 혁명적 특성, 빌헬름 바이틀링의 기독교에 근거한 평등 사상 등이 그것입니다. 상기한 추상적 유토피아의 사회상들은 거의 공통적으로 "사유재산 철폐"를 주창합니다. 여기에는 제각기 어떤 정의롭고 평등한 국가의 모델이 휘황찬란하게 묘사되고 있습니다. 이러한 상들은 제각기 주어진 끔찍한 사회상에 대한 반대급부로써 투영된 것입니다. 따라서 우리는 찬란한 긍정적 상과 정반대되는 특성이 바로 주어진 시대에 대한 사회 유토피아의 구체적 비판의 내용임을 알 수 있습니다. 가령 블로흐는 토마스 모어의 『유토피아』를 한마디로 자유를 특징으로 하는 사회 유토피아로, 토마소 캄파넬라의 『태양의 나라』를 질서를 특징으로 하는 사회 유토피아로 규정합니다.

블로흐는 기술 유토피아의 장에서 두 가지 사항을 지적합니다. 그 하나는 중세의 연금술이며, 다른 하나는 위대한 건축 속에 도사리고 있는 갈망의 상입니다. 중세의 연금술사들은 세상을 황금으로 정화하려는 욕망을 가지고 있었습니다. 그렇기 때문에 연금술의 노력 속에는 기독교 사상이 추구하던 어떤 갈망의 흔적이 담겨 있습니다. 세상을 그리스도의 정신, 즉 황금으로 변화시키겠다는 게 그들의 갈망이었습니다. 따라서 우리는 연금술사들을 단순히 물체를 조작하는 기능인으로 간주할 수 없습니다. 그들은 자신의 일을 "주의 실험 작업Laboratorium Dei"이라고 간주했습니다. 그들은 나중에 금을 만들어 내지 못했으나, 최소한 인燐을 발견해 냈습니다. 물론 우연입니다만, 연금술의 시도는 먼 훗날 도자기 제조 기술을 발전시켰습니다. 둘째 사항은 건축 유토피아와 관련된 것입니다. 인류의 건축물 속에는 건축 장인들의 갈망이 담겨 있다고 합니다. 가령 인류의 이상을 담은 건축으로서 우리는 솔로몬의 사원을 들 수 있습니다. 솔로몬의 사원은 사라지고 없으나, 그 이상적 공간 구도는 오늘날에도 여전히 건축가들의 뇌리에 남아 있습니다. 블로흐는 건축 예술의 두 가지 기본적 형태를 이집트 건축물과 고딕 건축물에서 발견합니다. 전자인 이집트 피라미드는 죽음 이후의 영원한 삶을 갈구하는 의도에서 축조된 것으로서, 마치 수정水晶과 같은 엄격한 기하학적 구도를 지니고 있습니다. 후자인 고딕 건축물은 기독교의 사랑이 마치 생명의 나무처럼 퍼져나가기를 갈구하는 의도에서 축조된 것으로서, 프리메이슨 단체에 속했던 장인들의 갈망을 반영하고 있습니다.

5. 다시 제4장: 지리학적 유토피아, 파우스트, 음악

뒤이어 블로흐는 많은 탐험자들의 지리학적 발견을 언급합니다. 가령 유럽 사람들은 오래 전부터 지상의 천국을 발견하려는 갈망을 품고 있었는데, 이는 결국 신대륙 발견으로 이어졌다고 합니다. 예컨대 '지구는 둥굴다' 는 것에 대한 철저한 확신이 없었더라면, 크리스토퍼 콜럼버스는 결코 신대륙을 발견하지 못했을 것입니다. 거의 백일에 가까운 항해 끝에 그는 남서쪽으로 날아가는 앵무새 떼를 발견합니다. 이때 콜럼버스는 항로를 서남서 방향으로 옮겼습니다. 수개월 동안 망망대해를 항해한 함장의 심정은 아마도 지푸라기라도 잡으려는 익사자의 그것과 같았을 것입니다. 만약 항해가 서쪽으로 계속 이어졌다면, 콜럼버스는 분명히 플로리다에 도착했을 것입니다. 콜럼버스는 평생에 걸쳐 네 차례나 대서양을 항해했지만, 한 번도 미국 땅에 발을 딛지 못했습니다. 놀라운 것은, 알렉산더 폰 훔볼트의 말대로, 우연히 발견된 앵무새 떼가 세계의 역사를 바꾸어놓았다는 사실입니다. 만일 콜럼버스가 플로리다에 당도했더라면, 오늘날 미국을 차지한 자들은 에스파냐 사람들이었을 것입니다. 그렇다면, 오늘날 세계 문명을 주름 잡는 국가는 에스파냐였을 테고, 에스파냐어가 세계 통용어로 사용되었을 것입니다. 요약하건대, 과학 기술 유토피아와 지리학적 유토피아 속에는 주어진 현실을 추월하려는 인간의 갈망이 반영되어 있습니다. 여기서는 어떤 목표의 상이 나타납니다. 그것은 다름 아니라 완전한 세계라는 목표로서의 장소를 가리킵니다. 경험적으로 이미 이룩된 것보다는 훨씬 더 완벽하고 본질적인 현상들이 인간의 갈망 속에 이미 하나의 상으로 축조되어 있습니다.

계속하여 블로흐는 회화 예술과 문학 예술을 언급합니다. 가령, 회화 예술 속에는 더 나은 삶의 바람직한 장소가 예술적으로 형상화되어 있습니다. 여기서 블로흐는 표현주의 화가 프란츠 마르크의 말을 인용합니다. "그림 그리기는 다른 공간에서 다시 태어나려는 행위"라고 합니다. 따라서 그림 속의 공간은 화가가 다시 태어나고 싶은 곳과 동일하다고 합니다. 뒤이어 인간의 한계를 넘어서는 가상적인 인물들이 묘사되고 있습니다. 예를 들면, 돈 조반니, 오디세이, 파우스트 등이 바로 그 주인공들입니다. 특히 파우스트는 세상을 완전히 체험함으로써 스스로를 완성시키고 세계를 완전한 공간으로 만들려는 계획을 품고 있었습니다. 그는 마지막에 이르러 어떤 성취된 순간으로서의 "고정되어 있는 지금nunc stans"을 감지합니다. 인간은 신처럼 완벽한 영생을 누릴 수는 없지만, 최소한 어떤 순간만큼은 겸허한 자세로 마치 신처럼 모든 것을 인식할 수 있다는 게 에크하르트 선사의 주장입니다.

예술의 영역 가운데 직접적이면서도 먼 방향에 이르기까지 정확한 외침을 전달하는 것으로서 우리는 음악 예술을 들 수 있습니다. 음악은, 블로흐에 의하면, 아직 완성되지 않은 세계를 음표로써 "그림 그리는" 강렬한 예술이라고 합니다. 나아가 어떤 밝혀지지 않은 존재를 음으로 "보여준다"는 점에서 가장 개방적인 예술이 아닐 수 없습니다. 이러한 입장은 블로흐의 초기 저서인 『유토피아의 정신』에서 이미 제기된 바 있습니다.

6. 제5장: 죽음과 종교 그리고 최고선

마지막인 제5장에서 블로흐는 죽음과 종교의 영역을 다룹니다. 동서고금을 막론하고, 사람들이 투영한 죽음 이후의 상에는 권선징악의 특징이 도사리고 있습니다. 가령 "수의壽衣에는 호주머니가 없다"는 속담을 생각해 보십시오. 블로흐는 고대 이집트 시대부터 오늘날에 이르기까지 사람들의 죽음에 대한 견해를 비판적으로 서술합니다. 고대 그리스의 죽음의 영역, 헬레니즘 시대에 나타난 그노시스의 천국 여행의 상, 고대 이집트 사람들의 죽음에 관한 견해, 성서에 나타나는 부활과 묵시록, 모하메드의 천당, 무우주론에 입각해 있는 불교의 열반 등이 차례대로 서술되고 있습니다. 죽음에 대한 두려움은 놀랍게도 여러 종교를 통해서 극복되고 있습니다. 이로써 내세에도 더 낫게 생존하고 싶은 갈망은 죽어 가는, 혹은 죽음을 대하는 인간의 마음속에 계속 생동하게 됩니다. 종교 속에 담긴 모든 축복의 말씀은 죽음과 운명에 대항함으로써 어떤 신비적인 정점을 이룹니다. 사람들은 죽음과 운명에 대한 두려움을 신앙을 통해서 극복해 냅니다. 모든 종교가 죽음 이후의 상을 구체적으로 형상화하는 것은 바로 그 때문입니다. 그런데 유대교 이후부터 메시아 사상이 종교의 커다란 특성으로 자리 잡게 됩니다. 다시 말해, 원시시대부터 발전해 온 종교는 처음부터 완성되어 있는 수동적 목표를 지니고 있는 반면에, 모세 이후에 나타난 종교, 즉 유대교와 기독교 등은 인간의 희망을 역동적으로 완성시키는 능동적 목표를 지니고 있습니다. 그렇기에 유대교 이후에 발전된 종교들은 근원적인 무엇과의 "재결합"을 떨치고, 종말론적인 새로운 나라를 지향합니다. 특히 기독교의 경우, 태초의 알파 대신에 최후의 오메가가 승리를 구가하고 있습니다.

블로흐는 특히 유대인들의 기대감 속에 담긴 메시아 신앙을 추적하면서, 메시아 신앙이 하나의 유토피아임을 해명하고 있습니다. 세상의 구원자를 찾으려는 애타는 믿음은 천년왕국설로 이어져 내려왔습니다. 이는 계시의 사상이며, 모세에 의해서 나타나, 조로아스터교와 마니교의 전투적 이원론을 거쳐서, 기독교로 계승되고 있습니다. 죽음 이후의 상은 특히 기독교에 의해서 천국과 지옥이라는 이원론적 대립으로 절대화되었습니다. 『희망의 원리』에서 부활과 내세는 "혁명적 변화에 대한 하나의 비유"로 파악할 수 있습니다. 내세와 부활은, 블로흐에 의하면, "저세상"과 관계되는 게 아니라, 지금 여기에서의 혁명을 통한 새로운 삶과 관련됩니다. 이러한 까닭에 블로흐가 말하는 기독교 사상은 원시 기독교를 전제로 하는 것일 뿐, 지향하는 바에 있어서 사도 바울 이후에 변질된 교회와는 현격한 차이를 지니고 있습니다. 블로흐는 "지상의 천국"을 마르크스가 의도한 자유의 나라, "계급 없는 사회"와 평행선상에서 이해할 수 있다고 주장합니다. 여기서 우리는 기독교 사상과 사회주의 사상을 접목시키려는 블로흐의 입장을 이해할 수 있습니다.

그 다음에 거론되는 최고선 역시 같은 맥락에서 이해할 수 있습니다. 최고선은 지상을 "고향"으로 만들려는 의향과 관련된 개념입니다. 동서고금을 막론하고, 사람들은 궁핍함을 떨쳐버리기 위해 최고선에 도달하려고 애를 씁니다. 블로흐는 이러한 과정으로 향한 길을 궁극적으로 사회주의 사상에서 발견하려 합니다. 사회주의는, 블로흐에 의하면, 구체적 유토피아를 실천할 수 있는 이상입니다. 그것은 당위성으로서의 사상이며, 그 자체 인간 삶의 목표와 관련됩니다. 삶의 목표는 블로흐에 의하면, "존재이자 동시에 희망Quid pro Quo"입니다. 아벨라르는 다음과 같이 말했습니다. "목표란 어떤 공동의 장소인데, 그곳에서는 동경이 사물보다 앞서 나타나지 않고, 그렇지만 성취는 동경보다도 더욱 경미하다Terminus est illa civitas, ubi non praevenit rem desiderium nec desiderio minus est praemium." 왜냐하면 삶의 목표는 인간이 궁극적으로 추구해야 할 최고선이면서, 아울러 그리로 향해 나아가려고 하는 의향 자체이기 때문입니다. 다시 말해, 과정을 떨친 게 아니라, 과정을 포함하는 궁극적 실체가 삶의 목표입니다. 왜냐하면 과정은 미래에 출현할 무엇을 잉태하기 때문입니다. 인간 존재의 가치는, 블로흐에 의하면, 변모의 과정 속에서 발견됩니다. "변모 속의 존재Sein im Werden"는 목표를 포괄하는 과정으로서의 이상이며, 블로흐가 추구하는 "고향Heimat"의 개념과 같습니다.

7. 블로흐 사상의 특성 (1)

지금까지 우리는 에른스트 블로흐의 『희망의 원리』를 요약해 보았습니다. 그러면 우리는 블로흐 사상의 핵심적 특징을 살펴보기로 합시다. 책에 요약된 특징은 다음과 같이 네 가지 사항으로 요약할 수 있습니다. 1) 블로흐는 플라톤의 이른바 과거 지향적인 "재기억Anamnesis" 이론을 부정하고 희망이라는 기대 정서를 추적함으로써, 미래를 연구 대상으로 삼고 있다. 2) 블로흐는 국가 모델뿐 아니라 인간의 의식 속에 내재해 있는 갈망의 요소를 유토피아의 성분으로 수용함으로써, 유토피아의 개념을 확장하고 있다. 3) 블로흐는 "실현의 아포리아"라는 특성을 지적함으로써, "과정을 포괄하는 목적론"의 가능성을 제기하고 있다. 4) 블로흐는 이념이 지향하는 방향을 우선적으로 고려하여 기독교 사상과 마르크스주의 사상을 서로 접목시키고 있다.

첫째로 블로흐는 플라톤의 이른바 과거 지향적인 "재기억" 이론을 부정하고 희망이라는 기대 정서를 추적함으로써, 미래를 연구 대상으로 삼고 있다. 플라톤의 "재기억" 이론이란 다음과 같이 요약할 수 있습니다. 모든 인식은, 플라톤에 의하면, "이데아에 대한 영혼의 기억"입니다. 이데아는 과거에 존재했던 진리 내지는 영원한 상으로서의 이념입니다. 플라톤에 의하면, 진리는 과거에 있었으므로, 우리는 과거에 존재했던 진리를 그저 다시 기억해 내면 족할 뿐이라고 합니다. 지금까지 대부분의 사상가들은 무의식적으로 플라톤의 "재기억"을 철학적 인식의 토대로 받아들였습니다. 이와 관련하여 대부분의 철학자들은 지금까지 미래의 사항을 철학적 소재로 삼지 않았습니다. 흔히 말하기를, 희망은 마치 "신기루 Fata Morgana"와 같은 것으로 엄밀한 학문의 대상이 아니라는 것입니다. 다시 말해서, 미래에 발생할 내용은 예측할 수도 그리고 학문적으로 밝혀낼 수도 없다는 것입니다. 사실 미래는 신기루와 같은 특성을 지닙니다. 그렇다고 미래가 철학적 대상에서 제외될 수는 없습니다. 철학적 소재에 대한 과거 지향적인 경향은 심지어 변증법을 내세운 과정의 철학자인 헤겔에게서도 엿볼 수 있을 정도입니다. 헤겔의 최후의 개념을 생각해 보세요. 그 속에는 그저 알파와 오메가가 서로 연결고리를 이루며 원을 그리고 있습니다. 다시 말해서, 모든 것에 대한 원초성 내지 원형은 어떤 근원적 존재를 포괄하는 반지의 형태 속에서 알파와 오메가로 머뭅니다. 하나로 연결된 알파와 오메가는 과정 속에 온존해 있는 온갖 새로움의 실체를 유야무야한 것으로 지워버리게 합니다. 이러한 원형의 원칙은 궁극적으로 역사 발전의 의미를 약화시키고, 신화에 근거한 신정론을 은근히 강화시키게 합니다. 알파와 오메가의 결합은 결국 처음과 마지막, 다시 말해 태초와 미래를 연결시키는 사고로서, 인간의 모든 노력을 유한하고, 무가치하며, 헛된 것으로 단정하게 합니다. 그것은 헤겔, 니콜라이 하르트만, 심지어는 프리드리히 니체까지 이어지고 있는데, 미래를 지향하는 철학자라면, 이러한 원형 구조로 고찰하는 철학자들의 과거에 대한 동경을 처음부터 배격해야 할 것입니다(희망의 원리 414쪽).

그렇지만 우리는 과거 사실 자체를 내팽개칠 수는 없습니다. 가령 황금 시대에 대한 추적은 그 자체를 비난할 수는 없습니다. 왜냐하면 우리가 현재의 문제를 직시하고, 미래에 이를 해결하기 위해서 과거를 비판적으로 추적해 나가는 것은 그 자체 매우 중요한 작업이기 때문입니다. 오히려 문제가 있다면, 그것은 찬란했던 과거의 영화로움을 맹목적으로 동경하는 태도입니다. 가령 중세를 동경했던 후기 낭만주의 작가들을 생각해 보십시오. 이들은 과거에서 현재의 난문제를 해결할 수 있는 비판적 촉수를 찾은 게 아니라, 과거 자체를 하나의 바람직한 미의 대상으로 여겼습니다. 이는 "피와 토양Blut und Boden"을 중시하는 반동적 세계관에 근거하는 자세입니다. 과거에 대한 동경은 나아가 과거의 문헌 내지 역사를 하나의 철칙으로 여기는 원전 숭배주의와 관련됩니다. "진리는 오로지 과거 속에서만 발견된다"라든가 "과거에 존재했던 진리만 파악하면 족하다"는 생각은 결국 일종의 원전 숭배주의 내지는 하나의 반동주의의 세계관에 근거하는 것입니다. 반동주의 내지 보수주의의 특성은 본질적으로 체제 안주 내지는 복지부동의 경향을 표방합니다. 이러한 경향은 새롭고 신선한 제반 경향들을 처음부터 거부하도록 작용합니다. 요약하건대, 블로흐는 연구 대상을 희망이라는 기대 정서로 설정함으로써, 지금까지 용인되었던 과거를 맹목적으로 동경하는 세계관 내지 체제 안주를 위한 보수주의를 배격하고 있습니다.

둘째로 블로흐는 국가 모델뿐 아니라 인간의 의식 속에 내재해 있는 갈망의 요소를 유토피아의 성분으로 수용함으로써, 유토피아의 개념을 확장하고 있다. 지금까지 유토피아 연구는 "국가 소설"만을 대상으로 삼았습니다. 국가 소설이라고 함은 "더 나은 국가"를 하나의 문학적 모델로 서술하고 있는 일련의 작품을 가리킵니다. 가령 우리는 독일의 소설가 요한 고트프리트 슈나벨의 『펠젠부르크 섬*Insel Felsenburg*』이라든가, 토마스 모어의 『유토피아』 등을 예로 들 수 있습니다. 그런데 문제는 국가 소설만 어떤 유토피아적 의향을 지니는 것이 아니라는 사실에 있습니다. 가령 주체가 품고 있는 "의식의 지향성Intentionaltät des Bewußtseins"으로서의 갈망을 생각해 보십시오. 인간의 갈망은 낮꿈을 탄생시키며, 낮꿈의 일부는 놀랍게도 사회 개혁의 의지로서 차제에 어떤 긍정적 결실을 맺습니다. 의식의 지향성으로서의 갈망은 특히 문학 작품 속의 등장인물을 통해서 나타날 수도 있습니다. 독문학자인 게르트 우에딩은 "유토피아는 국가 소설이라는 장르로 국한될 게 아니라, 문학 자체가 유토피아이다"라고 주장하기도 합니다(G. Ueding: Literatur ist Utopie, Frankfurt a. M. 1978). 왜냐하면 문학 작품 속의 공간과 그 속에 등장하는 인물들은 작가가 갈구하거나 경고하는 어떤 가상적 사고로서의 유토피아를 주체적으로 드러내기 때문입니다. 블로흐는 의식의 지향성을 강조함으로써, 주체의 내면에 도사린 갈망 내지 "낮꿈"에서 유토피아의 성분들을 중요한 것으로 제시하고 있습니다.

블로흐는 국가 소설을 유토피아의 모델로 삼지만, 특히 종말론적 메시아 사상 속에서 유토피아의 성분을 발견해 냅니다. 블로흐는 14세기 칼라브레제 수도원장인 조아키노 다 피오레의 천년왕국설을 예로 들고 있습니다. 조아키노는 오리게네스의 성서에 대한 세 가지 문헌학적 연구 방법(자구적 읽기, 도덕적 읽기 그리고 영성적 읽기)을 역사철학의 세 가지 단계로 변모시켰습니다. 역사는, 조아키노에 의하면, "파국의 시대(구약 시대)"를 끝내고 "사랑의 시대(예수의 시대)"를 지나쳐서 "모든 기독교인들이 평등한 삶을 구가하는, 이른바 제3의 나라"를 건설하는 시기로 발전된다고 합니다. 이로써 나타난 것이 바로 "천년왕국설"입니다. 천년왕국설은 오랜 시간에 걸쳐서 혁명을 애타게 갈구하던 인민들의 마음속에 엄청나게 커다란 기대감을 심어주었습니다. 20세기 초의 유럽 사람들의 혁명 운동의 열기는 궁극적으로 조아키노 다 피오레로부터 야콥 뵈메를 거쳐, 마르크스로 이어지는 천년왕국설 내지 기독교 신비주의 사상의 맥락에서 이해되어야 할 것입니다.

요약하건대, 블로흐는 국가 소설에 나타난 유토피아 모델과 주체의 의식 속에 투영된 유토피아적 성분들을 포괄함으로써, 유토피아의 영역을 확장시킵니다. 우리가 여기서 중시해야 할 사항은 유토피아의 모델과 유토피아의 성분을 어떻게 정리해야 하는가? 하는 물음입니다. (유토피아의 모델에 해당하는) 국가 소설이 합리적 구도에 의해서 설계된 것이라면, (유토피아의 성분에 해당하는) 낮꿈 내지 종말론적 메시아 사상은 주체의 애타는 갈망 내지는 의향을 내재하고 있습니다. 전자가 절제와 합리적 구획 등에 의해서 가상적으로 만들어진 냉정한 사고라고 한다면, 후자는 찬란한 과거를 순간적으로 의식하여 이를 혁명적으로 실천하려는 열광적 사고라 할 수 있습니다. 그렇기 때문에 국가 소설과 메시아 사상 속에 제각기 도사리고 있는 유토피아는 ― 비록 특징에 있어서는 다르겠지만, 의향에 있어서는 ― 더 나은 삶에 대한 꿈을 "지금 여기"에서 실현하려는 노력을 지니고 있습니다. 비유적으로 말하면, 전자가 유토피아라는 달걀의 노른자위에 해당한다면, 후자는 유토피아라는 달걀의 흰자위에 해당합니다.

8. 블로흐 사상의 특성 (2)

셋째로 블로흐는 "실현의 아포리아"라는 특성을 지적함으로써, "과정을 포괄하는 목적론"의 가능성을 제기하고 있다. 추상적 유토피아는 이를테면 모어, 캄파넬라의 뒤를 이어 연방의 소규모 체제의 사회 유토피아를 추구한 오언, 푸리에 그리고 중앙집권적 사회 유토피아를 추구한 카베, 생시몽 등으로 이어집니다. 이들은 가상적 공간에서 나타나는 바람직한 사회상을 다루고 있습니다. 이들은 주어진 사회의 문제점을 직접적으로 언급하지 않고, 계급 문제가 극복된, 가상적인 어떤 이상 사회를 묘사하였습니다. 여기서 주어진 사회의 현실적 측면이 반영되지 않는 것은 아닙니다만, 일차적으로 가상적인 공간 내에서의 사유재산 철폐, 계급 문제, 제반 생산과 인간 삶의 문제가 다루어지고 있습니다. 그러나 구체적 유토피아의 내용을 담고 있는 『자본』의 경우는 이와 반대됩니다. 예컨대 마르크스는 자신이 내적으로 추구하던 "계급 없는 사회" 내지 "자유의 나라"를 명시적으로 천착하지 않았습니다. 실제로 마르크스의 저서들은 주어진 현실적 모순 구도를 세밀하게 분석하는 작업에 95%를 할애한 반면에, 계급 없는 사회 내지 자유의 나라에 관한 언급은 5% 미만, 즉 극도로 제한되어 있습니다. 이는 지극히 의도적입니다. 우리는 여기서 마르크스의 깊은 사고에서 비롯된 신중함을 간파할 수 있습니다. 예컨대 미래에 도래하게 될 바람직한 사회는 주어진 현재 상태에서 단 하나의 구체적인 상으로써 확정할 수 없습니다. 말하자면, 마르크스는 미래의 어떤 바람직한 사회를 단 하나의 구체적인 상으로 단정짓거나 못 박는 대신에, 그것을 개방시키고 싶었던 것입니다. 이로써 그는 서구 관념론의 궁극적 목표에 해당하는 "마지막 원인causa finalis"을 "(새롭게) 효력을 발휘하는 원인causa efficiens"으로 대치시킬 수 있었습니다.

블로흐는 마르크스가 염두에 둔 목표의 개방성과 관련하여, 최종지점으로서의 유토피아의 목표를 서술합니다. 우리는 앞에서 성취의 우울 내지 실현의 아포리아에 관해서 자세하게 살펴보았습니다. 사실 인류가 계속 살아가는 한, 인간의 목표는 (그게 무엇이든 간에) 완전하게 실현될 수 없습니다. 그것은 끊임없는 새로운 갈망을 복합적으로 만들어내고, 목표는 다른 목표와 혼합되어 새로운 모습으로 태동하기 때문입니다. 사실 인간의 삶은 유한하지만, 인류의 삶은 영속적으로 이어질 것입니다. 한 인간이 죽는다 하더라도, 다음 세대의 자손이 계속 살아가는 경우를 생각해 보세요. 그렇기 때문에 인간이 존재하는 한, 인간이 추구하는 갈망과 이와 병행하여 나타나는 환멸 역시 존속될 것입니다. 이와 관련하여 말씀드리자면, 목표의 성취란 가설적으로는 존재하나 현실적으로는 존재할 수 없습니다. 왜냐하면 인간의 궁극적 목표가 성취된다고 가정할 때, 성취의 순간에 또 다른 새로운 목표가 설정되기 때문입니다. 이는 유토피아의 기능 속에 내재한 "자동적 지시의 특성" 때문입니다(Wilhelm Voßkamp: Utopieforschung, Bd. 1. Vorwort, Stuttgart 1981, S. 8f.). 어쨌든 블로흐는 목표의 특성을 "과정을 포괄하는 결과로서의 목표"라는 용어로 해명합니다. 이를 비유적으로 말하면, 과정 속에는 어떤 새로운 면모를 지닌 목표가 "배태"되어 있습니다. 요약하자면, 블로흐는 목표가 지닌 개방적 · 역동적 특성을 고려하여, 과정 속의 목표, 목표의 변모 가능성의 전제조건 등을 철학적 관건으로 수용하고 있습니다.

넷째로 블로흐는 이념이 지향하는 방향을 우선적으로 고려하여 기독교 사상과 마르크스주의를 서로 접목시키고 있다. 마르크스주의는 주지하다시피 추적하는 방향에 있어서 크게 두 가지 사항으로 나누어집니다. 그 하나는 주어진 사회의 계급적 모순을 치밀하게 분석하는 작업이며, 다른 하나는 더 나은 삶에 대한 가능성을 예술적으로 선취하는 작업입니다. 전자가 주로 사회과학이 담당해야 할 학문적 시도라면, 후자는 인문과학과 예술이 담당해야 할 학문적 · 예술적 시도일 것입니다. 블로흐는 전자를 냉정하고 치밀한 분석 작업을 요한다는 점에서 마르크스주의의 "한류"로, 후자를 찬란한 평등 사회의 삶에 대한 열광적인 선취를 전제로 한다는 점에서 마르크스주의의 "난류"로 규정하고 있습니다. 그런데 문제는 마르크스주의가 정치경제학의 관건으로 축소되어, 후자, 즉 마르크스주의의 난류를 거의 무시한다는 사실에 있습니다. 마르크스주의는 마치 정치경제학자들만이 다룰 수 있는 연구 대상으로 취급되는 실정입니다. 그러나 더 나은 사회를 예술적으로 철학적으로 선취하고, 더 나은 사회를 향한 목표 의식을 첨예하게 가꾸는 일은 정치경제학 외의 다른 영역에서도 반드시 필요합니다. 예컨대 우리는 마르크스주의와 기독교 사상의 접목 가능성을 심도있게 숙고해야 할 것입니다. 물론 두 사상은 내용 및 방법론에 있어서 엄연히 다릅니다. 그러나 그것들은, 지향하는 바를 고려할 때, 어떤 놀라운 유사성을 드러내고 있습니다. 블로흐는 기독교의 이념을 "사랑의 공산주의"라고 규정하였습니다. 그리스도의 사상은 로마제국에 대해 적대적이었고, 이로써 예수는 십자가에 못 박혀 죽었습니다. 오늘날의 교회는, 블로흐에 의하면, 예수의 가르침을 전하는 곳이 아니라고 합니다. 오늘날 대부분의 교회는, 엄밀히 따지면, 사도 바울 이후로 체제 옹호적으로 변화된 공간입니다. 타르수스 출신의 사도 바울은 예수를 한 번도 만난 적이 없으며, 교회의 전파를 위해서 "내세"와 "참회"를 강조했습니다. 기독교의 근본 이념인 사랑의 공산주의를 실천하는 일은, 블로흐의 견해에 의하면, 근본적 의향을 고려할 때, 사회적 평등을 실현하려는 마르크스의 과업과 궁극적으로 동일합니다. 다시 말해서, 사회의 이상이라는 측면에서 기독교 사상과 마르크스주의는 동일한 근원을 지니고 있다는 것입니다.

혹자는 마르크스가 무신론을 표방하면서 "신은 죽었다"고 말했다고 항변할지 모릅니다. 이러한 항변은, 사실을 고려할 때, 그 자체로 옳습니다. 흔히 동구에서는 "종교는 인민의 아편"이라는 생각이 거의 보편화되어 있는 반면에, 서구의 반공주의자들 가운데에는 기독교인들이 대다수이니까요. 그렇지만 우리는 일단 마르크스가 그렇게 주장하게 된 사회적 배경을 우선적으로 고려해야 할 것입니다. 서구에서는 오랫동안 기독교가 만인의 삶을 이데올로기적으로 통제하는 역할을 담당해 왔습니다. 그래서 마르크스는 시민사회의 이데올로기로 기능하는 기독교의 기능을 깡그리 분쇄하지 않는 한, 사회의 변화는 불가능하다고 판단했습니다. 다시 말해서, 마르크스는 종교의 그러한 부정적 기능을 신랄하게 비판했을 뿐, 종교가 처음부터 의도하는 세계 구원의 의지 자체를 거부한 것은 아니었습니다. 따라서 우리는 "동구에는 무신론, 서구에는 기독교"라는 말 자체가 현재 주어진 상황에 바탕을 둔 지극히 피상적인 등식이라는 사실을 이해할 수 있을 것입니다. 요약하건대, 블로흐는 기독교 사상과 마르크스주의를 접목하려고 시도하였습니다. 이를 위한 전제조건으로서 그는 본연의 기독교 사상의 핵심을 찾는 작업과 마르크스주의의 난류를 확산시키는 작업 등을 제시하고 있습니다.

9. 『희망의 원리』의 문제점

마지막으로 에른스트 블로흐의 『희망의 원리』에 도사리고 있는 문제점을 조심스럽게 지적하도록 하겠습니다. 첫째로 블로흐는 "사회주의"의 이념을 도덕적 당위성을 갖는 것으로 강조합니다. 주지하다시피 기존 사회주의는 구체적 실천 과정에서 실패하고 말았습니다. 소련은 몰락하고, 사회주의 국가들 역시 오늘날 대부분 사라졌습니다. 블로흐의 『희망의 원리』는 과거의 문헌이므로, 국가적 차원의 사회주의의 몰락에 대해 확실하게 답변하지는 못하고 있습니다. 다만 우리는 다음과 같이 말할 수 있습니다. 즉, 기독교의 이상은 오늘날 존속되고 있지만, 사회주의의 이상은 그렇지 못한 것 같다고 말입니다. 천 년에 걸친 교회의 수많은 타락에도 불구하고 기독교가 생명력을 유지하는 까닭은 종교가 항상 갈망의 차원에 머물고 있기 때문입니다. 이에 반해서 사람들은 기존 사회주의의 몰락 이후에 사회주의의 이상을 더 이상 신뢰하지 않으려 합니다. 이로써 유토피아의 이상은 마치 신기루로 밝혀지고, 주어진 것은 오로지 눈앞의 현실밖에 없는 것처럼 보입니다. 그렇지만 사회주의가 어떤 갈망 내지 이상의 차원에서 수용된다면, 사회주의의 이상은 전적으로 배격될 수는 없을 것입니다. 상기한 내용은 블로흐 사상의 일방적 수용과 관계되는 것입니다. 만인이 자유롭고 평등한 삶을 누리는 것은 인류의 오랜 숙원이었습니다. 국가 차원에서 시도된 사회주의가 실패로 돌아갔다고 하더라도 맨 처음의 노력이 모조리 헛된 것이라고 단정할 수는 없습니다. 비유적으로 말하면, 미래의 사람들은 국가중심주의는 아니라 하더라도, 어떠한 형태든 간에 "세계의 공동적 아궁이"(클레안테스)에 계속 불을 지필 것입니다.

블로흐 철학은 사회주의의 이상과 기독교의 이상을 다른 차원으로 구분하는 것이 무의미하다고 판단합니다. 왜냐하면 평등의 이념으로서 공산주의와 기독교에서 말하는 사랑의 공산주의는 의식의 지향성에 있어서 동일하기 때문입니다. 그렇기에 블로흐의 학제적 사고는 오로지 신학의 영역에서만 영향을 끼칠 수는 없습니다. 블로흐에게 중요한 것은 제반 학문 사이의 구분이 아니라, 학제적 관련성입니다. 이러한 관련성은 특정 연구 분야들이 지향하는 공통 특성으로 인해서 성립될 수 있습니다. 유토피아에 관한 학제적 연구는 문학, 철학 그리고 신학 사이의 영역 구분을 파기함으로써 진척될 수 있습니다. 마르크스주의 정치경제학의 근본적 논제는 인간의 평등을 지향한다는 점에서 해방신학의 제반 사회 개혁적인 논제와 연결되지 않을 수 없습니다. 나아가 괴테의 파우스트는, 과정의 유토피아를 고려할 때, 게오르크 빌헬름 프리드리히 헤겔의 『정신 현상학』과 일맥상통하고 있습니다.

둘째로 『희망의 원리』는 방대한 책이며, 학자, 예술가 등 수많은 사람들이 거명되고 있습니다. 그런데 의도적인지는 몰라도 한 사람의 이름이 빠져 있습니다. 그 사람은 프란츠 카프카입니다. 이는 『희망의 원리』의 문제점을 그대로 드러내는 단적인 실례가 아닐 수 없습니다. 카프카는 20세기의 거대한 전체주의적 시스템 속에서 이용당하고 피해당하는 개인의 비극을 가장 적나라하게 묘사한 작가였습니다. 여기서 말하는 시스템은 자본주의일 수도 있고, 사회주의일 수도 있습니다. 사실 카프카의 작품만큼 내적 깊이를 지니고 있으며, 다양한 각도에서 해석되는 문학도 드물 것입니다. 블로흐는 카프카 문학의 본질을 누구보다도 잘 알고 있었습니다. 가령, 그의 책 『문학 논문들 *Literarische Aufsätze*』에서는 카프카 문학이 여러 번 언급되고 있습니다. 그렇다면 블로흐는 어떠한 이유에서 카프카 문학을 『희망의 원리』에서 배제했을까요? 20세기의 국가 시스템은 개개인의 사적인 삶을 끊임없이 방해해 왔습니다. 이로써 나타난 것이 주지하다시피 조지 오웰, 올더스 헉슬리, 예브게니 이바노비치 자먀찐 등이 다룬 바 있는 부정적 유토피아 내지 디스토피아입니다. 그런데도 블로흐는 이에 관한 언급 내지는 극복 가능성 등을 제시하지 않았습니다. 그 이유는 다음과 같습니다. 디스토피아 내지 부정적 유토피아는, 블로흐에 의하면, 긍정적 유토피아의 범주에 포함되는 소개념입니다. 왜냐하면 더 나은 삶에 관한 인간의 꿈은 긍정적이고 찬란한 사회 설계뿐 아니라, 부정적이고 암울한 경고의 상을 통해서 얼마든지 출현할 수 있기 때문입니다. 부정적 유토피아 내지 디스토피아는 블로흐의 눈에는 나쁜 현실을 역으로 비판하는, 다시 말해 "부정의 부정Negation der Negation"이라는 방법론으로 비쳤을 뿐입니다.

셋째로 블로흐의 『희망의 원리』는 인간 삶의 중요한 동인을 희망이라고 말합니다. 꿈을 상실한 인간에게는 더 이상 살아갈 의욕이 없지 않습니까? 그런데 혹자는 블로흐의 책이 인간학 내지 인간 중심주의의 차원을 벗어나지 못한다고 비난합니다. 실제로 블로흐가 이른바 "자연 주체"에 관해서 언급하지 않은 것은 아니지만, 책 속의 논리는 인간의 관점 내지 인간 중심주의의 틀에서 벗어나지 못하고 있습니다. 특히 생태계의 파괴를 고려할 때, 블로흐의 사상은 어쩌면 부분적으로 시대착오적 특성을 드러내는지 모릅니다. 한스 요나스가 『책임의 원리』에서 오늘날 사람들에게 절실한 윤리 의식은 희망이 아니라 책임이라고 역설한 것도 그 때문입니다. 그렇다고 우리가 유토피아의 속성으로서의 "새로운 무엇"을 전적으로 배격해야 할까요? 아마 그럴 수는 없을 것입니다. 왜냐하면 우리는 모든 것을 결과적으로 고찰하고, 인본주의의 의미를 처음부터 부정할 수는 없기 때문입니다. 생태계 파괴 현상은 20세기 중엽부터 지구상의 당면한 과제로 부각되었습니다. 그러나 그것은 하나의 현상으로서, 인간의 갈망에 바탕을 둔 유토피아의 세계관과는 근본적으로 차원을 달리합니다. 우리는 에너지 고갈, 생태계 파괴 등과 같은 문제점을 해결하기 위하여 새로운 구체적 유토피아의 가능성을 찾아내야 할 것입니다. 물론 요나스의 "책임 의식" 그리고 테오도르 아도르노와 귄터 쿠네르트 등이 내세우는 "참된 절망" 역시 인간의 자기반성을 촉구한다는 점에서 소중한 사고입니다. 그러나 참된 절망의 인식은 인류가 막다른 골목에 처해 있다는 절규일 뿐, 그 해결책은 아닐 것입니다.

IV

에른스트 블로흐의 예술적 범주, "예측된 상"

갈망에서 실현까지, 설레는 심리 속의 다섯 가지 모티프

차단된 미래, '아직 아닌 존재' 에 관한 판타지

에른스트 블로흐의 예술적 범주, "예측된 상"

훌륭한 문학 작품은 우리에게 예측된 상을 보여준다. 왜냐하면 그 속에 때로는 바람직한 미래가, 때로는 추악한 미래가 가상적으로 구현되고 있기 때문이다.

(블로흐)

1. 들어가는 말

이 글은 크게 나누어 다음과 같은 두 가지 사항을 다루려고 한다. 그 하나는 블로흐 예술론의 핵심적 개념인 "예측된 상" 내지 "선현先顯의 상"을 파악하는 작업이요, 다른 하나는 시대정신을 고려할 때 블로흐가 어떠한 문학적 · 예술적 입장을 취했는가? 하는 문제를 추구하는 작업이다.[1]

블로흐의 "예측된 상"은 (스스로 20년대부터 추적한 미학적 개념인) '현상Erscheinung,' '가상Schein' 등과 어떤 관련성 속에서 도출된 개념일까? 이 문제는 존재론적 차원의 미학에 바탕을 두기 때문에 간략히 논술한다는 것은 부족할지 모른다. 그러나 블로흐의 예술론적 개념은 자신의

1. "Vorschein"은 "선현의 상"으로 번역되어야 할지 모른다. 그럼에도 불구하고 필자가 "예측된 상"이라는 표현을 선호하는 까닭은 다음과 같다. 즉, "예측된 상"은 상이한 두 개념인 '현상' 및 '가상'과 명확히 대비되고 있기 때문이다.

오랜 철학적 성찰을 통해 나온 것이기 때문에 생략할 성질의 것이 아니다. 따라서 우리는 '가상假象'과 '현상'에 관한 논의를 제2절과 제3절에서 먼저 다루기로 한다. 제4절은 '예측된 상'의 미학적 특성을 논할 것이다. 여기서 예측된 상이 지니는 개방 및 과정의 특성이 분명히 드러나게 될 것이다. 제5절에서 우리는 예술 사조로서 표현주의에 대한 블로흐의 입장을 논하려고 한다. 이른바 "표현주의 논쟁"과 관련된 블로흐의 입장은 구체적 역사 속에 드러난 자신의 고유한 예술론인 셈이다. 제6절은 블로흐의 예술관에 나타난 생산 이론적 특성을 개관하려고 한다. 여기서 필자가 굳이 '개관'한다고 표현한 까닭은 생산 이론이 아직도 명확하게 규명되지 않은, 학문적으로 정착되기 힘든 이론이기 때문이다.

2. '가상'과 '현상'의 철학적 의미

'가상'과 '현상'에 관한 문제는 철학자들에 의해서 끊임없이 제기되어 왔다.[2] 존 로크는 자연이 단순한 양으로서, 그러니까 잴 수 있거나 수학적 관계 속에서만 존재하는 것은 아니라고 말했다. 그리하여 로크는 자연의 질적인 면을 구제하며, 하찮은 현상의 배후에는 모든 특수성을 초월한 보편적 본질이 내재한다고 생각하였다. 이에 비하면 자연과학자들은 '가상,' 즉 '질적인 상'의 이중성은 분명히 구별되지 않는다고 주장하였다. 여기서 이중성이라는 말은 '가상'이 참된 본질과 거짓된 본질을 내포할 수 있다는 사실을 의미한다.[3]

2. 근대 철학의 존재론적 논의 사항은 철학자의 시각과 그 대상의 다양화 때문에 여기서는 일단 생략하기로 한다. 가령 아리스토텔레스는 질료의 개념을 '이 세상에 충만된 형체(εἴδη)'에 대해 '발전 내지 전개되는 가능성의 특징(δυνάμειδν)'으로 설명한 점, 중세 신플라톤주의자들이 가시적인 것과 불가시적인 것을 구분할 때 후자를 신적인 것으로 내세운 점 등을 생각해 보라.

3. Siehe I. Kant: Kritik der reinen Vernunft, Hamburg 1956, S. 299.

칸트는 '상' 과 '현상' 을 구별하였으나, 그의 논리에 의하면, 인간은 오직 현상만을 판단하고 감지할 수 있다고 한다. 즉, 현상이란 우리의 경험적 부분이자 감각적 부분이므로, 현실 속에 위치하는 주어진 것이라고 한다. 그러므로 주어진 것에서 인간이 독자적으로 감지할 수 있는 영역은, 칸트에 의하면, 수학이나 기하학 등 감각을 표현한 것에 국한될 뿐이다.[4] '현상' 이 판단될 수 있고 또한 반박될 수 있는 것이라면, 변증법적인 '상' 은 이와 반대라고 한다. 가상이 변증법적인 까닭은 그것이 스스로의 모습을 나타내려는 노력을 통해서 이미 모순 속에 엉켜 있기 때문이다. '상' 을 분명히 밝히려는 인간 인식의 "오만한" 태도는 '상' 에 대한 독단주의를 낳게 한다. 그럼에도 불구하고 '상' 은, 칸트에 의하면, 해결되지 않은 것이다. 선험적 상은 인간의 이성 속에 필연적으로 내재해 있으며, 그 범주는 오성 속에 포함된다. 그것은 특정한 현실 대상과 아직 관련되지 않았지만, 그렇다고 해서 그게 단순한 의미에서의 거짓이나 환상은 아니다.

칸트는 선험적 상 내지는 선험적 가상이라는 개념을 사용하여, 현상의 논리와 변증법적 가상의 논리 사이의 대립을 규명하였다. 전자의 논리는 경험의 객관적 법칙을 규정하는 것이요, 후자의 논리는 다양한 지식을 일원화하거나 확대시키기 위하여 연구의 규범적 방향을 발전시키는 것이다. 이성의 규범적 이념은 말하자면 구성된 오성에게 고유한 활동 및 행위 방향의 목표를 제시한다.[5] 칸트에게 중요한 것은 사고와 인식이 "끝없이 근접하며 이어져 나가는approximativ" 활동이었다. 그러므로 경험할 수 있는 '현상' 과 그 한계를 벗어나려는 '상' 내지는 '가상' 의 대립은 계속 존재한다고 칸트는 생각하였던 것이다. 그런데 현상이 아니라 변증법적인 상은 윤리적 사고의 독자적 특성 속에 뿌리를 내리고 있다. 따라서 그것은 동일한 차원에서 '현상' 과 대립할 수 없다는

4. 같은 책, S. 352f.
5. 같은 책, S. 633.

의문이 속출하게 된다.

상은 이론적 인식과 결부된 규범적 이념으로서 다루어지며, 인간의 지식을 체계화하여 가설을 통한 완결된 시스템으로 기능해야 한다는 생각은 여기서 중요하지 않다.[6] 이보다 더 중요한 것은 경험의 한계를 넘어서는 '상'의 이중성이다. 다시 말해서, 여기서 문제가 되는 것은 공개적으로 이행해 나가는 '상'의 방향 및 그 도전적 특성이다. '상'의 선험성이 문제의 초점이라면, 우리는 다음과 같이 말할 수 있다. 즉, 목표에 대한 사고는 처음부터 선험적 근원을 지닌 게 아니라, 칸트에 의하면, 경험 속에서 구현되어 나가는 것이다. 과연 '상'이 어떤 현혹이나 속임수에 유혹당할 것인가? '상'은 본질적으로 어떤 의미를 담고 있을까? 이러한 문제는, 칸트의 경우, (아직?) 해결되지 않은, 그러나 끝없이 해결을 추구해 나갈 수 있는 물음이다.

헤겔은 칸트의 이러한 형이상학적 성찰을 뛰어넘으려고 한다. 칸트가 현상과 상을 그것의 이원적 해결 과정의 논리로 설명하려고 한 반면, 헤겔은 본질조차도 현상 속에 내재해 있다고 생각한다. 만일 본질이 현상 속에 담겨 있지 않다면, 본질이라는 존재는 전혀 규정될 수 없다고 헤겔은 주장한다. "본질은 반드시 나타나야 한다. 본질이 하나의 상으로 나타난다는 것은 본질이 직접적으로 파기 내지는 지양된다는 것을 의미한다. 이로써 상은 존재가 아니라 본질을 밝히는 무엇이며, 발전된 상이 바로 현상이다."[7] 여기서 헤겔은 '상'과 '현상'의 변증법적 관계를 논하고 있다. '상'과 '현상'이 근접하는 동안 나타나는 대립은, 헤겔에 의하면, 어떤 변전의 과정에 도달하게 된다. 그런데 쇼펜하우어는 (칸트에 의해 제기된) '상'과 '현상'의 변증법을 "마야의 면사포"라는 인식론적 패러다임으로 비유한 바 있다.[8] 이에 비하면 헤겔은

6. I. Kant: Kritik der Urteilskraft, Hamburg 1974, S. 68.
7. Siehe Hegel: Enzyklopädie der philosophischen Wissenschaft, Hamburg 1968, S. 131.
8. Vgl A. Schopenhauer: Die Welt als Wille und Vorstellung, Bd. 1, Frankfurt a. M. 1986, S. 37.

'상'과 '현상' 사이의 변증법을 논리적 범주의 완성으로 표현하였다. 헤겔의 논리를 따른다면, 이러한 변증법은 변화의 모든 모순 속에서 종결되어버린다. 두 대립 구조는, 변증법적 차원 속에서 충돌할 때, 바로 이 시점에서 지양되고 파기된다.[9] '상'은 원래 스스로 기약했던 것을 변화의 모순 속에서 성취한다. 그러나 실재하는 현상 속에서 그것은 원래의 약속을 저버리고 스스로 일탈되어, 발전된 객관성 내지 절대적 지식 속에서 달리 변화된다. 왜냐하면 결코 사라지지 않는 요청하는 '상'의 특성은 현실의 강력한 변화 때문에 스스로 설정한 규범을 상실해 버리기 때문이다.[10]

3. 블로흐의 개념, "예측된 상"

이와 관련하여 블로흐는 『유토피아의 정신』에서 칸트와 헤겔의 논리에 이의를 제기한다. 물론 블로흐는 헤겔이 추적한, 주체로부터 세계로 확장해 나가는 변증법을 적극적으로 인정하고 있다. 그렇지만 헤겔의 철학에서는 어디까지나 결말을 맺는 것, 위로부터 아래로 향한 궁극적 질서를 강조하고 있다고 블로흐는 생각하였다. 그리하여 블로흐는 칸트에게서 나타난 바 있는, 주체의 불안 및 세상을 해명하려는 인식론적 요구를 계속 추적하였다. 이러한 요구는, 블로흐에 의하면, 주체를 둘러싼 주위의 개방성을 인정하고 있다는 것이다. 다시 말해서, 주체의 이상적 사고는, 블로흐의 견해에 의하면, 사회적 현실의 (긍정적인) 발전에 의해 결말을 맺지 않을 뿐더러, 이와 대립되는 사고와 부딪친다고

9. 루돌프 바로는 헤겔의 파기 내지는 지양이 주어진 것을 부정하거나 무언가를 끝장내려는 게 아니라고 말한다. 오히려 헤겔의 파기 내지 지양은, 바로의 견해에 의하면, 보다 한 단계 높이 발전하려는 개념으로서 부정의 부정으로 설명될 수 있다. 이로써 바로는 이른바 "변증법은 전투적 전체주의적 특성을 지니고 있다"라는 비젠그룬트(아도르노)의 견해를 반박하려고 하였다. Siehe R. Bahro: Die Alternative. Zur Kritik des real-existierenden Sozialismus, Hamburg 1980, S. 24.

10. Siehe Burghart Schmidt: Ernst Bloch, Stuttgart 1985, S. 125.

한다. 그리하여 변증법적으로 새로이 출현하는 것은 처음의 사고나 대립되는 사고가 아니라, 제3의 사고라는 것이다.

"칸트의 견해가 헤겔에 의해 파기되어버린다면, 자아는 모든 면에서 쓸모없을 것이다. 자아가 처음에 모든 사실에 대해 스스로를 포기하거나, 모든 것을 통해 다시 무언가를 파악하려 하거나, 스스로를 완성시키며 행동해 나가든 간에 말이다. (…) 그럼에도 불구하고 무언가를 요구하는 자아는, 그리고 몰락할 수 없는 (자아의) 아포리아를 품고 있는 세상은 가장 좋은 열매요, 체제의 유일한 목표이다. 헤겔이 사람들이 빠져 나올 수 있는 정원이라면, 칸트는 그렇지 않다."[11]

블로흐는 칸트의 상의 이중적 모호성을 해명하기 위하여 "예측된 상"이라는 개념을 도입하였다. 이 개념은 원래 '상'이 지니고 있던 고유한 두 가지 특성을 배제시킨 것이다. 그러니까 거짓이라든가 도저히 이룰 수 없는 미래 속의 공허한 요구 사항 및 위안이 첫 번째 특성이라면, 헤겔의 경우, 지양되고 파기되는 무엇이 두 번째 특성이다. 다시 말해, "예측된 상"은 환상을 배제함으로써 무언가 이룩하려는 구체적 약속을 담고 있으며, 이를 현실화시키려는 동기를 지니고 있는 개념이다. 그것은 (일하며 자신의 의지를 실현하려는 주체에 의해서) 아직 '상'인 무엇을 '현상'으로 화하려는 무엇과 연계시킨다.[12] 이러한 까닭에 '예측된 상'은 칸트가 말하는 "규범적 이념regulative Idee"처럼 체계화된 것은 아니다. (여기서 규범적 이념은 인식의 필연적 규칙이지만, 그 자체 어떤 특정한 인식 내용을 지니지 않은 절대적 이념을 지칭한다.) 그러므로 '예측된 상'은 주체의 이상적 사고 속에 내재하는 것을 헤겔의 경우처럼 변증법적으로 결론을 맺는 것도 아니요, 그렇다고 해서 '상'과 '현상'의 변증법적 지양의 결과도 아니다. 오히려 그것은 객관적으로 실현 가능한 어떤 것을 주관적

11. Bloch: Geist der Utopie, die erste Fassung, Frankfurt a. M. 1985, S. 294.
12. 여기서 말하는 '현상'은 전적으로 칸트의 선험적 의미는 아니며, 변화되는 현실이라는 유물론적 의미를 지니고 있는 단어이다.

으로 (미래를 의식하며) 투시하는 행위를 뜻한다. '상'은 '예측된 상'을 통하여, 비록 멀지만 도달할 수 있고 현실화될 수 있는 미래로 향하게 된다.

'예측된 상'은 주관적 공식과 같은 사고에 바탕을 두고 조직화된 것이 아니라, 객관적이고 실현 가능한 것이 주체에 의해 미리 보여진 것이다. 주체에 의한 미래 지향적 예시 내지 선취先取 행위는 실제 현실에 대한 비판을 통하여 나타난다. 만약 이러한 현실 비판이 없다면, '예측된 상'은 '계획Planung'이라는 개념과 다를 바 없을 것이다.[13] 블로흐가 자신의 첫 번째 저서의 제목을 『유토피아의 정신』이라고 명명한 것도 어쩌면 '예측된 상'의 개념을 명확히 하기 위함이었는지 모른다. '예측된 상'은 주체의 의식이 지향하는 바를 철저히 담지하고 있다.[14]

블로흐는 예술 작품이 규범적인 무엇이라기보다는, 오히려 불확정적인 무엇을 다루고 있다고 오래 전부터 믿었다. 다시 말해, 그는 "예술 작품이란 '가까운 어두움Nähdunkel'을 은유적, 암유적, 상징적으로 담고 있다"고 규정하였다. (여기서 "가까운 어두움"이란 아직 밝혀지지 않은, 인간 삶을 내포하고 있는 존재를 통칭하는 것으로서, 블로흐가 청년 시절부터 추구하던 존재의 의미인 "구성될 수 없는 질문die unkonstruierbare Frage"과 관계되는 개념이다.) 블로흐에 의하면, 예술 작품을 대하는 사람은 작품에서 이러한 가까운 어두움을 찾아내려고 노력해야 한다는 것이다. 이러한 노력은 인간 및 세상과 동일시되지 않는 무엇을 동일한 것으로 끌어올리려는 행위를 의미한다. 예술 작품은 이러한 노력을 통해서 가능한 예견들 가운데 가장 멀리 있는 지평으로 다가서지는 않는다. 오히려 예술 작품은 실제 현실로 나타난 모습, 즉 '현상'을 통해서 역사적으로 초월된 어떤 가능성을 담고 있다. 다시 말하면, 인간은 예술 작품을 대하면서 있는

13. 이에 관해서는 다음의 책을 참조하라. H. Sturm (hrsg.): Ästhetik und Utopie, Tübingen 1982, S. 184-195.

14. 젊은 시절에 무척 가난했던 블로흐는 20년대에 친구 루카치와는 달리 삼류 지식인 취급을 당하곤 했다. 블로흐의 첫 번째 저서는 지휘자 오토 클렘퍼러의 도움으로 간신히 간행되었다.

그대로의 존재를 표상할 뿐 아니라, 그 속에 잠재된 "아직 이루어지지 않은 무엇das Noch-Nicht-Gewordene"을 깨닫는다. 그렇지만 인간의 의식은 간단히 말해서 현실 속에 주어진 '현상'을 인지하는 역할뿐 아니라, 그것을 통해 더 나은 세계를 표상해 내려는 역할을 담당하고 있다.

블로흐에게 중요한 것은 헤겔식의 '현상'과 '가상'의 종속 관계 내지는 지양 및 통합의 관계도 아니요, 칸트식의 상호 끝없는 접합의 과정 자체도 아니다. 전자의 경우, 변증법적 과정 속에서 나타나는 새로운 '현상'과 새로운 '상'은 이전에 존재했던 '현상'과 '상'으로부터 비약해 출현한다. 그렇기에 헤겔은, 블로흐에 의하면, 바로 비약과 출현 사이의 부분을 설명해 주지 못하고 있다. 후자의 경우, 칸트의 입장은 구체적 실현 가능성을 처음부터 인정하지 않고 있다. 그렇기에 현상과 상은, 블로흐에 의하면, 존재와 당위라는 인식론적 이원성을 극복하지 못하며, 영원한 관념론적 유희를 계속하고 있다고 한다.[15]

이러한 블로흐의 입장은 유토피아의 특성과 직결된다. 블로흐에게 유토피아는 문학적 장르도 아니요, 사회학의 원초적 형태도 아니며, 오직 위에서 말한 "의식의 지향성"의 개념으로 설명될 수 있을 뿐이다. 의식의 지향성으로서의 유토피아는 현실의 단순한 "모사Abbild"를 뛰어넘는 개념이다. 인간의 의식은 이러한 의식의 지향성을 소유하기 때문에 의식의 대상에 언제나 종속되지는 않는다. 왜냐하면 인간의 의식은 — 하이데거의 비유를 원용하자면 — '의식된 존재' 속에 휴식하지 않으며, 고유의 운행 시간표를 지니고 있기 때문이다. 이러한 까닭에 블로흐는 "국가 소설" 및 "사회 설계Gesellschaftsentwurf"라는 고정된 장소를 떠남으로써, 유토피아의 기능의 방향을 전환시키고 확장시켰던 것이다.[16]

15. Siehe Bloch: Kant und Hegel oder Inwendigkeit, die Welt-Enzyklopädie überholend, in: ders., Geist der Utopie, die zweite Fassung, Frankfurt a. M 1985, S. 219-236, Hier S. 224ff.

16. Bloch: Das Prinzip Hoffnung, 3 Bde., Frankfurt a. M. 1985, S. 163.

4. 예술 작품 속의 "예측된 상"의 특성

블로흐는 "예측된 상," "유토피아," "구체적인 판타지," "단편성" 그리고 "모델" 등의 개념을 통하여 예술 작품이 지니고 있는 과정의 세계를 관찰하였다. 이로써 그 속에 내재한 "종말론적 현실die eschatologische Realität"에 대한 미래 지향성을 발견하려고 하였다. 여기서는 블로흐 미학의 핵심적 개념인 "예측된 상"에 관해 살펴보기로 한다.

첫째, 블로흐는 "예측된 상"이라는 개념으로써 예술 작품이 그 자체 유토피아를 일깨우고, '아직 이루어지지 않은 무엇'을 추구한다고 설명하였다. 예술 작품은 객관적 현실에 담겨 있는 상을 예술적으로 변형시켜 표출한 것이다. 이러한 변형 작업이 담겨 있는 한 예술 작품은 현실의 변화를 추동하는 가능성 및 가능한 한 완전하게 된 예술적인 세계상을 추구한다. 예술 작품을 위한 변형 작업은 객관적 현실상을 모사하는 데서 나오는 게 아니라, 보다 나은 바람직한 현실상을 그리고자 하는 예술가의 무의식적 의도에서 비롯되는 것이다.

블로흐는 "모든 예술은 '상'이며, 그 자체 현혹과 다름이 없다"는 플라톤주의 내지 신플라톤주의의 예술론을 반박한다. 블로흐에 의하면, '상'은 그 자체 본질이나 다름이 없다. 만약 진리가 (나타나든 나타나지 않든 간에) 어떤 일원성을 지향하지 않는다면, 진리는 없는 것이나 다를 바 없다고 한다. 따라서 블로흐에게 있어서 "예측된 상"은 헤겔이 말하는 진리의 발현으로서의 '상'과 구별된다. 객체의 '아직 이루어지지 않은 무엇'은 (블로흐에 의하면) 스스로를 찾으려 하는, 자신의 의미를 미리 보여주는 것으로서 예술 작품에 표출된다. 그러므로 "예측된 상"이 단순히 주관적 상과 반대되는 객관성을 지니는 것은 아니다. 오히려 그것은 그 자체 유토피아를 일깨우고, 그 가능성의 스케일 속에서 "아직 이루어지지 않은 무엇"을 의미한다.

만약 예술이 유동하는 현실 속에서 아직 이루어지지 않은 가능성을 미리 형상화한다면, 그것은 결코 다음의 사항을 뜻하는 것은 아니다. 즉, 예술 작품이 — 실제 역사의 변화 과정을 미리 파악하면서 — 국가나 사회 유토피아와 유사한, 더 나은 삶을 위한 확정된 방안을 제시하는 것 말이다. 오히려 예술 작품은, 블로흐에 의하면, 어떤 가능성을 향해 열려 있는 현실을 제시하는 기능을 지닌다.[17] 블로흐에게서 예술은 — 헤겔의 경우와는 달리 — 형이상학적으로 규정된 진리를 반대로 노출시키는 것은 아니다. 헤겔은 예술 작품이 형이상학적으로 규정된 진리를 구체화시키며, 예술 작품 속에 직관적으로 구현된 무엇은 철학에 의해 이론적으로 수렴된다고 생각하였다. 그러나 블로흐는 이러한 구분을 인정하지 않고 있으며, 예술 작품은 그 자체가 철학이 추구하는 본질의 문제를 담고 있다고 믿었다.

여기서 우리는 블로흐의 미학적 개념이 지니는 두 번째 특성을 추출할 수 있다. 즉, 블로흐가 예술 작품을 추상적 진리와 체계적으로 구분하지 않았다는 점 말이다. 왜냐하면 그는 '미적인 것을 도구적으로 조직화하는 것은 불가능하다' 고 믿었기 때문이다. 블로흐는 예술의 어떤 분야를 설정하지 않았고, '아름다움' 을 어떤 가능성이 예측된 상의 표현으로 간주하였다. 그렇기에 예술 작품에 나타난 "예측된 상" 은 과정적이고, 개방적이며, 단편적인 특성을 지닌다. 왜냐하면 변화의 과정 속에 있는 현실을 대할 때, 예술가는 미적인 전체적 완전성을 찾아내기 힘들기 때문이다. "예측된 상" 은 예술가로 하여금 변화되어야 할 현실적 모순을 단편적으로 묘사하도록 작용한다. 그러므로 그것은 주어진 그대로의 현실상이 아니라 스스로의 한계성을 초월하는 형상으로 나타나고, 미완未完의 현실상 및 절망 속에서 중단한, 부정적 현실의 편린을 작품 속에 형상화시키게 한다. 단편적 예술 작품의 아름다움은 — 볼프강 이저의 해석학적 용어를 빌면 — 스스로 "빈 공간Leerstelle" 을 지

17. Gert Ueding: Ernst Bloch. Ästhetik des Vorscheins, Frankfurt a. M. 1974, S. 22f.

니고 있다(이는 『유토피아의 정신』에서 표현된 "충만한 삶의 순간적 어두움"이라는 용어와 관련된다). 그렇기에 그것은 객관적 현실의 취약한 부분을 정밀하게 투시하는 데에 가장 효과적으로 작용한다. 블로흐에 의하면, 작품 내의 중단된 부분이나 논리가 비약된 부분은 — 아도르노의 주장과는 달리 — 예술의 수용자로 하여금 허무감 내지는 일회성을 느끼도록 조장하는 게 아니라고 한다.[18] 오히려 그 부분은 아직 완결되지 않은, 이른바 보완적 의미나 여운을 가져다준다는 것이다.

셋째, 예술 작품은 과거에 나타난 상을 가장 훌륭히 모사하는 게 아니라, 아직 해결되지 않은 무엇을 미리 예측하여, 그것을 예술적으로 형상화한 것이다. 그렇기 때문에 예술은 스스로의 미래 지향적 특성 때문에 혁명적 실천을 촉진시켜 준다. "중요한 문학 작품은 **행동을 촉진하는 강물**과 같은 역할을, 세상 속에 담긴 본질적인 것을 명확히 하거나 일깨워 주는 **낮꿈**과 같은 역할을 담당한다. … 시적으로 일치되는 행위에 대한 **상관 개념은 경향성**이며, 혁명적 내용을 문학적으로 형상화한 세계상은 분명히 존재의 **잠재성**이나 다를 바 없다. 예술적으로 나타난 인간의 꿈은 어떠한 진리에 의해서도 압살되지 않는다. 왜냐하면 진리는 사실들을 단순히 모사한 것이 아니라 그 과정을 모사한 것이며, 아직 이루지 못한 무엇, 그 행위자를 필요로 하는 무엇의 경향성과 잠재성을 보여주는 것이기 때문이다."[19]

넷째, '상'과 '예측된 상'을 나타내는 예술은, 블로흐의 견해에 의하

18. 아도르노에 의하면, 스러져가는 자연에 대한 미메시스의 감정은 예술 수용자에게 유토피아에 대한 열광보다는 오히려 이룰 수 없는 인간의 허무한 꿈 내지는 일회성을 유추하게 한다고 한다. Siehe Th. Adorno: Ästhetische Theorie, GS. Bd. 7, Frankfurt a. M. 1972, S. 114f; 그렇기에 아도르노는 한편으로는 인간이 함께 갈구하는 유토피아의 실현에 대한 정치적 · 사회적 가능성을 인정하지 않으며, 최소한 예술 작품 속에 미학적으로 반영될 수 있을 뿐이라고 주장한다.

19. Bloch: Marxismus und Dichtung, in: ders., Literarische Aufsätze, Frankfurt a. M. 1985, S. 135-142, Hier S. 141; 원문에서 고딕체로 씌어져 있는 부분을 필자는 인용문에서 고딕체로 표기하였다.

면, 역사의 과정 속에 처해 있는 세계를 묘사한다. 블로흐에 의하면, 진리는 사실의 모사가 아니라 과정의 모사이다. 진리의 표시는 아직 이루어지지 않은, 아직도 행위자를 필요로 하는 무엇의 경향성과 잠재성이다.[20] 그러니까 그것은 세상과 역사의 종착점을 (비록 전체적 윤곽이나마) 예견하게 해주는 것이라고 한다. 암호나 부호로서 무언가를 나타내는 예술은 그 작품이 탄생된 현실적 상황을 뛰어넘어, 바로 앞으로 다가올 사회적 현실에 영향을 끼치게 된다고 블로흐는 주장한다. 그렇다면 예술 작품이 어떠한 방법으로 그러한 영향을 끼치는가? 이 물음은 바꾸어 표현하면 다음과 같다. "예측된 상"은 현실의 완전한 극복을 지향하고 있는가? 그렇지 않으면 흔히 변증법에서 추론하듯이 미적인 것이 다만 도중에서 완성되는가? 미적 행위가 지향하는 바는 무릇 "전체적 충만성"을 나타내려고 하며, 예술가 또한 무의식적으로 지금까지 사회에서 실천할 수 없었던 무엇을 작품 속에 구현하려고 애쓴다.[21] 이러한 노력을 통해 예술 작품 속에는 지금까지 존재하지 않은, 모든 것으로부터 소외되지 않은 세계상이 은근히 묘사될 수 있다는 것이다. 예술 작품은 그러한 "본질의 전체적인 충만함"을 이룰 수 있도록 문학적 세계상을 다만 수동적으로 후세 사람들에게 남기는 것은 아니다. 오히려 문학 작품은 "본질의 전체적 충만성"에 대해 반역적으로 자극하는 기능을 지니고 있다. 다시 말해, 어느 특정 시대에 나타난 예술 작품은 그 시대를 극복하게 하는 미래 지향적인 유토피아를 내포하고 있지만, 구체적인 시간과 장소를 초월하는 영원한 가치를 지니지는 않는다. 왜냐

20. 이러한 입장은 블로흐의 표현주의론에 그대로 반영되어 있다. Siehe Bloch: Erbschaft dieser Zeit, Bd. 9, Frankfurt a. M. 1985, S. 255-275.

21. 블로흐는 이러한 특성을 그대로 드러내는 용어로서 "낮꿈Tag-traum"을 사용하였다. 블로흐는 낮꿈의 특성을 다음과 같은 네 가지 사항으로 설명하고 있다. 첫째, 낮꿈을 꾸는 사람은 몽환적이고 마취된 상태와는 달리 자발적이다. 둘째, 그는 자아의 존재를 일탈시키지 않는다. 다시 말해, 낮꿈 속에는 그의 존재가 작위적으로 뒤바뀌지는 않는다. 셋째, 낮꿈 속에는 세상을 개혁하려는 의지가 담겨 있다. 넷째, 낮꿈의 최종 목표점은 미리 확정되어 있지는 않다. 블로흐: 『희망의 원리』, 더 나은 삶에 관한 꿈, 서울 1994, 160-187쪽.

하면 인간의 더 나은 미래에 대한 꿈은 그것이 충족되는 순간 스스로 변화되어, 다시 새로운 꿈을 잉태시킨다. (블로흐는 "충족되는 순간의 아포리아"를 성취의 우울이라고 명명한 바 있다.) 이와 마찬가지로 예술 작품은 "본질의 전체적인 충만함"을 끝없이 추적하는 가운데, 시대적 변화로 인해 비판받을 수도 있고, 그 가치를 새로이 인정받을 수도 있다.

5. 표현주의에 대한 블로흐의 태도

지금까지 우리는 블로흐의 "예측된 상"에 관해서 살펴보았다. 이 절에서는 블로흐가 실제 예술 운동으로서 나타난 표현주의 및 (사회주의) 리얼리즘에 대해 어떠한 입장을 취했는지 고찰하기로 한다.

사람들은 표현주의를 논할 때 블로흐의 예술관을 거의 생략하거나 부수적으로 취급하곤 한다. 그러나 그의 초기 저서인 『유토피아의 정신』이 표현주의 시기에 발표되었다는 사실을 논외로 하더라도, 블로흐의 예술론은 표현주의와 필수불가결한 맥락에서 이해되어야 한다.[22] 그럼에도 블로흐의 초기 작품과 표현주의와의 관련성을 지적한 학자는 한스 하인츠 홀츠, 장 미셸 팔미어 그리고 아르노 뮌스터뿐이다. 이는 아마도 표현주의가 무척 다양하고도 모순적인 문예 운동이라는 데에서 기인한다.

여기서 우리는 다음과 같은 두 가지 물음을 상정할 수 있다. 표현주의는 — 주로 회화나 문학 분야에서 드러나듯이 — 외부의 비참한 현실에 대한 새로운 내면적 저항을 담고 있으며, 이로써 미래 지향적인 유토피아를 담고 있는가? 그렇지 않으면, 표현주의는 그러한 저항을 무계획적으로 표출하기 때문에 결국 허무주의로 방향을 바꾸고 있는가? 하는

22. 그렇기에 아도르노는 "블로흐의 철학이 객관적인 무엇을 끝없이 추구하지만, (그는) 변함없이 표현주의적으로 논리를 개진하며, 그 내적 동기는 문학에 있어서의 표현주의와 공통성을 지니고 있다"고 말한 바 있다. Siehe Th. Adorno: Noten zur Literatur, Bd. II, Frankfurt a. M. 1965, S. 145.

물음이 바로 그것이다. 표현주의는, 한스 마이어도 말한 바 있듯이, "아버지에 대한 반역"이라는 문화 정치적 표현인가, 아니면 시민사회에 대한 젊은이들의 단순한 혐오감의 표현인가?[23] 전자는 문명의 거대한 파괴 후에는 인류 발전의 진보적 걸음이 뒤따를 것이라는 견해에 바탕을 두고 있으며, 후자는 공동체 파괴로 인한 이기주의적 고립 및 허무에 근거하고 있다.

블로흐의 초기 작품이 당시의 참담한 사회를 비판하고 있다고 해서 표현주의와 동일하다고 말한다면 그것은 잘못이다. 물론 아르노 뮌스터가 지적한 바 있듯이, 블로흐의 초기 작품은 "출발der Aufbruch"이라는 특성으로 설명할 수 있다는 점에서 얼핏 보기에는 표현주의와 유사한 것처럼 보인다.[24] 그것은 천년왕국을 기리는 묵시록의 세계관에서 나타나는데, 실제로 많은 젊은 작가들도 보다 나은 세계를 종말론적으로 기리는 절규 등을 작품 속에 형상화하였다. 그러나 블로흐가 이후 계속하여 추구한 희망의 범주가 표현주의 작가의 그것과 병행하여 발전되지는 않았다.[25] 1920년대에 이르러 표현주의 작가들이 희망을 단순히 주어진 참담한 현실에 대한 반대급부로 이해한 데 비하여, 블로흐는 표현주의적 자세에서 "희망"이라는 더욱 큰 개념을 발전시켜 나갔다.

블로흐가 표현주의를 부분적으로 비난했다면, 그것은 다음과 같은 사실에 근거한다. 즉, 표현주의 예술 운동은 시간이 흐름에 따라 비판적 보수주의 및 회의주의로 착색되어, 미래에 대한 "허무적"인 상을 구현했다는 사실 말이다. 블로흐는 "허무적nihil"이라는 개념을 철학적으로 구명해 볼 만한 대상으로 삼지 않았다. 왜냐하면 그 개념은 대부분

23. H. Mayer: Zur deutschen Literatur der Zeit, Hamburg 1967, S. 37-52.

24. A. Münster: Utopie, Messianismus und Apokalypse im Frühwerk von Ernst Bloch, Frankfurt a. M. 1982, S. 183.

25. 왜냐하면 표현주의 운동은 시간이 흐름에 따라 스스로 추적하던 '젊음,' '전환 시대' 그리고 '생산성'이라는 슬로건에서 긍정적으로 발전하지 못하고, 결국 허무주의로 전환되거나, 아예 결실조차 맺지 못하였기 때문이다. 이를테면 게오르크 하임이나 르네 쉬켈레는 주어진 비참한 상황의 반대급부로서의 희망을 어떤 두려움에 가득 찬 둔탁함으로 표출시키고 있다.

의 경우 "아직 이루어지지 않은das Noch-nicht-Gewordene" 것이고, 이는 무(허무)를 목표로 하는 게 아니라, 아직 이루어지지 않은 존재로서의 "무엇"을 목표로 하는 것이다. "아직 이루어지지 않은" 존재는 아직 완성되지 않은 유토피아로서의 존재에 포괄되는 개념이라고 블로흐는 설명한다. 그렇기에 유토피아를 도출시키는 가설이야말로 블로흐의 존재론의 출발점이 되는 것이며, 모든 전체주의적인 염세주의를 거부하는 원인이기도 하다. 블로흐가 이를테면 알프레트 몸베르트, 막스 헤르만 나이세, 고트프리트 벤 등의 시에서 나타나는 "인간과 세계의 절망적 상황을 극단적으로 보여주는 예술적 자세"를 비판한 까닭도 바로 여기에 있다.[26]

게오르크 루카치는 1934년에 논문 「표현주의의 위대성과 몰락」을 『국제 문학*internationale Literatur*』지에 발표했는데, 거기서 그는 다음과 같이 주장하였다. 표현주의는 초기 사민당(SPD)의 이데올로기에 불과하며, 보수적인 시민사회에 대한 표현주의자들의 비판은 너무 추상적이며 소시민적이라는 것이다. 또한 표현주의자들이 너무 주관적인 파토스를 강조했기 때문에, 그들의 추상적인 부르짖음은 나중에 파시즘의 대중적인 토대로 변신하게 되었다고 한다. 블로흐 역시 다음과 같은 두 가지 사항으로써 표현주의 운동의 취약점을 지적하고 있다. 그 하나는 표현주의자들이 내세운 자본주의적 시민사회에 대한 비판은 너무 "중립적이고 고대적인 그림자"를 배경으로 하고 있다는 점이다.[27] 블로흐의 견해에 의하면, 현실과 결부된 이상주의 없이는 모사 내지 발언은 불가능하다. 또한 블로흐는 일부의 표현주의는 너무나 주관적 내면성

---

26. Bloch: Geist der Utopie, a. a. O., S. 11.
27. E. Bloch: Erbschaft dieser Zeit, a. a. O., S. 258; 블로흐와 루카치 사이의 견해는 여러 가지 각도에서 규명될 수 있으나(반성완: 「표현주의 및 리얼리즘 논쟁」, 지명렬 편, 『독일 문학 사조사』, 서울 1989, 507-511쪽 참조), 일차적으로 지적되어야 할 사항은 다음과 같다. 루카치는 표현주의 운동을 주로 문학 이론적인 입장에서 비판하였으나, 블로흐는 20세기 초의 시대를 풍미하는 예술 전반에 걸친 문화 운동에서 출발하고 있다.

을 추구하여 사회적 현실과의 관련성을 약화시켰다고 생각하였다. 표현주의 운동의 다른 취약점은 — 이미 언급한 바 있듯이 — "신新즉물주의neue Sachlichkeit"로 변화된 방향이라고 한다. 그렇지만 전체적인 관점에서 볼 때, 블로흐가 표현주의를 긍정적인 문화 예술 운동으로 평가한 것은 사실이다. 표현주의의 세계관에는 "오시안주의Ossianismus"라든가, "꿈꾸는 청춘을 구가하는 자유" 및 "원래의 꿈과 미래의 빛이 용해되어 있는 유토피아의 의지가 담겨 있다"고 블로흐는 주장하였다.[28]

블로흐는 미술 분야에서의 큐비즘과 상징주의를 "대상에서 너무 벗어난 예술"이라고 혹평하면서, 작위적 원칙에 입각한 파괴의 추상적 미학에 불과하다고 말했다. 그렇다고 해서 블로흐가 예술에서의 형식적인 실험 자체를 부정한 것은 결코 아니었다. 그가 큐비즘을 신랄하게 비판한 까닭은 그 사조가 형식만을 지나치게 강조하는 이른바 "기술자 예술Ingenieurkunst"이라는 데에 있었다.[29] 블로흐가 큐비즘을 비판하고 표현주의를 긍정적으로 평가한 이유는 어디에 있을까? 그의 견해에 의하면, 표현주의에서 강렬히 부각되는 것은 "주체의 자기 만남"이다. 주체의 자기 동일성을 찾으려는 노력은 아직 실현되지 않은 현실 및 유토피아를 예측한 상을 통해서 표출될 수 있다는 것이다.

마지막으로, 블로흐가 논한 바 있는 인상주의와 표현주의의 관계를 살펴보기로 한다. 종래의 화풍을 뒤엎는 주관주의 및 이 세상의 신비스러운 베일을 담기 위하여 추적한 고흐의 인간 내면세계, 풍경화 속에 담긴 세잔의 우울과 불안은 표현주의와 일맥상통하는 특성들이다. 그런데 블로흐는 이 두 사조의 차이를 설명하기 위하여 "기억 상실"이라든가 "주체의 인식 확장"이라는 개념을 동원한다. 인상주의는 사물이나 대상을, 주체의 심적 상태를 반영하는 매개체로 본다. 비록 인상주의는, 블로흐의 견해에 의하면, 그것을 격정적으로 묘사하지만, 공허

28. 같은 책, 161쪽.
29. E. Bloch: Geist der Utopie, a. a. O., S. 43.

한 메아리처럼 개인적 차원에서 머물 뿐이라고 한다. 이에 비하면 표현주의는 — 마치 카스파 하우저Kaspar Hauser가 자신의 과거를 기억해 내고, 인간 사회에서의 공동생활의 원칙과 인간의 언어를 배우듯이 — 개인의 가장 깊고도 원초적인 문제를 다루되, 그것이 "우리의 문제"로 증폭되는 특성을 지니고 있다는 것이다.[30]

이렇듯 표현주의 예술 작품은, 블로흐에 의하면, 개인의 문제에서 출발하여, 주제 인식의 확장을 통해서 우리의 문제로 거슬러 올라간다. 이는 블로흐가 초지일관 추적해 온 "구성될 수 없는 문제"라든가, "우주론적인 자기와의 만남" 등의 근본적 문제와 접목되어 있다. 그리하여 블로흐는 『유토피아의 정신』에서 테오도르 도이블러, 프란츠 마르크, 샤갈, 칸딘스키 등을 언급하며, 도이블러Däubler와 프란츠 베르펠Fr. Werfel 등의 문학에 담긴 영혼의 내면성 및 새롭게 해방을 가져다줄 인류의 부활을 긍정적으로 평가하였다.

6. 생산 이론으로서 블로흐의 예술론

블로흐의 예술론은, 마르크스 미학의 입장에서 본다면, 반영 이론보다는 생산 이론의 범주에 가깝다고 말할 수 있다.[31] 반영 이론이 주어진 현실의 문제점을 모사, 반영하는 작업을 중시한다면, 생산 이론은 현실에서 나타날 수 있는 (더욱 과감히 표현하면) 보다 나은 현실상을 생산하는 작업을 중시한다. 전자가 현재와 과거를 투영하여 그 총체성 속에

30. Bloch: 같은 책, 49쪽 참고. 카스파 하우저는 실제 인물로서, 태어날 때부터 어디엔가 고립되어 살다가 뒤늦게 문명사회에 출현한 사람이다. 그의 후견인은 위대한 계몽주의적 법철학자 안젤름 포이어바흐Anselm Feuerbach였다.

31. 여기서 '생산 이론'은 '생산 미학'이라는 개념과는 달리 이해되어야 한다. '생산 미학'은 표현 미학, 수용 미학과 같은 계열의 미학으로서, 사회 현실과 세계관을 중시하는 마르크스주의 미학이다. 이에 비해 생산 이론은 마르크스주의 미학에 예속되는 소개념으로서 반영 이론과 대치하는 것이다.

담긴 전망을 추적한다면, 후자는 미래의 현실상을 새롭게 생산 내지 창출하려고 한다. 전자가 가장 바람직한 사조로서 19세기 리얼리즘을 강조하는 반면에, 후자는 이상적 예술 사조를 미리 규정하지 않는다. 왜냐하면 생산 이론은 과거보다 미래를 중시하는 경향을 지니기 때문이다. 반영 이론이 작가의 창작 의도보다는 문학적으로 형상화된 객관적 현실상을 강조하는 반면에, 생산 이론은 — 비록 작가의 세계관에 오류가 담겨 있다고 하더라도 — 작가의 의도를 적극적으로 드러내기를 권장한다. 전자가 바람직한 장르로서 한 사회를 총체적으로 묘사할 수 있는 장편 소설(혹은 전통적 장편 희곡)을 중시한다면, 후자는 예술 기법과 실험 정신을 담은 시, 단편, 방송극 등의 장르에 관심을 기울인다. 반영 이론이 프란츠 메링, 루나찰스키, 루카치 등에 의해서 체계화되고 사회주의 리얼리즘의 토대가 되었다면, 생산 이론은 트레챠코프, 벤야민 그리고 블로흐에 의해서 개진되었다.[32] 반영 이론이 실제로 토마스 만, 페터 학스 등의 작가에 의해서 문학적으로 실천되었다면, 생산 이론은 주로 브레히트, 하이너 뮐러 등의 작품에서 적용된 바 있다.

블로흐의 리얼리즘 개념은 다음과 같은 현실 인식에서 출발한다. 즉, 이것은 현실을 독단적으로 축소시키거나, 예술 사회학적인 일방성으로 규정되는 것은 아니다. 오히려 블로흐는 예술 작품이 고착된 상을 그대로 모방하는 방식을 거부하며, 이를 비현실적인 방법으로 평가한다. 블로흐의 리얼리즘은 과정으로서의 제반 미적 현상들을 결코 "물화 Verdinglichung"시키지 않으며, 직접적으로 추상화시키지도 않는다. 이 점은 블로흐에게서 나타나는 생산 이론적 특성 가운데 첫 번째에 해당하는 사항이다.

32. 생산 이론이 학문적으로 체계를 이루지 못한 까닭은 이론적 틀 내지는 도식 등을 구도로 설정하는 대신에, 사회의 변화라는 시간 개념이 첨가되고 있기 때문이다. 그밖에도 생산 이론은 당 관료들로부터 언제나 비판의 대상이 되었다. 흔히 생산 이론의 이론가로서 알튀세르의 제자, 피에르 마셔레이를 들고 있으나, 그의 여백 이론은 너무나 도식적이고 구도적이다. 그렇기에 우리는 블로흐의 예술론에서 생산 이론의 근본 특성을 찾을 수 있을 것이다.

그렇기 때문에 블로흐의 예술론은 고전적 미학이 표방한, "예술은 해결되지 않은 조화나 화해를 표방한다"라는 견해를 부정하고 있다. 또한 블로흐는 "예술은 현실의 모순점을 있는 그대로 담으며, 그러한 반영을 통하여 본질과 현상 간의 위화감을 드러낸다"라는 루카치의 견해에 대해서도 수긍하지 않는다. 왜냐하면 본질과 현상의 모순점이 예술 작품에서 수동적으로 발현된다는 루카치의 입장은 예술의 미적 특징을 밝히는 데에 적합하지 않다는 것이다. 루카치의 변증법적 유물론에 입각한 모사 이론은, 만약 그것이 이상주의적 총체성의 사고로 환원되지 않을 경우, 역사적 과정과 합치된다. 그러니까 제반 역사 속에 나타난 미적인 것은 오직 과정으로서의 미적 관념에 의해서만 파악될 뿐이다. 그것은 시대를 관통하며 유효한 보편적 문예 이론으로 설명할 수 없다. 블로흐에 의하면, 예술은 주어진 시대를 반영하되, 작품 및 작가의 의식 속에 투영된 가능한 객관적 현실을 생산해 낸다. 바로 이 점은 블로흐의 생산 미학적 특성 가운데 두 번째 사항이다.

예술 작품에 나타난 "아직 이루어지지 않은 무엇"은, 루카치의 논리에 따르면, '과정이 내재된 총체성'으로 설명할 수도 있다.[33] 그런데 루카치가 말하는 총체성의 개념은 제반 역사적 현실을 정해놓는 조건들의 변증법적인 모순과 직결되는 것이다. 이는 마르크스의 사회 개념에서 제기되는 것이다. 즉, 사회는 '사회' 전체를 뜻하나, 내적인 모순 때문에 '과정 속의 움직임을 담고 있는 전체'라는 의미를 지니고 있다. 어쨌든 블로흐가 변화를 위한 실천의 문제를 역사적으로 그리고 미학적

33. 루카치 역시 블로흐의 미래 지향적 자세를 전혀 부정하지는 않는다. 그는 다만 전망 속에서 열려 있는 앞날의 현실 상황을 유추하게 할 뿐이다. 그러니까 루카치는 어떤 미래의 상황을 "현재에 자발적으로 무언가를 결정해 나가다가 이룰 수 있는 것"으로 규정할 뿐이다. 따라서 루카치의 경우 계급 없는 사회라는 일반화된 추상적 미래상은 그 자체 소극적으로 발견될 수 있다. 루카치는 "미래의 상을 자극하며 현실 변화를 추동하는 개방적인" 유토피아의 특성에 관해 아무런 관심이 없다. 이와 관련하여 부르크하르트 슈미트는 "루카치는 모든 당위성에 대한 현실 초월에 대해 조소하고 있다"고 지적하였다. B. Schmidt: Kritik der reinen Utopie. Eine sozialphilosophische Untersuchung, Stuttgart 1988, S. 175.

으로 철저히 구분하려고 하였다면, 루카치는 이상적 구도로서의 총체성을 미리 설정하고, 훌륭한 예술 작품 속에서 역사적 현상 및 그것의 동질성과 이질성을 캦으려고 하였던 것이다.

예술 작품은, 블로흐에 의하면, '상'과 '모사된 상' 사이의 유사성에 의해 정당성을 지니지 않는다. 오히려 그것은 어떤 현실에 대한 미래 지향적 시각에 의해 가치를 지니게 된다. 여기서 말하는 현실은, 아직 이루어지지 않았지만, 역사적 과정 속에서 고유한 방법으로 출현되고야 말 (미래의) 현실을 지칭한다. 그러므로 미적 기술 내지 방법론은 시대와 장소를 막론한 유일한 미적 타당성을 갖추지 못한다는 게 블로흐의 지론이다. 이 점은 블로흐의 생산 이론을 논할 때 언급되는 중요한 세 번째 사항이다. 블로흐가 츠다노프의 사회주의 리얼리즘 개념을 "사회주의적 세계관과 미적 기술 내지 방법론을 마구 뒤섞어 놓은 것"이라고 이해하고, 이를 "마치 약을 처방하는 듯한 거세된 리얼리즘"이라고 혹평한 까닭도 상기한 이유에서 기인한다. 블로흐의 견해에 의하면, 예술가는 당대의 가장 핵심이 되는 문제를 고발하고 미래상을 탁월하게 형상화하기 위해서 언제나 새로운 기술 및 실험적 방법론을 찾아야 한다.

블로흐가 예술 작품의 질적 향상을 위한 미적 기술 내지 방법론을 미리 설정하지 않았다는 점은 다음과 같은 가설을 확인시켜 준다. 즉, 그의 예술론의 핵심인 "예측된 상"이 예술 작품에 나타나는 바람직한 주제를 위한 거시적, 현상적 해명일 뿐이라는 사실 말이다. "예측된 상"은 확고부동한 철칙의 예술론이 아니다. 그렇기 때문에 블로흐는 모든 예술 작품 속에 더 나은 삶에 대한 인간의 꿈이 담겨 있다고 확정하지는 않았다.[34] 오히려 미래의 상은 새로운 것에 대한 갈망이요, 놀라운 사실에 대한 기다림에 바탕을 둔 것이다. 브레히트가 『마하고니』에서

34. 이를테면 헨릭 입센의 시민 계급에 대한 증오, 고트프리트 켈러의 목가적이고 성적 · 심리적 갈등에서 나온 냉소주의, 19세기 말의 영국의 여행 소설, 시민적 이상주의가 살롱에서 출현했다고 파악한 테오도르 폰타네 프로이센 제후와 같은 시각, 카를 마이의 아메리카 인디안 소설 등은 "예측된 상"과 거리가 멀다.

표현한 "무언가가 부족하다"는 깨달음이야말로 긍정적 의미에서 리얼리즘의 이상적 기능을 수행할 수 있는 것이다. 그러므로 예술 작품은, 블로흐에 의하면, 어떤 행복한 사회상을 창출할 때뿐만 아니라, 비참한 사회상에 대한 격분을 담을 때에도 "예측된 상"의 전도된 모습을 드러낸다. 그렇기에 블로흐는 17-18세기의 긍정적 삶의 방식을 묘사한 국가소설, 19-20세기의 비참한 사회상을 그린 소설들의 예술적 가치를 인정하고 있다. 이를테면 올더스 헉슬리의 『멋진 신세계』, 조지 오웰의 『1984년』, 자먀찐의 『우리』 등을 들 수 있다.[35] 블로흐의 "예측된 상"은 훌륭한 예술 작품의 역사적 맥락 및 예언적 특성을 고려한 거시적 · 현상적 개념일 뿐이지, 확정된 세계관 및 확정된 기술을 정당화하기 위한 절대 개념은 결코 아니다.

블로흐의 미학은 예술가에게 객관적 현실의 과정을 — 마치 비서가 그러한 일을 수행하듯이 — 수동적으로 추적하지 말고, 독자적으로 과정에 합당한 방법론을 찾을 것을 제시한다. 말하자면, 블로흐는 예술가의 세계관 및 창작 의도를 (비록 그것이 소박하고 오류를 담고 있더라도) 적극적으로 지지한다.[36] 블로흐에 의하면, "재능이라는 작품 생산의 힘은 문화가 철철 흘러넘쳐 예술 작품을 창출하는 필연적 조건"이며, "현실을 미적으로 구상하여 새로운 변화하는 형상으로 나타내는 힘"이다. 여기서 "변화하는 형상Fortbild"은 소위 사회주의 리얼리즘에서 논의되는 "모사된 형상Abbild"을 수렴 극복하는 개념이다. 이 점이 블로흐의 생산미학의 특성을 논할 때 나타나는 네 번째 사항이다. "…예술적 작업은 계속 진행되는 사건의 걸음에 맞추어 이루어지지는 않는다. 그렇지만 오래된 '모사된 형상 이론,' 즉 활동하지 않는 수동적 이론은 언제나 제기되어 왔다. 마치 칸트가 헛되이 살기나 한 것처럼, 마치 존재에 굴

35. 필자의 문헌과 비교하라. 「볼프의 문학은 반유토피아에 기초를 두고 있는가?」, 『한신 논문집』, 제12집 (1995), 349-374쪽.

36. 이는 루카치의 발자크에 대한 입장과 묘한 대조를 이루고 있다. 루카치는 발자크의 작품 의도 내지 세계관보다는 작품에 묘사된 사회적 현실의 모순 구조에 더 큰 관심을 쏟고 있다.

복한 인간의 행위가 없다는 듯이 말이다. … 만약 독자적 생산이 세상과 무관한 것으로 가로막혀 왔다면, 우리는 새롭게 대두되는 모사된 형상에서 다음과 같은 유일한 것을 제외시켜 왔다. 그것은 다름 아니라 상호 생산에서 가치 있는 무엇이 수정되는 것과 같은 변화하는 형상이다. 그러니까 현실적 사건을 추월하여 헤엄쳐 나가는 방향을 담고 있는 게 바로 변화하는 형상이라는 사실은 더 이상 말할 나위가 없을 것이다."[37] 변화하는 형상은 주어진 현실을 그대로 반영할 뿐 아니라, 이와 결부된 다가올 미래의 현실을 우리에게 보여준다. 그러므로 그것은 사건 속의 고유한 경향 및 계속 발견될 수 있는 어떤 형상의 모태까지 포함하고 있다.

7. 나오는 말

블로흐의 철학 및 예술론은, 비록 음성적이기는 하지만, 구동독 사회에서 지대한 영향을 끼쳤다. '왜 그것이 양성적으로 영향을 끼치지 못했는가?' 하는 물음에 대해서 우리는 다음과 같이 말할 수 있다. 첫째, 블로흐의 마르크스주의 세계관은 특히 그 지향점에 있어서 1917년 레닌 혁명 이후의 정통 마르크스주의와는 판이하게 달랐다. 블로흐는 1848년부터 1917년까지의 마르크스주의 운동 기간을 시대정신에 자극을 가한 상승기로 평가하였지만, 1917년 이후의 운동 기간은 마르크스주의의 하강기라고 평가하였다. 그는 특히 1917년 이후로 사회주의 운동에 있어서 무산계급 및 소시민들이 소외되었다는 점, 더 나은 삶을 위한 비판적 발언이 통제되고 있었다는 점 등을 은근히 비판하였다. 블로흐의 사회 비판은 강단과 논문에 제한되어 있었다.

둘째, 블로흐의 예술론은 수정주의적이라고 비판을 당하며, 실제로

37. E. Bloch: Tübinger Einleitung in die Philosophie, Frankfurt a. M. 1985, S. 157.

1960년대 말까지 예술적 · 문학적 결실을 맺지 못했다. 루카치의 문예 이론이 요하네스 베허에 의해 당 문화 정책에 도입된 것을 생각하면, 우리는 이 점을 잘 이해할 수 있을 것이다. 그러나 블로흐의 예술적 입장은 크리스타 볼프Christa Wolf의 『크리스타 T.를 생각하며』, 유렉 베커Jurek Becker의 「거짓말쟁이 야곱」, 폴커 브라운Volker Braun의 『미완성의 이야기』 그리고 프리츠 루돌프 프리스 Fritz R. Fries의 『중산 국가로의 이전』 등과 같은 작품에서 서서히 발견되기 시작한다.[38] 베커의 작품을 제외한다면, 나머지 작품에서는 사회주의 사회에서도 비판의 고삐를 늦추지 말아야 한다는 블로흐의 입장이 반영되어 있다. 또한 이들 작품은 구동독 사회주의 리얼리즘의 일대 전환기를 맞이하는 데 일익을 담당하였다. 그런데 앞으로 연구해 보아야 할 사항은 다음과 같다. 즉, 의식의 지향성을 강조하는 블로흐의 유토피아 개념이 주체 유토피아로 대변되는 70년대 동독 문학의 특성과 어떠한 차이가 있을까? 하는 물음 말이다.

38. Siehe Verena Kirchner, Im Bann der Utopie, Heidelberg 2002.

갈망에서 실현까지, 설레는 심리 속의 다섯 가지 모티프

에른스트 블로흐의 『흔적들』 연구 (1)

1. 들어가는 말

자고로 인간은 충동에 이끌리는 존재이다. 우리는 가끔 합리적 판단에 의존하지 않고, 자신의 갈망과 애증에 따라 행동하곤 한다. 혹자는 충동적 존재로서의 인간의 특성을 부정하며, 임마누엘 칸트의 견해를 끌어들일지 모른다. 물론 칸트가 감성보다 이성을 더욱 중시한 것은 사실이다. 그러나 그 역시 이성을 모든 것을 정확하게 평가하는 시금석으로 삼지는 않았다. 가령 칸트는 이성을 하나의 천칭으로 비유하였다. 이에 따르면, "미래의 희망"이라고 적힌 한쪽의 접시는 다른 한쪽의 접시보다 더 무겁다고 한다. 미래의 희망이 얹힌 접시는 — 비록 가볍게 보이더라도 — 다른 쪽 접시를 위로 올려 보내도록 작용한다. 이것이야말로 이성 속에 내재한 유일하고도 정당한 오류라는 것이다.[1] 인간의 갈망은 의지를 자극하여, 경우에 따라 병을 치료하는 자극제가 되기도 한다. 갈레노스Galen에서 파라켈수스Paracelsus에 이르기까지 명의名醫들은 환자를 치유한 다음에 기도를 빠뜨리지 않았다. 성서 앞에서의 묵

1. Immanuel Kant: Träume eines Geistersehers, in: Kant Werke in zwölf Bänden, Bd. 2. vorkritische Schriften bis 1768, Frankfurt a. M. 1960, S. 952-989, Hier S. 961.

념이 환자들을 치유케 하지는 않지만, 적어도 그들에게 나을 수 있다는 자신감을 심어준다는 게 그들의 판단이었다.

인간의 갈망은 의학, 종교 영역뿐 아니라, 문학 영역에서 놀라울 정도로 강렬하게 작용한다. 가령 감성과 갈망의 영역이 가장 진솔하게 반영되는 문학 장르는 아무래도 동화Märchen와 통속 소설Kolportage일 것이다. 블로흐가 『흔적들*Spuren*』에서 수많은 동화와 소설을 인용하는 이유는 그 속에 수많은 낮꿈과 백일몽이 반영되어 있기 때문이다. 블로흐의 81개의 텍스트들은, 한스 마이어Hans Mayer가 말한 바 있듯이, "시적으로 음미할 만한 철학적 우화"이다.[2] 그렇지만 이것은 한 가지 명백한 교훈을 담고 있는 게 아니라, 다양한 의미를 유추하게 하는 우화이다. 『흔적들』의 텍스트들은, 레싱Lessing의 표현을 빌자면, "인식의 발효제 fermetacognitionis로서의 우화"에 해당한다. 따라서 그것들은 독자의 비판력을 자극하고, 독자로 하여금 스스로 어떤 문제에 대한 해답을 찾을 것을 촉구한다. 블로흐의 텍스트들은 대체로 소설의 서술 형식과 철학적 논제에 관한 논평의 순서를 따르고 있다.[3] 다시 말해서, 블로흐는 어떤 특정한 동화 내지 (통속) 소설의 이야기를 우선적으로 요약한 다음에, 이에 관한 제반 문제점들을 차례대로 서술한다. 블로흐는 동화, 신화, 전설 그리고 일상적 이야기 속에 도사린 함의를 유도해 낸다.[4] 텍스트들은 무언가를 이야기하고 논함으로써, 다음과 같은 두 가지 기능을 드러낸다. 그 하나는 일상의 상투적 입장 내지 독자의 판단 속의 고정관념에 대한 의문 사항을 은근히 제시하는 일이며, 다른 하나는 제반

2. Hans Mayer: Ernst Blochs poetische Sendung, in: Siegfried Unseld (hrsg.), Ernst Bloch zu ehren, Frankfurt a. M. 1965, S. 21-30. Hier S. 22..

3. 블로흐는 맨 처음에 다음과 같은 제목을 달았다. "상징 의향. 철학적 에피소드." Anna Czajka: Politik und Ästhetik des Augenblicks. Studien zu einer neuen Literaturauffassung auf der Grundlage von Ernst Blochs literarischem und literaturästhetischem Werk, Berlin 2004, S. 95f.

4. Vgl. Martin Zerlang: Ernst Bloch als Erzähler, in: Text + Kritik, Sonderband Ernst Bloch, München 1985, S. 61-75, Hier S. 65.

사물의 변화 가능성 내지 어쩌면 다르게 변화될, 미래의 구체적인 현실 등을 자극하는 일이다. 이를 위해서 문체의 차원에서 도입된 것은 암유적인 방식인 알레고리, 즉 우의의 서술 방법이다.

이 글은 블로흐의 『흔적들』에 실려 있는 다섯 가지 모티프들인 유혹, 이별, 은폐, 마력 그리고 문門 등을 차례로 분석하면서, 블로흐가 추적하는 갈망의 근원적 의미를 점검하려고 한다. 이러한 작업은 나아가 동화와 (통속) 소설의 내용이 어떻게 희망과 전투적 낙관주의라는 깊은 철학적 테마로 발전하는가? 하는 물음에 답하기 위함이다. 미리 말하자면, 다섯 가지 모티프들은 희망의 기본적 단초로서 갈망으로부터 실현에 이르기까지 인간 심리 속에서 강하게 작동하는 것들이다. 그렇다면 열망과 낮꿈들은 어떠한 이유로 엄청난 사회 심리학적인 에너지를 산출해 내는가? 갈망의 정서에 어떤 애호의 감정이 첨가되면, 어째서 희망의 정서는 더욱 강렬한 불꽃으로 점화되는가?

2. 유혹의 모티프

유혹은 성적 자극과 무관하지 않다. 유혹의 모티프는, 비유적으로 말하면, 불나비의 갈망 내지 죽음으로 상징화된다.[5] 유혹의 배후에는 어떤 음험한 함정이 도사리고 있다. 『오디세이』에 나오는 세이렌의 유혹 혹은 『그림 동화』 속의 하멜의 쥐 몰이꾼에 관한 이야기를 생각해 보라. 유혹은 맨 처음에는 우리를 황홀하게 만들지만, 종국에는 환멸 혹은 끔찍한 비극을 안겨주지 않는가?[6] 블로흐는 『천일야화千一夜話』에 묘사된 어떤 에피소드를 인용한다. 어떤 젊은이는 어느 아름다운 여인에게 반하여 뒤를 좇는다. 그의 뇌리에는 여인과의 달콤한 사랑 놀음이

5. Siehe Ernst Bloch: Motive der Lockung, in: ders. Spuren, GW. Bd. 1, Frankfurt a. M. 1985, S. 179-187.

6. 그렇다고 유혹이 절대악과 관련되는 것은 아니다. 부자유로서의 절대악에 관해서는 다음의 문헌을 참고하라. 카를 로젠크란츠: 『추의 미학』, 조경식 역, 나남 2008, 383쪽 이하.

떠오른다. 사실 그곳은 홍등가였지만, 꿀 먹은 벙어리는 어리석게도 이를 알아차리지 못한다. 젊은이는 허겁지겁 침실의 문을 열어젖힌다. 그곳은 원앙금침이 아니라, 피혁 시장의 장터 한복판이 아닌가? 벌거벗은 탕아로 몰린 그는 백주 대낮에 곤욕을 치른다. 어디론가 도망치는 그의 모습은 마치 「배비장전裴裨將傳」에서 드러나는 기막힌 해학을 우리에게 안겨준다.[7]

몇몇 특정한 사물은 우리의 마음속에서 어떤 욕망을 자극한다. 이러한 갈망은 대체로 식욕, 성욕 그리고 여러 유형의 명예욕과 관련되는 것이다. 인간의 갈망은 때로는 승리에 관한 욕구로 나타나기도 한다. 스포츠와 내기의 경우에도 그러하다. 승리의 쾌감은 그 크기에 있어서 패배의 고통에 미치지 못한다. 성취하고 싶은 인간의 욕구는 그 강도에 있어서 성취 이후의 기쁨보다 크다. 우리가 애타게 갈구하는 것은 성취될 경우 그다지 만족스럽지 못하지만, 성취되지 않을 경우 우리는 두 배의 고통에 시달린다.[8] 블로흐는 불만 내지 "불충족"에 대해 유독 민감하게 반응하는 인간의 심리를 설명하기 위해서 입센Ibsen의 하르당거피델Hardanger fiedel을 예로 든다.[9] 라르스는 노르웨이의 농사꾼이자 몽상가이다. 그는 취미 삼아서 목재를 조각하고, 주말이면 교회에서 악기를 연주하며 지낸다. 어느 날 그의 행방이 묘연해진다. 수개월 후에 모습을 드러낸 라르스는 마을 사람들에게 자신이 겪었던 이야기를 들려준다. 그동안 그는 어떤 기이한 골방에 갇혀 지냈다. 그곳에는 전대미문의 목각 공예품이 가득 차 있었다. 이때 아름다운 처녀가 새로운 현악기를 들고 나타나, 자신에게 연주를 청했다. 활시위를 당기자, 마치

7. Ernst Bloch: Spuren, a. a. O., S. 181. 이하 본문에 페이지를 언급함.

8. 블로흐는 인간 심리의 이러한 현상을 "실현의 아포리아"라는 용어로 설명하였다. Siehe Ernst Bloch: Das Prinzip Hoffnung, Frankfurt a. M. 1985, S. 217ff. 한국어판 384쪽 이하를 참고하라.

9. 네 개의 현으로 이루어진 노르웨이의 민속악기, 하르당거피델은 1651년에 만들어졌는데, 18세기에 스칸디나비아 반도에서 대중화되었다. 1875년 입센의 연극 「페르 귄트Peer Gynt」가 공연되었을 때 하르당거피델의 솔로가 연주되었다.

악기가 저절로 연주되는 것 같았다. 사람들은 그의 말에 반신반의의 표정을 짓는다. 함께 음악을 즐기며 노래를 불렀으나, 라르스는 깊은 우울증에 빠진다. 다음날부터 그는 칩거하면서, 악기와 목제 인형을 만들려고 한다. 그러나 그것들은 좀처럼 완성되지 않는다. 라르스는 실망감에 사로잡힌 채, 자신의 망상 속으로 더욱 깊이 침잠하였다. 마을 사람들은 라르스를 더 이상 보지 못한다. 혹자는 그가 다시 산속으로 방랑하기 시작했다고 말하고, 혹자는 더운 여름날 자신의 작업실에서 목매어 자살했다고 한다. 한마디로, 라르스는 거대한 환상에 사로잡혀 작품 창조에 몰두했으나, 끝내 좌절한다. 그는 환상 속에서 찬란한 음악, 아름다운 처녀 그리고 자신의 놀라운 예술적 창조에 매혹되어 있었다. 그러나 라르스가 미몽에서 벗어났을 때, 모든 것은 마치 거울 속의 폐허로 보였다. 결국 그는 "이미 본 것Déjà vu"의 상 속에 갇혀 살다가 끝내 공허 속에서 벗어나지 못하게 된 것이다.[10]

그렇다면 유혹은 예외 없이 인간을 절망 내지 파국으로 이끄는 것일까? 블로흐는 그렇지 않다고 대답한다. 유혹의 장소는 분명히 복마전伏魔殿이지만, 무언가를 인식하기 위해서 인간이 어쩔 수 없이 지나쳐야 할 공간이다. 세계 속에는 수많은 비밀이 가득 차 있다. 왜냐하면 세계는 — 야콥 뵈메의 표현에 의하면 — 어떤 완성을 위하여 현재에도 부글거리며 발효하고 있기 때문이다.[11] 몇몇 사물은 마치 고혹적인 여자처럼 부글부글 끓어오르며 빛을 발하는 인광과 같다. 그미는 위험한 생명체이지만, 열정으로 달아오른 인간의 귓전에 최고의 음을 들려줄 것이다. 이를테면 백합을 생각해 보라. 백합은 우리를 거의 마취시킬 정도로 강한 향기를 풍기지만, 다른 한편으로 순수함 그 자체를 보여준

10. Ernst Bloch: Bilder des Déjà vu, in: ders., Literarische Aufsätze, Frankfurt a. M. 1985, S. 234f.

11. 뵈메는 신지학神智學에 근거하여 세계의 탄생을 연금술로 해명하려고 했다. 이때 그는 고통Qual, 근원Quelle, 질Qualität 등의 용어들을 혼용하였다. Jakob Böhme: Aurora, oder Morgenröte im Aufgang, in: ders., Sämtliche Schriften, Bd. 1, Stuttgart 1986, S. 27f.

다. 아리스토텔레스에 의하면, 지혜의 연인은 항상 전설과 동화를 통해서 자신의 말을 전한다(Spuren 85: 187). 그렇다면 유혹의 본질은 무엇인가? 블로흐는 이에 대해 하시디즘 사상가의 다음과 같은 말로 요약한다. 무언가를 깨달으려는 자는 어떤 신비로운 불꽃과 조우할 때, 자신의 영혼에 새겨질 흉터 하나를 감수해야 할 것이다. 왜냐하면 불나비가 불 속으로 날아가는 것도 어차피 깨달음의 과정이기 때문이다.

3. 이별의 모티프

사랑은 연인들에게 커다란 기쁨을 안겨주지만, 이별의 순간은 그들에게 극도의 고통을 가한다. 모든 생명체는 언젠가는 반드시 죽는다. 임과 하루를 함께 보내든, 평생을 해로하든 간에, 인간의 사랑은 처음부터 시간적으로 제한되어 있다. 그 때문인지는 몰라도, 선인들은 "모든 동물은 교접 후 쓸쓸함을 느낀다"라고 말했다.[12] 비정한 여신 모이라*Μοιρα*는 죽음을 애통해하는 연인들의 마음을 전혀 헤아리지 않는다. 그러나 이별이 존재하므로, 사랑은 더욱더 격렬하게 감지되는 게 아닐까? 인간에 비해 신화 속에 묘사되는 신들의 끝없는 농탕질, 암투 그리고 이로 인한 보복 등은 그 자체 얼마나 지루하고 경박한가? 에른스트 블로흐는 인간의 사랑과 이별을 "가상과 깊은 감정 사이의 구분할 수 없는 트레몰로"라고 정의 내렸다(Spuren 85: 72).

블로흐의 「이별의 모티프」는 19세기 독일 작가 프리드리히 게르슈테커의 짤막한 단편 「게르멜스하우젠」을 소개한다.[13] 1840년 가을, 젊은

12. 인용 문장을 처음으로 사용한 사람은 아리스토텔레스이다. 갈레노스는 나중에 다음과 같이 바꾸어 썼다. "수탉과 여자를 제외하면, 모든 동물은 교접 후에 쓸쓸함을 느낀다Post coitum omne animal triste est, sive gallus et mulier." 이러한 표현으로 갈레노스는 남성우월주의자라는 비난을 받았다.

13. 프리드리히 게르슈테커(1816-1872)의 작품인 「게르멜스하우젠」은 1923년에 한스 그림Hans Grimm의 오페라로 작곡되었고, 1923년 아욱스부르크에서 루드비히 괴링Ludwig Göhring

화가 아르놀트는 튀링겐 지역을 방랑한다. 저녁 무렵, 그가 도착한 곳은 게르멜스하우젠이라는 소도시였다. 어느 꽃 가게에서 게르트루트라는 이름의 아가씨가 화환을 만들고 있었다. 그미는 우연히 그와 눈이 마주친다. 그미는 소스라치게 놀란 뒤 실망스러운 표정을 짓는다. 말하자면, 하인리히라는 남자를 애타게 기다리고 있었는데, 화가를 바로 그 남자로 착각했다는 것이다. 두 사람은 서로 친밀감을 느끼고, 하인리히 슐체의 집으로 향한다. 마침 그곳에서는 선남선녀들이 모여서 윤무를 추고 있었다. 두 사람도 춤에 끼어든다. 목덜미에서 퍼지는 그미의 향기가 화가를 자극한다. 불현듯 그에게 어떤 연정이 솟아오른다. 화가는 스케치해 둔 교회를 배경으로 그미의 초상화를 완성하여 그미에게 선물한다. 뒤이어 두 사람은 어느 숲 속으로 산책하다가, 서로 끌어안고 입을 맞춘다. 그미는 황급히 떠나야 한다고 말하면서, 자정을 알리는 종이 울릴 때까지 이곳에서 자신을 기다려달라고 간청한다. 자정 직전에 갑자기 강한 돌풍이 불어온다. 화가는 정신을 잃는다. 아침 무렵, 잠에서 깨어났을 때, 화가는 자신이 어디에 있는지 알 수 없었다. 우연히 그곳을 지나치는 어느 사냥꾼에게 그곳 지역에 관해 물어보았으나, 사냥꾼은 그곳의 토박이인데도 소도시에 관해 한 번도 들은 바 없었다. 그렇다면 게르멜스하우젠은 지상에 없는 도시란 말인가? 이때 사냥꾼은 딜슈타트Dillstadt로 가라고 조언한다.

작품의 현실적 공간은 그야말로 비몽사몽으로 묘사된다. 주인공은 숲속에서 잠이 들었는데, 얼마나 오래 잠들어 있었는지 아무도 모른다. 화가는 마치 자신이 수백 년 동안 잠들어 있었던 것처럼 느낀다. 죽음으로 인한 이별의 모티프에서 중요한 사항은 개별적 인간이 느끼는 시간관념이다. 가령 고통 속에 사는 노예에게 시간은 그저 느릿느릿 지나

의 3막 오페라로 공연되었다. 나아가 이 작품은 1954년 브로드웨이에서 빈센트 미넬리 감독의 뮤지컬 영화 〈브리가돈Brigadoon〉으로 공연되었다. Siehe Friedrich Gerstäcker: Germelshausen, D. C. Health and Company, New York 1937.

가는 것 같다. 그러나 행복한 사람은 전혀 시간을 의식하지 않는다. 행복한 자에게 한 평생은 마치 순간처럼 감지된다. 여기서 중요한 것은 시간이 어떤 열정에 의해서 얼마든지 응축되고 분산되는 것처럼 느껴진다는 사실이다. 과거 사실에 대한 인간의 기억과 미래에 대한 인간의 기대감을 고려해 보라.[14] 가령 천년왕국설을 신봉하는 자의 혁명적 기대감은 "현재 시간Jetztzeit" 속에 응집되어 나타날 수 있다.[15]

그밖에 진정한 삶 혹은 신에 대한 깨달음도 응집된 시간관과 밀접하게 관련되는지 모른다. 가령 파우스트는 자신의 모든 의도가 성취되었다고 믿는 시점에 이르러 다음과 같이 외친다. "머물러라, 그대는 아름답도다." 여기서 머물러야 하는 대상은 다름 아니라 성취의 순간, 바로 그것이다. 이는 예컨대 에크하르트 선사의 "고정되어 있는 지금"과 상통할지 모른다. 깊은 수련과 오랜 믿음으로 인하여 인간이 도달하는 감정은 이른바 "신과의 합일ἕνωσις"인데, 이러한 순간이야말로 신앙인으로서 영원한 삶을 인지할 수 있다는 것이다.[16] 요약하건대, 인간은 언젠가는 죽는 존재이지만, 그러한 숙명 때문에 죽음에 대한 노여움과 저항을 보다 강렬하게 인지할 수 있다. 열정과 애호의 감정은 우리에게 엄청난 에너지를 부여하여서, 순간을 어떤 이상적 영원으로 수용할 수 있도록 자극한다.

---

14. 이는 블로흐가 아우구스티누스의 시간 개념을 해명하기 위해서 끄집어낸 하이스터바흐 수도사의 에피소드를 방불케 한다. Ernst Bloch: Zwischenwelten in der Philosophiegeschichte, Frankfurt a. M. 1985, S. 48f.

15. Ernst Bloch: Leipziger Vorlesung zur Geschichte der Philosophie, Bd. 1, Frankfurt a. M. 1985, S. 474ff.

16. "만약 인간의 눈이 태양과 같지 않으면, 눈은 결코 태양을 바라볼 수 없으리라. 마찬가지로 영혼이 아름답지 않으면, 영혼은 결코 아름다움을 바라볼 수 없을 것이다*Ου γα ρ πωποτε ει δεν οφθαλμοζ ηλιον ηλιον ηλιοειδηζ μη γεγενημενοζ, ουδε το καλον αν ιδοι Ψυχη μη καλη γενομ ενη*." Siehe Plotins Schriften, 7 Bde. Bd. 1, Hamburg 2004, Enneaden I, 6, 9.

4. 은폐의 모티프

이별의 모티프가 사랑과 헤어짐의 함의를 보여준다면, 은폐의 모티프는 인간의 내적인 발전 가능성 내지 감추어진 진리에 관해 암시를 던진다. 「인정받지 못함의 승리Triumphe der Verkanntheit」에서 블로흐는 여러 가지 에피소드를 통해서 인간의 변신 내지 인간 승리의 과정 등을 서술한다. 대부분의 사람들은 지금 현재 눈앞에 보이는 면만으로 타인을 지레짐작한다. 가령 카를 마이Karl May의 인디언 소설에 등장하는 숨어 있는 영웅, 올드 셰터핸드Old Shatterhand를 생각해 보라. 처음에 사람들은 그를 어리석고 유약한 백인으로 취급한다.[17] 말 타기, 활쏘기, 총쏘기에 있어서 마치 초보자인 것처럼 보이기 때문이다. 그러나 나중에 사람들은 모든 악한을 물리치는 그의 솜씨에 찬탄을 금치 못한다. 안데르센의 「미운 오리새끼」를 생각해 보라. 수많은 동물들 가운데 미운 오리새끼 한 마리가 왕따 당하며 외롭게 헤엄치며 살아간다. 작은 날갯깃은 초라할 정도로 갈라져 있고, 스스로 백조라는 사실을 알지 못하고 있다. 놈은 오랫동안 더 높은 자신의 존재 가치를 모르고 살아가다가 끝내 한 마리 백조로 자유롭게 하늘 위로 날아간다(Spuren 85: 52).

자고로 인정받지 못하는 무엇의 가치는 처음부터 타자에게 은폐되어 있다. 블로흐는 "진광불휘眞光不輝," 즉 은폐된 위대성을 강조하기 위해서 여러 에피소드를 인용한다.[18] 그 가운데 하시디즘 이야기를 다루어 보기로 하자. 벨츠에 살고 있는 랍비 라파엘은 우연히 꿈에서 천사를 만난다. 자신이 저세상에서 누구 곁에 머물게 될까? 하고 천사에게 묻는다. 천사는 그가 로츠에서 살고 있는 치자크 라이프 곁에서 지낼 것

17. "나는 헤겔과 카를 마이밖에 알지 못한다. 모든 책의 내용은 이 둘의 작품을 뒤섞어 놓은 것과 같다." Siehe Gert Ueding: Glanzvolles Elend. Versuch über Kitsch und Kolportage, Frankfurt a. M. 1973, S. 186ff.

18. Siehe Richard Wilhelm: Chinesische Volksmärchen, Jena 1914. James F Cooper: The Spy. A Tale of the Natural Ground, New York 1821.

이라고 대답한다. 치자크 라이프, 그는 도대체 누구인가? 며칠 후 랍비는 생면부지의 그 남자를 만나려고 먼 길을 떠난다. 힘들게 수소문하여, 라이프의 집 앞에서 그를 기다린다. 일순간 랍비 엘리저의 말이 떠오른다. "인간을 구원하는 일은 그를 먹여 살리는 일보다도 쉽다." 이때 치자크 라이프가 들어선다. 그는 평범한 장사꾼이었다. 과음한 탓인지 입에서는 술 냄새가 풍긴다. "거래할 물건이 뭐요?" 랍비는 기도문을 암송한다. 라이프는 짜증을 내면서 그를 집 밖으로 내쫓는다. 랍비는 돌아오는 길에 중얼거린다. "신이여, 저런 부랑자와 저세상에서 함께 살게 하시다니, 너무하시는군요." 랍비는 더욱더 고행하기로 결심한다. 그래야 자신의 죄가 용서받을 것 같았다. 갑자기 엄청난 폭우가 쏟아진다. 랍비는 강물이 불어서, 강을 건널 수 없었다. 이때 치자크 라이프가 강 건너편에 모습을 드러낸다. 그는 자신의 장삼을 벗어서 강물 위로 던진 뒤 놀랍게도 그것을 타고, 강 건너편으로 오는 게 아닌가? "랍비님, 기도가 마음에 들었어요. 그런데 머리가 나빠서 기억할 수 없어요. 다시 들려주실 수 없겠는지요?"[19] 이 순간 랍비는 무릎을 꿇으면서, 그에게 축복을 부탁드린다. 치자크 라이프는 정작 자신이 성자임을 모르고 있었던 것이다.

앞의 이야기는 무엇을 시사해 주는가? 위대한 인간은 자신의 초능력을 추호도 알지 못하고 있다. 어쩌면 치자크 라이프라는 익명의 존재 Incognito 속에 어떤 놀라운 결론이 도사리고 있는지 모른다. 인간은 모든 것을 절반쯤 이해하다가 무언가를 유추하지만, 결코 자신과 신을 완전히 인식하지 못한다. 진리와 신은 인간에게 은폐되어 있으며, 어떤 암호만 슬쩍 드러낼 뿐이다. 톨스토이는 이와 관련된 내용을 「세 은자」라는 단편에서 다루었다.[20] 인간은 그 자체 "익명의 존재"로서 자신을

19. 원래 라이프가 강을 건넌 까닭은 랍비가 놓아둔 모자를 건네주기 위함이었다. Siehe Dietmar Bittrich: Das Schloss der Schicksale, Das königliche Orakelspiel, Bielefeld 2000, S. 137.

인지하지 못하고 살아간다. 힘든 삶 속에서 신을 떠올린 자도 인간이며, 악마를 저주하는 자도 인간이다. 그렇기에 고결한 인간은, 블로흐에 의하면, 노력하는 과정 속에서 신적 존재로 격상될 수 있다. 어쩌면 블로흐는 "은폐된 인간homo absconditus"이라는 형상 속에서 이미 어떤 새로운 인간신人間神의 모습을 투시하려 했는지 모른다. 인간신은 경건하고 겸허한, 큰 바위 얼굴을 기다리는 그 사람과 같다. 이와 관련하여 에크하르트 선사는 다음과 같이 말했다. "모든 낟알은 밀을 의미하고, 모든 금속은 금을 의미하며, 모든 탄생은 인간을 의미한다."[21] 여기서 새롭게 탄생하는 인간은 어쩌면 끝없이 피어나는 우주의 꽃, 아담 카드몬Adam Kadmon, 아니 어떤 새로운 인간신인지도 모른다. 그는, 블로흐에 의하면, 아직 탄생되지 않은 존재로서 이제야 비로소 발견되어야 마땅하다.[22]

5. 마력의 모티프

마력이란 중세와 르네상스 시대에 출현한 연금술 내지 연금술사를 연상시킨다. 나아가 그것은 수많은 약초를 사용하여 의학적 성능을 실험하는 파라켈수스를 떠올리게도 한다. 그렇지만 과거 사람들이 마력을 떠올린 까닭은 억압과 강제 노동을 당연시하던 왕정복고의 정치적 상황 때문이었다. 부자유와 억압 속에서 살아가는 사람들이 초능력 내

20. 단편의 줄거리는 다음과 같다. 어느 추기경은 섬에 살고 있는 세 노인으로 하여금 사도신경을 암송하게 한다. 추기경이 배를 타고 그곳을 떠났을 때, 그들은 바다 위를 걸어와서 사도신경의 구절을 묻는다. 인간은 언젠가는 자신의 목표에 도달하고 완전한 인식에 도달하게 될 것이다. 이 시점은, 톨스토이에 의하면, 죽음의 순간이라고 한다. Leo N. Tolstoi: Die drei Greise und andere Erzählungen, Bern 1959, S. 14-28.

21. 에른스트 블로흐: 『서양 중세 르네상스 철학 강의』, 앞의 책 249쪽. 본문에서 말하는 인간은 "하나님의 아들로 거듭 태어난 어떤 고귀한 인간homo을 가리킨다. 그는 진정한 인간으로서 하나님께 고개 숙이고 하나님을 우러러보는 땅humus과 같이 낮고 겸손한 인간"이다. 길희성: 『마이스터 엑카르트의 영성사상』, 분도출판사 2003, 268쪽.

22. Siehe Ernst Bloch: Atheismus im Christentum, Frankfurt a. M. 1985, S. 192f.

지 마법 등을 갈구하는 경우를 생각해 보라. 이를테면 낭만주의 예술가들은 초기 자본주의와 병행하여 나타난 소외 현상을 절감하면서, 마력을 새로운 예술 정신의 매개체로 수용하지 않았던가?[23] 따라서 우리는 다음과 같이 말할 수 있다. 즉, 마력의 모티프는 자유롭지 못한 현실을 극복하려는 자유인의 열정을 담고 있다고 말이다. 이와 관련하여 블로흐는 사고와 행동 사이의 관련성을 추적한다. 인간의 사고는 행동 내지 실천과 단절되어 있는 것은 아니다. 그렇다면 사고는 어떠한 과정으로써 행동으로 이전될 수 있는가? 이와 관련하여 블로흐는 두 가지 에피소드를 언급한다. 독일의 동화 작가이자 계몽주의자인 요한 카를 아우구스트 무조이스의 『세 누이의 연대기』, 『천일야화』에서 다루어진 페리시다의 이야기가 그것들이다.[24]

지면 관계상 후자의 작품만 다루기로 한다. 정원에서 꽃을 가꾸는 페리시다 공주에게 어떤 늙은 여인이 찾아와서 말한다. "주인님, 이 정원에 빠진 게 있어요. 그건 황금의 물, 말하는 새 그리고 노래하는 나무예요. 20일간 여행하여 힌디라는 나라에 가면, 그것들을 찾을 수 있어요. 20일 되는 날 맨 처음 만나는 남자에게 세 가지를 물어보세요." 페리시다는 바만 왕자에게 이 사실을 전한다. 왕자는 시동을 데리고 힌디로 길을 떠난다. 왕자는 20일째 되는 날 어느 회교 수사를 만난다. 수사는 길을 가르쳐주면서, 신비로운 산 위로 오를 때 절대로 뒤돌아보면 안 된다고 경고한다. 그러나 바만 왕자는 산중턱에서 들리는 잡귀들의 기이한 소리 때문에 뒤를 돌아보다가 그만 돌로 변한다. 나중에 시동은 집으로 돌아와 페리시다에게 왕자가 행방이 묘연하게 되었음을 전한다. 페리시다는 임에게 변고가 생겼다면서 눈물을 흘리다가, 힌디로 떠

23. 에른스트 피셔는 독일 낭만주의의 사상적 전제조건으로서 슈바벤 감상주의의 승리, 카발라 신비주의의 영향, 연금술, 산업 혁명 등을 들고 있다. Vgl. Ernst Fischer: Ursprung und Wesen der Romantik, Frankfurt a. M. 1986, S. 28-72.

24. 요한 카를 아우구스트 무조이스Johann Carl August Musäus(1735-1787)의 이야기는 다음의 책을 참고하라. Johann C. A. Musäus: Volks- märchen der Deutschen, Wolfenbüttel 2007.

나기로 결심한다. 그미는 20일이 지난 뒤 회교 수사를 만나고, 그가 가르쳐준 대로 산꼭대기에 오른다. 오로지 임을 찾으려는 일념으로 그미는 온갖 잡귀들의 유혹을 떨치면서 산에 오를 수 있었다. 산정에는 새장이 있었다. "오 용감한 여주인," 하고 새장 속의 새가 말했다, "나는 당신의 소유이니 원하는 게 있으면 세 가지를 말해 보세요." 이때 페리시다는 사랑하는 임의 생사와 그가 지금 머물고 있는 곳을 알고 싶다고 대답한다. 말하는 새는 병을 건네주면서, 다음과 같이 말한다. "일단 산 반대편으로 가서, 병에다 황금의 물을 채우세요. 그러면 당신은 물 위에서 노래하는 나뭇가지를 바라보게 될 거예요." 페리시다는 산 반대편의 둥근 지붕의 집을 찾는다. 황금의 샘물을 병에 담았을 때, 지붕은 어느새 나무 한 그루로 변해 있다. 그미가 샘물을 가지에 뿌려주자, 나무의 모든 가지는 마치 깨어난 아이들처럼 찬란한 노래를 부른다. 결국 페리시다는 세 가지 물건을 얻게 된다. 이때 새는 말한다. "하산하는 길에 샘물을 뿌리세요." 그미가 하산하면서 샘물을 흩뿌리니, 돌로 변했던 왕자와 오랫동안 돌 속에서 잠을 자던 사람들이 깨어난다. 그들은 너무 기뻐하면서 그미에게 감사의 말을 전한다.[25]

일견 오르페우스의 신화를 연상시키는 이 이야기는 우리에게 무엇을 가르쳐주는가? 인간의 사고는 변모될 수 있는 어떤 세계를 스스로 창안한다. 마치 목수가 집을 짓기 전에 뇌리에 하나의 완성된 집을 염두에 둔 채 설계도를 펼치듯이, 사고는 행동과 실천으로 인하여 변모될 현실의 상을 선취할 수 있다.[26] 왕자 역시 그렇게 행동했지만, 마치 성서에 나오는 롯Lot의 여자처럼, 돌로 변한다. 그 까닭은 이른바 푸른 꽃에 해당하는 무엇을 찾아서 그저 소유하기만을 원했기 때문이다. 이에

25. 이야기는 무엇보다도 재인식과 일치의 순간이라는 관점에서 논의될 수 있다. 그러나 우리는 무엇보다도 부자유의 질곡을 끊는 마력의 모티프에 초점을 맞추어야 한다. Anna Czajka: 앞의 책, S. 244f.

26. Klaus L. Berghahn: A View Through the Red Window. Ernst Blochs Spuren, in: Modernity and the Text (ed. by A. Huyssen a. D. Bathrick, New York 1989, P. 209.

비하면 페리시다는 오로지 연인을 찾으려고 애를 썼다. 사랑에 귀먹은 그미는 온갖 잡귀들의 기이한 소리를 듣지 않을 수 있었다. 사랑은 여기서 어떤 발견을 위한 본질적 수단으로 작용한 셈이다. 블로흐는 이에 대해 어느 랍비의 말을 인용한다. "누군가 인간에 대한 사랑 없이 지혜를 소유하려고 하는 자는 (자신에게 내밀한 곳으로 들어갈 수 있는 열쇠 소유의 기회가 주어지더라도) 결코 그것을 얻지 못하게 될 것이다"(Spuren 85: 214). 나아가 물과 새 그리고 나무는 그 자체 연금술의 상징물로서, 제2의 삶을 보장해 주는 매개체들이다.[27] 이것들은 변모의 그림자뿐 아니라, 인간으로 하여금 죽음마저도 극복하게 해주는 강한 에너지를 기약해 준다. 어째서 사람들은 가상적 세계를 다루고 있는 문학 작품을 그토록 열정적으로 읽으면서 감명을 받는 것일까? 그 이유는 간단하다. 문학 작품 속에는 가능성이라는 하얀 마법이 도사리고 있기 때문이다. 하얀 마법은, 블로흐에 의하면, 삶에 드리워져 있는 필연Ananke의 베일이다. 이러한 베일은 오로지 지고의 사랑과 열정에 의해서 벗겨질 수 있다.

6. 문門의 모티프

죽음은 인식 이전의 영역으로서, 일상사에서 언제나 외면의 대상으로 간주된다. 실제로 문학 작품과 영화들은 죽음 이후의 세계를 세밀하게 다루지는 않았다. 단테 알리기리의 『신곡*La Comedia*』 이후로 서양 문학에서 저세상을 구체적으로 묘사한 작품은 무척 드물다. 그렇다면 죽음 이후의 세계가 서양 문학에서 소극적으로 다루어진 까닭은 무엇인가? 그것은 무엇보다도 서양인들의 근본적 세계관에 기인하는지 모른다. 서양에서 죽음은 대체로 "삶으로부터의 단절" 내지는 "삶의 종말"

27. 세 가지 사물이 궁극적으로 새로운 하늘, 땅 그리고 샘물과 관련된다는 점은 기독교 세계관으로 고찰할 때에도 의미심장하다. 「요한계시록」 제21장을 참고하라.

로 이해되었다. 타나토스는 에로스와 접합되지 않고 철저하게 구분되며, 지하 명부의 세계는 지상의 삶으로부터 차단되어 있다. 이에 비하면 동양의 문학은, "윤회Karma" 사상 때문인지는 몰라도, 이세상과 저세상 사이를 왕래하는 인간형을 찬란하게 형상화하였다.[28] 예컨대 인간의 내면과 우주를 자유자재로 들락거리는 장자莊子의 상상력은 중국의 동화와 무관하지 않다. 중국의 동화들은 1920년대에 헝가리 동화 작가 벨라 발라츠Béla Balázs와 리하르트 빌헬름Richard Wilhelm에 의해서 독일에 소개된 바 있다.[29]

블로흐 역시 발라츠의 동화를 언급하면서, 이승과 저승 사이의 문턱에 해당하는 문의 모티프를 추적한다(Spuren 85: 153). 가령 동화 「푸른 수염의 공작」을 예로 들어보기로 하자. 발라츠는 원작에 해당하는 샤를 페로Charles Perrault의 「푸른 수염La Barbe bleue」의 내용을 변형시켜, 특히 일곱 개의 문을 강조하였다. 여주인공 유디트는 부모와 약혼자를 저버리고, 푸른 수염 공작과 함께 살기로 결심한다. 그미는 자신의 사랑을 성취하기 위해서, 일단 임에 관한 모든 사항을 알아야 한다고 믿는다. 공작의 성城에는 견고하게 잠겨 있는 일곱 개의 문이 있다. 공작이 마지막 두 개의 문은 절대로 열지 말라고 경고했는데도 불구하고, 그미는 여섯 번째 문을 열어젖힌다. 그러자 눈물의 호수가 나타나고, 주위에서는 빛이 사라진다. 일곱 번째 문을 열었을 때, 공작의 옛 애인들이었던 세 여인이 모습을 드러낸다. 그들은 제각기 과거의 시간에 해당하는 아침, 점심, 저녁을 가리킨다. 유디트는 세 여인들과 함께 문 뒤로

28. 동화의 특징들 가운데 중요한 것은 시간과 장소가 불분명하다는 점이다. 그렇기에 동화는 현재의 여러 다른 현실에 얼마든지 적용될 수 있으며, 저세상을 자유자재로 묘사할 수 있다. Vgl. Ernst Bloch: Literarische Aufsätze, a. a. O., S. 196ff.

29. 벨라 발라츠의 동화 연작은 다음의 책으로 간행되었다. 여기에는 독배를 함께 마시고 저세상으로 들어서는 어느 연인의 이야기, 이룰 수 없는 사랑을 위해서 뒷문을 열고 어디론가 잠적하는 중국 남자의 이야기 등이 실려 있다. Béla Balázs: Der Mantel der Träume, Sechs chinesische Märchen, Berlin 1988; Richard Wilhelm: Chinesische Volksmärchen, Jena 1914.

사라진다. 이 경우, 일곱 번째 문은 무엇보다도 저세상으로 향하는 입구를 암시한다.

그렇다면 문은 여기서 안과 밖, 다시 말해 현세와 내세 사이를 차단하는 장애물에 대한 비유인가? 그렇지는 않다. 물론 상기한 동화의 교훈은 여자의 과도한 호기심 등에 대한 비판으로 요약될 것이다. 그러나 이보다 중요한 것은 문이 저세상으로 향하는 "출구exitus" 뿐 아니라, 나아가 죽음 이후의 세계를 암시한다는 점이다. 고대의 사람들은, 앞의 동화에서도 나타난 바 있듯이, 죽음을 하나의 이전, 즉 "장소 바꾸는 일"로 생각했다. 고대 이집트인들의 말에 의하면, 영혼의 새는 열려 있는 문을 지나서 높이 날아가다가 어디론가로 사라진다. 비록 육체는 남아 있지만, 영혼만은 마치 새처럼 훨훨 날아서 영원의 영역 속으로 들어선다는 것이었다. 자고로 이승으로부터 저승으로 자리를 바꾸는 자는 반드시 어떤 문을 지나쳐야 한다. 문 밖의 세계에 관해서 어느 누구도 알지 못한다. 왜냐하면 인간은 죽으면 다시 이세상으로 되돌아올 수 없기 때문이다. 그렇지만 우리는 최소한 죽음 이후의 상을 유추할 수는 있다. 블로흐는 『희망의 원리』에서 동서양 사람들의 죽음 이후의 세계에 관해서 세밀하게 언급하였다. 고대 그리스인들의 명부의 세계, 그노시스의 천국 여행, 성서의 부활과 묵시록, 모하메드의 천당, 휴식에 대한 갈망의 상으로서의 니르바나 등이 죽음 이후의 상이다.[30] 이러한 설명을 추적하면, 우리는 죽음 내지 죽음의 공포를 극복하려는 인간의 갈망이 결국 종교를 탄생시켰음을 확인할 수 있다. 이를 고려할 때, 블로흐가 말하는 다음과 같은 명제는 여전히 유효하다. "어떠한 경우에도 나는 완전히 해체되지 않으리라Non omnis confundar."[31] 다시 말해서, 죽

30. 물론 여기서 말하는 니르바나는, 엄밀히 말하면, "쇼펜하우어Schopenhauer에 의해 수용된 열반"이라고 표현하는 게 옳다. 물론 하르트만Hartmann 역시 불교의 니르바나를 언급했지만, 그의 열반 개념은 "세상 이전의 무의식의 원시상태"를 가리키고 있다. Ernst Bloch: Philosophische Aufsätze, Frankfurt a. M. 1985, S. 102f.

31. Siehe Ernst Bloch: Tendenz - Latenz - Utopie, Frankfurt a. M. 1985, S. 300.

은 뒤에도 모든 것을 포기하는 무의 상태에 빠지지 않으리라는 것이다.[32] 저세상에 가더라도 완전히 해체되지 않으리라는 신념은 희망의 믿음으로서 유효하다. 이는 나아가 이승에서의 바른 삶이 저승에서 정당하게 평가되기를 바라는 무신론자에게도 적용될 수 있다. 따라서 죽음은, 블로흐의 견해에 의하면, 오래 전부터 극복되어야 할 대상으로 간주되었다. 이를 고려할 때, 죽음은 유토피아의 정신을 부인하는 마지막 논거로 채택될 수는 없다.[33]

7. 나오는 말

지금까지 살펴본 내용을 정리해 보기로 하자. 첫째로 유혹의 장소는 인간이 사랑 내지 진리를 깨달을 때 반드시 지나쳐야 할 복마전이다. 인간은 깨달음의 과정에서 유혹을 마냥 회피할 수는 없다. 둘째로 이별은 우리에게 시간적으로 유한한 삶을 성찰하게 해준다. 인간의 삶은 유한하지만, 갈망하는 인간의 의식은 무한하게 확장될 수 있다. 예컨대 응집된 순간에 대한 신비주의자들의 놀라운 체험은 영원과 영생에 대한 깨달음을 가능하게 할지 모른다. 셋째로 대부분의 사람들은 자신이 누군지 제대로 인식하지 못하면서 살아간다. 인간신의 가능성을 지닌 "은폐된 인간"의 상은, 블로흐에 의하면, 경건하고, 겸허한, 큰 바위 얼굴을 기다리는 사람일 수 있다.[34] 넷째로 부자유와 강제노동 속에서

32. W. Voßkamp: Wie könnten die Dinge vollendet werden, ohne daß sie apokalyptisch aufhören? Ernst Blochs Theorie der Apokalypse als Voraussetzung einer utopischen Konzeption der Kunst, in: Aufklärung als Problem und Aufgabe, (hrsg.) Klaus Bohnen, u.a. 1994, S. 295-304, Hier S. 297.

33. Vgl. Horst Krüger: Etwas fehlt. Über die Widersprüche der utopischen Sehnsucht, in: Rainer Traub u.a., Gespräche mit Ernst Bloch, Frankfurt a. M. 1980, S. 58-77, Hier S. 68.

34. 가령 은폐된 인간의 모습은 인간의 아들과의 합일을 꿈꾸는 태도에서 드러나는데, 이는 "이브의 복음"에 훌륭하게 반영되어 있다. Ernst Bloch: Atheismus im Christentum, Frankfurt a. M. 1985, S. 200.

살아가는 인간은 주어진 현실에서 불가능한 무엇이 출현하는 경우를 꿈꾼다. 이때 그의 의식에 떠오르는 것은 마력과 초능력에 대한 기대 정서 바로 그것이나. 이를 고려할 때, 문학에 반영된 마력과 초능력은 리얼리즘의 원칙에 위배된다는 이유로 무작정 배격될 수는 없다. 다섯째로 문은 저승 내지 저세상 사이의 장애물이라기보다는, 오히려 이승과 저승 사이의 연결 통로로 이해되고 있다. 무신론자인 블로흐는 문의 모티프를 통하여 죽음을 "무無"로 가치 하락시키지 않고, 종교적 희망의 영역 속에 편입시키려고 시도한다. 상기한 다섯 가지 모티프들은 동화와 통속 소설 속에 담겨 있는데, 이는 갈망의 꿈으로부터 갈망의 완성에 이르는 인간 심리의 변화 과정 속에서 긍정적으로, (때로는) 부정적으로 작용하는 것들이다.

이미 언급했듯이, 인간의 삶은 무엇보다도 개별적 갈망과 욕구에 의해서 진척된다. 만일 이러한 갈망과 욕구가 없었다면, 인간의 역사는 처음부터 어떤 숙명적 사실만 보여주지 않았겠는가? 블로흐의 유년 시절을 생각해 보라. 등굣길에 높은 건물을 쳐다보며, 빌헬름 하우프 Wilhelm Hauff의 작은 무크를 찾던 평범한 소년이 나중에 세계적으로 위대한 철학자로 거듭날 줄 과연 누가 알았겠는가(Spuren 85: 62).

나중에 블로흐가 자신의 철학에서 역동성과 개방성을 중요하게 여긴 것은 무엇보다도 인간과 자연의 변모 가능성을 인정했기 때문이다. 아니나 다를까, 블로흐는 서양의 두 가지 철학적 흐름을 비판적으로 고찰하였다. 그 하나는 서양인들이 제반 사물을 무엇보다도 시각적으로 고착된 요소들로써 확정시킨다는 점이며, 다른 하나는 그들의 관점이 과거를 지향하는, 이른바 퇴행Regression의 특성을 지니고 있다는 점이다. 전자의 경우는 철학적 대상을, 마치 파장이 아니라 소립자와 같은, 불변하는 무엇으로 확정짓게 하였다. 후자의 경우, "모든 인식은 과거 사실을 다시 기억해 내는 행위이다"라고 해명하는 플라톤의 "재기억" 이론을 정당화시켜 주었다. 그리하여 서양 철학자들의 시각은 명사적으로 확정된 특성과 과거 지향적 특성 등으로부터 벗어나지 못했다. 대부분의 사상가들은 역사 속에는 확정된 진리가 은폐되어 있으므로, 과거의 확정된 사실만 충실하게 탐구하면 족하다고 믿었다. 이로써 미래는 철학의 대상으로부터 배제되었다. 왜냐하면 미래는 마치 솟아오르는 "신기루"와 같은 무엇이므로, 엄밀한 학문의 범주로서 부적합하다는 것이었다.

그러나 블로흐는 상기한 주장을 수미일관 거부하였다. 인간의 의지와 정서는 주어진 사회와 역사적 변화에 영향을 끼치며, 모든 것은 또 다른 요인 등으로 인하여 변모를 거듭한다. 사회사적인 변화 과정은 정태적인 과거 사실만으로써 정확히 해명될 수는 없다. 따라서 무엇보다도 시급하게 비판되어야 할 사항은 명사 내지 하나의 요소로 확정된 존재론 그리고 과거로 향하는, 퇴행적 시각이다. 이와 병행하여, 우리는 블로흐 철학의 비학문적인 개방성 내지 역동성을 첨예하게 추적해야 할 뿐만 아니라,[35] 열망과 의지, 충동과 낮꿈 등이 얼마나 커다란 사회심리학적 에너지를 도출해 낼 수 있는가? 하는 문제를 근본적으로 밝혀내야 할 것이다.[36]

35. Vgl. Johannes Förster: Begriffene Hoffnung oder begriffene Praxis, in: Ernst Blochs Revision des Marxismus, Kritische Auseinander- setzungen marxistischer Wissenschaftler mit Ernst Bloch, Berlin 1957, S. 181-198, Hier S. 184.

36. 현대의 양자 물리학에 의하면, 존재는 있기도 하고 없기도 한 무엇이다. 우주는 입자와 파동으로 이루어진 관계의 망網으로 이해된다. 따라서 우주에서 운동은 있으나 운동의 주체는 없으며, 생명은 있으나 생명체는 인간에게 간파되지 않는다. 이러한 특성이 예컨대 노자老子의 사상과 결부된다는 사실은 무척 놀랍다. 양방웅 집해, 『楚簡 老子』, 예경 2003, 31쪽.

차단된 미래, '아직 아닌 존재'에 관한 판타지

에른스트 블로흐의 『흔적들』 연구 (2)

1. 들어가는 말

이 글은 에른스트 블로흐의 『흔적들』 속에 '아직 아닌 존재das Noch-nicht-Sein'에 관한 판타지를 구명하는 것을 목표로 한다. 여기서 말하는 '아직 아닌 존재'란 이른바 하나의 객관적 · 현실적 존재로서 아직 출현하지 못한 상, 다시 말해 가능성의 정서와 관련된다. 그것은 인간의 갈망 내지 두려움의 상들을 전제로 한다는 점에서 그 자체 '차단된 미래'라는 용어로 요약할 수 있다. 필자는 이미 이전 글에서 『흔적들』에 나타난 몇 가지 예술적 모티프를 천착한 바 있다.[1] 이 글에서는 블로흐 산문의 본격적 연구를 위한 개괄적 특성 내지 세부 사항에 관한 이론적 전제조건들을 추적하려고 한다.

『흔적들』의 텍스트들은 이따금 마치 만화경과 같이 찬란한 상을 보여준다. 그렇지만 그것들이 무조건 주관적 입장에서 아름답고 몽환적인 내용을 전해주는 것은 아니다. 오히려 텍스트들은 19세기 초부터 출현한, 분화된 삶의 비극적 상황을 객관적으로 제시하고 있다. 여기서 분

1. 박설호: 「갈망에서 실현까지, 설레는 심리 속의 다섯 가지 모티프. 에른스트 블로흐의 『흔적들』 연구 (1)」, in: 『브레히트와 현대연극』, 제20집 2009, 177-196쪽.

화된 삶의 비극적 상황이란 산업 혁명 이후로 나타난 시민사회 내에서의 인간 소외를 지칭하는 말이다.[2] 이로 인하여 계몽주의 이후로 이어져 온 시토이앙Citoyen의 정신은 서서히 사라지고, 시민 계급은 타인을 착취하는 부르주아라는 일그러진 몰골을 드러내었다. 블로흐는 합리성의 패러다임이 극으로 치닫던 시대를 살면서, 조만간 태동할 거대한 사회적 변화, 이와 맞물린 세계대전의 전조를 체험하였다.

미리 말하건대, 『흔적들』 속에 반영된 블로흐의 체험들은 19세기 초부터 세기말에 이르는 시기까지 시민 사회 속에 도사리고 있는 병적 징후들을 보여준다. 그것들은 개개인이 겪는 경제적 고충 내지 심리적 충동의 억압으로부터 사회 전체의 병리 현상에 이르기까지 주어진 시대 속에 깊이 뿌리 내린, 가로막힌 미래의 사항을 암시하고 있다. 이로써 파생되는 것은 다음과 같은 네 가지 질문들이다. 1) 블로흐의 흔적들은 어떠한 근거에서 어떤 '아직 아닌 존재'에 관한 객관적 판타지를 담고 있는가? 2) 『흔적들』은 어떠한 이유에서 표현주의 작가들의 지조 내지 모더니즘의 실험정신을 함축하며, 세기말 소시민들의 우울과 권태를 간간이 도입하고 있는가? 3) 블로흐의 『흔적들』은 전통적 역사 서술 방식을 계승하고 있는가, 아니면 그것을 파기하거나 수정하는가? 4) 블로흐가 텍스트에서 도입하는 알레고리는 기능 면에서 어떻게 발터 벤야민의 알레고리 개념과 구별되는가?

상기한 네 가지 질문들은 『흔적들』에 반영된 정치적, 철학적, 예술적 주제들을 파악하기 위한 물음들이다. 이를 고려할 때, 우리는 일단 다음과 같은 세 가지 관점을 전제조건들로 고려해야 할 것이다. 첫째로

2. 감각, 감성 그리고 여성성은 이른바 합리성의 이름하에 희생된 이성의 부분으로서, 오늘날까지 인간의 전인적 해방의 삶을 방해하는 요인으로 작용하는 것들이다. 합리성의 패러다임은 어떤 저열한, 추측에 근거하는 인식행위와 대립되는 것이다. 후자의 경우, 직관적 · 가시적 인식행위와 관련되는데, 이것은 구체적 흔적을 찾음으로써 나타난다고 한다. 직관적 · 가시적 특성은 19세기 여성들, 시골사람들 그리고 비유럽의 민족들에게서 나타나는 현상이라고 한다. 이에 대한 구체적 예로서 긴즈버그는 마녀의 안식일을 들고 있다. Carlo Ginzburg: Hexensabbat, in: Freibeuter, 37/1988, S. 13-21, 38/1988, S. 23-33.

블로흐는 물자체를 객관적 판타지로 규정함으로써 이른바 객체로서의 사물에 어떤 예술적인 생명력을 불어넣었다. 여기서 말하는 '객관적 판타지' 란 블로흐의 전문 용어로서, 객관성 그리고 현실성과 결부된 판타지를 의미한다. 이것은 사회의 혁명적 변화 내지 현실 개혁을 위한 하나의 긍정적 촉매로서의 낮꿈 내지 백일몽을 가리킨다. 물자체는, 블로흐에 의하면, 파악되지 않는 사물로서 인간의 인식의 영역에서 제외될 게 아니라, 인식의 장애물을 철거하려는 인간의 노력에 의해서 극복될 수 있는 무엇이다. 둘째로 이 글은 『흔적들』의 텍스트에 대한 내재적 분석을 지양하고, 블로흐의 다른 문헌 내지 시대정신과의 상관관계 등을 사회-역사적 측면에서 고찰하려고 한다. 블로흐의 예술론은 자신의 철학적 인식론과 존재론 그리고 그의 정치적 입장 등과 유기적 관련성을 맺고 있다.[3] 따라서 『흔적들』에 관한 본격적 연구는 블로흐의 철학 내지 미학 사상을 함께 다루면서 학제적으로 진척되어야 마땅하다. 셋째로 병적이고 참담한 현실에 대한 블로흐의 비판적 논의에서 중요한 사항은 현실 묘사 내지 등장인물의 관점이 아니라 저자의 고유한 비판적 시각이다. 이는 궁극적으로 마르크스주의의 '생산 미학Produktions-ästhetik' 과 관련되는데, 처음부터 이른바 '부정의 부정' 이라는 변증법적인 방식에 토대를 두고 있다. 왜냐하면 사회주의 예술은 이를테면 현실에 도사린 사악하고 부당한 사항에 대해 비판하는 것을 시급한 과제로 생각하기 때문이다. 블로흐가 『흔적들』에서 사회의 병적 징후를 포착하여, 이를 집요하게 비판적으로 기술하는 방식 역시 부정의 부정에 근거하고 있다.

3. Vgl. Ernst Bloch: Marxismus und die Dichtung, in: ders., Literarische Aufsätze, Frankfurt a. M. 1985, S. 135-143.

2. 객관적 판타지로서의 아직 아닌 존재

첫째로 블로흐의 『흔적들』은 어떠한 근거에서 어떤 '아직 아닌 존재'에 관한 객관적 판타지를 담고 있는가? 『흔적들』의 사회 역사적 의미는 20세기 초 유럽의 상황을 고려하지 않고서는 생각할 수 없다. 독일에서는 19세기 말부터 뒤늦게 대도시가 형성되었는데, 이는 정신사의 측면에서도 엄청난 변화를 불러일으켰다. 자고로 대도시에서 사는 사람들은 익명의 파도에 휩쓸리는 법이다. 어느 누구도 대도시의 전체적인 흐름을 일목요연하게 관망할 수 없다. 대도시를 처음 접하는 사람은 마치 탐정처럼 어떤 흔적을 염탐해야 한다.[4] 블로흐는 파리, 베를린의 여러 지역에 도사린 흔적들을 추적한다. 이로써 포착되는 흔적들은 후기 자본주의 사회 내의 계급 갈등 내지 병리학적 징후를 은폐하고 있는 단서들이다. 그것들은 한마디로 억압된 경험에 대한 유토피아적 전망으로 이해된다. 노동자 내지 직장인으로 살아가는 소시민들은 착취와 억압의 대상이며, 물신 숭배의 사회에서 수많은 고객 가운데 한 사람일 뿐이다. 블로흐는 바로 이러한 소외 현상의 관점에서 얼핏 보기에 하찮거나 지루할 수 있는 이야기를 전개해 나간다. 여기에 첨가되는 것은 수많은 동화 내지 에피소드들이다. 소시민들의 낮꿈Tagtraum이 사회 개혁적 요소를 드러내는 순간, 언젠가는 거대한 폭발력으로 작용할지 모른다. 블로흐는 흔적들을 탐지함으로써 미래의 다른 삶을 기약해 주는 자극제를 찾으려고 한다.

만약 『흔적들』이 세기말의 시민사회의 병적 징후를 담고 있는, 차단된 미래의 사항이라면, 그것들이 블로흐의 '아직 아닌 존재'의 개념과 관련되는 연유는 과연 무엇일까? 그것은 '인식의 발효제'와 동일하다. 자고로 인간은 주어진 특정한 사물을 바라보면서, 어떤 무엇을 갈구하-

4. Klaus L. Berghahn: A View Through the Red Window: Ernst Bloch's Spuren, in: Modernity and the Text (ed. by A. Huyssen a. D. Bathrick), 1989, P. 212.

고 갈망하는 법이다. 이때 우리의 의식에 투사되는 것은 주어진 현재의 현실에 관한 하나의 구체적인 상일 뿐 아니라, 어떤 바람직한 형상이다. 의식 속에는 사실 인지와 갈망이라는 두 가지 상이 동시적으로 출현하여 서로 중첩된다. 왜냐하면 주어진 무엇에 대한 인식 행위는 바라는 무엇에 대한 소유욕을 무의식적으로 도출하기 때문이다. 이러한 욕망은 현실 인식 과정 속에서 거의 동시다발적으로 발생한다. 그렇기에 우리의 의식 속에서는 현실에 이미 주어진 존재와 다른 갈망하는 존재의 상이 언제나 서로 부딪치면서 교란 작용을 일으킨다.[5] 이것이 바로 블로흐의 존재론에서 말하는 '아직 아닌 존재'에 대한 일차적인 상으로 이해할 수 있는 것이다. 현재의 현실에서 구체적으로 인지된 상은 내면에서 갈구하는 어떤 상과 기묘하게 어긋난다.[6] 이러한 부조화의 어긋남이야말로 블로흐에게는 흔적들을 기술하기 위한 수단으로 활용된다. 다시 말해서, 블로흐가 흔적들로 서술하는 것은 주체들로 하여금 주어진 현실 내의 부당성을 일깨운다. 그것은 우리에게 일견 기이하고도 모순적으로 비치는데, 궁극적으로는 어떤 변모 가능한 의미를 환기시키도록 작용한다. 이로써 어떤 새로운 사고가 발효될 수 있다.

'아직 아닌 존재'는 무엇보다도 알레고리를 통해서 드러난다. 알레고리의 상을 고려할 때, 흔적들은 그 자체 어떤 결핍 속에 은폐된 암호와 같다. 결핍 속에 은폐된 암호는 명백한 하나의 의미를 전하지 않는다. 그것은 마치 다의적이고 모호한 부호처럼 의식 속에 투영된다. 왜냐하면 그 속에는 여러 가지 다양한 모티프 내지 개별적인 의향 등이

5. 이와 관련하여 우리는 "사물들은 그 자체보다는 인간의 마음속에서 더 고상하게 비친다Res nobiliores in mente quam in se ipsis"라는 토마스 아퀴나스Thomas von Aquin의 말을 새겨볼 필요가 있다. Ernst Bloch: Das Prinzip Hoffnung, Frankfurt a. M. 1985, S. 1576; 한국어판: 『희망의 원리』, 제5권, 열린책들 2004, 2903쪽.

6. 바로 이러한 까닭에 블로흐는 아리스토텔레스의 가능성 개념에서 두 가지 사항을 도출해 낸다. 그 하나는 "가능성을 지닌 존재자*δυνάμεί ὄν*"이며, 다른 하나는 "가능성으로 향하는 존재자*κατά τό δυνάτόν*"이다. 따라서 가능성의 개념은 존재와 열망에 의해 이행되는 움직임이라는 두 가지 성질을 지니고 있다. 앞의 책 (독어판) 274쪽, (한국어판) 487쪽을 참고하라.

뒤섞여 있기 때문이다. 이에 반해 '존재,' 다시 말해 진리는 속성상 하나의 명백한 특성을 표방한다. 따라서 흔적들 속에 담겨 있는 다의적인 암호들은 진리 자체와 대비되고, 때로는 대립될 수밖에 없다. 가령 『흔적들』 속에 내재한 알레고리로 표현된 암호들이 '아직 아닌 존재'를 가리킨다면, 실현된 가능성, 확정된 갈망 등은 여기서 상징으로서의 명백한 진리를 지칭하고 있다. 이와 관련하여 블로흐는 라이프니츠의 용어를 빌어 설명하였다. 라이프니츠는 결코 명백하지 않은 경험의 사실을 '사실에 관한 진리véritatés de fait'라는 용어로, 명백한 진리를 '영원한 진리véritatés éternelles'라는 용어로 설명하였다.[7] 여기서 중요한 것은 '아직 아닌 존재'와 '존재'를 구분하고, 전자인 '아직 이루어지지 않은 무엇das Noch-Nicht-Gewordene'을 후자인 '이루어진 무엇das Gewordene'으로 변화시키는 작업이다. 블로흐의 알레고리 개념은 바로 이러한 변화 작업에 기여한다. 그것은 (나중에 다시 언급하겠지만) 기능적인 측면에서 존재론적 의미를 표출하는 게 아니라, 방법론적 차원에서의 서술 방식으로 이해될 수 있다.

'아직 아닌 존재'는 블로흐가 칸트의 '물자체'의 개념을 이른바 객관적 판타지로 전환시킨 개념이다. 칸트는 아무런 주관성을 지니지 않은 사물을 그 자체 인식될 수 없는 존재로서 사고의 저편으로 이전시켰다. 그러나 블로흐는 물자체를 용인하지 않고, 이를 '아직 인식되지 않은 무엇'으로 규정한다. 즉, 현상의 인식을 통해서 주체성과 객체성의 진리는 분명히 나중에 존재할 수 있다는 것이다. 이를 고려할 때, '아직 아닌 존재'는 인지할 수 없는 어떤 존재로서 제외되는 게 아니라, 아직 발효 상태에 머물고 있는, 언젠가는 반드시 인지해야 하는 존재를 의미한다. 주어진 사물은 아직 사물의 본연의 질서에 합당하게 체계화되지도, 정착되지도 않았다. 이러한 미해결의 상태는 헤겔의 존재론의 연장

7. Ernst Bloch: Tübinger Einleitung in die Philosophie, Frankfurt a. M. 1985, S. 267, S. 334 이하.

선상에서 이해될 수 있는데, 블로흐에 의하면, "주어(S)는 아직 술어(P)로 화하지 않았다"로 표현된다. 삶의 대부분의 정황은 우리의 눈앞에 하나의 미해결 상태로 전개되고 있다는 것이다.[8]

3. 억압당하는 인간의 자기 회피의 반응으로서의 권태

둘째로 『흔적들』은 어떠한 이유에서 표현주의 작가들의 지조 내지 모더니즘의 실험정신을 함축하며, 세기말 소시민들의 우울과 권태를 간간이 도입하고 있는가? 흔히 사람들은 『흔적들』이 블로흐의 독자적 사상이 나타나기 이전 단계의 산물이라고 단정하는데, 이는 잘못된 판단이다. 블로흐의 사상적 토대는 20년대 초에 이미 완성되었고, 이후의 시기에도 커다란 변화는 발견되지 않는다. 그렇기에 우리는 다음과 같이 이해해야 한다. 즉, 텍스트들은 오히려 블로흐의 사상과 병행하여 나타난 예술적 실험의 글이며, 나아가 세기말의 몰락하는 시민에 관한 비판적 논평의 결과물이라고 말이다.[9]

세기말에 이르러 시민사회는 전문화되고, 사회 속에서의 인간관계는 철저히 물화되기 시작한다. 현대인은 복잡한 사회 전체를 관망할 수 없게 되었다. 세기말의 문학 작품도 이를 그대로 반영하고 있다. 이 시기의 작가는 더 이상 거대 서사를 인지하지 못했다. 말하자면, 보편적 경험으로 공유할 수 있는 현실이 사라지게 된 것이다. 기나긴 호흡을

8. 문장론에 의하면, 주어는 반드시 술어를 동반하게 되어 있다. 그러나 주어는 자신에 합당한 행위로 아직 이전되지 않고 있다. 마찬가지로 주체의 의지는 아직 마지막 실천으로 이행되지 않았다. 바로 이러한 이유에서 인간 주체 내면에 도사린 역동적인 힘은 강렬함을 지닐 수밖에 없다. Siehe Hans Mayer: Nachwort, in: Ernst Bloch: Spuren, Leipzig u. Weimar 1990, S. 233.

9. 흔적들은 다섯 가지 사항으로 분류할 수 있다. 1) 소설, 2) 에세이, 3) 기록물, 4) 전기, 5) 철학적 시스템. Siehe Anna Czajka: Poetik und Ästhetik des Augenblicks. Studien zu einer neuen Literaturauffassung auf der Grundlage von Ernst Blochs literarischem und literaturästhetischem Werk, Berlin 2004, S. 95.

통한 인과율에 합당한 서술 방법은 더 이상 통용되지 않게 되었다. 모든 것은 특히 에피소드의 형식 내지 유추의 방식으로 서술될 뿐이다. 전지적 화자의 서술 방법이 20세기 초에 사라지고, '의식의 흐름' 내지 내적 독백이라는 기법이 주도적으로 출현한 까닭은 무엇보다도 복잡하게 전문화된 시민사회의 변화 때문이다. 예컨대 조이스, 프루스트, 무질 등은 화자를 통하여 독자들에게 직접적으로 조언하지도, 충고하지도 않는다.[10] 20세기 초의 현대 소설이 독자에게 특정한 교훈을 직접 전하지 못하게 된 까닭은 무엇보다도 경험의 전달 가능성이 사라져버렸기 때문이다.[11] 이제 소설적 화자는 모든 세상사를 낱낱이 간파하지 못한다. 따라서 화자가 할 수 있는 것은 기껏해야 대도시에서 소외되어 살아가는 자신의 제한된 능력을 있는 그대로 토로하는 일밖에 없다.

상기한 내용은 블로흐의 텍스트에도 그대로 적용된다. 『흔적들』의 서술자는 블로흐 자신의 관점에서 거의 벗어나지 않고 있다. 텍스트의 화자는 충동의 욕구가 마냥 억압당하는 것을 비판적으로 바라보고, 그것을 해방시키려 한다. 주어진 환경은 정치적이고 심리적인 차원에서 억압 메커니즘으로서 개개인을 압박한다. 그러나 소시민들에게는 이에 대해서 정면으로 대항할 방도가 주어지지 않는다. 그래서 그들은 어떤 간접적인 방식으로 불만을 드러낼 수밖에 없다. 이로써 표출되는 기형적인 심리 반응이 바로 권태이다. 이것은 자신의 고유성을 무의식적으로 파기하려는 심리적 제스처로서, 우울한 인간에게서 자주 출현한다. 우울한 인간은 주위의 모든 사물들을 자신과 전혀 무관한 것들로 받아들인다.[12] 하찮은, 그러나 고유한 의미를 간직한 사물들은 마치 어떤

10. Th. Adorno: Standort des Erzählers im zeitgenössischen Roman, in: ders., GS. Bd. 11, Noten zur Literatur I, 1973, S. 41-47, Hier S. 42ff.

11. Vgl. Walter Benjamin: Der Erzähler. Betrachtungen zum Werk Nikolai Lesskows, in: ders., GS. Bd. II-2, Frankfurt a. M. 1980, S. 438-465, Hier S. 439f.

12. Otto Fenichel: Zur Psychologie der Langeweile, in: Marina Kessel, Langeweile. Zum Umgang mit Zeit und Gefühlen in Deutschland vom späten 18. bis zum 20. Jahrhundert, Göttingen 2001, S. 70.

수수께끼와 같은 지혜의 부호로 다가온다. 마찬가지로 분업화된 물신 사회 내의 사물들은 정치적 국외자로서 살아가는 지식인에게 하나의 소외된 상으로 감지된다. 드러나거나 은폐된 사물들이 자신과 무관하게 독자적으로 흩어져 있다고 느껴지는 경우를 생각해 보라. 모든 것은 대체로 개인의 영향권으로부터 벗어나 있다. 소외 및 탈개인화의 특성은 우울한 인간의 충동 구조 속에 깊이 뿌리를 내리고 있다.

그렇다면 블로흐의 『흔적들』의 텍스트들은 아무런 전망도 기약하지 않고 한 치의 낙관론도 용납하지 않는 전위 예술에 편입되는가? 그것들은 후기 표현주의 예술이 드러낸 허무주의 내지 '신즉물주의'의 체념적 세계관과 관련된다는 말인가?[13] 그렇지 않다. 상기한 질문 속에 담긴 의혹은 블로흐의 신비적 경향을 지닌 문체 내지 서술 방식 등에 의해 파생되는 오류일 뿐이다. 블로흐는 고립되어 살아가는 인간의 우울한 정서로써 가장 비가시적인 사물을 투시하려 한다. 이 경우, 우울과 권태는 독자들에게 어떤 미래 지향적 의식을 강화하기 위해 방법론적으로 활용되는 정서에 불과하다. 여기서 중요한 사항은 『흔적들』에 묘사된 겉으로 드러난 비극적 삶 자체가 아니라, 물신 사회 내의 소외 및 물화 현상을 고찰하려는 블로흐의 비판적 관점이다. 블로흐는 독자에게 다음의 사항을 암시한다. '무언가 이상하다'고 느끼는 자는 주어진 현실이 어쩌면 잘못되어 있다고 의심한다. 블로흐는 주어진 현실에 대한 서술이 불가능하다는 점을 드러냄으로써, 독자로 하여금 현실 내의 부조리한 측면을 스스로 유추하도록 조처한다. 이는 무엇보다도 유토피아의 정신을 하나의 허구로 이해하는 아도르노의 자세와는 정반대된다.[14] 블로흐는 서술 불가능할 정도로 혼란스럽고 복잡한 현대의 상

13. Vgl. Theodor Adorno: Ernst Blochs Spuren, in: ders., GS. Bd. 11, a. a. O., S. 233-250, Hier S. 239.

14. 희망은, 아도르노에 의하면, 원리 내지 원칙으로 확정될 수 없다고 한다. 그것은 동화, 통속 소설, 전설 등에 담긴 신기루와 같은 꿈에 불과한 것인데도, 블로흐는 이를 철학의 범주로 추상화시켜서, 하나의 보편적 개념으로 확장시키고 있다는 것이다. 이러한 처사는 헤겔의 변

황에서, 어떤 또 다른 문화, 또 다른 시대의 가능성에다 하나의 역동적 긴장감을 불어넣는다. 실제로 블로흐가 서술하는 현실의 상은 흐릿하고 불명료한 만화경의 일부를 비추고 있다. 그렇지만 이러한 왜곡되고 일그러지며 암울하게 보이는 일면은 독자의 의식을 자극하면서 어떤 또 다른 현실의 가능성을 생산적으로 유추하게 한다.

블로흐는 『흔적들』에서 모더니즘 내지 표현주의에 관하여 명시적으로 언급하지 않았다. 그러나 그는 제반 예술 사조가 마구 뒤섞여 있었던 급변하는 세기말부터 표현주의 시기에 젊은 시절을 보냈으며, 시대적 경험을 자신의 텍스트 속에 반영하였다. 따라서 『흔적들』에서 병적인 시대적 조짐을 다루는 방식이 세기말의 예술 사조를 연상시키는 것은 당연하다. 블로흐는 젊은 시절의 친구인 루카치와 사상적으로 많은 것을 공유했지만, 예술 창작의 방법론 내지 기술적 측면에서는 그와 견해를 달리하였다.[15] 블로흐는, 루카치와는 달리, 모더니즘의 실험정신이 높은 수준의 사회주의적 생산 미학으로 발전될 수 있다고 굳게 믿었다.

4. 유토피아의 계기에 정당성을 부여하는 무엇으로서의 역사

셋째로 블로흐의 『흔적들』은 전통적 역사 서술 방식을 계승하고 있는가, 아니면 그것을 파기하거나 수정하는가? 『흔적들』은, 미리 말하자면, 역사에서 추출된 미결 사항으로 이해할 수 있다. 일단 역사에 관한 개념 정리 및 역사 서술에 관한 블로흐의 입장을 기술해 보자. 역사는, 어원에 의하면, '찾아서 얻어낸ἱστορέω' 지식이라고 한다. 이는 고대의

증법에 도사린 전체주의적 폭력과 일맥상통한다고 한다. 아도르노는 블로흐의 제반 텍스트에 담긴 의미를 세부적으로 천착하는 작업을 생략하고 있다. 이로써 헤겔 변증법에 대한 비판은 무작정 블로흐의 입장에 대한 비판으로 이전되고 있을 뿐이다. Siehe Adorno: Ernst Blochs Spuren, a, a. O., S. 240f.

15. 생산 미학의 예술에서, 우리는 지조의 측면과 창작 방법론의 측면을 세밀하게 구분하면서 작가의 비판적 입장을 중시해야 한다. 그렇지 않으면 우리는 반영 이론과 생산 이론 사이에 도사린 근본적인 이질성을 분명히 파악하지 못할 것이다.

역사가 헤로도토스에서 근대까지 통용되어 온 정의이다. 고대의 역사가들은 역사 속에 어떤 진리가 은폐되어 있다고 믿었다.[16] 다시 말해서, 역사는 진리와 잡다한 정보들을 포괄하는 이야기로서, 고대로부터 지금까지 '무언가를 가르쳐주는 서사의 창고'라고 한다. 역사의 어떤 비밀을 추적하는 자는 무언가 가르침을 찾기 위하여, 과거라는 창고의 문을 열고 잠입해야 한다. 이로써 역사가는 18세기 말까지 가령 "역사는 삶(의 교훈)을 가르쳐주는 장인이다Historia magistra vitae"라는 키케로의 말을 신봉해 왔다.[17]

그렇지만 '찾아서 얻어낸 지식으로서의 역사Historie'는 프랑스 혁명을 기점으로 '서사적 일원성으로서의 역사Geschichte'로 의미 변화를 겪는다. 여기서 말하는 서사적 일원성이란 사건의 전개 과정이 인간의 의지와 결부되기 시작했다는 의미로 이해된다. 프랑스 혁명은 더 이상 신의 권능에 의해서 성취된 게 아니라, 인간의 노력에 의해 쟁취된 무엇이었다. 바로 여기서 역사 개념의 패러다임 전환이 나타난다. 역사는 더 이상 폐쇄적인 하나의 해결책 내지 해답이라든가 교훈을 암시하는 정태적 대상이 아니라, 제반 개별적 사건들과의 유기적인 관련성 속에서 역동적으로 변화되어 나가는 무엇으로 이해되기 시작한다. 혁명의 관점에서 중요한 것은 궁극적으로 이상적 역사철학으로 이어지는 어떤 선험적 전환이었다.[18] 역사적으로 작용하는 힘은 19세기에 이르러 전지전능한 신神이 아니라, 진보에 대한 필연성으로 이해된 것이다. 19세기에 부르주아는 자신의 역할을 활발하게 수행했는데, 이들의 윤리의식을 지지해 준 것은 계몽주의 시대부터 이어진 시토이앙의 정신이었다.

16. 어떤 은폐된 진리를 "찾아서 얻어낸" 지식이야말로 진정한 의미에서의 "진리를 포괄하는 역사historia"일 수 있다. 박설호: 『라스카사스의 혀를 빌려 고백하다』, 울력 2008, 109쪽 이하.

17. Vgl. Albert Müller: Historia Magister Vitae?, in: Österreichische Zeitschrift für Geschichtswissenschaften, 2/2005, S. 87f.

18. Reinhart Koselleck: Vergangene Zukunft, Zur Semantik geschichtlicher Zeiten, Frankfurt a. M. 1979, S. 56f. (한국어판) 라인하르트 코젤렉: 『지나간 미래』, 한철 역, 문학동네 1996, 67쪽 이하.

그러나 상기한 역사관은 19세기 말을 기점으로 다시 변모를 거듭한다. 세기말의 사람들은 진보의 과정으로서의 역사 발전에 의혹을 품기 시작했던 것이다. 부르주아는 더 이상 성장하는 계급이 아니라, 이미 보수 세력으로 변모되었던 것이다. 여기에 결정적으로 영향을 끼친 것은 1880년 이후부터 이어진 프로이센의 경제발전과 국수주의적인 분위기였다. 대부분의 사람들이 진보를 부르짖었지만, 세기말의 부르주아는 아이러니하게도 더 나은 미래 대신에 찬란했던 과거를 동경하고 있었다. 세기말에 이르러 사회는 더욱더 분화되었고, 대도시의 출현으로 인하여 사회 전체를 객관적으로 관망하기 힘들게 되었다. 도시 빈민가가 형성되고 실업자가 도심을 배회한다고는 하지만, 농촌과 지방에서는 여전히 전근대적인 생활방식이 동시적으로 온존하고 있었다. 블로흐는 이러한 현상을 '비동시적인 것의 동시성Gleichzeitigkeit des Ungleichzeitigen'으로 요약하였다.[19] 사회 변화의 촉매 내지는 수행자로서 작용할 수 있는 프롤레타리아는 아직 하나의 권력 집단으로 결성되지 않았고, 이를 위한 사회적 토대도 마련되지 않고 있었다. 말하자면, 같은 시대에 살지만 농촌 지역에 사는 사람들과 도시 근로자들 사이의 세계관은 엄청난 차이점을 보여주었다.

블로흐의 『흔적들』의 주제는 이러한 사회 역사적 맥락 속에서 정확히 이해할 수 있다. 블로흐는 후기 자본주의 체제 내의 대도시에서의 제반 현실을 일직선적인 방법으로 '통시적으로diachronisch' 서술하고 해명할 수 없다고 파악하였다. 그렇다고 블로흐는 단지 관망할 수 없다는 이유로 대도시의 역사적 변천 과정을 배척할 수는 없었다. 가령 "역사는 아무것도 알려주지 않는다Historia non dulcet"라는 명제는 블로흐의 눈에는 "역사는 삶을 가르쳐주는 장인이다"라는 명제만큼 설득력을 지니지 못한, 일방적 입장만 제시하는 것으로 비쳤다.[20] 블로흐는 클라게스Klages,

19. Siehe Ernst Bloch: Die Erbschaft dieser Zeit, Frankfurt a. M. 1985, S. 112ff.
20. Vgl. Albert Müller: a. a. O., S. 88.

니체 그리고 딜타이 등이 제각기 추구해 온, 회의주의에 근거한 역사 서술 방식에 동조할 수 없었다. 그 이유는 그가 역사적 진보에 대한 다른 유형의 믿음, 다시 말해서 마르크스주의 국가 탄생의 가능성을 믿었기 때문이다. 실제로 블로흐는 현대사 및 역사에 관한 객관적이고 포괄적인 서술 방법을 파기하지 않은 채 이를 극복할 방법을 숙고하였다. 그가 숙고한 것은 과연 복잡하고 전문화된 후기 시민사회의 문제점과 특정한 병리 현상을 어떠한 방식으로 기술하고 포착해 낼 수 있는가? 하는 물음에 관한 것이었다. 블로흐는 역사 서술의 근본적 의미를 다음과 같이 정리한다. 즉, 역사 서술은 과거 속에 은폐된 진리를 추적하는 작업이 아니라, 미래의 가능성을 과거 속에서 포착하려는 작업이라고 말이다. 이는 — 역사가 미래의 어떤 사회 형태로 나아가는 운동임을 전제로 한다면 — 그 자체 타당하다. 이러한 목표를 위한 여러 방법론들 가운데 하나가 바로 『흔적들』을 기술하는 작업이었다.[21] 가령 블로흐는 주어진 현실에 은폐되어 있는 어떤 알레고리를 찾아내어 이를 비판적으로 기술함으로써 사회의 근본 문제를 포착하고, 나아가 헤이든 화이트의 표현을 빌면, "유토피아적 계기에 정당한 권리를 부여"할 수 있으리라고 확신했던 것이다.[22]

상기한 맥락을 고려할 때, 우리는 다음과 같이 말할 수 있다. 즉, 블로흐의 『흔적들』은 앞에서 언급한 역사관의 패러다임을 고려할 때도 과히 혁신적이라고 말이다. 블로흐는 '찾아서 얻어낸 지식으로서의 역사' 와 '서사적 일원성으로서의 역사' 로 요약되는 전통적 역사관을 일부 수용하면서, 사회주의의 시각에 근거하여 새로운 방식으로 역사를 서술하였다. 물론 블로흐의 『흔적들』은 '어떤 영속적 우주사의 순간' 이라는 현대적 의미의 역사관으로 해석할 수도 있다.[23] 그렇지만 이러

21. Ernst Bloch: Gibt es Zukunft in der Vergangenheit?, in: ders., Tendenz- Latenz-Utopie, Frankfurt a. M. 1985, S. 286-299.

22. Hayden White: Metahistory. The Historical Imagination in nineteenth Century Europe, Baltimore 1973, p. 38-46.

한 결론은 우주의 영속적 역사가 실제로 인간의 역사와 정비례해 진척된다는 가설을 전제로 할 때만 가능하다.

역사의 불연속적이고 기이한 지그재그 식의 변화를 고려한다면, 블로흐의 시각은 주어진 현실의 제반 조건들에 상응하는 것이다. 그래서 블로흐는 구체적인 시대적 현실과 무관한 우주의 역사를 일차적으로 거부할 수밖에 없었다. 요약하건대, 『흔적들』은 역사에서 파생되어 나온 편린과 같다. 그것들은, 블로흐에 의하면, 역사에서 추출해 낸 미결 사항으로서, 더 나은 미래를 위해 극복되어야 할 사회적 모순을 반영하고 있다. 이를 서술하려면 인간은 단편적으로, 특수하게, 그리고 알레고리를 동원하지 않을 수 없다고 한다.

5. 차단된 미래의 표시로서의 알레고리

넷째로 블로흐가 텍스트에서 도입하는 알레고리는 기능 면에서 어떻게 발터 벤야민의 알레고리 개념과 구별되는가? 일단 전통적 문헌학에서 언급하는 알레고리를 살펴보기로 하자. 알레고리는 자구적으로 '무언가 다르게 표현한다αλληψορέω' 는 의미를 지닌다. 문헌학자들은 지난 수백 년 동안 알레고리를 부정적으로 혹은 지엽적인 것으로 고찰하였다. 왜냐하면 그것은 주어진 의미를 인습적 방법에 의해서 암유적으로 표현하기 때문이라고 한다. 그렇지만 알레고리는 사물과 의미 사이의 관계와 환유의 관계를 새롭게 규정할 수 있으며, 이는 때로는 의미심장함을 불러일으킬 수 있다.

알레고리 속에 도사린 이러한 의미심장함을 지적한 사람은 발터 벤야민이었다. 가령 알레고리는 세 가지 측면에서 상징과 구분된다고 한다. 첫째로 상징 속에는 이념 또는 구체화된 무엇으로서의 개념이 직접

23. Martin Zerlang: Ernst Bloch als Erzähler, in: Text + Kritik, Sonderband Ernst Bloch, München 1985, S. 61-75, Hier S. 63.

적으로 현존한다. 이에 비해 알레고리 속에는 그러한 이념이나 개념이 존재하지 않고, 다만 이념 내지 개념이 구체적으로 '재현Repräsentation' 될 뿐이다. 알레고리는 어떤 이념 내지 개념을 다른 지엽적인 상으로써, 다시 말해 환유로 드러낸다. 둘째로 상징 속에는 현재의 시간이 처음부터 파기되어 있는 데 비해, 알레고리 속에는 시간이 점진적 순서에 의해서 체계화되어 있다. 알레고리의 상은 신비적 순간 내지 어떤 초시간적인 영속성을 표방하는 상징과는 달리, 시간의 흐름과 그 순서에 의해서 얼마든지 변모될 수 있다. 신화적 알레고리는 얼마든지 주어진 다른 현실의 맥락과 결합되며, 이로 인하여 신화는 시대적으로 다양하게 수용된다. 셋째로 상징이 특수성과 보편성을 서로 동일한 상으로 드러낸다면, 알레고리는 그것들이 서로 다르다는 점을 보여준다.[24] 세 번째 경우는, 알레고리는 존재론적 의미의 일원성이 파기되어 있다는 것을 분명히 시사해 준다. 재현으로서의 알레고리는, 벤야민에 의하면, 무엇보다도 '죽은 자'를 배치하고 설정하는 과업을 수행한다. 따라서 알레고리는 객체의 일원성을 파괴하고, 객체 자체를 '환유로써metonymisch' 용해한다는 것이다. 이로써 벤야민은 바로크 비애극 속에 도사린 알레고리의 독특한 특성을 도출해 내면서, 제반 사물들이 의미와 정신, 진정한 인간 존재로부터 벗어나 있다는 점을 밝혀내었다.[25] 그런데 벤야민의 알레고리 개념은 독일의 비애극의 '덧없음Vanitas'이라는 정서 속에 차단되어 있다. 가령 알레고리 속에 반영된 진리의 파편은, 벤야민의 경우, '의향의 죽음,' 그 이상도 그 이하도 요청하지 않는다.[26]

24. 바로크 시대의 문학 작품 속의 알레고리가 보편성과 무관하게 주어진 사물들의 의미를 분산시키거나 재구성할 수 있는 이유도 그 때문이다. W. Benjamin: Ursprung des deutschen Trauerspiels, in: ders., GS. Bd. 1, Frankfurt a. M. 1987, S. 352f. (한국어판) 발터 벤야민: 『독일 비애극의 원천』, 조만영 역, 새물결 2008, 278쪽.

25. 후기 구조주의자들이 알레고리에 대한 벤야민의 견해를 기표와 기의 관계의 자의성으로 발전시켜 해석한 사항에 관해서는 다음의 문헌을 참고하라. 윌리엄 도울링: 『제임슨, 알튀세르, 마르크스 "정치적 무의식"을 위한 서설』, 곽원석 역, 월인 2000, 205쪽.

26. Siehe Benjamin, a. a. O., S. 216.

이에 비하면 블로흐는 수동적이고 정적인 체념을 담은 벤야민의 알레고리를 용인하지 않는다. 실제로 『흔적들』에 담긴 알레고리는 벤야민의 경우와는 다르게 기능하고 있다. 물론 알레고리들은 일차적으로 주어진 사물에 대한 단순한 의미와는 다른, 어떤 기이한 느낌과 부자연스러운 정조를 전해준다. 이는 '원래는 그렇지 않는데'라는 심리적 반작용과 함께 나타나는 느낌 내지 정조이다. 이러한 느낌 내지 정조는 프레드릭 제임슨의 정치적 무의식에 대한 결단의 기능과 필연성으로 해석될 수 있다.[27] 블로흐는 소설, 에피소드, 동화, 전설 등을 재론하며, 그 속에 담겨 있는 어떤 심층적 · 근원적 의미를 찾아 나선다. 그리하여 흔적들은 원래의 상투적 의미와는 다른, 새롭고도 독자적인 어떤 의미로 해석된다. 여기서 블로흐는 '반-유기체적이고 파편적인 알레고리'를 활용하지만, 이는 지조 내지 자세가 아니라, 어디까지나 낮꿈과 유토피아를 개방시키고 자극하기 위한 방법론 내지 수단으로 이해될 수 있다.

그렇다면 블로흐의 '이야기-해석-흔적 찾기'라는 세 단계의 과정은 어떠한 알레고리의 전통으로 규정될 수 있을까? 블로흐는 어떤 주관적 차원을 역으로 강화시키는 비판적 알레고리를 찾으면서, 거기에 유토피아의 가능성을 부여한다. 그가 서술 과정 속에 알레고리의 흔적을 담는 것도 바로 그 때문이다. 텍스트 속에 담긴 내용은 마치 앞뒤가 맞지 않는, 기이한 표식과 같다. 블로흐는 때때로 사물의 상투적 관련성을 의도적으로 파괴한다. 알레고리는, 벤야민의 경우, 비애 내지 의향의 죽음에 대한 확인으로서 기능하지만, 블로흐에게는 어떤 다른 의미를 찾아내려는 방법론적 수단이다. 그것은 앙리 르페브르Henri Lefèbvre가 활용한 "지시대상의 붕괴chute des réferents"라는 서술 방식과 일맥상통한다. 여기서 말하는 지시대상이란 비판의 통제에서 벗어나는 순간 절대화되는 개별적이거나 보편적인 상징 내지는 담론의 의미 내지는 신호

27. Siehe Fredric Jameson: The Political Unconscious, Narrative as a Sociality Symbolic Art, Cornell University Press 1981, p. 136.

체계를 지칭한다. 따라서 이는 일반 사람들의 일상생활이나 의식을 규정하는 무엇이며, 사회의 근본적 모순을 파악하지 못하는 이데올로기로 작용한다.[28] 어떤 은폐된 진리를 발견하기 위해서 작가는 사물과 그 의미 사이의 미묘한 상관관계를 해체시키고, 그 속에 은밀하게 드러나는 부자연스러운 표식을 예리하게 추출해 낸다. 블로흐는 마치 셜록 홈스와 같은 탐정의 자세로 주어진 사항을 서술한다. 설령 자본주의 체제 내의 대도시를 전체적으로 관망할 수 없다고 하더라도, 그는 일견 무의미하고 사소한 사물에 대해 관심을 기울인다. 이로써 블로흐는 주어진 사물들이 어딘지 모르게 '원래와는 다르다' 라는 단서를 예리하게 포착해 낸다. 이로써 그는 현존재가 어째서 원래와는 다른 모습을 보이고 있으며, 부자연스러운 형태를 드러내는가를 비판적으로 서술할 수 있다.

따라서 서술하는 일은 블로흐에게는, 프레드릭 제임슨이 언급한 대로, "알레고리의 수술"로 설명할 수 있다.[29] 블로흐의 알레고리는 (벤야민이 파악한 바 있는) 진보와 발전의 부정적인 형상의 용어가 아니다. 그것은 숙명을 숙명으로 받아들이지 않으려는 적극적 자세에서 비롯한 비판적 알레고리에 해당한다. 블로흐의 알레고리는 한편으로는 주어진 현실을 마치 여러 요소들로 세분화하려는 방식을 지양한다. 그것은 다른 한편으로는 일그러진 현실의 여러 가지 고립된 단서들을 포착하여, 이것들을 조화롭지 않은 극한 속에서 서로 연결시킨다.[30] 따라서 우리

28. Henri Lefèbvre: Kritik des Alltagslebens, Bd. 3, Königsstein sT. 1977, S. 132. 혹은 다음 책을 참고하라. 강수택: 『일상생활의 패러다임』, 민음사 1998, 58쪽 이하.

29. 제임슨은 비판적 알레고리의 목표를 "유토피아의 마지막 지점을 구성하는 일"로 이해했는데, 이는 블로흐의 입장을 긍정적으로 수용한 것이다. 그렇지만 제임슨은 나중에 알레고리의 개념을 거시적으로 확장시켰다. 가령 그는 벤야민의 작업을 바탕으로 조야한 마르크스주의의 경제 결정론, 표현적인 총체성을 포함한 모든 해석을 포괄적으로 알레고리에 편입시키고 있다. Vgl. Fredric Jameson: 앞의 책, p. 281ff.

30. 역사와 알레고리의 측면을 고려할 때, 우리는 흔적들을 추적하는 블로흐의 시도를 미셸 드 세르토Michel de Certeau의 심리 역사학적 제반 시도와 비교할 수 있다. 세르토가 서술한 바에 의하면, 역사가는 마치 로빈슨 크루소가 식인종의 발자국 앞에 서 있듯이, 과거의 흔적 앞에 서 있다. 역사가는 어떤 흔적을 대하면서 자신의 합리적 판단에 한계가 있음을 간파한다.

는 다음과 같이 말할 수 있다. 블로흐가 추적하는 비판적 알레고리의 최종 목표는 유토피아의 어떤 마지막 지점을 구상하는 일이라고 말이다. 물론 이로써 파악되는 역사적 제반 관련성이 차제에 하나의 허구로 판명될 가능성은 부분적으로 남아 있지만 말이다.

6. 나오는 말

지금까지 우리는 블로흐의 『흔적들』이 지향하는 사회 역사적인 관련성을 거시적 측면에서 살펴보았다. 이제 서문에서 제기한 네 가지 질문을 토대로 블로흐 산문 연구의 전제조건으로서의 개괄적 특성을 요약하고자 한다.

첫째로 블로흐의 『흔적들』은 어떠한 근거에서 아직 아닌 존재에 관한 객관적 판타지를 담고 있는가? 블로흐는 시민사회 내에 도사리고 있는 물신숭배와 인간 소외를 비판적으로 투시하면서, 이를 작은 텍스트 속에 기술한다. 계급 갈등을 바탕으로 한 왜곡된 현실은 알레고리로 표현되는데, 이것들은 유토피아의 의식 내지 역사 발전의 구체적 대안으로서 독자를 자극한다. 이로써 아직 아닌 존재에 관한 객관적 판타지는 독자의 의식 속에 투영될 수 있다. 블로흐의 『흔적들』은 대체로 해답을 유보하거나, 의도적으로 중의적 의미를 드러낸다. 이 점에서 그것들은 부분적으로 문학 텍스트의 특성을 지니고 있다. 블로흐가 중시하는 것은 주어진 참담한 현실에 대한 일차적 확인 작업으로서의 "사유의 상 Denkbilder"을 서술하는 작업이 아니라, 무엇보다도 참담한 현실을 극복하려는 주체의 비판적이고도 전투적인 시각이며, 자신의 가능성을 찾으려는 주체의 역동적인 작업이다.

둘째로 『흔적들』이 표현주의 작가들의 지조 내지 모더니즘의 실험정

Michel de Certeau S. J.: L'Ecriture de l'Histoire, Paris 1975, (독어판) Das Schreiben der Geschichte, Frankfurt am Main 1991, S. 38ff.

신을 함축하고, 세기말 소시민들의 우울과 권태를 간간이 도입하는 까닭은 무엇인가? 『흔적들』 속에는 희망의 철학의 본질적 내용뿐 아니라, 20세기 초의 모더니즘의 실험 정신 내지 표현주의 작가들의 지조 등이 분명히 담겨 있다. 가령 블로흐는 루카치와는 사상적으로 공유하면서도, 예술 창작의 방법론에 있어서는 이질적인 입장을 표방하였다.[31] 한마디로 블로흐가 억압당하는 소시민들의 우울과 권태를 서술한 까닭은 궁극적으로 그들의 자기회피를 비판적으로 지적하려고 했기 때문이다.

셋째로 블로흐의 『흔적들』은 전통적 역사 방식의 계승인가, 아니면 파기 내지 수정 사항인가? 블로흐의 『흔적들』은 대체로 역사에서 추출해 낸 해결되지 않은 사항들로서, 역사 속에 은폐되어 있는 유토피아의 단서 내지 암호들과 같다. 이를테면 블로흐는 유토피아의 대표적인 단서 내지 암호로서 과거의 유물에 해당하는 장신구들을 예로 든 바 있다.[32] 블로흐의 텍스트는 전통적 역사 서술의 목표를 충실히 따르면서도, 그 방법에 있어서 단선적인 역사 서술 자체를 배격한다. 복잡한 현대의 문제점을 지적하고 이를 극복하기 위한 방법론으로서 블로흐가 도입하는 것은 시적이며 단편적인 서술 방식이다. 여기서 우리는 예컨대 무사 여신들 가운데 클리오Klio가 시와 역사를 관장하는 여신임을 의식해야 한다.[33]

넷째로 블로흐가 텍스트에서 도입하는 알레고리는 기능면에 있어서 어떻게 발터 벤야민의 알레고리 개념과 구별되는가? 벤야민의 알레고리 개념은 하나의 존재론적 부호이며, 죽음에 대한 염세주의의 관점 내

31. Jan Robert Bloch: Freunde am Scheideweg, in: ders., Kristalle der Utopie. Gedanken zur politischen Philosophie Ernst Blochs, Mössingen-Talheim 1995, S. 97.

32. Siehe Ernst Bloch: Geist der Utopie. Zweite Fassung, Frankfurt a. M. 1985, S. 25.

33. 여기서 우리는 다음과 같은 중요성을 확인할 수 있다. 즉, 블로흐의 흔적들에 관한 연구는 한편으로는 뤼시앙 페브르Lucien Febvre, 미셸 드 세르토, 카를로 긴즈버그 등이 시도한, 이른바 아날학파의 심리역사학의 방법론을, 다른 한편으로는 헤이든 화이트의 시적 카테고리를 통한 메타 역사의 서술 작업을 중시하면서 진척되어야 한다는 사항 말이다.

지 비극적 세계관에 바탕을 두고 있다. 이에 비해 블로흐의 알레고리 개념은 현재 주어진 사회의 모순 구조를 지적하기 위한 방법론적 도구로 활용될 뿐이다. 알레고리로 표현되는 유토피아의 흔적은 근본적으로 역사의 발전 속에 내재한 대안으로서의 가능성과 직결된다. 그렇다고 블로흐가 형체 없는 진보의 상으로써 막연히 역사의 마지막을 강조하는 것은 아니다. 블로흐의 『흔적들』에서 중요한 것은 모든 현재 속에 도사린 가장 위험하고 가장 비난당하는 문제점을 일차적으로 밝혀내는 작업이다.

요약하건대, 『흔적들』은 아직 아닌 존재에 관한 객관적 판타지이다. 블로흐는 이를 위해서 새로운 역사 서술을 위한 알레고리와 부정의 부정이라는 변증법적인 서술 방식을 채택하고 있다. 블로흐가 『흔적들』을 통하여 표현한 것은 차단된 미래 내지 "무희망에 대항하는 저항의 철학"이었다.[34] 만약 이러한 사항이 분명하게 밝혀진다면, 블로흐는 독자가 자신의 고유한 비판 의식을 최대한으로 활용하여 부자연스러운 현재의 현실에 대해 의혹을 품게 될지 모른다고 굳게 믿었다. 이러한 기대감은 모조리 실현되지는 않았지만, 그 자체 무가치하지는 않다. 문제는 다음과 같은 물음이다. 『흔적들』의 텍스트에 도사리고 있는 갈망의 구도가 과연 어떠한 방식으로 더 나은 세계의 실현에 기여할 수 있는가? 어떻게 하면 주어는 자신의 성향과 능력에 합당한 술어와 변증법적으로 조우하고, 주체와 객체는 서로 동일성으로 향해 가장 가까이 근접할 수 있을 것인가? 이는 인간 삶의 구체적 영역에서 하나씩 해결해 나가야 할 본질적 과제가 아닐 수 없다.

---

34. Oskar Negt: "Erbschaft aus Ungleichzeitigkeit und das Problem der Propaganda," in: Ernst Bloch zum 90. Geburtstag: Es muss nicht immer Marmor sein. Erbschaft aus Ungleichzeitigkeit, Berlin 1975, S. 9-34.

부록

미완의 철학자 에른스트 블로흐, 『희망의 원리』
왜 하필이면 중세 철학 그리고 르네상스 철학인가?
기독교 속의 무신론
토마스 뮌처, 카를 마르크스, 혹은 악마의 궁둥이

미완의 철학자 에른스트 블로흐, 『희망의 원리』*

건강의 가장 좋은 묘약은 잠과 희망이다. (Hufeland)

가장 천박한 소설 속에 가장 고결한 갈망이 가장 분명하게 엿보인다. (Ernst Bloch)

땅은 어느 누구에게도 속하지 않으나, 그 열매는 만인의 것이다. (John Ball)

연금술의 장을 번역할 때 나는 세상을 기독교적 황금으로 정화하려는 경건한 연금술사였으며, 콜럼버스의 장을 번역할 때 나는 애타는 마음으로 바다 위의 앵무새 떼를 바라보는 집요한 항해사가 되어 있었다. (Schoro Pak)

1. 군계일학의 사상가 그리고 그의 서적들

친애하는 K,

오로지 당신을 위해서 블로흐의 『희망의 원리』를 번역하게 된 것을 감사하게 생각합니다. 서양의 인문 · 사회과학을 공부하는 사람은 한 번쯤은 반드시 에른스트 블로흐를 접하게 됩니다. 도합 18권으로 이루어진 블로흐의 전집은 서양의 인문 · 사회과학의 많은 내용을 포괄하고 있습니다. 실제로 블로흐는 자신의 여러 저서에서 다음의 사항들을 세

* 이 글은 블로흐의 『희망의 원리』(열린책들 2004)에 실린 역자 후기를 약간 수정한 것이다.

밀하게 다루었습니다. 철학(유토피아와 역사철학, 헤겔 연구, 유물론의 역사, 중세 철학 등), 정치경제학(사유재산 제도와 분배의 문제), 신학(서양의 비교종교학, 해방 신학, 토마스 뮌처 연구), 문학(예측된 상과 사회주의 리얼리즘), 사회학(공동체 유토피아와 협동의 과정 문제), 역사학(르네상스 시대 이후의 유토피아), 정치학 및 법철학(자연법, 평등과 인권의 문제), 예술(건축학, 음악 이론, 회화 예술 비평) 등이 그것들입니다.

친애하는 K, 오늘날 블로흐 철학의 위대성을 부인하는 사람은 아무도 없습니다. 헝가리 출신의 문예 이론가 게오르크 루카치G. Lukács는 "동년배의 블로흐를 존경했다"고 여러 번 술회하였습니다. 부르크하르트 슈미트B. Schmidt는 프랑크푸르트학파의 모든 학자와도 블로흐를 바꿀 수 없다고 호언장담한 바 있지요. 그럼에도 불구하고 블로흐의 사상적 영향은 영미 언어권에서 그리고 철학과 신학 외의 영역에서 그다지 폭발적이지는 못했습니다.

오랫동안 나는 다음과 같은 의문에 빠져 있었습니다. 어째서 학자들은 구리 광산에만 모이고, 다이아몬드 광산은 등한시하고 있는가? 물론 구리 역시 금속이며, 지엽적인 측면에서는 효용 가치를 지닐 것입니다. 문제는 가장 귀중한 다이아몬드가 무시당한다는 사실입니다. 역자는 블로흐의 사상이 특히 영미권에서 무시당하는 이유 가운데 하나를 최근에야 알게 되었습니다. 블로흐의 언어는 함축적이고, 난해하며, 비약이 심합니다. 그래, 블로흐 사상이라는 다이아몬드를 캐내려면, 힘든 벼랑을 어렵사리 줄 타고 내려가야 합니다. 그래서인지는 몰라도 블로흐 전집은 아직 다른 나라 언어로 번역된 바 없습니다. 심지어 블로흐의 주저 가운데 하나인 『주체-객체』조차도 영어판으로 간행되지 않았습니다. 미국식 자본주의와 미국인들에 대한 블로흐의 비판 때문일까요?

그렇지만 블로흐 전집은 수많은 학문 서적들과 동일한 수준에서 나열되는 문헌이 아닙니다. 그 이유는 다음과 같은 두 가지 사항에서 발견됩니다. 첫째, 블로흐의 학문은 주어진 연구 대상의 틀을 현재로 확정하여, 하나의 결론을 도출하는 것으로 끝나지 않습니다. 블로흐에게 중요한 것은 현재, 과거, 미래를 이어나가게 하는 인간의 내적 충동입니다. 또한 희망과 관련된 사회 변화 내지 인간 삶의 제반 영역을 규명하는 작업입니다. 둘째, 블로흐 철학의 모티프는 미래 지향성에 있습니다. 블로흐는 플라톤 이후의 대부분의 철학자들이 중시하는 과거 지향적 "재기억anamnesis"의 특성을 배격하고, "미래"를 새로운 철학의 대상으로 설정하고 있습니다. 상기한 두 가지 이유에서 블로흐는 학문적 깊이와 중요성을 따질 때 군계일학의 존재가 아닐 수 없습니다.

2. 블로흐의 끝없는 역정. 수업시대 그리고 편력시대

친애하는 K.

에른스트 블로흐(1885-1977)의 삶은 그의 철학 용어, "변화 속의 존재Sein im Werden"에서 드러나듯이, 변모와 부정 정신을 극명하게 보여줍니다. 1885년 7월, 블로흐는 소도시 루드비히스하펜에서 유대인 출신의 가난한 철도 공무원의 아들로 태어났습니다. 김나지움 시기에 그는 수업을 빼먹고, 주로 만하임의 도서관에 틀어박혀 헤겔과 카를 마이의 책을 탐독하였습니다. 블로흐가 철학 전공 의사를 밝혔을 때, 그의 담임은 다음과 같이 일갈했습니다. "철학이라고? 어려운 학문을 전공하기에는 자네는 너무 멍청해!"[1] 아무리 선생이라 해도 그렇지, 어떻게 제자의 면전에서 멍청하다고 말할 수 있을까요? 참을 수 없는 노여움은 처절하게 공부하도록 그를 자극했습니다. 고교 시절에 그는 빈델반트 등과 같은 철학자들과 편지를 교환할 정도로, 높은 수준에 올라 있었습니다. 대학 입학 자격시험인 아비투어Abitur에 겨우 합격한 젊은이

1. Rolf Denker: Hoffen aufs Reich der Freiheit, in: Denken heißt Überschreiten. In Memoriam Ernst Bloch, 1865-1977, Köln/ Frankfurt a. M. 1978, S. 43-51.

가 어찌 대학 입학 후 불과 여섯 학기 만에 박사학위를 취득할 수 있었을까요? 이는 불가해한 경우가 아닐 수 없습니다.

블로흐는 1908년에 헝가리 출신의 루카치를 사귀게 되었고, 이후 이들은 베를린의 게오르크 지멜 서클과 하이델베르크의 막스 베버 서클에 참여하였습니다.[2] 그러나 이들 두 사람은 체질적으로 서로 달랐습니다. 게다가 철학과 문예 이론에 대한 그들의 의견은 시간이 흐를수록 대립 양상을 띠게 되었다고 합니다. 제반 예술 사조에 해박한 지식을 가지고 있던 루카치는 초지일관 모든 것을 논리적이며 공간적으로 구획 정리한 반면, 마르크스와 헤겔만 집중적으로 공부한 블로흐는 변증법에 바탕을 둔 물질Materie의 변화 및 실험정신을 강조하였습니다. 그들 사이의 견해 차이는 이른바 "표현주의 논쟁"으로 점화되었으며, 수십 년 동안 계속되었습니다. 블로흐가 루카치의 『이성의 파괴』에 대해 선제공격을 가하면, 루카치는 블로흐의 『주체-객체. 헤겔에 대한 주해』를 역으로 비판하였습니다. 그러면 블로흐는 다시금 "루카치는 『청년 헤겔』에서 헤겔을 잘못 파악하고 있다"고 비판하는 식이었습니다.

1933년, 블로흐는 나치의 폭력을 피해 취리히, 빈, 파리 등으로 망명하여, 1938년에 미국에 정착합니다. 그곳에서 그는 세 번째 아내, 카롤라의 도움으로 연구에 몰두할 수 있었습니다. 미국 체류의 10년은 『희망의 원리』, 『주체-객체. 헤겔에 대한 주해』 등과 같은 저서의 집필 작업에 할애되었습니다.[3] 1948년, 라이프치히 대학이 블로흐를 철학 교

---

2. 두 사람은 종교에 관해서도 박식함을 자랑했다. 토론장에서 대화를 나누는 사람은 블로흐와 루카치밖에 없었다. 이때 칸트주의자, 에밀 라스크E. Lask는 다음과 같이 비아냥거렸다고 한다. "네 명의 사도란 누구인가? 마테우스, 마르쿠스, 루카치 그리고 블로흐?" Karl Jaspers: Heidelberger Erinnerungen, in: Heidelberger Jahrbücher, Bd. 5, Berlin/Göttingen/Heidelberg, Springer 1961, S. 1-10.

3. 어느 미국인이 카롤라 블로흐에게 말을 걸었다. "왜 당신 남편은 직업을 바꾸지 않지요? 철학으로 한 푼도 벌지 못하면, 딴 일을 찾아야 하지 않습니까?" 블로흐는 이 말을 듣고 속이 상했다. 그 다음날 그는 신문에다 다음과 같은 아포리즘을 보냈다. "미국에서 백만장자들은 맨 처음 접시를 닦지만, 철학자들은 그런 일을 중단한다." Peter Kauder: Hegel beim Billard. Die besten Anekdoten über große Denker, München 2000, S. 81.

수로 초빙했을 때, 63세의 블로흐는 처음으로 대학 강단에 서게 됩니다. 이는 블로흐의 선임자인 한스 게오르크 가다머H. G. Gadamer가 사표를 제출하고 프랑크푸르트로 떠난 직후의 일이었습니다. 1948년부터 10년간 라이프치히 대학의 인문 사회학부는 블로흐와 문예 이론가 한스 마이어Hans Mayer로 인하여 대단한 명성을 누리게 됩니다.

루카치는 50년대에 헝가리의 문화상으로 발탁되어 일하였습니다. 이에 비하면 블로흐는 당과 현실 정치에 거리를 두었습니다. 1956년, 루카치가 헝가리 사건으로 고초를 겪을 때, 블로흐 역시 구동독으로부터 정치적인 탄압을 받게 됩니다. 이는 블로흐가 사회주의통일당의 정책을 직접적으로 비판했다기보다는, 제자인 볼프강 하리히Wolfgang Harich가 권력자 발터 울브리히트에게 정면으로 도전장을 제시했기 때문입니다. 이로 인하여 많은 지식인들이 체포, 구금당합니다. 1957년, 블로흐 역시 라이프치히 대학 교수직에서 강제로 퇴임 당했습니다.

1961년, 블로흐가 가족들과 함께 서독을 여행 중이었을 때, 베를린 장벽이 건설되었습니다. 이때 블로흐는 가족들과 함께 구동독으로 돌아가지 않았습니다. 바로 그해에 블로흐는 고령에도 불구하고 서독의 튀빙겐 대학에서 철학을 강의하게 됩니다. 블로흐는 저서를 집필하는 데에도 나이를 잊은 듯했습니다. 87세에 『유물론의 문제』가 간행되었고, 89세에 『세계의 실험』이 간행되었습니다.

3. 『희망의 원리』의 제1장과 제2장

친애하는 K.

당신을 위해서 『희망의 원리』의 전반적 내용을 개관해 보도록 하겠습니다. 본서는 도합 다섯 장으로 이루어져 있습니다. 책의 테마는 한마디로 더 나은 삶에 관한 꿈입니다. 이는 마르크스가 의도하는 자유의 나라 내지 뮌처Müntzer가 추구한 지상의 천국에 대한 상과 직결됩니다.

자고로 정치경제학자들이 계급 문제를 다루고 있는 현재의 현실에 대한 냉정하고도 엄밀한 분석을 추구합니다. 이에 비해 블로흐는 지금까지 외면된 미래 영역을 연구 대상으로 삼습니다. 미래의 영역은 바로 목표와 관계된다고 합니다. 미래는 인간이 갈구하는 목표에 대한 상으로서 희망과 관련되는 영역입니다. 이러한 입장을 바탕으로 블로흐는 인간의 모든 분야 속에 담겨 있는 갈망과 희망의 요소를 설명하고 있습니다.

제1장 "보고"에서 블로흐는 꿈의 직접적인 특성 및 특히 꿈의 간접적인 면모를 폭 넓게 실험하고 있습니다. 블로흐는 사적인 꿈, 상호 교환 가능한 공중의 환영으로부터 무언가를 참으로 긴급하게 도출해 내는 "낮꿈" 등을 서술합니다. 제2장은 "사실"에 관한 기초 작업을 다루고 있습니다. 문제는 "굶주림이라는 주요 충동이 과연 중요한 기대 정서인 희망으로 향하는가?" 하는 물음입니다. 이 장에서 중시되는 것은 "아직 의식되지 않은 것das Noch-Nicht-Bewußte"에 대한 명확한 기록입니다. 무의식에 관한 연구는 라이프니츠의 잠재의식의 발전으로부터, 밤과 원초적 과거를 지향하는 낭만주의 심리학을 거쳐, 프로이트의 심리 분석으로 이어졌습니다. "아직 의식되지 않은 것"은 정신분석학에서 말하는, 이른바 다시 기억해 낼 수 있는 망각된 무엇이라든가, 혹은 억압되거나 잠재의식 속에 고대 지향적으로 가라앉은 무엇이 아닙니다. 그것은 오히려 궁핍함을 극복하기 위한 해결책의 모티프로 작용하며, 사회적 · 미래 지향적 동력으로 확장됩니다.

상기한 내용들은 다음과 같은 용어들과 관계됩니다. "예측된 상Vor-schein," (희망이 지니고 있는 역설적 특성이라고 말할 수 있는) "실현의 아포리아die Aporie des Erfüllens," (아리스토텔레스의 엔텔레케이아 개념과의 관련 속에서 생동하는) "역동적인 무엇*τσ δυνάμει ον*," (가능성을 실현시키는 행위로서의 세계의 변화와 관련된) 마르크스의 11개의 포이어바흐 테제, ("충만한 삶의 순간의 어두움," 최상의 선으로 연결될 수 있는) 진정한 현재로서의 "오늘을

즐겨라Carpe diem" 등이 그것입니다. 특히 제2장의 마지막 부분은 중요하고도 난해한 내용으로 이루어져 있지만, 블로흐의 여러 가지 기막힌 비유들은 독자들에게 정확한 지침을 제공할 것입니다.

4. 『희망의 원리』 제3장과 제4장

제3장 "이행"에서 블로흐는 에로스의 낮꿈으로서의 갈망의 상을 다루고 있습니다. 자고로 인간의 갈망은 실현을 통한 충족감보다 더욱 강렬한 법입니다. 가령 베를리오즈의 결혼 후의 실망감은 사랑에 대한 너무나 강렬한 이전의 갈망에 기인한 것이었습니다. 나아가 블로흐는 다음과 같은 사항을 예리하게 지적합니다. 즉, 힘없는 사람들이 수동적으로 갈구하는 내용들은 부르주아의 교묘한 이데올로기에 의해서 착색되어 있다는 사항 말입니다. 블로흐만큼 동화와 통속 소설 속에 담긴 갈망의 상을 지적하고, 이에 대해 커다란 의미를 부여한 철학자는 아마 없을 것입니다. 제3장은 가끔 규범으로 변한, 거울 속에 투영된 갈망들로 가득 채워져 있습니다. 나아가 가장假裝하게 만드는 자극과 빛나는 진열장은 여기에 해당됩니다. 그리고 나서 동화의 세계, 아름답게 치장한 이국적인 여행 장소, 춤 속에 도사린 인간적 갈망, 꿈의 공장인 영화, 팬터마임, 하나의 본보기로서의 연극 등에 대한 내용이 이어지고 있습니다. 특히 연극의 기본 정서는, 블로흐에 의하면, 아리스토텔레스가 말한 바 있는 동정심과 공포가 아니라, 놀랍게도 거역과 희망입니다.

제4장 "구성"에서 블로흐는 의학 유토피아, 사회 유토피아, 기술 유토피아, 건축 유토피아, 지리학적 유토피아, 회화와 문학 작품의 갈망의 현실상 등을 차례로 거론합니다. 건강에 대한 갈망의 상은 삶의 연장 내지 영원한 삶으로 요약될 수 있습니다. 사회 유토피아의 장은 마르크스 이전에 나타난, 더 나은 국가의 모델을 개진합니다. 가령 플라톤의 『국가』, 스토아학파의 세계 국가, 기독교의 이웃 사랑을 실천하

는 나라, 토마스 모어의 『유토피아』, 캄파넬라의 『태양의 나라』 등이 거론되고 있습니다. 그밖에도 블로흐는 아우구스티누스, 조아키노 다 피오레, 자연법 사상가들, 피히테, 오언, 푸리에, 카베, 생시몽, 슈티르너, 프루동, 바쿠닌, 바이틀링 등의 국가 모델을 논의의 대상으로 삼고 있습니다. 제4장 「자유와 질서」 편은 『희망의 원리』의 압권으로서 오늘날 많이 인용되고 있습니다.

블로흐는 기술 유토피아의 장에서 주로 두 가지 사항을 지적합니다. 첫째로 중세의 연금술은 기독교의 의미에 있어서 세상을 황금으로 정화하려는 욕망을 담고 있었습니다. 둘째로 건축 유토피아의 전형은 이집트 건축물과 고딕 건축물에서 발견할 수 있습니다. 나아가 블로흐는 지리학적 발견을 거론하면서, 사람들이 지상의 천국을 발견하려고 하는 갈망의 상을 기술합니다. 회화와 포에지에서는 우리의 삶에 더욱 적당하다고 느낄 수 있는 풍경이 담겨 있으며, 지혜 속의 어떤 전체성의 전망도 언급되고 있습니다. 과학 기술 유토피아와 지리학적 유토피아 속에는 주어진 현실을 추월하려는 인간의 갈망이 반영되어 있습니다. 여기서는 명시적으로 그리고 묵시적으로 완전한 세상이라는 구역 내지는 목표의 상들이 나타납니다. 경험적으로 이미 이룩된 것보다 훨씬 더 완벽하고 본질적인 현상들이 축조되어 있습니다.

5. 『희망의 원리』 제5장과 전체적 의향

친애하는 K, 『희망의 원리』는 철학 서적이자 미학 서적이며, 신학 서적이자 경제학 서적입니다. 그것은 자연법을 논하는가 하면, 음악 이론을 다루기도 합니다. 정치경제학의 내용은 바로 신학의 내용과 연결되고, 건축과 도시 계획은 사회 유토피아와 관련하여 언급되고 있습니다. 음악 이론은 신학과 철학을 논의하면서 해명되며, 발명의 지리학은 동화의 차원에서 출발하고 있습니다.

제5장에서는 인간답게 되려는 시도, 즉 여러 가지 윤리적인 핵심 상들과 정의로운 삶에 대한 핵심 목록들이 등장합니다. 뒤이어 인간의 한계를 넘어서는 가상적인 인물들, 예를 들면 돈 조반니, 오디세이, 파우스트 등이 바로 그 주인공들입니다. 특히 파우스트는 이 세상을 완전히 체험하려는 유토피아를 품고 있었습니다. 그는 도중에 어떤 성취된 순간으로서의 "고정되어 있는 지금nunc stans"을 감지합니다. 돈키호테는 꿈속의 광기에 사로잡혀 꿈속의 심층부를 예리하게 경고합니다. 나아가 직접적이면서도 먼 방향에 이르기까지 정확하게 외침과 모습을 전달하는 것으로서 무엇보다도 음악 예술이 있습니다. 음악이야말로 음성과 악기 소리로 전해주는 가장 강력한 강도를 지닌 예술이기 때문입니다.

뒤이어 다루어지고 있는 내용은 죽음에 대항하는 희망의 상들과 종교입니다. 죽음은 결코 망각될 수 없는 희망을 일깨워주는 모태입니다. 종교의 판타지로 규정되는 모든 기쁨의 전언傳言은 죽음과 운명에 대항함으로써 신비적 정점을 이루고 있습니다. 블로흐는 고대 그리스 · 로마 시대의 종교, 조로아스터교와 마니교, 이슬람교, 불교와 유교, 유대교와 기독교 등의 특성을 차례로 논합니다. 특히 기독교에서 말하는 부활과 내세의 의미는 놀랍게도 현실 세계의 혁명적 변화에 대한 하나의 비유로 파악되고 있습니다. 이러한 입장은 위르겐 몰트만Jürgen Moltmann의 해방 신학에 긍정적 모티프를 제공하였습니다. 나아가 우리는 『희망의 원리』 종교 편에서 죽음에 대한 서양 사람들의 태도를 접하게 될 뿐 아니라, 죽음과 관련된 풍습 그리고 종교(기독교) 등의 배후를 정확히 간파하게 될 것입니다. 나는 이 대목을 번역하면서 기독교 속에 도사린 지고의 자유의 정신, 목숨도 불사하는 기독교인들의 처절한 저항의 자세를 재확인할 수 있었습니다.

그 다음에 거론되는 것은 최고선입니다. 이는 지상을 고향으로 만들려는 의향과 관련하여 언제나 핵심적 관점을 포괄하고 있습니다. 그렇지만 유일한 필연성으로서의 최고선은 다른 모든 것들의 우위를 점하고 있습니다. 사람들은 동서고금을 막론하고, 공동의 궁핍함을 떨쳐버리려고 높은 선에 도달하고, 이에 접근하려고 애를 씁니다. 블로흐는 이러한 과정으로 향한 길을 궁극적으로 사회주의에서 발견하려 합니다. 사회주의는 구체적 유토피아의 실천과 다름이 없습니다. 여기서 말하는 사회주의는 당위성으로서의 사회주의이며, 이미 사라진 기존 사회주의와는 차원이 다릅니다. 블로흐에 의하면, 희망의 상은 결코 환상이 아니며, 오로지 현실적인 가능성이라는 점에서 마르크스의 사상으로 귀결됩니다.

6. 재기억에 대한 블로흐의 비판 그리고 유토피아

친애하는 K, 블로흐는 지금까지의 철학사에서 나타난 과거 지향적인 시각을 단연코 부정합니다. 블로흐에 의하면, 지금까지의 철학자들은 사물을 이미 기존하는 정적이고 폐쇄적인 무엇으로 규정하였습니다. 여기에는 유물론자들도 해당됩니다. 예컨대 탈레스의 "물(水)"로부터 헤겔의 절대적인 "이념"에 이르기까지의 전개 과정을 생각해 보십시오. 그들은 궁극적으로 변증법적이고 개방적인 에로스에 대한 플라톤의 "재기억"의 덮개를 반복해서 사용해 왔다고 합니다. 그리하여 헤겔을 포함한 지금까지의 철학은, 블로흐에 의하면, "전선Front"과 "새로운 무엇"의 진지한 특성으로부터 변증법적이고 개방적인 요소를 완전히 차단시키고, 이를 사변적이고 낡은 방법으로 폐쇄했다고 합니다.

희망은, 블로흐에 의하면, "기억"이라는 막강한 힘 앞에 제대로 출현하지 못했습니다. 희망이란 "역사적으로 추적해 낸, 역사를 훌훌 털어버리는 구체적인 유토피아," 바로 그것이라고 합니다. 만일 우리가 정적이며 폐쇄된 존재의 개념과 결별한다면, 희망의 실질적인 차원은 다시 우리의 뇌리에 떠오를 것이라고 블로흐는 말합니다. 세상은 무엇에 대한 성향, 무엇에 대한 경향성, 무엇에 대한 잠재성으로 가득 차 있습니다. 바로 그리로 향하는 의지의 대상은 의도하는 행위의 실현과 다를 바 없습니다. 이로써 인간은 조야한 고통, 두려움, 자기 소외 그리고 무無 등을 떨쳐버리고, 자신에게 적합한 세계를 창출하게 될 것이라고 합니다.

친애하는 K, 오늘날 유토피아는 주로 비판의 도마에 오르고 있습니다. 그러나 그것은 유토피아의 추상성에 대한 비판일 뿐입니다. 만일 블로흐의 구체적 유토피아를 하나씩 접하게 된다면, 우리는 전해 내려오는 유토피아 비판이 얼마나 성급하고도 일천한 것인가를 깨닫게 될 것입니다.[4] 여기에는 한스 요나스의 『책임의 원리』 역시 해당됩니다. 요나스는 생태 위기에 즈음하여, 모든 것을 결과론적으로 비판하고 있습니다. 이로써 헤겔, 마르크스 그리고 블로흐의 사상 속에 이어지던 유토피아의 동인을 해체시키는 작업은 정당한 듯 보입니다. 그러나 원래 환멸을 안고 있는 유토피아의 속성으로서의 "새로운 무엇Novum"이라는 문제 영역 자체는 전적으로 매도될 수 없습니다. 왜냐하면 우리는 모든 것을 결과적으로 고찰하여, 인본주의의 의미를 전체적으로 부정할 수는 없기 때문입니다. 자고로 "인간이 추구하는 무엇은 인간으로부터 도망치는 무엇Quid quaerendum, quid fugendum"입니다. 그렇습니다, 헝가리의 시인 산도르 페퇴피Sandor Petöfi의 말대로, "희망은 카르멘과 같은 창녀"입니다. 어리석은 군인 돈 호세가 순정을 바치면, 카르멘은 미련 없이 그의 곁을 떠나지 않습니까?

새로운 무엇 속에는 여전히 아직 아무도 알지 못하는 지식의 어떤 "하얀 들판"이 충만해 있습니다. 세계에 대한 지혜는 바로 그 속에서 다시 젊음을 되찾고 독창적인 것으로 변하게 되리라고 블로흐는 주장합니다. 어찌 생존을 위한 노력, 더 나은 삶을 위한 꿈을 여전히 견지하면

4. Siehe B. Schmidt: Kritik der reinen Utopie, Stuttgart 1989, Vorwort.

서 유토피아를 부정할 수 있을까요? 본질은, 블로흐에 의하면, 결코 과거 속에 있지 않고, 오히려 지금도 "전선," 즉 미래로 향하고 있습니다.

7. 부광석(브라이덴스타인)의 『인간화』

친애하는 K. 이제 개인적 문제를 언급하려 합니다. 역자가 에른스트 블로흐를 처음으로 접한 때는 1974년이었습니다. 독재와 민주화의 기운이 태동하여 서로 부딪치던 시기에 어느 친구는 나에게 얇은 책자 한 권을 건네주었습니다. 그것은 박종화 교수님이 번역한 부광석(브라이덴스타인)의 『인간화人間化』라는 책이었습니다. 기억하건대, 외국인의 눈으로 바라본 한국 사회의 분석 내지 신학적 견해 등이 서술된 것 같습니다. 이 책의 부록에는 놀랍게도 블로흐의 삶과 철학이 간략히 소개되어 있었습니다. 블로흐 철학은 당시에도 미개척의 영역이었습니다. 그러나 나의 지식은 일천하였고, 당시에는 블로흐 사상의 중요성을 전혀 알지 못했습니다.

역자가 에른스트 블로흐의 『희망의 원리』를 처음으로 읽기 시작한 때는 그로부터 십 년 뒤였습니다. 뮌헨대 독문과의 위르겐 샤르프슈베르트Prof. Jürgen Scharfschwerdt 교수님은 "에른스트 블로흐와 동독 문학"이라는 주제로 세미나를 개최했는데, 나는 누구보다 먼저 수강 신청을 마쳤습니다. 세미나에 자극을 받아, 붉은 표지로 간행된 『자유와 질서』(주어캄프 문고판)를 읽기 시작했습니다. 그러나 독서는 여간 힘들고 고통스러운 게 아니었습니다. 당시의 나의 독일어 능력이 형편없었기 때문만은 아니었습니다. 블로흐는 문체 면에 있어서 언제나 "신비로운 압축 문장"을 선호하고 있었습니다.

1986년 여름, 역자는 여러 가지 이유에서 빌레펠트 대학으로 학교를 옮겼습니다. 빌레펠트 대학은 학제적 연구를 무척 중시했습니다. 그렇기 때문에 문헌학 외에도 사회과학, 특히 역사철학의 영역을 집중적으로 공부하지 않으면, 도저히 수업에 참가할 수 없었습니다. 블로흐에 대해 눈을 뜨게 해준 사람은 독문과 교수이자 학제 연구를 위한 연구소 소장이었던 빌헬름 포스캄프Prof. Wilhelm Vosskamp 교수님이었습니다. 지금도 나는 그분의 유익한 조언을 잊을 수 없습니다. 이 시기에 에른스트 블로흐의 책들을 읽고, 또 읽었습니다.

8. 그래, 바로 이 책이다

독일에서 80년대를 보낸 나는 1989년에 귀국하여 한신대에서 직장을 얻게 되었습니다. 바로 그해 말에 베를린 장벽이 무너졌습니다. 기존 사회주의 국가가 서서히 몰락하자, 전 세계의 많은 지식인들이 실망감과 좌절을 겪었습니다. 만약 사회주의적 이상이 실제 현실과 일치되지 않는다는 사실을 처음부터 알고 있었다면, 그들은 그렇게 크게 실망하지는 않았을 것입니다. 게다가 현실 사회주의자들은 "목표를 망치는 것이 가장 나쁜 것이다Corruptio optimi pessima"라는 정언적 진리를 등한시하였던 것입니다. 심지어 게오르크 루카치마저도 "그래도 결함을 지닌 사회주의가 낫다"고 생각하였습니다. 그리하여 그는 목표 대신에 과도기적 체제를 수정주의적으로 용인하면서, 당면한 현실 문제에 집착하지 않았던가요?

친애하는 K, 당신은 다음의 사실을 알아야 합니다. 만약 누군가『희망의 원리』에서 사회주의 이념의 당면한 대안을 찾으려고 한다면, 그는 그것을 발견하지 못할 것이라고 말입니다. 블로흐 사상은 마치 거름과 같아서 간접적으로 깊은 효력을 발휘할 뿐, 단기간에 특정한 병을 치료할 수 있는 당의정 알약이 아닙니다. 그러나 거름의 효능은 일회적이 아니며, 오래 지속됩니다. 비근한 예를 들어봅시다. 사람들은 고등수학이 실생활에서 쓰이지 않는다는 이유로 수학 공부를 불필요하다고 단정합니다. 또한 영어만 배우면 족하다는 이유로 제2외국어를 폐기처분해도 좋다고 단정짓곤 합니다. 그들은 어리석게도 통계에만 의존하므로, 기초 인문학이 그리고 기초 자연과학이 나중에 얼마나 커다란 잠재적 영향을 끼치는지를 알지 못합니다.

그래, 블로흐의 철학은 기능적인 측면에서 고찰할 때 오늘날의 문제를 치유할 수 있는 치료제는 못됩니다. 그러나 그것은 병의 원인 그리고 사회의 근본적인 문제 내지 바람직한 목표 설정에 엄청나게 커다란 영향을 끼칠 수 있습니다. 앙리 르페브르를 제외한다면, 블로흐가 유일하게 예수의 혁명 사상과 마르크스주의의 긍정적 운동을 접목시켰습니다. 어디 그뿐일까요? 블로흐의 희망의 철학과 예술론을 모르고서는 발터 벤야민, 아도르노, 헤르베르트 마르쿠제 등을 근본적으로 이해할 수 없으며, 자연법 철학, 르네상스 이후의 유토피아, 근대의 혁명 신학의 흐름 등을 논할 수 없을 것입니다.

9. 아리스토텔레스, 정약용을 생각하다

상기한 내용이 『희망의 원리』를 번역하게 된 결정적인 동기로 작용하였습니다. 솔 출판사에서 제4권 『자유와 질서』가 1993년에, 제1권 『더 나은 삶에 관한 꿈』이 1995년에 간행되었습니다. 이는 오로지 솔 출판사, 임우기 사장님의 덕택입니다. 그러나 책은 여러 가지 이유로 속간될 수 없었습니다. 1996년에 블로흐의 아들, 얀 로베르트 블로흐 박사Dr. Jan Robert Bloch 그리고 루드비히스하펜의 블로흐 자료실에 계시는 바이간트 박사Dr. K. Weigand 등과 서신을 교환했는데, 이는 안타깝게도 헛수고가 되고 말았습니다.

1999년에 다시 번역에 착수하였습니다. "열린책들 출판사"의 홍지웅 사장님은 번역권을 해결했으니 완역하라고 말했던 것입니다. 그리하여 나는 지난 4년간 집중적으로 번역에 몰두하였습니다. 방학이 되면, 나는 노트북과 함께 도서관에서 거의 살다시피 했습니다. 이 시기에 아리스토텔레스와 정약용 선생이 자주 뇌리에 떠올랐습니다. 수백 권의 책을 쓰다가 엉덩이가 문드러져, 꼿꼿이 선 채로 붓놀림을 했다던 다산 정약용. 식음을 거의 전폐하다시피 하고 정진에 정진을 거듭하던 아리스토텔레스. 그들에 비하면 나의 고통은 애송이의 엄살에 불과하다고 스스로 다짐하곤 하였습니다. 이 와중에 에른스트 블로흐 선집인 『토마스 뮌처, 카를 마르크스 혹은 악마의 궁둥이』가 완성되기도 했습니다.

블로흐 전집에 실린 "Das Prinzip Hoffnung"을 번역 텍스트로 채택했습니다. 이준모 교수님은 오래 전에 『희망의 원리』 영어판을 빌려주었습니다. 그러나 영어판에는 오역이 많았고, 외래어 표기를 위해 조금 참조하였을 뿐입니다. (사람들은 "영어 공부만 하면 족해" 하고 말합니다. 그러나 이 말은 학자에게는 통용될 수 없는 거짓임을 알 수 있습니다. 블로흐의 영어판은 이에 대한 증거나 다를 바 없습니다.) 또한 『희망의 원리』는 프랑스어판, 일본어판으로 간행되었다고 합니다. 제라르 롤레Gerard Raule, 슈미트 교수Prof. Burghart Schmidt 등이 지적하건대, 프랑스어판에는 내용상 하자가 많다고 합니다. 이에 대한 판단을 내리기에는 나의 프랑스어 능력은 형편없습니다. 게다가 일본어를 전혀 모르는 나로서는 일어판을 참조할 엄두조차 나지 않았습니다.

10. 초벌구이 완성 그리고 블로흐 사상

2002년 6월, 드디어 블로흐의 번역이 완결되었습니다. 그렇지만 말이 완결이지, 그것은 초벌구이에 불과했습니다. 다시 들여다볼 때마다 용어 및 내용상의 문제점이 속출하는 게 아니겠습니까? 그 후 8개월간 수정 작업을 행했는데, 행여나 오류가 속출하지는 않을까, 지금도 걱정스럽습니다.

블로흐 사상의 중요성을 다시 새삼스럽게 논할 필요는 없을 것 같습니다. 여기서 한 가지 사항만 첨가하도록 합시다. 블로흐가 피력하는 방대한 학문적 내용들은 주제상 상호 관련성을 지닙니다. 블로흐는 자유의 나라에 대한 마르크스의 유토피아를 지상의 천국에 관한 기독교적 유토피아와 동일한 맥락에서 파악합니다. 이는 연구 대상 중심주의와는 거리가 먼, 오로지 주제 중심적인 학문 접근 방법과 관계됩니다. 비근한 예로 남한에서 어느 학자가 정치경제학의 내용을 신학의 내용과 관련시킨다고 가정해 봅시다. 그러면 그는 세인의 비난을 감수해야 합니다. 왜냐하면 남한에서는 학문 영역이 제각기 나뉘어져 있기 때문입니다. 그렇기 때문에 헤겔 전공자는 소크라테스 혹은 실러에 대해서 몰라도 되고, 신학자는 마르크스의 정치경제학 혹은 사회학을 외면해도 괜찮다고 여깁니다. 이로써 모든 학문 영역은 폐쇄적으로 변하고, 토론의 가능성은 사라지고 맙니다.

그러나 블로흐의 철학은 이러한 폐쇄성의 바리케이드를 일거에 무너뜨립니다. 만약 블로흐의 신학적 논의에서 우리가 신학 외적인 문제를 깨닫거나 철학적 논의에서 철학 외적인 중요 사항을 간파한다면, 우리는 블로흐 사상의 고유한 독창적 상호 연계성을 충분히 납득하게 될 것입니다.

11. 감사의 말씀

누가 말했던가요, "번역은 반역이다Traditio est trahitio"라고? 학생들을 가르친 경험을 지닌 분이라면, 누구나 학생들의 눈빛을 통해서 자신의 강의가 어떠했는가를 금방 알 수 있습니다. 그들은 무언의 미소 내지 눈빛으로 강의에 대한 만족 여부를 표명합니다. 가령 철저하고도 힘든 준비 작업 뒤에 나타나는 명쾌한 강의는 반드시 좋은 결과를 낳습니다. 그러나 대충 준비한 다음의 힘들고 난해한 강의는 항상 뒤가 씁쓸하고, 가르치는 자와 배우는 자들의 고개를 절레절레 젓게 만듭니다.

번역도 마찬가지입니다. 한 언어를 다른 언어로 무심결에 옮기면, 번역자는 편할지 모르지만, 독자는 무슨 말인지 몰라 몹시 당황해 합니다. 이와는 반대로 번역자가 원 작품의 내용을 완전히 이해하여 이를 쉽게 풀어쓰기란 너무나 힘듭니다. 게다가 행 사이에는 "빈 공간"이 존재하지 않는가요? 다시 말해, 이 세상에 완벽한 이해는 있을 수 없을지 모릅니다. 인간과 인간 사이에는 말과 글이 존재하나, 이것들은 서로 다른 사상 감정을 연결시켜 주고 그것을 재확인시켜 주는 매개체일 뿐입니다. 우리는 공통의 견해를 표방할 수 있지만, 이 경우 그것은 전적으로 일치되는 것은 아닙니다. 그렇다면 염화시중의 미소는 사상 감정의 완전한 일치, 완전한 이해를 꿈꾸는 몇몇 사람들의 갈망에 대한 비유란 말일까요? 어쨌든 지난 10년간 위대한 학술 명저에 매달린 데 대해 문헌학자로서, 철학의 만학도晩學徒로서 살아온 보람을 느낍니다.

끝으로 번역 작업을 격려해 주신 한신대학교 여러분들에게 감사를 드립니다. 마지막으로 나의 조교 김현택 군에게 브레히트의 「도덕경 시」 한 구절을 남기고 싶습니다. "그러나 그의 이름이 책 위에 빛나는/현자만을 칭송하지 말자. 왜냐면/우리는 우선 현자에게서 지혜를 빼내야 한다./그렇기에 세관 직원도 고마운 사람이다./현자에게서 그걸 끌어낸 자가 바로 그이기에."

어려운 여건에서도 본서의 간행을 적극적으로 추진한 열린책들 출판사의 모든 분들에게, 그리고 번역 작업을 위해 많은 것을 배려해 준 가족들에게 깊이 감사를 드립니다. 『희망의 원리』 한국어판은 누가 뭐라고 하든 간에 독일에서 입양해 온 나의 양자들입니다.

친애하는 K, 학문의 학문, 철학이 폐기처분 당하는 오늘날, 역자로서는 흰옷 입고 태어난(태어날?) 당신이 "내 양자들"을 접하여, 시대를 대표하는 철학자로 거듭나기를 진심으로 바랍니다.

왜 하필이면 중세 철학 그리고 르네상스 철학인가?*

1

친애하는 M, 당신은 독일이 낳은 위대한 철학자 에른스트 블로흐의 입문서를 소개해 달라고 요구했습니다. 나의 뇌리에는 순간적으로 블로흐의 라이프치히 강연문이 떠올랐습니다. 오래 고민하다가 『철학사의 중간 세계들*Zwischenwelten in der Philosophiegeschichte*』을 한국어로 옮기기로 마음먹었습니다. 이 책에는 라이프치히 강연문 가운데 중세와 르네상스 철학에 관한 부분이 실려 있습니다. 따라서 이 책은 — 앞부분과 부록에 실린 내용(고대의 철학, 마이몬, 헤겔 그리고 셸링에 관한 글들)을 제외한다면 — 1999년에 간행된 블로흐의 『라이프치히 강연문*Leipziger Vorlesungen*』의 일부와 동일합니다. 아시다시피 블로흐는 1949년, 64세에 비로소 처음으로 교수가 됩니다. 그리하여 72세로 강제 퇴임을 당하는 1957년까지 라이프치히 대학에서 철학을 가르쳤습니다. 이 시기에 집필된 것이 바로 유명한 라이프치히 강연문입니다. 그것은 블로흐 전집과는 무관하게 4권으로 간행되었습니다. 블로흐는 고령에도 불구하

* 이 글은 블로흐의 『서양 중세 르네상스 철학강의』(열린책들 2008)에 실린 역자 후기를 약간 수정한 것이다.

고, 튀빙겐 대학교에서 계속 철학을 강의했습니다. 이 책은 당신과 같은 철학도의 독학 서적으로 그리고 대학에서 수업 교재로 유용하게 사용될 수 있으리라고 믿어 의심치 않습니다.

2

서양 철학사를 연구하는 분들은 대체로 중세의 철학과 르네상스 철학을 제각기 과도기의 사상으로 이해합니다. 특히 르네상스 철학은 서양의 근대 철학을 형성시키는 데 일조한 사상적 조류로 간주되고 있습니다. 흔히 말하기를, 중세 철학과 르네상스 철학은 고대와 현대의 중간에 삽입된, 이른바 부수적인 사상적 조류라는 것입니다. 이러한 견해는 주로 고대의 사상과 근대 관념철학을 중시하는 철학계의 관심사를 대변하고 있습니다. 친애하는 M, 블로흐는 이러한 견해에 전적으로 동조하지 않습니다. 물론 중세와 르네상스의 철학은 고대와 현대를 잇는 가교로서 중간 단계의 역할을 수행하지 않는 것은 아닙니다. 그렇지만 두 철학적 조류는, 블로흐에 의하면, 문화적 가교 역할 외에도, 제각기 고유한 놀라운 사상적 특성을 포괄하고 있습니다. 이를 위해서 블로흐는 철학자들을 중심으로 사상가들의 문헌들을 요약합니다. 이 책이 철학자 한 사람씩 구분하여 특정 철학자의 삶과 문헌에 관해서 세부적으로 논의를 개진하는 것도 그 때문입니다. 특히 놀라운 것은 시대정신이 개별 철학자에게 끼친 영향뿐 아니라 개별 철학자의 사고가 시대에 끼친 놀라운 영향까지 상호 관련 속에서 세밀하게 언급하고 있다는 것입니다.

3

친애하는 M, 중세 시대는 주지하다시피 기독교와 그 사상이 횡행하던 시대입니다. 이 시대의 철학은 두 가지 경향을 지니고 있습니다. 그 하나는 중세의 대학에서의 고대 철학의 기독교적 수용이며, 다른 하나는 중세의 인민들 사이에서 은밀히 퍼져나간 메시아 사상과 천년왕국설에 관한 기대감입니다. 중세의 학자들은 기독교 사상의 토대 하에서 다른 학문을 연구하였습니다. 그들은 고대의 사상, 이를테면 플로티노스와 아리스토텔레스 등을 연구하면서, 기독교적 세계관의 입장에서 고대 철학자들의 저서에 주석을 가했습니다. 따라서 중세 철학이 기독교 사상을 반영한 것이라고 단언하면, 이는 잘못입니다. 다른 한 가지 놀라운 경향은 천년왕국설을 가리킵니다. 이는 조아키노 다 피오레에 의해서 강화된 메시아 사상이었습니다. 이는 오리게네스의 성서 독해의 세 가지 문헌학적 방법을 역사철학의 영역으로 확장시킨 것으로서, 중세에 특히 일반 사람들 사이에 널리 퍼졌으며, 처음에는 이단의 종교운동으로, 이후에는 인민들의 평신도 운동 내지 기독교 신비주의로 퍼져 나갔습니다. 문제는 두 가지 경향이 어떠한 상호 교류도 없이 따로따로 발전되어 나갔다는 점에 있습니다.

4

또 한 가지 우리가 잊어서는 안 될 사항은 르네상스 철학의 조류입니다. 르네상스 철학은 지금까지 "신학의 시녀로서 기능하던 철학"을 본연의 영역으로 되돌려 놓았다는 점에서 개혁적이고도 독창적인 의지를 드러내고 있습니다. 가령 이탈리아의 텔레시오, 폼포나치 등의 사상은 르네상스 사람들로 하여금 종교라는 이데올로기의 한계를 벗어나게 해주었습니다. 현세의 행복과 우주에 대한 찬란한 기대감은 무엇보다도 어떤 실험과 발견을 통한 기술주의와 접목되어, 당시의 사람들로 하여금 자연과 우주에 대한 새로운 시각을 견지하게 해주었습니다. 가령 우리는 이탈리아의 인문학자들 외에도 조르다노 브루노, 토마소 캄파넬라, 그리고 연금술에 바탕을 둔 세계의 존재론적 비밀을 추적하는 독일 철학자 파라켈수스와 야콥 뵈메를 예로 들 수 있습니다. 특히 야콥 뵈메는 독학으로 익힌 연금술을 통해 세계의 신비를 해명하려고 하면서, 독일 경건주의의 조류에서 미약하게 이어지던 기독교 신비주의 사상을 놀라울 정도로 발전시켰습니다. 특히 르네상스 철학에서 도외시할 수 없는 것은 프랜시스 베이컨의 귀납법의 사고입니다. 그것은 가령 『신대륙*Nova Atlantis*』에 묘사된 기술 유토피아와 접목되어, 과학 기술의 발전에 대한 기대감을 키워 주었습니다.

5

친애하는 M, 특히 놀라운 것은 학문적 대상 사이의 관련성을 중시하는 블로흐의 입장입니다. 즉, 인류의 정신사는 사회적, 경제적 발달과 병행하여 발전되었다는 입장을 생각해 보세요. 이를테면 철학자 제논은 수학에서 말하는 미분의 내용을 어느 정도 파악하고 있었습니다. 그러나 주어진 시대는 미분을 정확히 이해하고 응용하기에는 아직 성숙되지 않았습니다. 그렇기에 미분은 먼 훗날에 이르러 비로소 효용 가치를 지니게 됩니다. 말하자면, 하나의 사상은 주어진 토대에서 효용 가치를 지닐 때 비로소 결실을 맺을 수 있습니다. 이를테면 철학 사상과 예술은 사회적 · 경제적 상황에 직 · 간접적으로 작용합니다. 예컨대 음악은 아름다운 음을 추구하는 순수예술이므로, 혹자는 음악의 장르에는 사상이 배제될 수밖에 없다고 착각하곤 합니다. 그렇지만 음악의 형식은 사회사적 정황을 그대로 반증합니다. 여기서 우리는 다음의 사항을 깨닫게 됩니다. 즉, 철학의 내용은 현실의 사회적 · 경제적 상황과 맞물릴 경우에 한해서만 더욱 첨예화되고, 실제 현실에서 폭발적 영향을 끼치게 됩니다. 정신사적 상부구조는 이른바 토대로서의 경제적 · 사회적 하부구조와 밀접한 관련 속에서 이해될 수 있습니다. 바로 이러한 밀접한 관련성을 중시한 학자가 블로흐였습니다.

6

따라서 우리가 무엇보다도 중요하게 받아들여야 할 사항은 다음과 같습니다. 즉, 철학과 예술의 내용이 상호 관련될 뿐 아니라, 사회적 정황 내지 경제적 상황과 밀접한 관계를 맺고 있으며, 블로흐는 이러한 사항이 철학의 방향을 이어오게 하였다고 주장합니다. 가령 괴테의 『파우스트』에서 주인공의 삶의 추구 과정은, 블로흐에 의하면, 헤겔의 『정신 현상학』에 서술된 정신의 움직임과 병행하고 있습니다. 이는 시대와 예술, 시대와 사상 그리고 시대와 문화 사이의 "관련 의미Beziehungssinn"를 찾도록 요구합니다. 이러한 관련 의미는 특정한 시대의 정신사의 특성과 정치적 · 경제적 상황 사이에서 다시금 발견되고 있습니다. 가령 중세의 유명론과 실재론의 대립을 예로 들어봅시다. 그것이 서로 대립하면서 오랫동안 논란이 된 것도 실제로 중세 후기에 이르러 황제의 권력과 교황의 그것 사이의 갈등과 맞물려 있었기 때문입니다. 또한 연금술은 지상의 행복과 자연의 활용이라는 시대적 요구에 부응했기 때문에 파라켈수스와 야콥 뵈메에 의해서 학문적 대상으로 채택되었습니다. 그것은 나중에 근대 철학의 형성의 모티프로 그리고 자연법의 사상적 출발점으로 작용하게 됩니다.

7

이 책에서 역자가 주관적 입장에서 특히 강조하고 싶은 장은 다음과 같습니다. (1) 「플라톤의 시라쿠사 여행」: 플라톤의 사상적 실천을 위한 노력이 서술되어 있습니다. 이른바 관념론을 추구하던 철학자의 세계 구원을 위한 노력이 엿보입니다. (2)「아우구스티누스에 관하여」: 특히 우리가 새겨들어야 하는 것은 역사철학적으로 구명되고 있는 아우구스티누스의 시간 개념입니다. (3)「피트 아벨라르」: 아벨라르는 의지의 완전한 자유를 강조하였고, 헤겔 좌파에 해당하는 아랍 철학자의 신 개념을 도입하였다는 점에서 중세의 사고를 뛰어넘고 있습니다. (4) 에크하르트 선사는 모든 영혼을 관장하는 이성에다 기이한 이름을 붙였습니다. 그것은 "함께하는 깨달음σύντηρησις"으로서, 신비주의의 핵심 개념이기도 합니다. 이는 플로티노스가 주장한 "정화"와 "신과의 합일"이라는 개념과 일맥상통합니다. (5) 그밖에 르네상스 철학에서 놀라운 것은 세계를 대하는 인간의 낙관주의적 열광 및 인간신에 관한 사상적 가능성입니다. 이러한 열광은 조르다노 브루노, 프랜시스 베이컨에게서 나타나고 있습니다. (6)「파라켈수스」와「뵈메」의 장은 연금술에 바탕을 둔 세계와 우주의 근본에 관한 독특한 성찰이 개진되고 있습니다.

8

친애하는 M, 이 책의 번역은 당신뿐 아니라, 어쩌면 나를 위한 것이기도 합니다. 나는 아직도 블로흐의 사상을 더듬고 있습니다. 마치 미로 속의 쥐처럼, 어떤 문제를 해결하지 못하면, 원점으로 되돌아가서 새롭게 더듬는 행동을 알면서도 반복해야 했습니다. 어쩌면 쉬운 것부터 다루지 않으면, 블로흐 사상은 처음부터 뿌리를 뽑히지 않을 것 같은 느낌이 들었습니다. 내가 블로흐 사상에 아직까지 집착하는 세 가지 이유는 무엇보다도 다음과 같은 사항들 때문입니다. 첫째로 블로흐 사상은 주어진 연구 대상을 명사적으로 그리고 정태적으로 못 박지 않고, 세계의 역동적인 변화 과정을 고려합니다. 이는 세계를 명사적으로 그리고 요소론적으로 고찰하려는 서양인들의 시각과는 다릅니다. 둘째로 블로흐는 제반 학문의 폐쇄성을 지양하고, 상호 관련된 문제점을 발견하려고 합니다. 따라서 우리는 블로흐에게서 학제적 연구를 위한 사상적 단초라는 놀라운 자극을 받게 됩니다. 셋째로 블로흐의 삶과 학문은 구분되지 않습니다. 그는 스스로 끝없이 변화하려고 애썼으며, 이로써 더 나은 세계가 창조될 수 있으리라고 믿었습니다. 이러한 결단은 블로흐의 마음속에 "과정 속의 (목표로서의) 존재Sein im Werden"를 설정하게 했으며, 끝없는 자기반성과 자기 갱신의 노력을 기울이도록 작용했습니다.

9

또 한 가지 번역의 계기를 말씀드리지 않을 수 없습니다. 오늘날 학문의 영역에서도, 인문 · 사회과학 분야에서도 응용과학이 득세하고 있습니다. 이는 무엇보다도 소련 몰락 이후에 세계에 퍼진 황금만능주의의 경향 때문이라고 사료됩니다. 또한 그것은 대부분 사람들이 눈앞의 성과에 집착하기 때문이라고 사료됩니다. 그러나 응용과학은 기초과학의 자양 속에서 더욱 발전합니다. 브레히트의 말대로 왜 사람들은 지하실부터 튼튼하게 짓지 않고, 그 위에 어설픈 건물을 성급하게 축조하려는지 모르겠습니다. 붕괴한 삼풍백화점 식의 문화 — 그것은 남한 학문 풍토의 끔찍한 현주소입니다. 그렇기에 역자는 시대의 유행을 거슬러서 세인의 관심 밖으로 밀려나는, 그러나 내적으로 중요한 의미를 지닌 비인기 학문인 철학 영역을 다루고 싶었습니다. 친애하는 M, 당신의 이해를 위해서 예를 하나 들겠습니다. 철학자 탈레스는 태양의 흑점을 관찰하여 올리브 풍년을 예고했습니다. 그렇지만 그는 더 이상 흑점을 관찰하지 않고, 자신의 사상에 골몰했습니다. 일회적 효율성을 추구하는 잡일 대신에 근본을 깨닫는 과업이 더 중요했기 때문입니다. 메뚜기도 한철이라고 했습니다. 적어도 우리만큼은 메뚜기처럼 살지 말고, 유행에 역행하며 살아갈 용기를 지녀야 하지 않을까요?

10

나는 오래 전부터 은사의 말을 되새겨 왔습니다. "눈앞에 낭면한 문제가 해결될 기미가 보이지 않으면, 먼 산을 바라보라." 항상 눈앞의 것만 바라보고, 주어져 있는 것만을 깨작거리는 사람은 오목렌즈 안경을 끼기 마련입니다. 몽고인들 가운데 근시가 되어 안경을 낀 사람은 거의 없습니다. 눈앞에서 해결되지 않는 무엇을 해결하기 위해서는 우리는 때로 멀리 떨어진 다른 세계의 다른 문제를 접할 필요가 있습니다. 이질적인 요소, 인기 없는 학문의 내용은 때로는 우리에게 어떤 엄청난 결실을 가져다주기도 합니다. 그것은, 비유적으로 말하자면, 당의정 알약이 아니라, 서서히 효능을 발하는 탕약과 같습니다. 그렇기에 낯설고 기이한 학문적 내용은 우리에게 어떤 대안을 제시할 수도 있습니다. 친애하는 M, 만약 당신이 지금 여기에서 행하는 일을 잠깐 접어두고, 과거의 저세상을 향해서 유럽인들이 무엇으로 고민하고 기뻐했는지, 그들의 애환과 해원은 무엇이었는지를 한 번 더듬어 보십시오. 그렇게 하면 당신은 당신 앞에 위치한 난제를 해결하기 위한 여러 범례와 조우할 수 있을 것입니다. 부디 이 책이 그런 식으로 나에게 그리고 당신에게 도움이 되었으면 좋겠습니다. 출간을 도와준 모든 분들에게 진심으로 감사를 드리면서….

기독교 속의 무신론*

2007년 8월 초, 본서의 번역을 끝낸 시점부터 블로흐가 꿈에 나타나 역자에게 말을 걸었다. (블로흐는 꼭 30년 전에 사망했다.) 그의 말을 한마디로 알아들을 수 없었다. 내 마음속에서 무지에 대한 죄의식이 발동했기 때문이었을까? 어쨌든 저세상에서 보내온 블로흐의 편지로 역자 후기를 대신하려 한다.

1

친애하는 P, 나의 저서, 『기독교 속의 무신론*Der Atheismus im Christentum*』의 완역본을 한국어로 번역하고 소개하는 것을 축하합니다. 나는 83세 되던 해인 1968년에 이 책을 서독에서 단행본으로 간행하였지요. 튀빙겐 대학교의 위르겐 몰트만 교수는 1960년대에 나의 책 『희망의 원리』에서 새로운 신학의 단초를 도출해 낸 바 있습니다. 이 책은 나중에 나의 사상뿐 아니라, 남미에서 발전해 온 해방신학의 근본적 입장을 다지는 필독서로 자리매김하였습니다. 그렇지만 이와 관련하여 『기독교 속의 무신론』이 오로지 신학의 전공 서적이라고 단언하면, 그것은 커다란 오산입니다. 왜냐하면 그것은 인간 주체의 해방에 대한 가능성과 한계뿐 아니라, 죽음 이후의 세계에 관한 철학적인 논의를 담고 있기 때문입니다. 나의 저술 행위는 소박한 의도에서 출발하였습니다. 헤겔의 『정신 현상학』이 처음에 자신의 강의를 위해서 집필되었듯이, 내가

* 이 글은 블로흐의 『저항과 반역의 기독교』(열린책들 2009)에 실린 역자 후기를 약간 수정한 것이다.

이 책을 쓰게 된 계기도 처음에는 대학 교재로 사용하기 위함이었습니다. 그러나 나의 책은 차제에 어떤 종교적 · 사상적 무기로 활용될 수 있을 것입니다. 실제로 60년대 말에 독일의 젊은이들은 학생운동 이후에 독일에 현존하던 철학자들 가운데 유일하게 나를 따르며, 나의 책들을 독파하곤 하였습니다. 가령 나의 제자이며 친구인 오스카 넥트Oskar Negt는 나의 책에서 "희망 없음에 대항하는 저항의 철학"을 발견하기도 하였습니다.

2

친애하는 P, 흔히 말하기를 기독교 사상은 절대로 무신론과 접목될 수 없다고 합니다. 그런데 여기서 일컫는 무신론은 이른바 기독교에 적대적 태도를 취하는 안티크리스트의 입장과는 근본적으로 다릅니다. 예컨대 나는 에른스트 헤켈Ernst Haeckel의 무신론을 천박한 유물론으로 규정하였습니다. 가령 인간의 영혼은 존재하지 않으며, 모든 것은 화학 및 생물학의 기호 등으로 구성되어 있다고 믿는 현대 물리학자들의 주장을 생각해 보세요. 니체, 옹프레Onfray 등이 인간 중심주의에 근거하여 신정주의를 비판하며 종교를 부정하는 것은 종교 비판의 도를 넘어서는 태도입니다. 이들에 비하면 루드비히 포이어바흐는 경건한 무신론을 표방했습니다. 그는 절대자로서의 신적 존재를 수미일관 거부했지만, 옷깃을 여민 채 신앙의 존재 가치를 인정하면서 경건하게 기도하면서 살았습니다. 이와 관련하여, "무신론자hoi atheoi"라는 말이 로마 왕국에서 맨 처음 사용되었음을 주목해 보세요. 예컨대 기독교인들은 로마 황제의 눈에는 무신론자들로 비쳤습니다. 왜냐하면 그들은 권력의 신, 주피터가 아니라 나자렛 출신의 어느 유대인을 신으로 격상格上시켰기 때문입니다. 이로써 로마의 황제는 기독교인들을 가장 정확하게 명명한 셈입니다. 예수는 스스로를 "인간의 아들"이라고 명명했습니다. 예수 그리스도는 어느 누구와도 비할 수 없이 가치 있는 삶을 살다가 극적인 최후를 마쳤다는 점에서 신적 존재로 인정받을 수 있습니다.

3

당신네 백의민족이 가꾼 동학이라는 위대한 사상은 다음과 같이 발언합니다. "후천개벽을 위해서, 향벽설위向壁設位를 깨뜨려라." 이는 모든 신정주의 이데올로기에 일침을 가하는 혁명적 전언입니다. 친애하는 P, 참다운 종교는 신에 대한 맹목적 복종을 강요하지 않습니다. 그것은 어쩌면 신과의 독대獨對를 얼마든지 용인할 수 있고, 인간의 내면에 도사린 신성神性에 대한 깊은 성찰로 드러날 수 있습니다. 나는 기독교 사상의 핵심을 주어진 권력과 금력에 대한 거역과 그에 대한 저항으로 요약하였습니다. 기실 죽음도 불사하는 정의의 외침과 묵시록의 절규는 유대주의와 기독교 사상 속에 처음부터 용해되어 있습니다. 나는 철학과 문헌학을 토대로 상기한 내용을 충분히 검증하였습니다. 예컨대 모세 오경 이후로 구약성서와 신약성서는 수없이 체제 옹호적으로 가필 수정되었습니다. 이로써 야훼 신의 해방의 정신은 약화되고, 형벌과 위협을 가하는 신의 면모를 드러내었지요. 나아가 예수의 묵시록은 사도 바울 이후로 교회와 선교를 위하여 내세 중심주의와 내면 중심주의로 변모하였습니다. 어쨌든 나는 불트만Bultmann, 오토Otto, 바르트Barth 등 여러 신학자들의 이론을 비판적으로 언급했는데, 이는 오로지 프로메테우스의 청천벽력과 같은 인간신 사상을 강조하기 위함이었습니다.

4

친애하는 P, 예수는 영생을 누리며, 모든 권능을 지닌 채 인간의 삶과 죽음을 규정하는 전지전능한 상부의 존재가 아닙니다. 어쩌면 그분은 아직 이루어지지 않은 인간의 근본적 존재가 의인화되고 대상화된 이상으로 출현한 분입니다. 신의 엔텔레케이아는 어쩌면 어떤 인간의 내면에서 발견될 수 있습니다. 내 생각에 의하면, 특히 에크하르트 선사의 신관神觀에서 인간신의 보편적 양태를 발견할 수 있습니다. 신은 살아 움직이는 인간이며, "하는님"(尹老彬)입니다 그분은 천지의 율려律呂와 일체가 된 임신한 여인일 수 있습니다. 그것은 잘게 쪼개진 "개인Individuum"이 아니라 "큰 자아Atman"와 같습니다. 이와 관련하여 우리는 이러한 은폐된 형상 속에서 이상적 유토피아로서의 "하늘나라"의 어떤 핵심을 발견할 수 있을 것입니다. 어쩌면 "지금 여기"라는 종말론적인 한 울타리, 즉 "한울나라"에서 마지막 고향을 찾아야 하는 것은 당연히 인간의 몫이 아닐 수 없습니다. 그것은 차제에 인간신 사상으로 발전될 수밖에 없는 무엇입니다. 거대한 권능을 지닌 신의 존재가 무너진 현대에 기독교인이 의존해야 하는 것은 오로지 인간신의 상에 내재한 무신론적 저항의 자세일지 모릅니다. 우리는 반드시 은폐된 인간의 마지막 거주지인 고향을 찾아야 합니다. 이를 위해 인간은, 마르크스가 말한 대로, "오로지 억압당하고, 경멸당하며, 사라진 존재로 출현하는 모든 주어진 현실 상황을 파기"해야 합니다.

5

어디 나만 그렇게 주장했을까요? 남미의 신학자들과 한국의 철학자들은 이러한 입장을 충분히 납득하리라고 믿습니다. 가령 한반도에는 걸출한 철학자들과 신학자들이 존재할 뿐 아니라, 무명의 젊은 사도들이 신학의 칼날을 갈고 있을 것입니다. 친애하는 P, 종교의 문제는 결코 현실의 문제와 동떨어져 생각할 수 없습니다. 인간에게 가장 중요한 문제는 사회적 제반 관련성의 틈바구니 사이에 은폐되어 있습니다. 이와 관련하여 지상의 천국으로서의 "한울나라"로 향하는 방향은, 인간의 최종적 갈망의 의향을 고려할 때, 마르크스가 말하는 "자유의 나라"로 향하는 방향과 거의 평행합니다. 그래서 나는 다음과 같이 주장해 왔습니다. 올바른 기독교인들만이 거주하게 될 "한울나라"는 모든 것을 필요에 따라 생산해 내는, 이른바 계급 없는 사회에서 어떤 구체적인 해답을 얻게 된다고 말입니다. 예수가 추구하던 원시 기독교의 "사랑의 공산주의Liebeskommunismus"는 마르크스가 은밀하게 암시하던 자유의 나라에 대한 동일한 본보기입니다. 마찬가지로, 마르크스주의의 철학적 출발점은, 목표에 대한 의향을 고려할 때, 이른바 해방신학이 추구하는 출발점과 동일한 패러다임을 지닌다고 말입니다. 나아가 그것은 빌헬름 바이틀링의 사회주의 사상 내지 마르틴 부버가 추구하던 계급 없는 공동사회에 대한 설계와 결코 무관하지 않습니다.

6

친애하는 P, 갈망의 모티프가 나에게 얼마나 중요한지 당신은 잘 알고 계시겠지요? 동화 및 통속소설에 대한 예술적 관심, 나의 헤겔 연구, 나의 미학 체계, 나의 역사철학과 자연법 사상 등의 단초 그리고 해방 신학적 전언들은 "아직 아니다Noch-Nicht"라는 갈망의 모티프로 귀결됩니다. 이것들은, 비유적으로 말하면, 나의 거대한 사상 체계 속에서 상호 보조하면서 유기적으로 호흡하는 조직 덩어리들과 같습니다. 내가 기독교를 학문 연구의 일차적 대상으로 삼은 것은 무엇보다도 유토피아의 핵심적 의미와 그 속에 도사린, 놀라운 역동적 개방성을 강조하기 위함이었습니다. "아직 아닌 무엇"은 존재 이전에 하나의 부호 내지 알레고리의 흔적들로 주어질 수 있습니다. 이와 관련하여 나는 철학적 진리의 유형을 두 가지로 구분해 왔습니다. 그 하나는 고대 그리스 사상 속에 도사린, 과거 지향적이자 정태적인 사고이며, 다른 하나는 기독교 사상 속에 도사린, 미래 지향적이자 역동적인 사고입니다. 전자는 플라톤에서 헤겔까지 이어지는 진리의 단순한 "재기억"이라는 "알파/시작"의 원형 구조로, 후자는 아직 개방된 "아직 아닌 존재das Noch-Nicht-Sein"라는 "오메가/마지막"의 구조로 설명할 수 있습니다. 이와 관련하여 기독교의 역동적 사고는 과거가 아니라, 미래를 투시해 나가는 메시아 사상 속에 뿌리를 내리고 있습니다.

7

친애하는 P, 당신의 능력은 인접 학문의 영역에서는 보잘 것이 없습니다. 철학은 그렇다 치더라도, 특히 신학의 내공은 한심한 수준에 머물러 있군요. 학자에게 무지無知는 그 자체 부끄러움이자 죄악입니다. 그래도 문헌을 뒤지고 전문가에게 자문을 구하는 당신의 처절한 노력은 가상하게 보였습니다. 내가 살아 있었더라면, 내용 파악이 힘들 때마다 당신에게 직접 도움을 주었겠지요? 그러나 나는 그곳 지상에 살고 있지 않아요. 문맥상으로는 오역이 없다고 자부하겠지만, 번역도 인간이 하는 일이라 오류가 없을 수는 없을 것입니다. 부디 마음을 열고 다른 분들에게 애정 어린 비판을 기대하세요. 앞으로 누군가 아직 번역되지 않은 나의 문헌을 간행하기를 바랍니다. 아직도 전집 14권과 강의 모음집 3권에 해당하는 17권의 책들이 한국 독자와의 만남을 고대하고 있습니다. 나는 비록 저세상 사람이지만, 나의 책들만은 생동하면서 독자들과 함께 호흡하기를 바랍니다. 친애하는 P, 부디 비인기 학문으로 취급당하는 기초 인문학 연구자로서, 잘 나가는 학문인 정치학, 경제학 그리고 신학 등에 사상적 자양을 제공한다는 것을 자랑스럽게 생각하십시오. 나 역시 미국 망명 시절에 돈을 벌지 못하여 집필과 독서로 시간을 보냈습니다… .

토마스 뮌처, 카를 마르크스, 혹은 악마의 궁둥이*

1. 유토피아 그리고 반역

친애하는 B, 이 책의 번역은 블로흐의 대작인 『희망의 원리』를 조금씩 번역하는 동안에 이루어졌습니다. 이때 역자의 뇌리에서 떠나지 않았던 두 인물은 토마스 뮌처와 카를 마르크스였습니다. 왜냐하면 (헤겔을 제외한다면) 이 두 사람이야말로 블로흐 철학이 지향하는 내용과 특징을 전체적으로 대변하고 있기 때문입니다.

친애하는 B, 블로흐가 무엇보다도 중요하게 다루었던 내용은 더 나은 사회적 삶에 관한 꿈, 다시 말해 유토피아였습니다. 이는 억압과 강제 노동이 없는 사회를 어떻게 창조할 것인가 하는 거시적 의미에서의 철학적, 정치경제학적 그리고 신학적 난문제와 관련됩니다. 이러한 문제들은 기존 사회주의 사회가 사라졌다고 해서 완전히 해결된 것은 아닙니다.[1] 비록 이것들은 오늘날 현대 사회에서 여러 가지 복잡한 형태

* 이 글은 블로흐의 『카를 마르크스, 토마스 뮌처 혹은 악마의 궁둥이』(2006, E북)에 실린 역자 후기를 약간 수정한 것이다.

1. 유토피아 역사의 연구는 한마디로 말해서 미래를 고려한 과거 역사의 분석이다. 다시 말해서, 그것은 과거에 존재했던 인간의 갈망들을 연구 대상으로 하나, 연구자의 미래에 대한 특정한 입장 및 세계관을 반영하고 있다. 그러므로 유토피아 역사의 연구는 언제나 새롭게 시작

로서 다양한 모습을 드러내고 있지만, 궁극적으로 '어떻게 하면 정치적 · 경제적 억압과 강제 노동 내지는 소외된 삶을 해결할 수 있을까' 하는 핵심적 문제에 종속되는 문제들입니다.

그밖에 블로흐 철학의 특징으로서 우리는 반역과 저항을 들 수 있습니다. 주어진 기존 질서에 대한 부정, 이를 파기하려는 강인한 의지는 블로흐가 파악한 뮌처와 마르크스의 상과 관련됩니다. 자연법 사상에 바탕을 둔, 어떠한 경우에도 권력과 인습에 굴복하지 않는 의연한 인간형 등을 생각해 보세요.

2. 혁명으로서의 종말론

여기서 문제는 토마스 뮌처와 마르크스의 개별적 사상 자체라기보다는, 오히려 두 사람 사이의 정신사적인 관련성이며, 이에 대한 블로흐의 시각입니다. 블로흐는 혁명적인 기독교 사상과 마르크스의 사상을 인류 역사의 거대한 두 개의 정신사적인 흐름으로 파악하며, 여기서 어떤 유사한 출발점을 찾고 있습니다. 유럽 역사에서 오랫동안 혁명적 서적으로서 작용한 것은 성서였으며, 수많은 이단자를 속출케 한 것은 바로 기독교 사상이었습니다. 또한 19세기 말엽부터 혁명적 서적으로서 작용한 것은『자본』이었으며, 수많은 사상적 분파를 낳게 한 것은 바로 마르크스주의였습니다. 따라서 "신"의 문제와 "국가"의 문제는 — 카를 만하임도 현상적이고 추상적인 차원에서 이를 상대화한 바 있지만 — 주어진 역사적 상황에서 "현재 유효한 질서"와 이를 타파하려는 새로운 사고 사이의 투쟁으로 발전되었던 것입니다.[2]

될 수 있다.

2. 예컨대 카를 만하임은 그의 책『이데올로기와 유토피아』에서 역사적 발전 과정 속의 두 개의 큰 흐름을 '이데올로기' 와 '유토피아' 라는 두 개의 현상적 개념으로 단순히 상대화시켜서 설명하고 있다. 그러므로 그에게 중요한 것은 이데올로기도, 유토피아도 아니다. 그렇기에 만하임의 서술은 소위 지식 사회학의 "공중에 떠 있는freischwebend" 가치중립성에 차단되어 있

뮌처와 마르크스 사이의 정신사적인 관련성은 오래 전부터 인간이 기리던 황금 시대에 관한 상에서 찾을 수 있습니다. 이로써 우리는 블로흐가 뮌처와 마르크스의 연결점을 유대주의 및 기독교의 "천년왕국설Chiliasmus" 및 "종말론Eschatologie"에서 찾고 있음을 알 수 있습니다. 지금까지 인류는 억압과 강제 노동이 없는 지상의 천국을 언제나 기억해 냈던 것입니다. 황금 시대에 대한 기억은 소위 "놀고먹는 나라Schlaraffenland"에 관한 상에서 잘 드러나 있지 않습니까? 하인리히 만은 찬란한 평등의 삶을 갈구하며, 이에 관한 소설을 집필한 바 있습니다. 그런데 황금 시대에 관한 상은, 역사적으로 볼 때, 때로는 (독일 낭만주의와 같은) 반동적 회고주의를 창출하기도 했지만, 대체로 사회적 진보를 추동하는 유토피아의 사고를 야기했습니다.

블로흐는 뮌처와 마르크스의 사상 속에서 '황금 시대'를 실현하려는 그들의 노력을 발견합니다. 이로써 블로흐의 유토피아 개념은, 엄밀히 말해서 사회의 구도 내지는 시스템의 설계(토마스 모어, 캄파넬라 등)보다는, 천년왕국설의 미래 지향적 기대감에서 추출되고 있습니다.

3. 블로흐의 유토피아 개념

이로써 블로흐는 유토피아의 개념을 거시적으로 확장시키고 있습니다. 다시 말해, 그는 (이를테면 마치 '국가 소설'에서처럼) 바람직한 사회적 구도를 담은 사회 유토피아에다 다른 사항을 첨부하였습니다. 그것은 보다 나은 사회를 창출하려는 인간의 의지, 낮꿈 그리고 객관적 · 현실적 가능성 등을 담은 유토피아의 개념입니다.[3] 원래 유토피아는 국가 소설 속에 담긴 합리적으로 구획된 바람직한 사회의 설계로 이해되었

을 뿐이다. 이에 비하면 블로흐는 유토피아, 그것도 구체적 유토피아로서의 마르크스주의를 하나의 대안으로 제시하고 있다.

3. Peter J. Brenner: Aspekte und Probleme der neueren Utopie-Diskussion in der Philosophie, in: Utopieforschung, (hrsg.) Wilhelm Voßkamp, Bd. 1, Stuttgart 1982, S. 11-14.

는데, 블로흐는 여기에다 주체의 또 다른 의향을 첨가시킨 것입니다. 이것은 기독교 내지 유대주의에서 말하는 종말론 내지 천년왕국설에서 나타나는 미래 지향적 열망을 가리킵니다. 우리는 전자를 "유토피아"로, 후자를 "유토피아의 성분"으로 구분할 수 있습니다.[4]

친애하는 B, 그런데 이로써도 해결되지 않는 문제가 있습니다. 그것은 블로흐가 사회 유토피아와 (유대주의 및 기독교의 천년왕국설을 바탕으로 한) 종말론을 엄격한 구분 없이 사용하고 있다는 사실입니다.[5] 유토피아의 사회상이 절제와 엄격한 구도에 의해서 짜맞추어진 구도 내지는 바람직한 사회상이라면, 종말론은 하나의 상 내지는 공간적 구도라기보다는 억압당하는 사람들(신앙인)의 보다 나은 미래적 현실에 대한 기대감 내지는 갈망을 반영하고 있습니다. 이러한 기대감 내지 갈망은 어느 순간 혁명적 폭발력으로 분출될 수 있습니다.

블로흐는 마르크스주의를 구체적 유토피아로 규정하며, 이로써 인류가 오래 전부터 갈구하던 이상적 사회상의 궁극적 실현 가능성을 인정합니다. 바로 이러한 까닭에 블로흐에게는 20세기에 출현한 부정적인 사회상을 담은 유토피아는 그리 중요하지 않은 것으로 간주되었습니다.

4. 블로흐의 토마스 뮌처

친애하는 B, 16세기 농민 혁명을 주도한 토마스 뮌처는 역사학 및 교회사의 영역에서 오직 종교 개혁자로서 알려져 왔습니다. 1525년에 그가 거대한 한을 품고 형장의 이슬로 사라졌을 때, 사람들은 그의 사상

4. 빌헬름 포스캄프Wilhelm Voßkamp: 「어떤 더 나은 세계의 개관」, 실린 곳: 『오늘의 문예비평』, 통권 48호, 2003, 127-148쪽.

5. 블로흐의 확장된 유토피아 개념은 그의 특정한 텍스트에 요약되어 있지 않다. 그것은 처음부터 블로흐 사고의 출발점으로 규정되어 있으므로, 제반 텍스트 속에 용해되어 있다. 그렇기에 노이쥐스는 그의 책 『유토피아』에서 『이 시대의 유산』에 실린 파시즘에 관한 분석을 채택하였다. 블로흐의 "비동시적인 것의 동시성"의 개념에 관해서는 필자의 논문 「블로흐의 철학적 카테고리: 유토피아」를 참조하라. 『이론』 통권 3호 1991년.

을 사회학적 차원에서 고찰하지 않고, 오로지 종교 개혁의 문제로 간주했을 뿐입니다. 그렇기에 뮌처는 유감스럽게도 마르틴 루터만큼 대중적 영향을 누리지 못하고 있습니다. 뮌처와 재세례파 사람들이 일으킨 농민전쟁을 처음으로 중요한 무엇으로 내세운 사람이 바로 프리드리히 엥겔스였습니다.[6] 허나 엥겔스가 특히 중요하게 간주한 것은 혁명 운동 자체였습니다. 다시 말해, 엥겔스는 독일 역사상 처음으로 수사 및 제후라는 수구 세력에 대항한 피지배계급의 저항 운동에 비중을 두었을 뿐, 토마스 뮌처의 기독교 사상 속에 내재해 있는 혁명 정신을 충분히 고려한 것은 아니었습니다.

토마스 뮌처의 사상에 대한 블로흐의 견해는 다음과 같이 요약할 수 있습니다. 예수의 원시 기독교의 가르침은 "사랑의 공산주의"입니다. 그러나 사도 바울에 의해서 기독교 사상은 — 블로흐에 의하면 — 내세 지향적으로, 현실 개혁과는 무관한 내면성을 지향하는 것으로 탈바꿈되었습니다. 타수스 출신의 유대인 바울은 기독교를 전파하기 위해서는 기존 권력과 타협해야 할 필요성을 느꼈던 것입니다. 당시에는 오늘날과 같은 교회 체제가 존재하지 않았으며, 문헌조차 남아 있지 않았습니다. 사실 정경으로 인정받는 신약성서 가운데에서 가장 오래된 문헌은 사도 바울의 「갈라디아 사람들에게 보내는 편지」가 아닙니까? 사도 바울은 한 번도 예수를 만난 적이 없었으며, 처음에는 예수의 적대자였습니다. 이러한 상황 속에서 교회의 세를 넓히기 위해서는 권력자로부터 핍박당하지 않는 것이 최우선 과제였습니다. 그의 세계관이 교회의 존립을 최우선으로 하여 정당화된 것은 어쩌면 필연이었는지 모릅니다.

토마스 뮌처는 교회나 수사에 의해서 중개되지 않는, 그리스도의 진정한 가르침을 이 세상에 구현하려고 애를 썼습니다. 그의 개혁 의지는 한편으로는 새로운 나라를 꿈꾸는 조아키노 다 피오레의 성령에 대한

6. Friedrich Engels: Der deutsche Bauernkrieg, (hrsg.) Fr. Mehring, (Sozialistische Neudrucke 1), Berlin 1920.

기대감에, 다른 한편으로는 경제적 평등 사회에 대한 믿음에 바탕을 두고 있었습니다. 이것의 실현은 예컨대 천년왕국설에 기초한 "재세례 운동" 등으로 전개할 수 있다고 뮌처는 굳게 믿었던 것입니다. 그러나 (블로흐의 견해에 의하면) 마르틴 루터의 변절 등을 계기로 독일의 농민 혁명은 실패로 돌아갑니다.[7]

5. 블로흐의 카를 마르크스

블로흐는 마르크스주의를 인류 역사에서 끊임없이 이어져 온 더 나은 삶에 관한 인간의 꿈을 구체화시킨 사상으로 평가합니다. 이는, 엄밀히 따지면, 엥겔스가 말한 체계화에 바탕을 둔 변증법 형태와는 다릅니다.[8] 친애하는 B, 여기서 역자는 당신을 위해서 상호 관계되는 두 가지 사항만을 지적하려고 합니다.

첫째로 블로흐는 마르크스의 청년기 시절에 시각을 집중하여, 서서히 끓어오르는 새로운 사상적 궤적을 다루고 있습니다. 예컨대 「대학생 마르크스」, 「포이어바흐 테제」가 바로 그것입니다. 흔히 우리는 이론과 이론에서 제기되는 명제만을 거론하기 쉽습니다. 이때 이론이 싹트고 형성된 주위의 여건은 무시되기 쉽습니다. 블로흐는 무엇보다도 19세기 중엽의 독일의 시대정신 및 유물론의 배경이 되는 현실을 고려하여 마르크스의 초기 작품을 해석하였습니다. 다시 말해, 그는 이론 자체보다는 사상적 발전 과정을 중시하였으며, 이를 바탕으로 『독일 이데올로기』에 앞서서 집필된 「포이어바흐에 관한 테제」를 세밀하게 분

7. 독일 농민 혁명에 대한 루터와 뮌처의 적대적인 입장에 관해서는 다음의 논문을 참고하라. Siehe Thomas Müntzer: Schriften und Briefe, (hrsg.) G. Wehr, Gütersloh 1978, S. 169-188.
8. 이에 관해서는 솔 출판사에서 간행된 『희망의 원리』 1권과 4권을 참조하라. 엥겔스의 체계화에 바탕을 둔 변증법 형태를 비판하는 글로서는 다음과 같은 문헌이 있다. Henri Lefèbvre: Problèmes actuels du Marxisme, Paris 1958 (독어판: Probleme des Marxismus heute, Frankfurt 1964). Herbert Marcuse: Soviet Marxism, London 1958, Alfred Schmidt: Der Begriff der Natur in der Lehre von Marx, Frankfurt a. M. 1962, S. 41-50.

석하였습니다. 이러한 입장의 배후에는 동구 국가에서 마르크스주의의 실천에 대한 블로흐의 비판이 용해되어 있습니다.

둘째로 마르크스 사상은 두 가지 사항을 강조합니다. 그 하나는 주어진 현실적인 경제적 조건을 철저하게 분석하는 작업(정치경제학)이요, 다른 하나는 평등에 바탕을 둔 '자유의 나라'를 선취하는 작업(마르크스주의 문예학 및 마르크스주의 철학)입니다. 전자는 주어진 현실에 대한 엄밀하고 냉정한 분석이며, 후자는 더 나은 사회적 삶에 대한 열광적 지조입니다. 블로흐는 전자를 인류의 가까운 목표 내지는 차가운 한류라고 명명했고, 후자를 인류의 먼 목표 내지는 뜨거운 난류라고 명명하였습니다. 블로흐가 마르크스의 사상 속에 담긴 역사적 개방성과 역동성을 강조한 것도 바로 이 때문입니다.[9] 블로흐에 의하면, 동구 국가에서는 언제나 전자에 비해 후자를 소홀히 다루었으며, 이로써 동구에서는 마르크스주의가 체제 고수를 위한 이데올로기로 이용당했다고 합니다.

6. 마르크스와 기존 사회주의

친애하는 B, "기존 사회주의는 어째서 붕괴했는가?" 이러한 엄청난 철학적 · 정치적 난제를 고려할 때, 블로흐의 지적은 — 비록 막연하고도 보편적인 철학의 논의이기는 하나 — 몇 가지 문제를 시사하고 있습니다. 혹자는 (1) "철의 장막" 내지 "죽의 장막"이라는 문화적 · 경제적 폐쇄성에서, (2) 모든 것을 감시하는 관료적 중앙집권 체제에서, (3) 비천한 스탈린주의로의 마르크스주의의 전락에서, (4) 사회주의적 시장경제를 표방하는, 서구 이데올로기의 농간에 의해서, (5) 이론과 실천의 불일치 등에서 기존 사회주의의 붕괴 이유들을 찾고 있습니다.

이와 관련하여 블로흐는 (이미 언급했듯이) 마르크스주의를 "인류 역사

9. Vgl. Chr. Norris: Marxist or Utopian?, the philosophy of Ernst Bloch, in: Literature and history; a new journal for the humanities, 9, 2 (1983), S. 24-45.

에서 끊임없이 이어져 온 더 나은 삶에 관한 인간의 꿈을 구체화시킨 사상"으로 인정하면서도, 이를 처음부터 20세기의 변화된 현실에 직접 대입해야 할 철칙으로 단정하지는 않았습니다. 왜냐하면 마르크스의 사상은 19세기 독일의 구체적 사회 구도에서 파생된 특정한 원칙이기 때문입니다. 그렇기에, 블로흐에 의하면, 하나의 특정한 명제가 동서고금을 막론하고 모조리 적용될 수는 없다고 합니다. 기본 원칙은 고수하되, 시행 사항에 있어서는 어떤 범위 내에서 수정이 가능하고 또한 가능해야 한다는 게 바로 블로흐의 입장이었습니다.[10] 바로 이러한 태도를 견지하는 한, 그는 동독에서 사상적 이단자로 규정될 수밖에 없었습니다. (이는 서구에서 말하는 전향적 반공주의의 관점과는 차원이 다릅니다.)

그럼에도 불구하고 블로흐는 마르크스주의의 난류를 끊임없이 설파하였고, 이로써 동시대인들로 하여금 현재의 현실에 적용할 수 있는, 어떤 객관적 · 현실적 가능성을 찾아내도록 유도하였던 것입니다. 블로흐에 의하면, 혁명의 정신은 정치적 · 사상적 이단성에서 발견할 수 있으며, 반드시 발견되어야 한다는 것이었습니다.

7. 인터뷰 및 블로흐에 관한 두 편의 논문

블로흐의 인터뷰 「기독교의 반란」은 서구의 학생운동이 끝난 이후의 상황(1970)에서 이루어졌습니다. 그러므로 당신이 보기에 이 텍스트는, 오늘날의 시대정신을 고려할 때, 진부한 내용을 담고 있습니다. 자본주의 사회와 기존 사회주의 사회가 공존하고 있는 현대 사회의 철학적 난문제, 서구의 좌파 운동, 동구의 민주화 운동에 관한 진단, 새로운 신

10. 블로흐는 '자유의 나라'를 희망의 지평 너머에 이전시킴으로써, 마르크스 사상의 목표를 개방화 내지는 역동적으로 변화시켰다. 그렇기에 "블로흐의 희망 개념은 결코 목표에 도달되지 않는 의지의 지향성 속에 고착되어 있다"는 비판이 제기될 수 있다. Vgl. Heinz-Gerd Schmitz: Wie kann man sagen, was nicht ist? Zur Logik des Utopischen, Würzburg 1989, S. 97-114.

학적 모티프를 지니고 있는, 혁명적 무신론으로서의 기독교 사상 등이 다루어지고 있습니다.

한스 마이어의 논문, 「자신과의 만남」은 이 역서의 주제인 토마스 뮌처와 카를 마르크스 연구와 직접적인 관련성을 지니고 있지는 않습니다. 그러나 이 연설문은 블로흐의 (청년기의) 삶에서 서서히 발전하는 사상적 궤적을 보여주고 있다는 점에서 블로흐 사상의 이해에 도움을 주고 있습니다.[11] 성적이 나빠서 가까스로 대학에 들어갈 수 있었던 그가 어떻게 세계적인 학자가 되었는가? 학계와 지식인 사회에서 전혀 인정받지 못했던 유대인 젊은이가 얼마나 뼈를 깎는 노력으로 자신의 학문을 연마했는가? 이러한 물음에 대한 해답은 마이어의 논문에서 찾을 수 있을지 모릅니다.

빌헬름 포스캄프의 논문 「어떤 더 나은 세계의 개관」은 다음과 같은 핵심적 주제를 다루고 있습니다. 유토피아 연구에서 블로흐의 입장은 어떻게 이해될 수 있으며, 어떠한 특징을 지니고 있는가 하는 주제가 바로 그것입니다. 특히 블로흐의 『희망의 원리』의 4권에 해당되는 「자유와 질서」에 관한 포스캄프의 분석은 (오늘날 유토피아 연구 및 유토피아 역사 연구에서 쟁점으로 부각되는) '사회 유토피아'와 '유토피아의 성분'의 차이점 및 특성 등을 정확하게 구명하고 있습니다.

8. 제목 악마의 궁둥이

친애하는 B, "악마의 궁둥이"라는 제목이 우리를 미소짓게 만들지

11. 블로흐는 생전에 자신의 삶에 관해서 직접 이야기하기를 싫어했다. 누군가 이에 관해 물었을 때, 그는 화가 모네의 에피소드를 예로 들곤 하였다. 자신의 생애를 묻는 사람에게 모네는 "정원으로 가보시오"라고 말했다고 한다. 꽃 속에 모네 자신의 삶이 담겨 있다는 것이다. 이와 마찬가지로 블로흐의 삶은 그가 쓴 책 속에 모조리 담겨 있다고 볼 수 있다. B. Schmidt: Zum Werk Ernst Blochs, in: Karola Bloch u. a. (hrsg.), Denken heißt Überschreiten, In memoriam Ernst Bloch 1885-1977, Köln 1978, S. 299.

요? 이 제목은 역자가 임의로 붙인 게 아니라, 블로흐가 1911년 7월 12일에 게오르크 루카치에게 보낸 편지에 적혀 있는 표현입니다.[12] 말하자면, 블로흐는 루카치에게 자신의 개인적 · 학문적 입장을 짤막한 표현으로 남긴 셈입니다. 이르마 자이들러의 죽음에 충격을 받은 루카치는 동년배 친구 블로흐에게 보내는 편지에서 "삶은 무無이며, 작품이 모든 것이네. 다시 말해, 삶은 기껏해야 우연이지만, 작품이야말로 필연성 그 자체란 말일세"라고 말합니다.[13]

이때 블로흐는 그미의 자살에 애도를 표하면서, 다음과 같이 이의를 제기합니다. "… 나는 삶의 원칙의 사원으로 안내하고 싶네. (악마의 궁둥이는 바로 소요 내지는 불안이니까.) 흔히 사람들은 하나의 원칙으로 신에게 안내하는 형태를 택하지 않는가? (신의 궁둥이는 권태이니까.)" 이로써 블로흐는 소요를 야기하는 사람, 다시 말해 저항과 반역으로써 살아가고 학문하는 사람으로 살기를 원했던 것입니다.

친애하는 B, 우리는 악마의 궁둥이를 다만 개인적 차원에서 해석할 수만은 없습니다. 블로흐의 견해에 의하면, 지금까지 학문은 신, 즉 태양이 안내하는 대로 따라가면서 보편성, 일원성, 그리고 전체성을 추구하였다고 합니다. 대표적인 예로서 우리는 헤겔을 들 수 있습니다. 그러나 블로흐의 시각은 이와는 다릅니다. 그는 악마, 즉 샛별이 안내하는 대로 따라가며, 특수성, 다양성 그리고 개별성을 추구하려고 합니다.[14] 이는 일종의 학문적 반역이요, 종래의 철학 체계에 대한 전복을

12. 페터 추다이크P. Zudeik는 블로흐의 전기傳記의 제목을 『악마의 궁둥이』라고 명명한 바 있다. Siehe Peter Zudeik: Der Hintern des Teufels, Brühl- Moos 1985.
13. 당시에 젊은 루카치는 연인 이르마 자이들러라는 여류 화가와 평범한 가정을 꾸려 나가야 할지, 아니면 창조적인 작업에 몰두해야 할지 고민한다. 이르마 자이들러는 루카치의 우유부단에 견디지 못하고 동료 화가와 결혼함으로써 루카치를 떠났다. 그러나 이르마 자이들러는 1911년 불행한 결혼 생활로 인하여 자살한다. Ernst Bloch: Briefe, Bd. 1, Frankfurt a. M. 1985, S. 45-52.
14. 단어 'Luzifer' 란 악마 내지는 샛별을 지칭하는데, 라틴어 어원을 추적하면 '빛을 가져다 주는 자' 라는 뜻을 지니고 있다.

의미합니다.

그밖에도 악마의 궁둥이는 마르크스주의의 평등 사상을 지향하는 소수의 의지를 상징하고 있습니다. 그것은 자본주의라는 황금으로 채색된 의지와는 구별되지요. 유럽에서 이제 거의 소멸된 혁명의 불꽃을 고려할 때,[15] 미국과 (부분적으로) 유럽에서 만개하는 포만한 후기 자본주의가 내부적 모순으로 인하여 먼 훗날 폭발하게 될 것을 고려한다면, 악마의 궁둥이를 추적하는 작업은 앞으로도 여전히 유효할 것입니다.

9. 감사의 말씀

이번 기회에 부르크하르트 슈미트 교수의 논문을 수록하지 못해서 유감으로 생각합니다. 특히 그의 명저, 『순수 유토피아 비판*Kritik der reinen Utopie*』은 너무 방대한 양이어서, 번역 대상에서 제외해야 했습니다. 또한 블로흐의 제자, 게어하르트 츠베렌츠Gerhard Zwerenz의 문헌이 생략된 것을 안타깝게 생각합니다. 이들의 글에 관해서는 다음 기회로 미루려고 합니다.

역자에게 유익한 정보를 제공한, 루드비히스하펜에 있는 블로흐 문헌실의 카를 하인츠 바이간트 박사Dr. Karlheinz Weigand, 번역을 허가해준, 이제 고인이 된 한스 마이어 교수 그리고 쾰른대 빌헬름 포스캄프 교수 등 집필에 도움을 주신 모든 분들에게 감사를 드립니다.

친애하는 B, 이 문헌은 오로지 당신을 위한 것입니다.

15. 브레히트는 그의 극작품 『억척 어멈과 그 아이들』에서 다음과 같이 말했다. "독일 역사에서 가장 커다란 비극이었던 농민 전쟁을 통해 (혁명의) 송곳니는 종교 개혁을 위해 뽑혀 버렸다." 그러니까 브레히트에 의하면, 토마스 뮌처의 혁명 운동은 독일 역사에서 너무 일찍 발생했으며, 이후 수세기 동안 독일에서의 혁명적 잠재력은 깡그리 파괴되었다고 한다. 더욱이 17세기에 발생한 30년 전쟁은 독일의 민중적 성격을 전적으로 사장시킨 셈이다.

울력의 책

인문-사회과학 분야

과학 기술 시대의 삶의 양식과 윤리
도성달 외 지음

꿈과 저항을 위하여: 에른스트 블로흐 읽기 · I
박설호 외 지음

누가 세계를 약탈하는가 환경정의연대 선정 환경도서
반다나 시바 지음 | 류지한 옮김

누가 아이의 마음을 조율하는가
버너데트 호이 지음 | 황헌영, 김세준 옮김

다른 여러 아시아
가야트리 스피박 지음 | 태혜숙 옮김

대외 경제 협력의 전략적 모색
김종걸 지음

대중문화 심리 읽기 문화관광부 선정 교양도서
김헌식 지음

대항지구화와 '아시아 여성주의' 문화관광부 선정 우수학술도서
태혜숙 지음

동북공정의 선행 작업들과 중국의 국가 전략 간행물윤리위원회 선정 이달에 읽을 만한 책
우실하 지음

동아시아 공동체
다니구치 마코토 지음 | 김종걸, 김문정 옮김

라스카사스의 혀를 빌려 고백하다
박설호 지음

미국의 권력과 세계 질서
크리스천 류스-슈미트 지음 | 유나영 옮김

미래를 살리는 씨앗
조제 보베, 프랑수아 뒤푸르 지음 | 김민경 옮김

분노의 대지
앙드레 뽀숑 지음 | 김민경 옮김

불가능한 교환
장 보드리야르 지음 | 배영달 옮김

불확실한 인간
프랑크 텡랭 지음 | 이경신 옮김

비너스 · 마리아 · 파티마
에케하르트 로터 · 게르노트로터 지음 | 신철식 옮김

비판, 규범, 유토피아
세일라 벤하비브 지음 | 정대성 옮김

성윤리
류지한 지음

세계는 상품이 아니다 환경정의연대 선정 환경도서
조제 보베 • 프랑수아 뒤푸르 지음 | 홍세화 옮김

세계화와 그 적들
다이엘 코엔 지음 | 이광호 옮김

언어 혁명
데이비드 크리스털 지음 | 김기영 옮김

열성 팬 창조와 유지의 구조
와다 미츠오 지음 | 오현전 옮김

우리 없이 우리에 대한 것은 없다 학술원 선정 우수학술도서
제임스 찰턴 지음 | 전지혜 옮김

위기 시대의 사회 철학
선우현 지음

윤리학: 옳고 그름의 발견
루이스 포이만 • 제임스 피저 지음 | 박찬구 외 옮김

이윤에 굶주린 자들
프레드 맥도프 외 엮음 | 윤병선 외 옮김

인간복제 무엇이 문제인가 서울시, 부산시 교육청 권장 도서
제임스 왓슨 외 지음 | 류지한 외 옮김

인간의 미래는 행복한가
어빈 라즐로 지음 | 홍성민 옮김

인륜성의 체계
헤겔 지음 | 김준수 옮김

인터넷 숭배 간행물윤리위원회 선정 청소년 권장 도서
필립 브르통 지음 | 김민경 옮김

자발적 복종
에티엔느 드 라 보에티 지음 | 박설호 옮김

정보 사회와 윤리
추병완 지음

정보과학의 폭탄
폴 비릴리오 지음 | 배영달 옮김

정신분석과 횡단성
펠릭스 가타리 지음 | 윤수종 옮김

정치와 운명
조셉 갬블 지음 | 김준수 옮김

중국의 대외 전략과 한반도
문흥호 지음

촛불, 어떻게 볼 것인가
사회와 철학 연구회 엮음

칸트와 현대 사회 철학 문화관광부 선정 우수학술도서
김석수 지음

칸트 읽기
마키노 에이지 지음 | 류지한 • 세키네 히데유키 옮김

트랜드와 심리 문화관광부 선정 교양도서
김헌식 지음

평등 문화관광부 선정 교양도서
알렉스 캘리니코스 지음 | 선우현 옮김

포위당한 이슬람
아크바르 아흐메드 지음 | 정상률 옮김

폭력의 고고학 학술원 선정 우수학술도서
삐에르 끌라스트르 지음 | 변지현 • 이종영 옮김

한국 사회의 현실과 사회철학
선우현 지음

해방론
헤르베르트 마르쿠제 지음 | 김택 옮김

현대 사회 윤리 연구 문화관광부 선정 우수학술도서
진교훈 지음

히틀러의 뜻대로
귀도 크놉 지음 | 신철식 옮김

과학-기술 분야

과학을 사랑하는 기술
파스칼 누벨 지음 | 전주호 옮김

보이지 않는 컴퓨터
도널드 노먼 지음 | 김희철 옮김

예술 분야

드라마와 치료: 연극과 삶
필 존스 지음 | 이효원 옮김

배우와 일반인을 위한 연기훈련
아우구스또 보알 지음 | 이효원 옮김

수 제닝스의 연극치료 이야기
수 제닝스 지음 | 이효원 옮김

억압받는 사람들을 위한 연극치료
로버트 랜디 지음 | 이효원 옮김

연극치료와 함께 걷다
이효원 지음

연극치료 핸드북
수 제닝스 외 지음 | 이효원 옮김

영화 구조의 미학
스테판 샤프 지음 | 이용관 옮김

영화에 관한 질문들 영화진흥위원회 선정 학술지원도서
스티븐 히스 지음 | 김소연 옮김

진짜 눈물의 공포 영화진흥위원회 선정 우수학술도서
슬라보예 지젝 지음 | 오영숙 외 옮김

크리에이티브 드라마
수 제닝스 지음 | 이귀연 외 옮김

환상의 지도
김소연 지음

문학 분야

느와르
올리비에 포베르 지음 | 이현웅 옮김

문학과 비평: 다른 눈으로
이기언 지음

생도 퇴를레스의 혼란
로베르트 무질 지음 | 박종대 옮김

어느 인질에게 보내는 편지
생텍쥐페리 지음 | 이현웅 옮김

작은 것이 위대하다: 독일 현대시 읽기
박설호 엮고 지음

절망에서 살아남기
피터 셀윈 지음 | 한명희 옮김

카산드라의 낙인
칭기스 아이뜨마또프 지음 | 손명곤 옮김

현대시와 오이디푸스 콤플렉스
한명희 지음

교육 분야

MIPS 환경 교육
카롤린 데커 외 지음 | 남유선 외 옮김

구술 면접의 길잡이
황인표 지음

논리와 가치 교육
김재식 지음

도덕 교육과 통일 교육
황인표 지음

도덕 · 가치 교육을 위한 100가지 방법
하워드 커센바움 지음 | 정창우 외 옮김

배려 윤리와 도덕 교육
박병춘 지음

상상력을 활용하는 교수법
키런 이건 지음 | 송영민 옮김

윤리와 논술 I
정창우 지음